rororo

Sie möchten regelmäßig über Neuerscheinungen und Veranstaltungen von Andreas Winkelmann informiert werden? Dann besuchen Sie die Website **www.andreaswinkelmann.com** oder folgen dem Autor auf **www.facebook.com/andreas.winkelmann.schriftsteller** oder **www.instagram.com/winkelmann.andreas.autor**.

ANDREAS WINKELMANN

IHR WERDET SIE NICHT FINDEN

THRILLER

ROWOHLT TASCHENBUCH VERLAG

1. Auflage Originalausgabe Veröffentlicht im Rowohlt Taschenbuch Verlag, Kirchenallee 19, 20099 Hamburg, Juli 2025 Redaktion Christin Ullmann Covergestaltung zero-media.net, München Coverabbildung Magdalena Russocka/Trevillion Images Satz Kepler Std bei Dörlemann Satz, Lemförde Druck und Bindung CPI books GmbH, Leck ISBN 978-3-499-01331-7

Kontaktadresse nach EU-Produktsicherheitsverordnung: produktsicherheit@rowohlt.de

FSC www.fsc.org MIX Papier | Fördert gute Waldnutzung FSC® C083411

Ich lebe in der Dunkelheit. Nicht freiwillig, sondern notgedrungen. Ich verzichte auf Licht, auf Freude, auf Glück. Alles ist finster und bedrückend, die Schatten lang und tief, und sie führen ein Eigenleben.

Noch ist es nicht so weit, dass ich die Dunkelheit liebe, aber ich fühle, irgendwann wird es so kommen, denn Menschen lieben ihre Gewohnheiten, nicht ahnend, dass sie dem Leben seinen Wert nehmen. Jeden Tag breitet sich die Dunkelheit ein wenig mehr in mir aus, wie Krebs, der seine Metastasen auf die Reise schickt, den Körper zu erobern. Irgendwann werde ich vollkommen darin verschwinden, und dann werde ich unsichtbar sein für die anderen Menschen. Das macht mir Angst, und in meinen finstersten Nächten durchlebe ich deswegen unerträgliche Albträume. Vielleicht sind es aber auch keine Träume, sondern die Realität. Ich weiß es nicht. Ich denke, ich verliere die Fähigkeit, zwischen Träumen und Realität zu unterscheiden.

So wie jetzt gerade.

Hier im Wald, geschützt vor dem Licht des Mondes, ist es dunkel. Aber nicht dunkel genug, um die Schatten zu vertreiben. Sie sind überall, sie bewegen sich, und ich fürchte, sie haben Augen. Aber egal, was sie auch sehen, sie werden mich nicht verraten. Längst gehöre ich zu ihnen.

Die Person, der ich durch den Wald folge, bemerkt mich nicht. Ich könnte mich an sie heranschleichen, und wenn das Unheil dann über sie hereinbricht, käme es vollkommen überraschend.

Ich sehe sie tot vor mir liegen. Übel zugerichtet. Das ist es, was ich Tag um Tag sehe, und ich bekomme diese Bilder einfach nicht aus meinem Kopf. Ich weiß, es wird passieren, ich kann nichts dagegen tun, dennoch muss ich es versuchen, muss dagegen ankämpfen.

Die Person tut mir leid. Glaube ich. Ich habe bei anderen Menschen das beobachtet, was sie Mitleid nennen. Diese traurige Zugewandtheit, untermalt von egoistischer Freude darüber, nicht selbst bemitleidet werden zu müssen. Mitleid erscheint mir heuchlerisch, unehrlich, eigennützig. Das ist nicht unbedingt schlecht. Eigennutz ist Selbstschutz.

Diese Art von Schutz brauche ich mehr als alle anderen Menschen.

Ich darf nichts an mich heranlassen, vor allem nicht die Bilder, die ich heute Nacht sehen werde.

Tot.

Übel zugerichtet.

Der Blick gebrochen.

Getötet von einem Unsichtbaren.

KAPITEL 1

1.

Vor sieben Jahren

Verzweifelte Rufe hallten durch die Sommernacht. Von dem Lärm verwirrte Fledermäuse schwirrten hektisch über die Wiese, stürzten auf Jonas Waider zu und wichen im letzten Moment aus. Weit nach Mitternacht lag die Luft drückend warm auf dem Land, kein Windhauch kühlte, Shorts und Shirt klebten am Körper wie eine zweite Haut.

Jonas' Hals schmerzte, seine Stimme war längst heiser vom Rufen, er musste sich anstrengen, um überhaupt noch einen Ton herauszubekommen.

Isabell, Isabell, Isabell ...

Immer wieder rief er ihren Namen, stolperte über die Wiese durch die mondhelle Nacht, vorwärts, immer weiter, nicht aufgeben, irgendwo musste sie sein. Neben ihm, hinter ihm, vor ihm, überall riefen seine Nachbarn und Freunde nach Isabell, suchten sie in dem unzugänglichen Naturschutzgebiet, das an ihre Wohnsiedlung grenzte. Doch Isabell antwortete nicht. Kein «Hier bin ich» oder «Helft mir».

Isabell war verschwunden.

Wie konnte sie verschwunden sein?

Er hatte doch aufgepasst, alles dafür getan, damit seiner Familie nichts passierte. Schon immer getrieben von der Angst, Isabell oder Marie könne etwas zustoßen, hatte er es mit seiner Fürsorge und seinem Beschützerinstinkt sicher manchmal übertrieben. Aber wie hätte er anders handeln können, wenn er jeden Tag in seinem Beruf sah, wie die Welt wirklich war?

Jonas Waider blieb stehen und drehte sich im Kreis. Spürte Panik, Verzweiflung und das Bedürfnis, Gott um Hilfe zu bitten. Du musst professionell bleiben, sagte er sich, aber es nützte nichts. Denn hier ging es um seine Tochter, die er über alles liebte.

Unter die «Isabell»-Rufe mischte sich ein anderer.

Jemand rief seinen Namen.

Jonas änderte die Richtung. Hin zum Rufenden. Das Gras war knielang und dicht, Brennnesseln brannten an seinen nackten Unterschenkeln. Er trat in ein Kaninchenloch, strauchelte, stürzte, rappelte sich auf und sah eine Gestalt aus jenem dunklen Waldweg treten, aus dem er vor ein paar Minuten selbst gekommen war. Sie schwenkte eine Taschenlampe.

«Jonas, wo bist du?»

Er riss die Arme hoch. «Ich bin hier.»

Es war sein Kollege, Sven-Ole Reiter. Wieso kam er zurück? Er sollte doch in der anderen Richtung suchen, westlich des Abbruchs. Jonas hielt auf das hektisch tanzende Licht der Taschenlampe zu und erreichte am Rand der Wiese Sven-Ole, der sich auf den Oberschenkeln abstützte und nach Luft rang.

«Hast du sie gefunden?»

Sven-Ole schüttelte den Kopf.

Vom Schweiß angezogene Mücken umschwirrten ihn, er schlug nach ihnen, konnte sie aber nicht vertreiben. Sein aschblondes Haar lag wie angeklebt an seinem Kopf.

«Komm mit ...», sagte er atemlos. «Die Jungs haben etwas gefunden. Das musst du dir ansehen.»

«Was? Was haben sie gefunden?»

Die Panik ließ Jonas laut werden.

«Komm mit, bitte.»

Sein Partner fuhr herum und stapfte in das schwarze Loch zurück, aus dem er gekommen war. Jonas, der größer war und längere Beine hatte, holte ihn rasch ein.

«Ist es Isabell?»

Sven-Ole schüttelte den Kopf, was alles bedeuten konnte. Ja, nein, vielleicht. Tot, verletzt, lebendig. Kleidung, Schuhe, ein Körperteil ...

«Rede mit mir!», schrie Jonas und wollte ihn aufhalten, doch Sven-Ole ging zügig voran.

Während er seinem Partner folgte, wurde Jonas bewusst, wie rasant sich dieser normale Abend in einen Albtraum verwandelt hatte.

Um Punkt eins hätte Isabell zu Hause sein sollen, und seine Tochter hielt sich an Absprachen. Ein paar Minuten nach Mitternacht war Marie schlafen gegangen, doch Jonas war seiner Frau nicht ins Bett gefolgt, sondern ruhelos durch den Garten geschlendert. Er hätte die Sommernacht genießen und dem Zirpen der Grillen lauschen können, hatte sich aber auf die in der Ferne wummernde Musik konzentriert und sich vorgestellt, wie seine Kleine da drüben auf der Party in den Armen eines Jungen tanzte. Ihm war schwermütig ums Herz geworden, und er hatte sich gefragt, wo er all die Jahre gewesen war, in denen seine Tochter erwachsen geworden war. Seine Erinnerungen daran waren sporadisch, hier und dort ragten sie wie Leuchtfeuer aus dem einheitlichen Grau des Alltags. Er war drauf und dran gewesen, hinüberzugehen und Isabell abzuholen, wusste aber, wie peinlich das für eine Sechzehnjährige wäre.

Also hatte er auf sie gewartet, wenigstens das.

Ein Uhr war verstrichen.

Fünf Minuten später lief er abermals durch den Garten, ging vor bis zur Gartenpforte, nahm das Handy in die Hand und fragte sich, ob er überreagierte.

Um ein Uhr fünfzehn wählte er Isabells Handynummer, erreichte sie aber nicht. Dann rief er den Hausanschluss der Engelmanns an, bei denen die Party stattfand, doch auch dort nahm niemand ab.

Jonas hatte keine weitere Minute gewartet. Er hatte Marie schlafen lassen, das Haus verriegelt und war zu den Engelmanns aufgebrochen. Ihr Haus lag zu Fuß eine Viertelstunde entfernt. Auf dem Weg dorthin erwartete er bei jedem einzelnen Schritt, Isabell aus dem Dunkel auf sich zukommen zu sehen. Er würde nicht mit ihr schimpfen, sondern sie in den Arm nehmen und ihr sagen, wie sehr er sie liebte. Das tat er nämlich viel zu selten, eigentlich nie, und diese Nacht war so gut wie jede andere, um endlich damit anzufangen.

Fünfzehn Minuten lang beschwor Jonas alle Wenns, die ihm einfielen.

Wenn sie gleich auftaucht, bleibe ich cool.

Wenn sie betrunken ist, verurteile ich sie nicht dafür.

Wenn ein Junge sie begleitet, bin ich freundlich zu ihm.

Doch sie tauchte nicht auf.

Die Party war noch im Gange, vierzig bis fünfzig junge Leute hielten sich in dem weitläufigen Garten der Engelmanns auf. Jonas sprach ein paar Leute an, erntete aber nur Schulterzucken und glasige, verständnislose Blicke. Schließlich lief ihm der Gastgeber, Torsten Engelmann, über den Weg. Sein achtzehnter Geburtstag war der Grund für die Party. Torsten war ein großer Schlaks mit Schlafzimmerblick und dem Aussehen eines jungen James Dean. Er taumelte unübersehbar, sein Gesicht war aschfahl, und er roch nach Erbrochenem. Jonas riss sich zusammen und ging in den Vernehmungsmodus, stellte Fragen, die er in seinem Job Dutzende Mal gestellt hatte. Brauchbare Angaben konnte Torsten jedoch nicht machen, verhaspelte sich dauernd, meinte, Isabell hier und dort gesehen zu haben, aber schon eine Weile nicht mehr.

Jonas machte sich auf die Suche nach Carina, Isabells bester Freundin. Er fand sie in der Doppelgarage der Engelmanns. Dort boten zwei ausgemusterte Sofas und auf dem Boden liegende Matratzen den Partygästen die Möglichkeit, sich auszuruhen. Auf Kisten und Backsteinen brannten Teelichter, es lief leise Musik, die Reste von Chips, Salzstangen und Erdnüssen lagen überall herum. Dazwischen Carina, zusammengerollt auf der kürzeren Couch. Ihre gefalteten Hände ruhten vor ihrem Gesicht, und für einen Moment dachte Jonas, sie würde am Daumen nuckeln wie ein Baby. Sie war verschwitzt, schmutzig und dünstete Alkohol aus. Jonas bekam sie nur mit Mühe wach. Offenbar hatte sie die vergangenen zwei Stunden in einer Art Koma verbracht und konnte sich an nichts erinnern. Wo Isabell war, wusste sie nicht.

In diesem Moment wurde Jonas klar, dass er Hilfe brauchte. Marie wollte er noch nicht wecken, sie würde nur in Panik geraten, also rief er seinen Freund und Partner Sven-Ole an. Der war sogar noch wach und keine Viertelstunde später vor Ort.

Seitdem waren anderthalb Stunden vergangen, und eines

stand fest: Isabell ging nicht spazieren, lag nicht mit irgendeinem Jungen im Bett oder betrunken am Straßenrand auf dem Weg nach Hause.

Jonas rannte Seite an Seite mit Sven-Ole, bis er vor sich im Wald die Lichtlanzen einiger Taschenlampen entdeckte. Unstet zuckten sie umher, fanden sich aber immer wieder an einer bestimmten Stelle am Boden zusammen. Jonas' Kehle war plötzlich staubtrocken, er bekam kaum noch Luft und wurde langsamer. Nein, er wollte nicht dorthin, wollte nicht sehen, was da am Boden lag. Doch seine Beine bewegten sich automatisch und folgten Sven-Ole, bis sie den Platz erreichten, an dem sich einige Männer versammelt hatten.

Grelles Licht blendete ihn. Die Männer flüsterten. Das ist Jonas Waider, der Vater, der Polizist, der arme Kerl, wie schrecklich. Alles Männerstimmen. Nachbarn, Freunde, Bekannte aus der Siedlung, auch sie waren noch wach gewesen in dieser heißen Freitagnacht.

Die Hand erhoben, um sich vor dem Licht zu schützen, näherte sich Jonas den Männern. Eine merkwürdige Truppe in kurzen Hosen, ärmellosen Shirts, Gummilatschen und Flipflops. Wochenendcoolness und Katastrophenstimmung reichten sich die Hand.

Am Boden lag keine Leiche, sondern ein schwarzer Rucksack mit einem silbernen Schlüsselanhänger am Griff, die silberne Kette zerrissen. Es fehlte der handgroße lilafarbene Stoffbär, der an der Kette befestigt gewesen war. Jonas hatte ihn seiner Tochter vor einigen Jahren auf einem Volksfest an einer Schießbude geschossen. Jonas war ein wenig theatralisch geworden, als er den Bären an der Gürtelschlaufe von Isabells Hose befestigt hatte. *Das, meine Prinzessin, ist ab jetzt dein Schutzbär, der dir immer den richtigen Weg weisen wird.* Eine Weile war er überall aufgetaucht, erst an ihrer Schultasche, dann am Sportbeutel, am Griff der Lampe in der Küche, schließlich am Innenspiegel im Auto, bevor er seinen neuen Platz am Griff dieses Rucksacks gefunden hatte. Einen Namen hatte er auch: TomTom. Darauf war Marie gekommen, wegen dieser Navigationsgeräte.

TomTom war verschwunden.

Genau wie seine Prinzessin.

«Das ist doch Isabells Rucksack, oder?», fragte Sven-Ole.

Jonas ging in die Hocke und wollte nach dem Rucksack greifen.

«Nicht», sagte Sven-Ole. «Wegen der Spuren.»

Die Spuren waren Jonas in diesem Moment scheißegal. Mit zwei Finger zog er den Rucksack zu sich her und öffnete vorsichtig den Reißverschluss.

Darin fand er die hochhackigen roten Pumps, die Isabell getragen hatte, als sie sich Marie und ihm in ihrem Partykleid präsentierte. Jonas konnte sie vor sich sehen, wie sie auf dem glatten Fliesenboden in der Küche Pirouetten drehte, die Arme in die Hüften gestellt, ein Strahlen im Gesicht. Das Kleid wallte auf, entblößte ihre braunen Beine, und sie sah nicht mehr aus wie sein kleines Mädchen, sondern wie eine erwachsene Frau. Sein erster Impuls war es gewesen, ihr zu untersagen, in diesem knappen Kleid zur Party zu gehen, und das schien Marie irgendwie gespürt zu haben, so wie sie immer spürte, was in ihm vorging. Sie hatte seine Hand gedrückt, etwas fester, als es nötig gewesen wäre. Er hatte die Warnung verstanden und den Mund gehalten.

«Und?», fragte Sven-Ole.

Alle starrten ihn an, warteten darauf, dass er etwas sagte, doch Jonas brachte keinen Ton hervor. Sein Hals war wie zugeschnürt.

«Jonas?»

Sven-Ole legte ihm eine Hand auf die Schulter. Die Berührung löste die Blockade.

«Er gehört ihr.»

2.

Heute

Wie ein Geist zog der Schatten über den Gehweg, glitt an der Mauer empor und erschien noch einen Moment auf der stuckverzierten weißen Fassade der Villa, bevor er verschwand. Franca Lichtenwalter legte den Kopf in den Nacken und beobachtete einen Bussard, der mit ausgebreiteten Schwingen über dem Park schwebte, der das Haus umgab. Geräuschlos verschwand er zwischen den hohen Baumkronen alter Eichen.

Franca hatte das Gefühl, von ihm dorthin gezogen zu werden, auf diese alte, protzige Villa zu und hinein in die Geschichte, die sich hinter der hohen Backsteinwand verbarg. Die Mauer reichte um das gesamte parkähnliche Grundstück, eine Trutzburg inmitten der Stadt.

Franca zog ihr Handy hervor und machte Fotos von dem Gebäude. Sie fotografierte viel, wenn es um einen Auftrag ging. Man konnte ja nie wissen, und die Erinnerung war oft trügerisch.

Dann steckte sie das Handy in die hintere Hosentasche und

sah an sich hinab. Wie immer trug sie Bluejeans, Stiefel, Shirt und ihre heiß geliebte, speckige, schwarz-braune Lederjacke, die ihre Eltern ihr zum achtzehnten Geburtstag geschenkt hatten. Praktische Kleidung, wenn man Motorrad fuhr. Ihre Honda parkte am Straßenrand, der Motor kühlte klickend ab, die Sonne brach sich in dem verchromten Auspuffrohr. Franca wusste, dass ihre Kundin vermögend war, hatte sich aber bewusst gegen eine Verkleidung entschieden. In einem Kostüm oder Hosenanzug fühlte sie sich wie ein anderer Mensch. Kleider machen Leute, sagte man, aber sie machten keine authentischen Persönlichkeiten.

Entweder bekam sie den Auftrag so, wie sie war, oder eben nicht.

Franca trat vor und drückte auf die lächerlich große Klingel. Wie ein goldener Teller klebte sie an dem Torpfeiler, eine 360-Grad-Kamera darüber spähte die Einfahrt aus. Nur wenige Augenblicke später summte der elektrische Öffner. Franca schob die schmiedeeiserne Tür auf und betrat das Grundstück.

Die zweiflügelige Eingangstür lag im Schatten eines von Säulen gestützten Vorbaus. Darüber hing an einer schweren Kette ein Leuchter, der Franca an die übertrieben große Lampe am Weißen Haus in Washington erinnerte, die oft in den Medien zu sehen war.

Die gefliesten Stufen passten nicht ins Bild. Die Fugen waren vermoost, stellenweise platzte die Lasierung der Fliesen ab, eindringendes Schmutzwasser verfärbte sie gräulich. Franca hatte einen angeborenen Sinn für Details, und nachdem sie dieses entdeckt hatte, fand sie andere, die ebenfalls auf mangelnde Pflege hinwiesen. Kraut in den Beeten, abgestorbene Pflanzen, gelber Rasen. Die weiße Fassade rissig, an mehreren

Stellen warf die Farbe Blasen, aus dem Stuck brachen Brocken heraus.

Die Haustür öffnete sich, bevor Franca klingeln konnte. Es kam keine Bedienstete zum Vorschein, wie sie erwartet hatte, sondern eine alte Frau mit schlohweißem, perfekt frisiertem Haar. Sie trug graue Kleidung, war groß, hielt sich aufrecht, beinahe schon übertrieben kerzengerade – dort, wo Franca herkam, nannte man diese Haltung einen Stock im Arsch haben – und strahlte eine Eleganz aus, der Patina nichts anhaben konnte.

«Frau Lichtenwalter, nehme ich an.»

«Frau Frieling, nehme ich an.»

Franca trat auf sie zu und streckte die Hand aus. Die alte Dame machte keine Anstalten, sie zu ergreifen und sich vorzustellen. Egal, Franca wusste, wen sie vor sich hatte. Im Internet gab es nicht viele Informationen, aber die wenigen hatte sie gefunden, unter anderem ein Foto der Frau, die nun vor ihr stand. Sie war seitdem gealtert. Auf eine unschöne, bittere Art und Weise.

«Kommen Sie bitte», sagte die Hausherrin, drehte sich um und verschwand in der Villa.

Franca folgte ihr.

Die Eingangshalle war beeindruckend, aber Franca hatte keine Zeit, Stil und Mobiliar eingehend zu betrachten. Frau Dr. Frieling eilte hindurch, stieß ihre Absätze in den Boden, und der Schall ihrer Schritte glich Maschinengewehrfeuer. Sie öffnete eine hohe Tür mit aufwendigen hölzernen Kassetten und führte Franca in einen weitläufigen Raum, eine Mischung aus Bibliothek und Büro.

«Nehmen Sie bitte Platz», befahl die Frieling und deutete auf eine lederne Sitzgruppe. Englische Stilmöbel, üppig, schwer und ohne Frage sauteuer.

«Darf ich Ihnen etwas zu trinken anbieten?»

Das Gesicht der alten Dame schien in Stein gemeißelt, keine erkennbare Mimik darin, die Lider senkten sich nur selten, an den Augen perlte das Licht ab.

«Nee, danke», sagte Franca und nahm Platz.

Ihre Lederjacke knarzte.

Gegenüber hing oberhalb eines gemauerten Kamins ein Gemälde. Das Porträt eines Mannes mit stechendem Blick, wenig Haar, übergroßen Ohren, hängenden Mundwinkeln und blauen Augen, die einem zu folgen schienen, wenn man sich durch den Raum bewegte.

«Mein Mann, Ludwig», erklärte die Frieling, die Francas Blick bemerkte. «Vor fast vier Jahren verstorben. Er leitete unser Bankhaus. Frieling und Neeringer.»

Auch diese Info hatte Franca im Vorfeld recherchiert. Sie kannte das Bankgebäude in der Innenstadt mit den goldfarbenen Lettern an der Sandsteinfassade. Nachfragen unterließ sie daher und brachte auch nicht ihr Bedauern über den Tod des Gatten zum Ausdruck. Dafür lag es zu lange zurück, und die alte Dame machte nicht den Eindruck, als erwarte sie derlei Floskeln. Aber eines war klar: Der Verstorbene hatte zu Lebzeiten die Geschicke der Familie gelenkt und tat es vielleicht auch nach seinem Tod noch.

Es konnte nicht schaden, das im Hinterkopf zu behalten.

Frau Dr. Frieling ließ sich auf der Kante eines Sessels nieder, presste die Beine zusammen und legte die Hände auf die Knie. Ihre Haltung drückte aus, dass sie gewillt war, für die Dauer des Gespräches den Stock im Arsch zu belassen. Franca stellte sich vor, wie die alte Dame zusammenfiel, sobald sie allein war. Wie sie sich mühsam durch die Gänge dieses viel zu großen Hauses schleppte, immer auf der Suche nach ihrem jugendlichen Ich, das ihr an der Seite des Patriarchen abhandengekommen war.

«Ich habe Sie kontaktiert, weil ich meine Enkelin vermisse», begann Frau Dr. Frieling das Gespräch.

«Wie alt ist Ihre Enkelin?»

«Silvia ist jetzt zweiundzwanzig.»

«Lebt sie hier bei Ihnen?»

«Nein. Sie lebt bei ihrer Mutter. Meiner Tochter Gerlinde.»

«Aber dort ist sie nicht?»

«Nein, dort ist sie nicht, sonst würde ich sie ja nicht vermissen.»

«Wann haben Sie Silvia zuletzt gesehen?»

«Vor einem Jahr.»

«Vor einem Jahr?», wiederholte Franca und schob die Augenbrauen in die Höhe. «Und so lange vermissen Sie sie auch?»

«Nein. Ich vermisse Silvia seit einem halben Jahr. Hören Sie …»

Zum ersten Mal brach die harte Fassade der alten Dame. Sie glättete eine Falte im grauen Rock, verkrampfte die Finger ineinander, rang um Fassung und Worte, ihr Blick zuckte kurz zu dem Porträt ihres Mannes hoch, bevor er sich am Teppich zu ihren Füßen festsaugte.

«Ich habe Sie und keine andere Agentur angerufen, weil mein Anwalt Sie als sehr diskret und erfolgreich empfohlen hat. Diskretion ist mir ausgesprochen wichtig. Nichts von dem, was hier besprochen wird oder Sie später herausfinden, darf an Dritte gelangen.»

«Natürlich nicht», sagte Franca. «Das ist für mich selbstverständlich.»

Sie sahen sich in die Augen, und Franca gelang ein Blick hinter die antrainierte Härte der Frieling. Dort fand sie Angst und Unsicherheit. Die alte Dame bewegte sich auf fremdem Terrain, wahrscheinlich hatte sie sich überwinden müssen, sich an eine Detektei zu wenden. Es musste ihr etwas an ihrer Enkelin liegen. Ein menschlicher Wesenszug in einer kalten, abgeschotteten Welt. Wie schön.

«Ich denke, ich kann Ihnen vertrauen», sagte die Frieling und senkte den Blick.

«Meine Tochter ... Gerlinde ... Wir haben kein gutes Verhältnis. Um ehrlich zu sein, haben wir gar keines. Seit dem Tod meines Mannes haben wir kein Wort miteinander gewechselt. Sie verwehrt mir seit Jahren den Kontakt zu Silvia, ich wüsste nicht einmal, wie meine Enkelin jetzt aussieht, hätte ich nicht Fotos gemacht.»

«Sie haben Silvia fotografiert? Etwa heimlich?»

Die Frieling nickte.

«Sie ist neben Gerlinde meine einzig verbliebene Familie. Ich muss doch wissen, ob es ihr gut geht.»

«Und seit einem halben Jahr haben Sie keine Fotos mehr machen können, verstehe ich das richtig?»

«Ja. Alle Daten und Fakten habe ich für Sie in einem Memorandum zusammengefasst. Sie können es nach unserem Gespräch mitnehmen.»

«Haben Sie einen Verdacht, was mit Silvia geschehen sein könnte?»

Dr. Frieling ging einen Moment in sich.

«Meine Tochter ist ein schwacher Mensch», begann sie. «Sie

trinkt, nimmt Drogen, und ständig wechselt sie die Männer. Ich befürchte, sie hat Silvia in diesen Sumpf hineingezogen. Meine größte Angst ist, dass sie ins Drogenmilieu gerutscht ist und auf der Straße lebt.»

«Gibt es denn Hinweise in diese Richtung?»

«Es ist nur eine Vermutung, aber ... hören Sie, es ist mir unangenehm, und ich muss noch einmal auf Ihre Verschwiegenheit pochen. Silvia ist ... sie war ... nun, sie hatte Probleme und war einige Zeit in einer ... Klinik.»

«Was für eine Klinik?»

«Eine psychiatrische Klinik.»

«Okay, und wie lange war sie dort?»

«Sechs Jahre. Seitdem sie fünfzehn war.»

«Wann wurde sie entlassen?»

«Das kann man so nicht sagen, es ist ja kein Gefängnis. Seit ihrem achtzehnten Geburtstag war sie freiwillig in der Einrichtung. Vor einem Jahr hat sie dann entschieden, zu ihrer Mutter zurückzuziehen. Was ich für einen Fehler hielt.»

«Und zu dem Zeitpunkt haben Sie angefangen, Fotos von ihr zu machen?»

«Ich musste doch wissen, ob es ihr gut geht.»

«Ging es ihr gut?»

«Es sah so aus, ja. Und dann ... dann ist sie plötzlich verschwunden.»

Frau Dr. Frieling schien alles gesagt zu haben, was sie sagen wollte. Ihre Lippen schlossen sich zu einem schmalen, blutleeren Spalt, damit kein weiteres kompromittierendes Wort mehr entweichen konnte.

«Haben Sie ein Foto von Silvia für mich?»

Dr. Frieling nickte und klappte die lederne Mappe auf, die

vor ihr auf dem Tisch lag. Darin befanden sich außer dem Memorandum auch zwei Fotos. Sie nahm sie heraus und reichte Franca das erste.

«Da war sie fünfzehn.»

Das Foto zeigte aus einer Entfernung von vielleicht zwanzig Metern einige Mädchen und Jungen, die in einer Gruppe zusammen vor einem Schulgebäude standen. Im Hintergrund hielt ein junger Lehrer mit hinter dem Rücken verschränkten Armen Aufsicht. Ein Mädchen lehnte allein an einem Baum und hielt ein Buch in den Händen. Zwischen ihren Füßen lag ein schwarzer Rucksack. In dem Augenblick, als das Foto geschossen worden war, hatte sie nach oben geschaut. Ein hübsches, schmales, aber blasses Gesicht, dunkel geschminkte Augen, schwarzes Haar. Zudem war sie komplett schwarz gekleidet.

«Und das hier ist kurz nach ihrer Entlassung entstanden.»

Dr. Frieling reichte Franca das zweite Foto.

Zwischen diesen beiden Aufnahmen war Silvia Frieling rechnerisch um sechs Jahre gealtert, man sah es ihr jedoch nicht an. Ihr jugendlich unverbrauchtes Gesicht war immer noch umrahmt von langem schwarzen Haar, der Blick aus den dunklen Augen und die Körperhaltung schüchtern. Sie trug abermals schwarze Kleidung und stand vor einem Supermarkt. Im Hintergrund konnte Franca das Edeka-Zeichen mit dem Namen Burfeind darauf erkennen.

«Haben Sie Silvia angesprochen oder nur das Foto gemacht?», fragte Franca.

«Ich habe lediglich aus dem Wagen heraus fotografiert.»

«Warum? Sie hätten doch auch mit Ihrer Enkelin reden können.»

«Nun ja …», druckste Dr. Frieling herum. «Gerlinde war in der Nähe, ich wollte einen Streit auf offener Straße vermeiden.»

«Darf ich nach den Gründen für die schlechte Beziehung zwischen Ihnen und Ihrer Tochter fragen?»

Wieder presste Dr. Frieling die Lippen zusammen.

«Hören Sie, ich möchte nur einen Beweis dafür, dass es Silvia gut geht. Am besten ein Foto, oder gern auch mehrere. Alles andere spielt keine Rolle.»

«Wenn ich Silvia finden soll, spielt es eventuell doch eine Rolle.»

«Legen Sie sich einfach auf die Lauer, das macht man doch so in Ihrem Gewerbe, nicht wahr?»

«Manchmal schon. Aber mit ein wenig mehr Informationen sind die Erfolgsaussichten höher.»

«Nun, mein Anwalt sagt, Sie seien etwas Besonderes.»

«Das freut mich zu hören.»

Franca seufzte. Sie würde aus der Frau nicht herausbekommen, warum die Familienverhältnisse derart zerrüttet waren. Nicht heute. Vielleicht sollte sie den Job einfach annehmen und es zu einem späteren Zeitpunkt noch einmal versuchen. Es war ja nicht so, dass sie sich die Aufträge aussuchen konnte.

«Darf ich das Memo haben?»

Franca streckte die Hand aus, und Dr. Frieling reichte ihr die Mappe, ließ sie aber nicht sofort los. Sie klammerte sich daran, als enthielte sie ihre allerletzte Hoffnung. In ihrem Blick loderte Panik auf.

«In unserer Familie ist vieles zerstört worden», sagte sie, und Franca hatte den Eindruck, sie vermied es bewusst, zu dem Porträt über dem Kamin zu schauen. «Silvia ist die Einzige, an der ich alles wiedergutmachen kann. Bitte, finden Sie sie. Finden Sie meine Enkeltochter.»

Dann gab sie die Mappe frei.

3.

Vor sieben Jahren

«Wir finden Isabell, ich verspreche es dir.»

Maries Augen waren rot vom Weinen, in der Hand ballte sie ein Taschentuch, feucht von ihren Tränen.

Jonas konnte den Anblick seiner Frau kaum ertragen. Ihr Schmerz und ihre Angst machten ihn fertig. Weil er sie liebte und beschützen wollte und dieses Unglück doch nicht hatte verhindern können.

«Aber warum hat sie ihre Schuhe im Wald gelassen? Ich verstehe das nicht. Und wo ist TomTom?»

Diese Fragen stellte Marie ein ums andere Mal. Sie klammerte sich an den Rucksack mit Isabells Partyschuhen darin wie an einen Rettungsring, dabei war er im Gegenteil ein Betonklotz, der jede Hoffnung in die Tiefe riss. Weder hatte Isabell sich im Wald verlaufen und ihn dabei verloren, noch hatte sie ihn versehentlich dort liegen lassen. Jonas wusste genau, diese Varianten gingen Marie immer wieder durch den Kopf, dabei ignorierte sie die einzig logische Begründung, auch für die zerrissene Kette des Schlüsselanhängers, und Jonas hatte nicht den Mut, sie auszusprechen.

Er nahm die Hände seiner Frau, sie waren kalt. «Ich muss wieder los», sagte er. «Kann ich dich allein lassen?»

«Wo willst du hin?», fragte Marie. «Deine Kollegen haben doch schon alles abgesucht.»

«Nein, haben sie nicht, das können sie gar nicht. Ich weiß nicht, wo ich suchen soll, aber ich kann nicht hier sitzen und warten.»

Das war gelogen. Jonas wusste, wo er suchen sollte.

Den ganzen Vormittag hatte er draußen auf der Suche nach Isabell verbracht, bis ihn die Erschöpfung übermannte und zu einer Pause zwang. Er hätte ein paar Stunden schlafen müssen, doch daran war nicht zu denken. Denn seitdem Sven-Ole ihn gefragt hatte, ob er sich vorstellen könnte, wer Isabell etwas antun würde, wusste er es.

Noch hatte er mit niemandem darüber gesprochen, denn offiziell war er als Angehöriger an der Suche der Polizeikräfte nicht beteiligt. Aber es war zuallererst seine Aufgabe, dieser einen Sache nachzugehen.

Jonas stand auf und nahm die Autoschlüssel.

Marie folgte ihm zur Tür.

«Ich will mitkommen.»

«Das geht nicht. Jemand muss hier sein für den Fall, dass Isabell heimkommt.»

Jonas sah sie an, sah die Tränen auf ihren Augen, und er wusste, er sollte sie beruhigen, sie umarmen, doch ihm fehlte die Kraft dazu. Alles, was er hatte, brauchte er, um ihre Tochter zu finden.

«Bitte, warte hier, okay?»

Marie nickte.

Sie umarmten sich, dann trat Jonas ins grelle Sonnenlicht hinaus. Die drückende Wärme schlug ihm ins Gesicht. Gebückt ging er zum Wagen, der am Straßenrand parkte, startete den

Motor und rollte vom Bordstein, ohne sich noch einmal zu seiner Frau umzudrehen. Ihren Schmerz konnte er nicht ertragen.

Es mochte ziellos wirken, wie Jonas durch die engen Straßen fuhr, war es aber nicht. Er traute sich nur nicht, sein Ziel direkt anzusteuern. Was würde dort passieren? Konnte er sich selbst vertrauen? Er wusste ja, wie er auf den Mann reagierte.

Er fuhr einen weiten Bogen am Waldrand entlang. Halb auf dem Grünstreifen geparkt standen dort fünf Mannschaftstransporter der Polizei. Die Beamten waren allesamt im Wald unterwegs und suchten nach Isabell.

Du hast als Vater versagt.

Der Gedanke tauchte plötzlich auf.

Genau das dachten die Menschen da draußen – und er selbst dachte es auch. Wenn ein Mann wie er seine Familie nicht zu schützen vermochte, dann konnte es niemand, dann verschwanden auf dieser Welt eben dauernd geliebte Menschen, und man hatte es hinzunehmen.

Nein, das würde er nicht zulassen. Jonas wusste, er hatte in seinem Leben viele Fehler gemacht, hatte sich mit seinen Eltern und seinem Bruder überworfen, aber als Vater durfte und konnte er nicht versagen. Isabell war verschwunden, aber noch war es nicht zu spät, noch konnte alles gut werden. Er durfte nur nicht länger mit den anderen durch den Wald rennen. Stattdessen musste er endlich diesen elenden Dreckskerl aufsuchen.

Jetzt. Auf dem kürzesten Weg.

Jonas bremste hart und setzte den Wagen rückwärts in einen abschüssigen Feldweg, wendete und wollte zurückfahren. Auf dem Gras drehten die Reifen durch, der Motor heulte auf, und er musste in den zweiten Gang schalten, um nicht stecken zu bleiben. Plötzlich schoss der Wagen nach vorn und rammte mit dem linken Kotflügel einen Mannschaftstransporter der Polizei. Jonas hielt nicht an. Ein Blechschaden, mehr nicht, davon durfte er sich jetzt nicht aufhalten lassen.

Er gab Gas.

Die Mittagshitze flirrte über dem Asphalt, als er in die Siedlung zurückkehrte. Das Haus stand am Ende der Straße, dahinter begann der Wald, der sich bis zum Haus der Engelmanns ausdehnte. Von hier aus kam man ungesehen zu Fuß dorthin.

Jonas ließ seinen Wagen fünfzig Meter vor seinem Ziel stehen und ging zu Fuß weiter.

Von Weitem sah er im Vorgarten des Hauses ein rotes Planschbecken leuchten. Die Gummiwülste waren merkwürdig verformt, so als laste großes Gewicht auf ihnen, und den Grund dafür erkannte Jonas schnell.

Lang ausgestreckt lag Bernd Vollstedt in dem viel zu kleinen Becken. Das Wasser reichte ihm bis knapp über den dicken Bauch. Den Oberkörper gegen den Beckenrand gelehnt, hingen beide Arme lässig über den Gummiwülsten. In der rechten Hand hielt er eine Bierflasche. Auf seiner Halbglatze spiegelte sich die Sonne, grauweißes Haar bedeckte seine Brust.

Vollstedt sah ihn kommen, rührte sich aber nicht.

Jonas senkte den Kopf und ging weiter, tat so, als wolle er in den Wald. Er hatte nicht damit gerechnet, den Mann vor dem Haus in dieser Position vorzufinden, und wusste nicht, was er tun sollte.

Als er auf Höhe des Planschbeckens war, hob Vollstedt die Bierflasche und sagte: «Viel Glück bei der Suche.»

Jonas blieb stehen. Zwei Sekunden verstrichen, ehe er sich

dem Badenden zuwandte. Zwei Sekunden, in denen er sich dazu entschied, alles zu tun, was nötig war.

«Wie bitte?»

Vollstedt trank, setzte die Flasche ab, ließ sie wieder locker über den Rand des Beckens baumeln und schüttelte in einer verständnislos anmutenden Geste den kahlen Kopf.

«Sie vermissen doch jemanden, oder habe ich da etwas Falsches gehört?»

«Ich suche nach meiner Tochter», sagte Jonas.

«Tja, die Kinder ... nichts als Ärger. Aber wem sage ich das.»

«Haben Sie Isabell gesehen?»

«Sicher. Hier, dort, überall, ist eine richtige Herumtreiberin, die Kleine.»

Jonas trat dicht an den Gartenzaun.

«Was wollen Sie damit sagen?»

«Ich will gar nichts sagen.»

«Vollstedt ... wenn Sie etwas wissen, dann ...»

«Dann was?»

Jonas ballte die Hände zu Fäusten, in seinem Inneren loderte ein Feuer, und er spürte, dass ihm die Kraft fehlte, seine Wut in Schach zu halten.

«Ich will meine Tochter wiederhaben.»

«Tja, vielleicht haben Sie sich nicht gut genug um sie gekümmert, weil Sie sich ja unbedingt in meine Angelegenheiten einmischen mussten, Superbulle. Und jetzt ist es zu spät.»

Jonas verlor die Kontrolle über sich und sprang über den Gartenzaun. Vollstedt ließ die Bierflasche fallen und versuchte, sich in dem Pool aufzurichten, doch der Boden war zu rutschig, er kam nicht schnell genug hoch. Schon war Jonas bei ihm und nahm Vollstedts Kopf in den Schwitzkasten.

«Wo ist meine Tochter?», schrie er.

Vollstedt packte mit beiden Händen Jonas' Unterarm und zerrte daran. Der Mann war kräftig, lange konnte Jonas der Gegenwehr nicht standhalten. Also lehnte er sich über ihn und drückte ihn hinunter. Vollstedt rutschte über den glatten blauen Boden des Planschbeckens, sein Kopf geriet unter die Wasseroberfläche. Jonas lehnte sich mit seinem gesamten Gewicht auf den Mann, während Vollstedt zu zappeln begann. Seine nasse Haut war glitschig wie die eines Fisches, er entglitt Jonas, der wegen des fehlenden Widerstandes jetzt selbst kopfüber in das kleine Planschbecken stürzte. Mit dem Gesicht voran landete er zwischen Vollstedts Beinen, schluckte Wasser, kam hoch und kämpfte sich zur Seite. Vollstedt trat nach ihm, traf ihn mehrfach in die Rippen und am Kopf, und für einen Moment fürchtete Jonas, bewusstlos zu werden.

Plötzlich stand Vollstedt neben dem Becken, und Jonas lag darin. Der fassartige Oberkörper des Mannes pumpte unter heftigen Atemzügen, Wasser lief aus seiner engen Badehose zwischen seinen Beinen zu Boden, es sah aus, als würde er pinkeln. Jonas war von den Tritten gegen seinen Kopf benommen, bekam die leise ausgesprochenen Worte aber mit:

«Jetzt bekommst du, was du verdienst», sagte Vollstedt. «Hättest dich nicht einmischen sollen, Superbulle.»

Dann ging Vollstedt ein paar Schritte vom Planschbecken weg und zeigte auf Jonas.

«Helfen Sie mir. Dieser Verrückte will mich umbringen.»

Im nächsten Moment kamen zwei Beamte der Hundertschaft heran, deren Wagen Jonas vorhin gerammt hatte, und zogen ihn aus dem Wasser.

4.

Heute

Das Zweifamilienhaus aus den Siebzigerjahren stand auf einem großen Grundstück in der Siedlung am Mallener Land außerhalb der Stadt. Mit dem Motorrad hatte Franca Lichtenwalter zwanzig Minuten gebraucht, eine akzeptable Zeit für Pendler. Die teuren Grundstücke hier im Speckgürtel konnten sich zunehmend nur noch solvente Käufer leisten, das sah man den neueren Häusern auch an, nicht aber diesem.

Ungepflegt war nicht der passende Ausdruck. Verwahrlost traf es besser. Der Garten glich einem Dschungel. Bäume und Büsche waren längst miteinander verwachsen und bildeten eine grüne, undurchdringliche Wand. An der Hauswand zur Straße hin rankte Efeu empor, umschloss die Haustür und die Fenster, nahm dem Haus alle Konturen und ließ es wie ein Geisterschloss erscheinen. Die dunklen Dachpfannen und die mit grauem Schiefer verkleideten Giebel schufen zusätzlich eine düstere Ausstrahlung.

An den Fenstern hingen blickdichte Gardinen.

Unter dem Carport parkte ein alter knallroter VW Polo.

Hier lebte Gerlinde Frieling.

Die familiäre Trennung zwischen Frau Frieling und ihrer Tochter war konsequent, dachte Franca. Liebe überwand diese Kluft nicht und Geld schon gleich gar nicht.

Was mochte vorgefallen sein zwischen Mutter und Tochter? Oder lag der Grund des Zerwürfnisses länger zurück? War der Vater schuld, dessen Porträt die Villa in der Stadt in ein Gruselkabinett verwandelte?

Franca hatte oft genug hinter die Fassaden scheinbar glücklicher Familien schauen dürfen und die tiefsten Abgründe entdeckt. Hier aber gab es nicht einmal eine Fassade. Der Krieg zwischen Mutter und Tochter wurde mit offenen Karten ausgetragen.

Die große Frage war: Was machte das mit der verschwundenen Silvia?

Franca stieg vom Motorrad, setzte den Helm ab, hängte ihn ans Lenkrad und fuhr durch ihr schulterlanges braunes Haar.

Auf der anderen Straßenseite bewegte sich eine Gardine. Franca ließ sich nicht anmerken, dass sie es gesehen hatte. Natürlich beobachteten die Nachbarn die Straße. Wo war das nicht so? Wenn man es geschickt anstellte und charmant war, erfuhr man von den Leuten fast alles. Mitunter war gerade das, was die Nachbarn nicht verrieten, sogar am aufschlussreichsten.

Franca schoss mit dem Handy ein paar Fotos vom Haus der Frielings. Dabei bemerkte sie ein kleines Fähnchen, das aus dem Efeu neben der Eingangstür ragte. Die blaue Farbe war verblichen, die Ränder ausgefranst, die goldenen Sternchen hatten ihre Leuchtkraft längst eingebüßt.

Die Europaflagge. An so einem Spukschloss?

Franca behielt die Fenster im Blick und ging auf die Eingangstür zu.

Weder gab es ein Namensschild noch eine Klingel. An ihrer statt ragten zwei dünne Kabel aus einem Loch in der Wand neben der Haustür. Dazwischen hatte eine Spinne ihr Netz gewoben. Abwartend lauerte sie in einer Fuge auf Beute. Franca konnte die Beinspitzen hervorlugen sehen, und es lief ihr kalt den Rücken hinab. Sie hasste Spinnen. Hasste alles, was sich hektisch auf vielen Beinchen bewegte.

Sie klopfte. Laut und für jeden im Haus vernehmlich. So lange, bis ihre Knöchel schmerzten und sich drinnen etwas tat.

Zunächst nahm sie leise Geräusche wahr. Eine Klospülung vielleicht, eine Tür, die zufiel, ein Scharren von schweren, müden Schritten.

«Wer ist da?», kam schließlich die Frage dicht hinter der Tür. Ohne Zweifel eine weibliche Stimme, wenngleich auch kratzig und tief.

«Mein Name ist Franca Lichtenwalter. Ich möchte mit Ihnen sprechen.»

«Worüber?»

«Könnten Sie bitte kurz die Tür öffnen?»

Darauf bekam sie keine Antwort. Auch erneutes Klopfen und Rufen führte zu keinerlei Reaktion.

Franca trat einen Schritt zurück, stemmte die Hände in die Hüften und blies die Wangen auf. Diese Frau schien eine Herausforderung zu sein. Aufgeben kam natürlich nicht infrage, sie hatte schon härtere Nüsse geknackt. Wie immer war es eine Frage des richtigen Werkzeugs.

Franca war nicht explizit des Grundstückes verwiesen worden, deshalb beschloss sie, etwas forscher vorzugehen. Sie wandte sich nach links und schlug sich durch das kniehohe Wildblumenfeld an die Nordseite des Hauses. Dort war es schattig und kühl, und die Büsche standen so dicht, dass ein Durchkommen auf den ersten Blick unmöglich erschien. Bei genauerem Hinsehen entdeckte Franca aber so etwas wie einen Tunnel, den jemand in die Kirschlorbeerbäume, Koniferen und Rhododendren geschnitten hatte.

Sie bückte sich und trat hinein. Über ihr bildeten die Pflanzen ein dichtes Dach, nur wenig Licht drang hindurch. Sie entdeckte Schnittstellen an den dickeren Ästen, die noch nicht allzu alt waren. Es war schon eine merkwürdige Art, seinen Garten zu pflegen, wenn man ihn erst zuwuchern ließ und später mühsam Gänge hineinschnitt.

Diese natürliche Barriere war so lang wie das Haus, vielleicht sechs bis acht Meter. Am anderen Ende trat Franca wieder ins Freie. Das Grundstück war riesig und endete an einem Waldgebiet. Auch hier war der Rasen nicht geschnitten, waren die Beete nicht gepflegt, die Büsche nicht gestutzt. Aber es gab einen Pool. Franca schätzte ihn auf zehn mal vier Meter. Wasser war keines darin, stattdessen war er fast randvoll mit Laub, Ästen und Müll. Von oben war nicht zu erkennen, wie tief der Pool war und wie dick die Schicht aus Gartenabfällen. Ein morastiger, erdiger und lebendiger Geruch stieg daraus empor.

Franca wandte sich vom Pool ab und dem Haus zu. Genau wie vorn waren auch hier alle Fenster mit Gardinen behängt. Eine Ausnahme bildete die von einem Außenrollladen abgeschottete Terrassentür.

Das Haus war ein Bunker. Keine Chance, einen Blick hineinzuwerfen.

Außer vielleicht ...

Franca fiel eine alte Holzleiter auf, die an einem Kirschbaum lehnte. Der Baum stand nicht weit vom Haus entfernt, wenn man die Leiter rüberkippte, reichte sie sicher an eines der beiden Fenster oben im Giebel. Das wäre schon ziemlich dreist, aber mit Zurückhaltung wurde man keine erfolgreiche Privatdetektivin.

An den Füßen der Leiter fiel Franca der frisch aufgewühlte

Boden auf. Ganz so, als sei schon vor ihr jemand auf die Idee gekommen, über die Fenster einzusteigen.

Hatte es unlängst einen Einbruch gegeben?

Wenn ja, machte sie sich gerade äußerst verdächtig.

Franca überlegte noch, ob sie ihren Plan in die Tat umsetzen sollte, da ratterte und schepperte es plötzlich an der Terrassentür, und der Rollladen schnellte hoch.

Die Terrassentür flog auf.

«Was machen Sie da? Verschwinden Sie von meinem Grundstück!»

Endlich bekam sie Gerlinde Frieling zu sehen.

Die Frau war ähnlich groß wie ihre Mutter, vielleicht eins fünfundsiebzig, hatte dünnes dunkles Haar und ein Gesicht, das früher sicher einmal schön gewesen war. Jetzt war es aufgedunsen und teigig, und die geplatzten Äderchen auf Nase und Wangen deuteten auf hohen Alkoholkonsum hin. Frau Frieling trug eine übergroße, ausgebeulte graue Jogginghose und ein fleckiges weißes Shirt. Sie war schätzungsweise vierzig Jahre alt.

«Frau Frieling?»

Franca ging mit einem Lächeln auf sie zu.

«Verpissen Sie sich!»

Okay, das war deutlich. Mit Zurückhaltung und Freundlichkeit kam sie hier nicht weit.

«Wenn wir gesprochen haben, vorher nicht», entgegnete Franca.

«Ich rufe die Bullen.»

«Nur zu. Ich warte hier so lange. Und wenn sie kommen, erzähle ich ihnen, dass Sie da drinnen drei Dutzend Katzen unter katastrophalen Umständen halten. Die Bullen werden sich dann auf jeden Fall Zutritt zu Ihrem Haus verschaffen. Ganz schön viel Ärger und Aufregung, um ein kurzes Gespräch zu vermeiden, meinen Sie nicht?»

Darüber schien Gerlinde Frieling nachzudenken. Franca setzte darauf, dass es der Frau unangenehm sein würde, jemanden in ihr Haus zu lassen, vor allem die Polizei. Bei anderen Gelegenheiten hatte diese Strategie wunderbar funktioniert.

«Was wollen Sie?», fragte die Frieling.

«Mit Ihnen über Ihre Tochter sprechen. Silvia.»

«Ist nicht hier.»

«Und wo finde ich sie?»

«Keine Ahnung, ist ausgezogen, haben keinen Kontakt mehr.»

«Aber Sie sind doch ihre Mutter.»

«Und?»

Für einen Moment fehlten Franca die Worte. War dieser Frau das Schicksal ihres Kindes wirklich egal?

«Interessiert es Sie nicht, wie es Silvia geht?»

Gerlinde Frieling kniff die Augen zusammen.

«Schickt meine Mutter Sie?»

«Ihre Mutter macht sich Sorgen.»

«Hab ich's doch gewusst. Sie kann es einfach nicht sein lassen.»

Neben der Terrassentür stand ein Besen mit groben roten Borsten und langem Stiel. Den schnappte sie sich, hielt ihn mit beiden Händen wie ein Schwert, kam auf Franca zu und holte zum Schlag aus.

«Runter von meinem Grundstück», schrie sie.

Franca war von dem plötzlichen Angriff überrascht. Sie wich zurück, stolperte über einen Maulwurfshügel und fiel auf den

Hintern. Schon war die Frieling über ihr und schlug zu. Der Besen erwischte Franca heftig am Schienbein. Sie schrie auf.

«Verpiss dich!», keifte die Frieling.

Franca griff nach dem Besen, bekam ihn an den Borsten zu packen, doch die Frieling war kräftiger als gedacht und entriss ihn ihr. Augenblicklich holte sie zum nächsten Schlag aus, dem Franca nur entging, indem sie sich zur Seite rollte. Ein Stück weit entfernt kam sie hoch. Ihr rechtes Bein war wie betäubt von dem Schlag.

«Frau Frieling, seien Sie doch vernünftig!»

Aber die wollte nicht vernünftig sein. Mit hocherhobenem Besen ging sie abermals auf Franca los.

Ihr blieb nur der Rückzug.

Humpelnd lief sie auf den Tunnel in den Büschen zu und warf sich hinein. Gerade noch rechtzeitig, bevor der Besen erneut auf sie niederfuhr.

«Bestellen Sie meiner Mutter einen schönen Gruß», keifte die Frau ihr hinterher. «Ich scheiße auf sie.»

5.

Vor sieben Jahren

«Bernd Vollstedt steckt dahinter, ich weiß es.»

«Du denkst, du weißt es, aber das ist nicht das Gleiche. Jonas ... hör zu, du bist an den Ermittlungen nicht beteiligt und musst damit aufhören. Lass uns unsere Arbeit machen. Wir finden Isabell. Ganz sicher.»

«Nein, ihr findet sie eben nicht. Meine Kleine ist seit drei

Tagen verschwunden, und was habt ihr? Seit gestern geben sich die Partygäste hier die Klinke in die Hand, aber mich wollt ihr nicht reinlassen?»

Jonas hatte ruhig bleiben wollen, doch er schaffte es nicht. Sven-Ole hatte ihn in der Eingangshalle der Dienststelle abgefangen und ihm klargemacht, dass er ihn nicht hineinlassen würde.

«Wir vernehmen die jungen Leute», sagte Sven-Ole. «Du weißt, wie das läuft.»

Sven-Ole sah beschissen aus, übernächtigt, mit dunklen Ringen um die Augen, seine Kleidung roch nach Schweiß und Nikotin, sein aschfarbenes Haar war ungewaschen. Jonas wusste, sein Freund tat alles, um Isabell zu finden, und es tat ihm leid, ihn so angefahren zu haben.

«Ich will dabei sein», sagte er.

Sven-Ole schüttelte den Kopf. «Auf keinen Fall, und das hast du dir durch deine Aktion bei Vollstedt selbst zuzuschreiben. Ich kann da gar nichts machen, tut mir leid. Anordnung von ganz oben.»

«Bitte ... sie ist meine Tochter ... das könnt ihr nicht machen. Ich bitte dich, Mann», versuchte er es dennoch.

Sven-Ole schüttelte den Kopf. «Bitte, Jonas, geh nach Haus. Kümmere dich um Marie, sie braucht dich jetzt mehr als wir. Hier kannst du nicht helfen ... vor allem nicht in deinem Zustand. Du bist ja gar nicht mehr du selbst.»

«Was ist mit Vollstedt?»

«Wir überprüfen ihn, aber bisher gibt es keine Beweise gegen ihn. Er hat sogar ein Alibi. Ebenso gut kann es jeder andere gewesen sein.»

«Es war aber nicht jeder andere, sondern dieser Mann.»

Jetzt wurde er doch wieder laut. Was blieb ihm anderes übrig? Niemand schien ihm zu glauben, was Vollstedt betraf. Dabei lag es doch auf der Hand. Der Mann hasste ihn, und nun hatte er sich auf die feigste Art und Weise gerächt. Ein wehrloses, unschuldiges Mädchen zu entführen, passte einfach zu diesem widerwärtigen Typen.

«Jonas ... beruhig dich», sagte Sven-Ole. «Ich kümmere mich persönlich um Vollstedt, und du bist der Erste, der es erfährt, wenn ich etwas gegen ihn in der Hand habe. Aber noch habe ich nichts.»

«Versprichst du es mir?»

«Ich verspreche es dir.»

Jonas nickte, dann verließ er das Gebäude. Draußen schlug ihm schwülwarme Luft entgegen. Die Sonne brannte von einem milchig-blauen Himmel auf ihn nieder. Am Horizont türmten sich Gewitterwolken auf. Er lief geradewegs auf seinen Wagen zu und stieg ein. Für ein paar Sekunden wusste er nicht, was er tun sollte, dann packten ihn wieder die Wut und Verzweiflung, und er drosch mit Fäusten auf das Lenkrad ein, bis sie vor Schmerz pochten.

Erschöpft sackte er zusammen. Sein Blick ging zurück zu dem Gebäude, in dem er bis vor drei Tagen seinen Dienst verrichtet hatte.

Sie wollten ihn nicht dabeihaben. Kuntze, der Dienststellenleiter, hatte ihn gegen seinen Willen krankgeschrieben. Er sollte zu Hause bleiben, sich um Marie kümmern, die Hände in den Schoß legen und abwarten. Sie verlangten Unmögliches von ihm und wussten das auch.

Jonas verbrannte innerlich, und die Schmerzen trieben ihn in den Wahnsinn. Er schlief nicht, aß nicht, ruhte nicht. Er hielt nicht Maries Hände, nahm sie nicht in den Arm, betete nicht für Isabell. Sein ganzes Sein und Tun war darauf ausgerichtet, sie zu finden. Dabei pulsierte im Hintergrund ständig der Gedanke, dass ein Mann wusste, wo Isabell versteckt war.

Bernd Vollstedt.

Ein Mann, den niemand mochte, mit dem niemand verkehrte, der seine eigene Tochter und seine Frau in der Öffentlichkeit schlug, der soff und randalierte, aufbrausend und gemeingefährlich war. Jonas hatte damals den Fehler gemacht, ihn gegen sich aufzubringen. Hätte er einfach weggesehen, so wie alle anderen auch, dann wäre Isabell noch bei ihnen.

Mit schmerzenden Händen startete Jonas den Motor, legte den Gang ein und fuhr den Wagen vom Parkplatz der Dienststelle. Dabei sah er in den Rückspiegel, weil er hoffte, Sven-Ole würde ihm nacheilen, um ihn doch noch mit zur Dienstbesprechung zu nehmen, doch das geschah nicht.

Dafür sah er etwas anderes, was gar nicht da war: TomTom, den kleinen lila Bären, der eine Weile am Innenspiegel des Wagens gehangen hatte und der in der Nacht von Isabells Verschwinden vom Rucksack abgerissen worden war. Die Spurentechniker untersuchten gerade den Rucksack, und wenn sie irgendeine Faser oder ein Haar daran fanden, etwas, das sie zu Vollstedt führte, wäre es zu spät. Denn wo immer er Isabell versteckt hielt, war sie nun allein. Vollstedt konnte nicht ungesehen dorthin gelangen, denn seit dem Vorfall stand er unter Beobachtung. Isabell würde schlicht und ergreifend in ihrem Gefängnis verdursten. Das war es, was Jonas mit seiner Aktion erreicht hatte. Statt ihr zu helfen, hatte er seiner Kleinen geschadet.

Automatisch lenkte Jonas seinen Wagen Richtung Rotdornallee, wo Bernd Vollstedt lebte. Ein Streifenwagen parkte vor dem Haus. Billiger wäre es, Jonas einzusperren, statt Vollstedt rund um die Uhr bewachen zu lassen, und Jonas wusste, er sollte seinem Chef für diese Maßnahme dankbar sein, doch er war es nicht.

Die Männer im Streifenwagen entdeckten ihn sofort. Man kannte sich.

Einer stieg aus und trat neben den Wagen, um seine Aufmerksamkeit zu demonstrieren. Er hatte Schweißflecken unter den Armen. Wahrscheinlich hassten sie ihn dafür, dass sie bei dieser Bruthitze stundenlang hier herumsitzen und einen Mann beschützen mussten, den sie nicht mochten.

Jonas wandte den Blick ab, er schaffte es nicht, seinem Kollegen in die Augen zu schauen. Langsam fuhr er an dem Streifenwagen vorbei, gab Gas und ließ eine Viertelstunde später den Wagen vor seinem eigenen Haus ausrollen. Friedlich lag es im Sonnenlicht, die Stauden im Vorgarten blühten in voller Pracht, alles erstrahlte in den schönsten Farben, gleichzeitig schien ein grauer Schleier über allem zu liegen. Die Rollläden waren heruntergelassen, das Leben ausgesperrt. Jonas' Hände zitterten. Er blieb sitzen, starrte sein Haus an und fragte sich, ob darin je wieder Isabells Lachen erklingen würde. Hier war sie aufgewachsen, durch diese Räume hatte er sie getragen, als sie zahnte und sich überhaupt nicht beruhigen wollte. Jedes Weihnachten hatte sie hier erlebt, und Jonas erinnerte sich schmerzhaft daran, wie er mit einem Schlitten Spuren in den Schnee vorm Wohnzimmerfenster gezogen hatte, damit seine Kleine einen Beweis für die Existenz des Weihnachtsmannes hatte. Sie waren zusammen hinausgegangen in die Eiseskälte, um mit einer Kamera die Spuren zu sichern, und Isabell war mit großer Ernsthaftigkeit und gehörigem Respekt vorgegangen.

Jonas stieg aus und ging ins Haus. Drinnen war es kühl und dunkel, die Luft schwer und ohne Sauerstoff, die üblichen Gerüche fehlten. Wie oft hatte er sich über Isabells Parfum aufgeregt, weil sie es viel zu stark auftrug, oder über den chemischen Gestank des Nagellackentferners, der stundenlang nicht verschwand. Jetzt wünschte er sich, all das noch einmal riechen zu dürfen, nur ein einziges Mal noch.

«Marie?», rief er vorsichtig.

Eine Antwort bekam er nicht, fand seine Frau jedoch im Wohnzimmer vor dem ausgeschalteten Fernseher. Seit Tagen starrte sie die schwarze Fläche an, die Beine untergeschlagen, ein großes Kissen an den Bauch gepresst. Sie sah aus wie ein Geist. Blass, verhärmt, abwesend.

Wenigstens blickte sie zu ihm auf, als er den Raum betrat. Geweint hatte sie nicht. Irgendwann waren die Tränen einfach versiegt, ganz gleich, wie groß die Angst auch sein mochte.

Jonas setzte sich zu ihr.

«Wie geht es dir?»

Eine unnötige, dumme Frage, aber eine bessere fiel ihm nicht ein, und sie musste ohnehin gestellt werden. In einem hatte Sven-Ole Reiter nämlich recht gehabt: Marie brauchte ihn mehr denn je. Sie war nicht so stark wie er, war es noch nie gewesen. Ein zartes Wesen, ätherisch in ihrer Ausstrahlung, über die Maßen liebevoll, warmherzig, aber eben auch verletzlich und sensibel.

«Ich fühle nichts mehr», flüsterte sie. «Keinen Schmerz, keine Angst.»

«Dein Körper versucht, sich zu schützen.»

«Wovor?»

Darauf wusste Jonas keine Antwort, also schwieg er. Sie saßen einfach nur nebeneinander und starrten den schwarzen Bildschirm an. Durch die Lamellen der Rollläden fiel ein wenig Licht, sodass Jonas Maries Spiegelbild im Fernseher sehen konnte. Zwei zusammengesunkene Gestalten auf der Couch, vom Schwarz umgeben, beinahe schon davon verschlungen. So fühlte er sich. Alles versank in der zerstörerischen Finsternis eines schwarzen Loches.

«Ich werde alles tun, was nötig ist, um unser Kind zu finden», sagte Jonas mehr zu sich selbst als zu seiner Frau. «Einfach alles.»

Nun muss der kleine lilafarbene Bär bei mir bleiben.

Er wird mir niemals gehören, das ist mir klar, aber da er nicht zurückkehren kann zu seiner Besitzerin, werde ich ihm Obdach und Zuwendung und Schutz gewähren. Ich werde ihn liebgewinnen, weil er ihr gehörte, weil ich sie in ihm wiedererkenne.

In meinem Versteck geht es ihm gut, und niemand wird ihn jemals dort finden. Ich wüsste gern, ob der kleine lilafarbene Bär einen Namen hat, wahrscheinlich hat er einen, doch bin ich nicht dazu gekommen, sie danach zu fragen. Am Ende ging dann alles ganz schnell, ich habe den Kampf gegen die Dunkelheit verloren, die Bilder sind Realität geworden, aber das hatte ich ja schon geahnt.

Ab jetzt ist die Angst meine ständige Begleiterin.

Obwohl ich mich in jener Nacht im Wald für unsichtbar gehalten habe, bin ich wohl doch nicht unentdeckt geblieben. Jemand anderes war da gewesen. Jemand, der ebenfalls in Dunkelheit lebt.

Kann er mir gefährlich werden? Nicht hier in meinem Versteck, das nicht, aber da draußen in der Welt, in der auch ich mich jeden Tag schutzlos bewegen muss.

Dort fühle ich mich verfolgt und beobachtet.

Vielleicht sollte ich mein Versteck nicht mehr verlassen. Oder nur noch in der Dunkelheit.

Aber das wird ER nicht zulassen. ER, der mein Leben zur Hölle macht.

Ich sollte IHN töten.

Es ist nicht so, dass ich es mir nicht bereits ausgemalt hätte. Beim ersten Mal waren die Bilder noch erschreckend gewesen. In meinem Kopf ist alles sehr realistisch und detailreich. Dort sehe ich das große Messer aus der Küche, das in dem Block aus dunklem Holz steckt und mir seine Aufforderung zuzuschreien scheint. Nimm mich. Nimm mich und stoß mich in seinen Hals, seinen Brustkorb, seinen Bauch, stoß mich überallhin, sooft du kannst. Und dann sehe ich es mich tun, und in meinen Fingern spüre ich, wie das Messer ins Fleisch gleitet, an Knochen entlangrutscht, daran abprallt.

Ja, anfangs waren diese Bilder und Empfindungen erschreckend gewesen, aber je öfter ich sie denke, desto stumpfer und blasser wird der Schrecken.

Ich glaube, ich werde es tun.

Weil es meine Bestimmung ist und es niemand sonst tun kann.

Und wenn man in der Dunkelheit lebt, ist töten so einfach wie träumen.

6.

Heute

Die alte Dame öffnete die Tür, und Franca Lichtenwalter fielen sofort die tiefen roten Striemen an ihren Unterarmen auf. Die bekam man, wenn man sich lange auf den Fensterrahmen stützte, um hinauszusehen. Profi-Beobachter benutzten Kissen als Unterlage, damit hielt man viel länger durch und vermied solch verräterische Spuren.

Geschockt von der Aggressivität der Frieling, hatte Franca sich zuerst einmal von dem Angriff erholen müssen. Beinahe hätte sie jetzt mit eingeschlagenem Kopf in dem verwilderten Garten gelegen. Die Verletzung am Bein war weniger lebensbedrohlich, aber schmerzhaft genug. Ein Stück Haut war aufgerissen, es blutete ein wenig, und an der Wade bildete sich ein blauer Fleck.

Franca hatte sich entschieden, die Ermittlung trotz der Schmerzen noch nicht abzubrechen und sie stattdessen auf die Nachbarschaft auszuweiten.

Die alte Dame hieß Buck, das verriet ihr Klingelschild. Franca hatte rasch ein Bild davon gemacht, um den Namen nicht zu vergessen, und dann geklingelt. Frau Buck war circa siebzig Jahre alt, korpulent, hatte lichtes graues Haar und einen freundlichen Gesichtsausdruck. Sie erinnerte Franca an ihre eigene Omi, die viel zu früh gestorben war. Mit neun war es Francas erste Beerdigung gewesen. Damals hatten ihr die bunten Kleider und der fröhliche Tanz auf dem Friedhof gefallen. Später hatte sie eine andere Beerdigung beobachtet, schwarz gekleidete Menschen mit finsteren Mienen, und ihre Eltern hatten ihr erklären müssen, dass Menschen unterschiedlich trauerten.

«Ja, bitte?», fragte die alte Dame und schaute sie durch dicke Brillengläser neugierig an. Tiefe Falten in den Augenwinkeln ließen erahnen, dass sie viel gelacht hatte in ihrem Leben. Überhaupt war ihr Gesicht wie ein offenes Buch, nichts Arglistiges oder Hinterhältiges darin.

Franca stellte sich vor und zeigte ihren Ausweis.

«Ich bin auf der Suche nach Silvia Frieling. Haben Sie sie kürzlich gesehen?»

Die alte Dame schüttelte den Kopf.

«Nein, ich habe Silvia schon lange nicht mehr gesehen.»

«Wohnt sie nicht mehr hier?»

«Was wollen Sie denn von dem Mädchen?»

Franca war klar: Hier kam sie nur mit Ehrlichkeit weiter, und es sprach ja auch nichts dagegen, die alte Dame einzuweihen.

«Silvias Großmutter sorgt sich um sie. Sie hat ihre Enkelin länger nicht gesehen und möchte wissen, ob es ihr gut geht.»

«Und da beauftragt sie eine Privatdetektivin, statt mit ihrer Tochter zu sprechen?»

«Die familiären Verhältnisse sind zerrüttet.»

Frau Buck nickte.

«Ja, natürlich sind sie das. Das ist alles so traurig, die ganze Geschichte.»

Bei Franca klingelten die Alarmglocken.

«Würden Sie mir davon erzählen? Ich gebe Ihnen mein Wort, dass ich alles sehr diskret behandele.»

«Ich weiß nicht ... nicht, dass es später heißt, ich hätte getratscht.»

«Von mir erfährt niemand ein Sterbenswörtchen. Verschwiegenheit ist ein Ehrenkodex bei uns.»

Frau Buck überlegte noch kurz, tat so, als müsse sie sich überwinden, nickte schließlich, ließ Franca herein und führte sie ins Wohnzimmer. Das Fenster dort ging nach hinten in den Garten hinaus. Frau Buck bot ihr von dem Kaffee an, den sie gerade aufgebrüht hatte. Franca nahm dankend an.

Die alte Dame ging in die Küche, und für einen Moment war Franca allein im Wohnzimmer. Ein kleiner quadratischer Raum, vollgestopft mit allem, was sich in einem langen Leben ansammelte und irgendwann unentbehrlich wurde. Dinge lösten Erinnerungen aus, deshalb waren die Wohnungen älterer Menschen derart vollgestellt.

«So, hier kommt der Kaffee.»

Frau Buck servierte ihn in feinem Porzellan mit Goldrand, abgenutzt durch jahrelangen Gebrauch. Die eingebrannten Blumenbilder hatten ihre Farbe eingebüßt und wirkten so blass wie alles hier. Es war Franca schon häufiger aufgefallen, dass es in den Wohnungen alter Menschen kaum kräftige Farben gab. Warum war das so? Verblich das Leben, bevor es endete?

«Milch und Zucker», sagte Frau Buck, riss sie aus ihren Gedanken und stellte zwei passende Gefäße auf den Tisch.

«Ich störe Sie doch hoffentlich nicht?», fragte Franca.

«Ach wo. Ich habe doch alle Zeit der Welt. Außerdem sind Störungen in meinem Alter wie das Salz in der Suppe. Sie glauben ja nicht, wie langweilig es hier sein kann.»

«Trotz der Nachbarschaft?»

Frau Bucks Lächeln geriet traurig.

«Meine Freundinnen sind alle verstorben oder im Pflegeheim.

In den Häusern wohnen jetzt junge Familien, die bleiben unter sich. Niemand hat noch die Zeit, sich mit einer alten Frau abzugeben. Man wird quasi unsichtbar ...»

Frau Buck seufzte, und es entstand eine Gesprächspause, in der sie beide Kaffee tranken. Er war verdammt stark und würde Franca den ganzen Tag über auf Hochtouren halten.

«Ich habe Sie am Haus der Frielings gesehen», sagte Frau Buck, nachdem sie ihre Tasse abgesetzt hatte. «Sie sind nach hinten gegangen.»

«Ja. Das war nicht ganz einfach, bei dem Bewuchs.»

«In dem Garten macht schon seit Jahren niemand mehr was. Eine Schande ist das.»

Franca musste an die abgeschnittenen Äste in dem Durchgang denken. Irgendjemand sorgte zumindest dafür, dass man vom Vorgarten auf das hintere Grundstück kam. Dafür musste es einen Grund geben.

«Haben Sie Frau Frieling angetroffen?», fragte Frau Buck.

Franca beschloss, ehrlich zu bleiben.

«So kann man es nennen. Sie hat mich mit einem Besen von ihrem Grundstück gejagt. Schauen Sie ...»

Sie schob die Jeans ein Stück hoch und entblößte das Schienbein, das noch immer höllisch schmerzte.

«Sie hat Sie geschlagen?»

«Ja, und das nicht nur einmal.»

Frau Buck schlug sich eine Hand vor den Mund.

«Um Gottes willen! Aber ich habe ja schon lange befürchtet, dass sie verrückt wird.»

Vorsichtig schob Franca das Hosenbein hinunter. «Na ja, ich war unbefugt auf ihrem Grundstück. Eigentlich ist es meine eigene Schuld.»

«Trotzdem ...» Frau Buck schüttelte den Kopf. «So verhält sich kein normaler Mensch.»

«Wann haben Sie Silvia zuletzt gesehen?», kam Franca auf den Grund ihres Besuchs zurück.

Die alte Dame ging einen Moment in sich.

«Ich bin mir nicht ganz sicher, aber es muss vor ungefähr einem Dreivierteljahr gewesen sein. Da lebte mein Herbert noch, wissen Sie. Er konnte nicht mehr aufstehen, so schlimm war der Darmkrebs geworden, und ich musste ihm erzählen, was draußen vor sich ging. Zu der Zeit schlief ich schlecht, eigentlich kaum noch, weil ich jederzeit damit rechnen musste, dass mein Herbert sterben würde. Diese langen Stunden nachts im Haus ... das Warten auf den Tod ... am Ende wünscht man sich, er möge endlich kommen ...»

Frau Buck hielt inne, ihr Blick ging ins Leere, aber nur für zwei, drei Sekunden, dann ging ein Ruck durch ihren Körper, und sie fing sich wieder.

«Ich habe das Mädchen nachts die Straße hinuntergehen sehen. Ganz allein. Ich weiß es noch, weil ich meinem Herbert erzählte, wie einsam und verletzlich sie aussah.»

«Kam Silvia nach Haus, oder ging sie fort?»

«Sie ging fort.»

«Haben Sie sie öfters nachts draußen gesehen?»

«Nein, nur dieses eine Mal. Deshalb hat es mich ja so gewundert. Sie war gerade wieder bei ihrer Mutter eingezogen.»

«Und wo war sie vorher?»

«Genau weiß ich das nicht, aber die Leute sagen, in der Klapsmühle.»

«Eher eine therapeutische Einrichtung», verbesserte Franca. «Wissen Sie, warum?»

«Nein. Ich würde mich auch gar nicht trauen, die Frieling danach zu fragen. Wir haben keinen Kontakt. Niemand hier in der Straße verkehrt mit ihr. Man sieht die Frau ja nicht, außer wenn sie die Fahne raushängt oder wieder reinholt.»

«Die Fahne?»

«Haben Sie sie nicht gesehen? Neben der Haustür?»

«Sie meinen die Europaflagge? Ich habe mich schon gefragt, was es damit auf sich hat.»

«Ich habe mich das auch lange gefragt, bis ich dann herausfand, dass sie die Fahne immer dann einholt, wenn wieder einmal ein Mann zu Besuch ist. Wenn er losfährt, kommt die Fahne wieder raus.»

«Ist nicht Ihr Ernst?»

«Oh doch!», bekräftigte Frau Buck. «Ständig lungern irgendwelche Männer vor dem Haus herum. Sitzen in ihren Autos und warten. Bei solchen Zuständen ist es ja kein Wunder, wenn die Tochter das Haus verlässt. Ich würde da auch nicht bleiben. Früher war das hier eine anständige Wohngegend. Die Niedeckers, das war die Familie, die vorher in dem Haus lebte, waren wirklich nett und ordentlich. Das hätten Sie mal sehen sollen, da war der Garten immer tipptopp in Ordnung, und in dem Pool hinterm Haus badeten alle Kinder der Straße.»

Franca ließ die alte Dame ein wenig in ihrer Erinnerung schwelgen, so viel Zeit musste sein.

«Was meinen Sie? Wo könnte Silvia sein?», fragte sie nach einer angemessenen Pause.

«Ich kann es Ihnen wirklich nicht sagen, ich hatte so gut wie keinen Kontakt zu dem Mädchen. Silvia war immer schon sehr zurückhaltend, fast scheu, hat stets den Blick gesenkt, wenn sie vorbeiging, und mit niemandem gesprochen. Sie war schon immer anders, und nach dieser unheilvollen Sache damals ist es nur noch schlimmer geworden. Wahrscheinlich war das auch der Grund für ihre Einweisung.»

«Was denn für eine Sache?»

«Sie wissen nichts davon?»

Franca schüttelte den Kopf und beglückwünschte sich innerlich dazu, an dieser Haustür geklingelt zu haben. Es ging doch nichts über eine gute, aufmerksame Nachbarschaft.

«Silvias Vater ... man sagt, er habe ein junges Mädchen getötet.»

«Was? Ist das bewiesen?»

«Nein. Aber es sprach einiges dafür.»

«Zum Beispiel?»

«Silvias Vater hat an dem Tag, an dem das Mädchen verschwand, lautstark mit ihm gestritten, hier auf der Straße, direkt vor unserem Haus. Das haben viele mitbekommen.»

«Sie auch?»

Frau Buck schüttelte den Kopf. «Ich war an dem Abend mit einer Bekannten im Theater. Mein Herbert hat mir später davon erzählt, dass zwei junge Mädchen vor dem Haus aufgetaucht sind und mit Silvias Vater gestritten haben. Er hat sie mit dem Wasserschlauch verscheucht.»

«Aber Silvias Vater wurde nicht angeklagt?»

«Nein ... das Mädchen wurde auch nie gefunden, bis heute nicht. Eigentlich ist nie aufgeklärt worden, was damals wirklich passiert ist. Das ist jetzt sieben Jahre her. Haben Sie davon gar nichts in der Zeitung gelesen?»

«Ich war lange Zeit nicht in Deutschland und bin erst vor drei Jahren zurückgekehrt. Was für eine schlimme Geschichte.»

Frau Buck beugte sich vor und senkte ihre Stimme.

«Silvias Vater war so ein Mann, mit dem niemand auskam. Immer auf Ärger aus. Mein Herbert war fest davon überzeugt, dass er das Mädchen getötet und irgendwo verscharrt hat.»

Frau Buck schloss die Augen und schüttelte den Kopf.

«Das arme, arme Mädchen.»

Franca war nicht klar, welches Mädchen die alte Dame meinte. Silvia oder die Verschwundene?

«Kannten Sie das vermisste Mädchen?», fragte Franca.

«Nur vom Namen her, sie war ja aus der Gegend. Wenn Sie mehr über sie wissen wollen, müssen Sie mit ihrer Freundin reden. Sie war das zweite Mädchen, mit dem Silvias Vater aneinandergeraten ist.»

7.

Vor sieben Jahren

Absperrband verwandelte die Idylle in einen Tatort.

Von der Abbruchkante hatte man einen guten Blick über die Sandgrube. Das Gelände war erst vor Jahren aufgegeben und der Natur überlassen worden, Renaturierung nannte man das, und nach und nach kamen die Pflanzen zurück. Noch waren die Hänge nackt und weiß, aber am Boden der Grube wuchsen bereits junge Birken.

Zwischen diesen Birken liefen Beamte der Spurensicherung herum. Jonas wusste, dass die Sandgrube bei Teenagern beliebt war für heimliche Treffen, aber Isabell war nicht so ein Mädchen. Sie machte nicht mit irgendwelchen Jungs herum, dafür war sie viel zu vernünftig, und wenn es doch so weit sein sollte, hatte sie es nicht nötig, dafür in eine Sandgrube zu gehen. Sie hätte den Jungen nach Hause einladen können.

Und doch war Jonas jetzt hier, eine Woche nach Isabells Verschwinden.

Neben ihm stand Sven-Ole.

Sein Partner hatte ihn angerufen, abgeholt und hierhergebracht. Isabells Leiche hatten sie nicht gefunden, aber etwas anderes, das den großen Aufwand rechtfertigte, mit dem hier ermittelt wurde.

«Da drüben», sagte Sven-Ole und zeigte auf den gegenüberliegenden Hang. «Es sieht aus, als sei der Hang vor nicht allzu langer Zeit ins Rutschen gekommen. Das passiert schon mal bei kräftigen Gewitterschauern, und wie du weißt, hatten wir in den letzten Tagen einige davon. Es passiert aber auch, wenn man darauf herumläuft. Aus dem Grund ist das Gelände ja auch gesperrt.»

Jonas antwortete nicht. Er starrte den Hang an. Dort drüben hockten Mitarbeiter der Spurensicherung in weißen Anzügen, gruben mit kleinen Schaufeln und Harken, betrachteten jeden Quadratzentimeter Boden.

«Darf ich runter?», fragte Jonas.

«Klar, komm mit.»

Sie stiegen nicht direkt den vor ihnen liegenden Hang hinab, sondern wandten sich nach rechts und gingen bis zur Einfahrt. An der Schranke patrouillierten zwei Beamte, etliche Streifenwagen standen hier, auch eine mobile Küche. Man hatte sich auf eine längere Suche eingerichtet.

Am Fuß des Hanges staute sich die Hitze, die Sonne brannte gnadenlos, die Luft flirrte, und die Zikaden kreischten wie von Sinnen.

Ein Bereich von circa einem Quadratmeter war von einem kleinen Plastikzaun umgeben. Darin steckte ein Fähnchen mit der Nummer eins darauf.

«Die Hunde sind darauf gestoßen», erklärte Sven-Ole. «Ein Fetzen von einem Kleidungsstück, ungefähr handtellergroß. Es steckte mehrere Zentimeter tief im Sand, ein Zipfel schaute jedoch heraus, wahrscheinlich hat der Regen ihn freigespült.»

Natürlich war das Beweisstück längst im Labor. Jonas hätte es gern gesehen, um sich davon zu überzeugen, dass der Fetzen auch wirklich von Isabells rotem Partykleid stammte. Es musste so sein, denn sonst hätten die Hunde nicht angeschlagen.

«Darüber hinaus aber nichts», sagte Sven-Ole. «Wir suchen schon seit gestern, und es sieht nicht so aus, als würden wir noch etwas finden.»

«Isabell war also hier.»

«Wahrscheinlich. Wir wissen es nicht genau. Die Hunde haben ihre Spur aber hierher verfolgt. Und der Stofffetzen ist rot ... und gleicht dem Kleid, das Isabell getragen hat.»

«Man kommt von Vollstedts Haus durch den Wald hierher», sagte Jonas.

Er wusste das, weil er seine Suchwege sternförmig von Vollstedts Haus angelegt hatte.

«Von jedem anderen Haus, das am Rande des Naturschutzgebietes steht, auch», wandte Sven-Ole ein. «Und von den Engelmanns, wo die Party stattfand, dauert es zu Fuß nicht mehr als zwanzig Minuten.»

Jonas fragte sich, ob zwei Jugendliche, die knutschen wollten und angetrunken waren, einen derart weiten Weg auf sich nehmen würden. Nein, sie würden in der Nähe der Party bleiben, sich dort ein stilles Plätzchen suchen. Aber ein Dreckskerl wie Vollstedt, der sich rächen wollte, würde diese Mühe nicht scheuen.

Jonas spürte Sven-Oles Hand auf seiner Schulter.

«Vergiss Vollstedt endlich», sagte er. «Wir haben ihn überprüft. Seine Frau hat ausgesagt, sie hätten Sex gehabt und er sei auf der Couch im Wohnzimmer eingeschlafen. Sie selbst ist ins Bett gegangen. Er könnte später zwar noch das Haus verlassen haben, aber es gibt keinerlei Hinweise, dass er in der Nähe der Party war. Niemand hat ihn gesehen. Weder die Nachbarn noch die Partygäste. Mittlerweile haben wir mit jedem von ihnen gesprochen. Alle haben Isabell zu irgendeinem Zeitpunkt auf der Party gesehen, mal hier, mal dort. Aber keiner kann sich erinnern, dass sie fortgegangen ist. Weder hat sie sich bei Torsten Engelmann noch bei jemand anderem verabschiedet, und ihre Freundin Carina Hussmann sagt aus, Isabell wäre niemals ohne sie nach Hause gegangen. Die Aussagen der Partygäste sind natürlich vage, die meisten waren betrunken, manche haben Drogen konsumiert.

Wir haben die Suche noch einmal ausgedehnt, aber du weißt ja selbst, wie schwierig das Gelände dort draußen ist. Es gibt Sandgruben, Geländeabbrüche, kleine Tümpel und morastige Flächen. Selbst die Hunde kommen nicht überallhin.»

«Und Vollstedts Haus?»

«Wir haben allein auf Grundlage deiner Verdächtigung natürlich keinen Durchsuchungsbeschluss erwirken können, aber Vollstedt hat uns sein Haus und Grundstück noch am Tag deines Angriffs auf ihn freiwillig gezeigt. Da ist nichts.»

«Habt ihr die Hunde suchen lassen?»

«Jonas … er wäre niemals kooperativ gewesen, wenn er etwas zu verbergen hätte.»

Jonas schwieg einen Moment.

«Habe ich dir erzählt, was er an dem Tag beim Planschbecken zu mir gesagt hat?»

Sven-Ole seufzte. «Ja, hast du. Mehr als einmal.»

«Er hat gesagt, jetzt bekomme ich, was ich verdiene. Ich hätte mich nicht einmischen sollen.»

«Er sagt aber auch, es tut ihm leid, dass er dich provoziert hat, und deswegen hat er von einer Anzeige gegen dich abgesehen.»

«Jetzt bekommst du, was du verdienst. Hättest dich nicht einmischen sollen, Superbulle», wiederholte Jonas den exakten Wortlaut, der sich tief in sein Gedächtnis eingebrannt hatte.

Sven-Ole ging nicht darauf ein.

«Marie und du, habt ihr noch einmal wegen dieses Freundes nachgedacht?»

«Sie hat keinen», sagte Jonas, ohne den Blick von dem kleinen Fähnchen im Sand zu nehmen.

«Ihre Freundin Carina sagt aber, sie sei verliebt gewesen. Torsten Engelmann streitet ab, mit ihr intim gewesen zu sein. Er behauptet, sie wollte nichts von ihm. Es muss also einen anderen geben. Habt ihr wirklich nichts bemerkt?»

«Hast du mit dem Jugendamt gesprochen?», überging Jonas die Frage.

Wieder seufzte Sven-Ole.

«Was denkst du denn? Ich gehe jedem noch so kleinen Hinweis nach, ich gehe auch Dingen nach, die keinen Sinn ergeben, seit einer Woche schlafe ich kaum, und das tue ich für Marie, für Isabell und für dich. Findest du nicht, du könntest mir ein bisschen vertrauen?»

«Was sagt das Jugendamt?»

Aus den Augenwinkeln sah Jonas, wie Sven-Ole kurz die Augen schloss und den Kopf schüttelte.

«Sie sagen, Vollstedt streitet alles ab, behauptet, das sind nichts weiter als Verleumdungen von deiner Seite.»

«Ich will nicht wissen, was Vollstedt sagt, sondern was das Jugendamt sagt.»

«Sie sind dir schon dankbar für den Tipp, denn seitdem bekommt das Kind die richtige Behandlung, einen Begleiter in der Schule, alles, was sie braucht. Silvias Syndrom ist schwer zu diagnostizieren, man kann es ihren Eltern kaum vorwerfen, es nicht erkannt zu haben. Nicht einmal die Lehrer haben es erkannt.»

«Und er hat seine Tochter nicht angefasst?»

«Dafür gibt es nicht einen einzigen Hinweis. Du reimst dir da was zusammen ... und ich verstehe das, aber du hast wegen der Situation im Moment nicht den klaren Blick, den du sonst hast.»

«Ich habe gesehen, wie er mit seiner Tochter umgeht. So was macht kein normaler Vater.»

«Vollstedt ist anders, da gebe ich dir recht, und er ist sicher nicht sympathisch, aber das macht ihn noch lange nicht zum Mörd...»

Sven-Ole brach ab, aber es war zu spät.

Er hatte ausgesprochen, was alle hier dachten.

Isabell war tot.

8.

Heute

«Wir nannten sie Geistersilvi», sagte Carina Hussmann, und die Körperhaltung der jungen Frau verriet, wie unwohl sie sich fühlte. Es fiel ihr offenbar schwer, diese Erinnerungen auszugraben. Zusammengesunken saß sie in der Hollywoodschaukel auf der Veranda vorm Haus und knibbelte an ihren Fingernägeln.

Franca hatte sich nach der Unterhaltung mit Frau Buck direkt zu den Hussmanns aufgemacht, und sie hatte Glück, Carina war zu Hause. Die Zweiundzwanzigjährige mit dem runden Gesicht und kurzem braunem Haar studierte Rechtsmedizin, hatte aber gerade Semesterferien und verbrachte ein paar Wochen bei den Eltern. Sie war damals bei dem Streit mit Silvias Vater dabei gewesen und bereit, darüber zu sprechen.

«Geistersilvi», wiederholte Franca. «Warum habt ihr sie so genannt?»

«Weil sie sich wie ein Geist verhielt und auch so aussah. Blass, durchscheinend, irgendwie nicht richtig da. In der Schule tauchte sie mal hier, mal dort auf, verschwand für ein paar Stunden und saß plötzlich wieder im Unterricht, gehörte nirgendwo dazu und sprach kaum mal mit jemandem. Eigentlich war Herr Ullbrich, unser Mathelehrer, schuld an dem Spitznamen. Nachdem Silvia mal wieder eine Weile verschwunden war und überraschend im Matheunterricht wieder auftauchte, ausgerechnet in Mathe, sagte der Ullbrich: ‹Sieh an, ein Geist beehrt uns heute.› Seitdem hieß sie Geistersilvi.»

«Wusste sie davon?»

Carina zuckte mit den Schultern. «Möglich. Sie wissen ja, wie das ist, wenn es in der Schule erst mal die Runde gemacht hat.»

Ja, das wusste Franca. Auch ihr waren Hohn und Spott während der Schulzeit nicht erspart geblieben. Zum einen wegen ihrer ausgefallenen bunten Kleidung, die ihre Mutter selbst genäht hatte, aber auch weil sie häufig umgezogen waren und Franca an jeder Schule von vorn beginnen musste. Irgendwann hatte sie es dann gelassen, Kontakte knüpfen zu wollen, und war zur Außenseiterin geworden.

«Und an jenem Abend, an dem es zu dem Streit kam, was ist da passiert? Magst du mir davon erzählen?»

Carina nickte. Sie blickte auf ihre Finger hinunter und riss einen Hautfetzen vom Nagelbett des Daumens. Ein winziger Tropfen Blut trat aus. Sie steckte den Daumen in den Mund und lutschte das Blut ab. Das alles tat sie offenbar unbewusst.

«Wir waren aufgedreht, Isa und ich, den ganzen Tag schon. Die Gartenparty bei Torsten Engelmann war das Event des Jahres, wir haben seit Wochen darauf hingefiebert. Als es dann losgehen sollte, war ich total unglücklich mit meinem Outfit. Vorher fand ich das neue Kleid schön an mir, aber als ich dann neben Isa stand, kam ich mir klein und hässlich vor. Sie müssen wissen, Isa war eine richtige Schönheit.

Isa beruhigte mich und meinte, das Kleid stünde mir toll, und die Jungs würden total auf mich abfahren. Was man eben so sagt, um jemanden aufzubauen. Sie hatte ja gut reden. Isa konnte sich die Jungs aussuchen. Ich hatte sowieso seit einigen Wochen das Gefühl, dass sie schwer verliebt war. Aber sie wollte nicht darüber reden, meinte immer nur, ich würde mir das einbilden. Klar, sie wollte nicht, dass ich mich schlecht fühlte. So war sie nämlich. Hat immer versucht, es allen recht zu machen. Total selbstlos.»

«In wen könnte sie denn verliebt gewesen sein?»

«Ich denke, es war Torsten Engelmann.» Carina klang ein wenig traurig, als sie den Namen aussprach.

«Aber du weißt es nicht sicher?»

Sie schüttelte den Kopf. «Ich habe sie an dem Abend kurz vor der Party direkt darauf angesprochen, aber sie ist nicht drauf eingegangen. Stattdessen bat sie mich um einen Gefallen.»

«Was für einen Gefallen?»

«Sie wollte auf dem Weg zur Party bei Silvia vorbeigehen, um sie abzuholen.»

«War Silvia denn eingeladen?»

«Nein, natürlich nicht! Niemand aus der Schule wäre auf die Idee gekommen, Geistersilvi einzuladen.»

«Aber Isa wollte sie dabeihaben? Hast du sie gefragt, warum?»

Carina nickte und saugte einmal mehr an ihrem Daumen, bevor sie antwortete.

«Silvia stand damals seit einiger Zeit unter Aufsicht des Jugendamtes und hatte sogar so einen Betreuer, der sie in der Schule begleitete. Niemand wusste, warum, hatte wohl irgendwas mit einer Aufmerksamkeitsstörung bei ihr zu tun. Isa hat mir erzählt, ihr Vater sei dafür verantwortlich. Er hatte sich mit Silvias Vater angelegt und ihm das Jugendamt auf den Hals gehetzt, und deshalb kam dann der Betreuer dazu. Ihr Vater hatte deswegen wohl ein schlechtes Gewissen und bat Isa, sich um Silvia zu kümmern. Sie in unsere Clique aufzunehmen.»

«Klingt vernünftig.»

Carina schüttelte den Kopf.

«Das war total unfair von Isas Vater.»

«Warum?»

«Weil er ihr damit eine Mission Impossible aufbürdete. Geistersilvi konnte niemals irgendwo dazugehören, dafür war sie viel zu merkwürdig. Nein, keine Chance, auch wenn Isa sich noch so viel Mühe gegeben hätte. Allerdings konnte ich ihr den Gefallen auch nicht einfach so abschlagen. Schließlich war sie meine beste Freundin.»

«Also habt ihr Silvia abgeholt?»

«Ich habe gleich klargemacht, dass ich nicht bereit wäre, sie den ganzen Abend zu bespaßen. Isa meinte, wir würden sie nur mitnehmen, ein paar Minuten bei ihr bleiben und sie dann sich selbst überlassen. Also habe ich mich bereit erklärt mitzumachen.» Carina sah verschämt zu Boden. «Wissen Sie, was ich damals dachte? Ich dachte, wenn Geistersilvi dabei ist und sich bei Isa herumdrückt, hab ich mehr Chancen bei den Jungs. Wenn ich heute darüber nachdenke, ist mir das wirklich peinlich.»

«Du warst ein Teenager. Da spielen die Hormone schon mal verrückt.»

Carinas Lächeln verunglückte.

«Ihr habt Silvia also abgeholt?»

«Ja, aber wir mussten ein wenig umdisponieren. Isas Vater hatte sich zwar bereit erklärt, uns mit dem Wagen zur Party zu fahren, aber das wollten wir nicht. Es war uns zu peinlich, und der Fußweg dauerte ja auch nur zehn Minuten. Wenn wir aber Silvia abholen wollten, mussten wir einen Umweg von fünfzehn Minuten in Kauf nehmen, waren also fast eine halbe Stunde unterwegs. Deshalb packten wir unsere Pumps in Isas Rucksack und zogen Sneaker an. Später wollten wir sie dann tauschen.»

«Wann kamt ihr bei Silvia an?»

«Ich weiß es nicht mehr genau. Vielleicht so gegen acht. Schon komisch, was in der Erinnerung hängen bleibt und was nicht. Zum Beispiel weiß ich noch, dass mir das Haus Angst machte. Ich fand es gruselig. Irgendwie sah man nicht, wo es begann und wo es endete ... und dann dieser schwarze Schiefer am Giebel ...»

«Ich finde es auch gruselig», gab Franca ihr recht.

«Sie waren da?»

«Ja. Wie ging es bei euch weiter?»

«Isa schickte Silvi eine Nachricht aufs Handy, und wir warteten vor dem Grundstück.

Nach zwei Minuten kam Geistersilvi heraus. Sie war barfuß, trug ihre Pumps in der Hand. Ich war überrascht, sie in anderer als dieser schwarzen, langweiligen Kleidung zu sehen, die sie sonst immer trug. Sie hatte ein blaues Kleid an, nicht das modischste, und wahrscheinlich war es auch nicht neu, aber es stand ihr, sie sah nicht so deprimierend aus wie sonst.»

Carinas Gesichtsausdruck änderte sich, und ihr Blick ging in die Ferne, ganz so, als sähe sie Silvia noch einmal aus dem Haus kommen.

«Sie war auf halber Strecke zu uns, da kam ihr Vater von links aus den Büschen. Ich glaube, er hat dort gelauert, so als hätte er davon gewusst, dass wir sie abholen würden.»

«Kannst du ihn mir beschreiben?»

Franca wollte wissen, was für einen Typ sie sich vorstellen musste.

«Er war groß und fett und hatte kaum noch Haare. Ein richtiger Proll. An dem Abend trug er knallbunte Shorts und ein viel zu kleines weißes Shirt. Unten schaute der nackte Bauch heraus, richtig eklig. Er hatte eine Bierflasche in der Hand, zeigte damit auf Silvia und sagte, sie solle sich ins Haus scheren.

Silvia stand mit gesenktem Kopf da und hielt ihre Schuhe umklammert. Ihr schwarzes Haar fiel ihr ins Gesicht, und ich dachte noch, großer Gott, hat sie schönes Haar. In so einer Situation … schon verrückt, oder? Dabei hatte ich richtig Angst und wollte am liebsten davonlaufen. Ich hab gespürt, wie mein Herz wie verrückt schlug, und es bereut, Isa nachgegeben zu haben. Sie hätte wissen müssen, dass dabei nur Ärger herauskommen würde. Was für eine blöde Idee, Geistersilvi mit auf die fetteste Party des Jahres zu nehmen!»

«Du bist aber nicht weggelaufen, oder?»

«Nein, bin ich nicht. Weil Isa sich dem Kerl entgegengestellt und ihm gesagt hat, sie habe Silvia eingeladen mitzukommen. Ich fand das echt mutig, aber ihr Vater war ja Polizist, wahrscheinlich hat sie geglaubt, er würde sie immer und überall beschützen.»

Carina sank noch ein wenig tiefer in sich zusammen.

«Was ist dann passiert?», fragte Franca.

«Silvias Vater hat gemeint, seine Tochter geht auf keinen Fall zu diesem Rudelbumsen. Das weiß ich noch wie heute, weil er dieses Wort verwendet hat.»

«Kaum zu glauben.»

«Ja, und Silvia stand einfach nur da. So richtig demütig, als wenn alles, was ihr Vater sagte, Gesetz für sie war. Aber nicht für Isa. Nein, für sie nicht. Sie trat sogar noch einen Schritt auf den Gartenzaun zu und sprach Silvia direkt an. Fragte sie, ob sie wirklich nicht mitkommen wolle. Da ist ihr Vater dann ausgerastet. Hat rumgeschrien und uns beschissene kleine Fotzen genannt.»

Franca schüttelte den Kopf. Was konnte man dazu schon sagen?

«Was ging es dann weiter?», fragte sie.

«Silvia bat uns wegzugehen.»

«Wirklich?»

«Ja, aber das kam für Isa natürlich nicht infrage. Dafür war sie viel zu aufgebracht. Sie ließ es drauf ankommen. Ich weiß noch, wie ich an ihr zog und sie bat mitzukommen, und Silvias Vater sagte, sie solle auf mich hören. Er benutzte nur andere Worte. Genau genommen sagte er: Hör lieber auf deine fette kleine Freundin, bevor ich dich übers Knie lege, Süße.»

«Was für ein Arschloch.»

«Ich glaube, genau das hat Isa auch gesagt. Aber Silvias Vater konnte sie damit nicht beeindrucken. Er brüllte seine Tochter an, sie solle ins Haus gehen ... und dann passierte etwas Merkwürdiges.»

«Was?»

«Ich sehe es noch vor mir, als wäre es gestern passiert, und nicht vor sieben Jahren. Silvia zuckte wie unter einem Peitschenhieb zusammen, aber bevor sie seinem Befehl nachkam, hastete sie auf Isa zu und drückte ihr etwas in die Hand. Dann erst verschwand sie im Haus.»

«Was hat sie deiner Freundin in die Hand gedrückt?», fragte Franca.

«So ein buntes Freundschaftsband, das man sich ums Handgelenk bindet. Die waren damals voll out, und ich fand es auch total übertrieben, aber Isa meinte, Geistersilvi könne sich eben nur so ausdrücken.»

Bei Franca hatte es eine Zeit gegeben, in der ihre Handgelenke voll gewesen waren von diesen bunten Bändchen. Ihre

Mutter hatte sie in Handarbeit hergestellt und auf Flohmärkten verkauft, und die kleine Franca war ganz vernarrt gewesen in die Dinger. Den wahren Sinn dahinter hatte sie erst später verstanden, als sie die Bändchen längst nicht mehr trug. Und seitdem hatte ihr niemand mehr eines geschenkt.

«Seid ihr dann gegangen?»

«Nicht sofort. Isa wollte sich nicht mit der Niederlage abfinden. Sie sagte irgendwas zu Silvias Vater, ich weiß nicht mehr, was, aber an seine Antwort kann ich mich erinnern, weil sie mal wieder sexistisch war.»

«Ich weiß gar nicht, ob ich das hören will.»

«Er sagte, wir sollen uns verpissen, sonst würde er den Gartenschlauch nehmen und eine Miss-Wet-T-Shirt-Party mit uns feiern. Isa fragte ihn, was er für ein Problem habe. Da nahm er tatsächlich den Gartenschlauch und drehte ihn auf. Das war der Moment, in dem ich Isa wegzog, aber sie bekam trotzdem eine volle Ladung Wasser an den Bauch. Ich bin auch nass geworden, war aber nicht schlimm und ist auch schnell getrocknet. Isa hat den ganzen weiteren Weg bis zu den Engelmanns gebraucht, um wieder runterzukommen. Die Stimmung war natürlich im Arsch.»

«Kann ich mir vorstellen. Ihr seid aber trotzdem auf der Party geblieben, oder?»

«Ja, aber so richtig in Fahrt gekommen bin ich nicht mehr. Leider haben Isa und ich uns dann auch noch gestritten.»

«Worüber?»

«Sie hat sich dieses Freundschaftsband von Silvia ums Handgelenk gebunden, und ich hab ihr vorgeworfen, sie verhalte sich kindisch. Ich glaube, ich war irgendwie eifersüchtig deswegen. Ziemlich blöd, ich weiß.»

«Ihr habt euch also getrennt an dem Abend?»

«Zuerst, ja, aber später haben wir uns wieder vertragen. Es war immer leicht, sich mit Isa zu vertragen, sie kam auf einen zu, machte den ersten Schritt, war nicht nachtragend oder so. Deshalb war sie ja so eine tolle Freundin.»

Zwei einzelne Tränen kullerten Carinas Wangen hinab. Als sie den Blick hob und Franca ansah, lagen darin verdrängter Schmerz, Trauer und Scham. An Erinnerungen gebundene Gefühle, die sich bändigen ließen, aber niemals vollkommen verschwanden.

«Du vermisst sie, oder?», fasste Franca das Offensichtliche in Worte.

«Eine Freundin wie Isa hatte ich niemals wieder», sagte Carina mit tränenerstickter Stimme. «Eigentlich hatte ich seitdem überhaupt keine mehr.»

«Das ist eine schlimme Geschichte», sagte Franca. «Und es tut mir sehr leid um deine Freundin.»

Carina presste die Lippen zusammen und nickte.

Bis zu ihrer nächsten Frage ließ Franca einen Moment vergehen. Die junge Frau sollte sich ein wenig beruhigen.

«Ist auf der Party irgendwas Besonderes vorgefallen?»

«Sie stellen die gleichen Fragen wie damals die Polizei. Da war nichts, rein gar nichts. Ich habe wegen der Sache zu viel getrunken, um überhaupt in Stimmung zu kommen. Mir fehlen deswegen zwei Stunden, ich bin eingeschlafen. Plötzlich tauchte Isas Vater auf, und der Tumult ging los. Er schrie herum, und alle machten sich auf die Suche. Meine Eltern, ich ... Das war alles so ... bizarr.»

«Hattet ihr beiden geplant, zusammen nach Hause zu gehen?»

«Auf jeden Fall! Das war auch Auflage unserer Eltern.»

«Ist Isa vielleicht doch allein aufgebrochen, weil du geschlafen hast?»

«Nein, das hätte sie nie getan. Sie hätte mich geweckt und ...»

Carina brach ab und biss sich auf die Unterlippe.

«Seit damals frage ich mich, ob sie noch hier wäre, wenn ich nicht eingeschlafen wäre.»

Franca erhob sich, ging zu ihr und legte ihr eine Hand an den Oberarm.

«Du darfst dir keine Vorwürfe machen. Dich trifft keine Schuld.»

Carina sah aus der Hollywoodschaukel zu ihr auf. Wieder standen Tränen in ihren Augen.

«Aber wir waren füreinander verantwortlich.»

Franca ging in die Knie, nahm Carinas Hand und sah sie fest an.

«Diese Vorwürfe sind dumm, hörst du! Versprich mir bitte, dass du damit aufhörst.»

Carina nickte. «Ich habe eine Weile nicht mehr daran gedacht ... aber durch Ihre Fragen ...»

«Es tut mir leid, dass ich dich damit belästigt habe.»

«Wird der Fall etwa neu aufgerollt? Cold Cases und so?»

«Nein. Wie gesagt, bin ich auf der Suche nach Silvia, nicht nach Isabell. Hast du Silvia hier in der Gegend mal gesehen?»

Carina schüttelte den Kopf. «Ich bin ja nicht mehr so oft hier.»

«Und damals, nach dieser Sache?»

«Nach Isa verschwand auch Silvia. Sie kam in ein Heim oder so was.»

«Wohin hat man sie gebracht?»

«Keine Ahnung, aber ich kann mich an diese Frau vom

Jugendamt erinnern. Die hat ja schon vor Isas Verschwinden mit einigen Mitschülern von Silvia gesprochen, auch mit mir. Sie hatte so einen besonderen Namen, klang irgendwie russisch. Seitzev, genau. Frau Seitzev.»

«Und Silvias Vater? Hat der einfach zugelassen, dass sie von zu Hause wegmusste?»

Carina runzelte die Stirn.

«Wissen Sie das denn nicht? Der wurde umgebracht.»

9.

Vor sieben Jahren

Jonas Waider sah die beiden Streifenwagen vor seinem Haus schon von Weitem, und wäre er nicht vollkommen erschöpft gewesen, hätte ihn der Anblick schockiert. Doch so nahm er sie einfach nur zur Kenntnis und begriff einen Moment lang nicht einmal, dass sie etwas mit ihm zu tun haben könnten.

Als es ihm klar wurde, dachte Jonas an Flucht, doch da drehten sich die Uniformierten zu ihm um und entdeckten ihn. Zwei blieben an der Haustür stehen, zwei kamen auf ihn zu. Jonas kannte den Mann und die Frau vom Sehen, sie waren an der ersten Suchaktion beteiligt gewesen.

«Morgen, Herr Waider. Polizeiobermeister Schmidt», stellte der Mann sich vor. «Darf ich fragen, wo Sie um diese Zeit herkommen?»

«Ich habe nach meiner Tochter gesucht.»

Schmidt taxierte ihn, suchte nach Beweisen für seine Behauptung. Jonas hatte sich die ganze Nacht im Wald herumgetrieben und sah dementsprechend aus. Seine Kleidung war schmutzig, an seinen Schuhen klebte verkrusteter Dreck. Er versteckte seine rechte Hand, denn an den Fingerknöcheln haftete angetrocknetes Blut – und es war nicht sein eigenes.

«Was wollen Sie hier?», fragte Jonas. «Haben Sie Isabell gefunden?»

Schmidt schüttelte den Kopf.

«Tut mir leid. Oberkommissar Reiter möchte Sie sehen.»

«Um diese Zeit?»

«Er hat uns angewiesen, Sie umgehend ins Präsidium zu bringen.»

«Darf ich mich wenigstens umziehen?»

«Nein. Sie müssen sofort mitkommen.»

Jonas wollte protestieren, doch der Blick des Mannes hielt ihn davon ab. Er würde den Kürzeren ziehen und in Handschellen auf dem Rücksitz landen, wenn er sich nicht fügte.

«Okay, wenn's sein muss.»

Schmidt öffnete die Tür hinter dem Beifahrersitz, und Jonas stieg in den Streifenwagen. Nachdem der Beamte die Tür zugeworfen hatte, stieg die Beamtin auf der Fahrerseite ein. Die Männer unterhielten sich draußen noch einen Moment, im Wagen klangen ihre Stimmen gedämpft. Schmidt zeigte die Straße hinunter in die Richtung, aus der Jonas gekommen war, und erteilte Anweisungen. Jonas fragte sich, ob sie bereits etwas wussten. Aber wie sollten sie ihm so schnell auf die Schliche gekommen sein?

Die Beamtin drehte sich zu ihm um. Sie war jung, höchstens fünfundzwanzig, hatte offene hellblaue Augen und ein freundliches Gesicht. Auf ihrem Namensschild stand B. Gertz.

«Das tut mir alles so leid», sagte sie.

Jonas nickte.

«Ich bin sicher, Ihre Tochter taucht wieder auf.»

«Nicht von allein», versetzte Jonas.

Bevor sie noch etwas sagen konnte, stieg ihr Kollege Schmidt auf der Beifahrerseite ein, und sie fuhren los.

Bis zur Dienststelle sprach niemand. Im Innenhof parkte die Beamtin den Wagen rückwärts ein. Ihr Kollege stieg aus, doch bevor sie ihm folgte, drehte Gertz sich noch einmal zu Jonas um.

«Ich würde es genauso machen», sagte sie.

Ohne eine Antwort abzuwarten, stieg sie aus, hielt Jonas die Tür auf und geleitete ihn zusammen mit Polizeiobermeister Schmidt in Sven-Oles Büro in der zweiten Etage. Sein Partner wartete bereits. Er wies Jonas an, vor dem Schreibtisch Platz zu nehmen, ging mit den beiden Beamten hinaus auf den Gang, wechselte ein paar Sätze mit ihnen und kam wieder herein.

Sven-Ole ließ sich in den Drehstuhl fallen. Seine Augenringe waren noch dunkler, er hatte sich nicht rasiert, und die Bartstoppeln ließen ihn älter aussehen, als er war.

Er nahm eine Zeitung vom Tisch und hielt Jonas die Schlagzeile entgegen.

Polizist misshandelt Verdächtigen.

«Du hattest Besuch von einem Journalisten?»

Jonas zuckte mit den Schultern. Was sollte er auch sagen? Er wusste ja selbst, dass er Mist gebaut hatte.

«Das ist alles schon schwer genug, warum musst du es mir noch schwerer machen?», sagte Sven-Ole.

«Ich weiß nicht, was du meinst.» Er hatte etwas anderes sagen wollen, etwas Ehrliches, so wie es unter Freunden wichtig gewesen wäre, aber in seinem Inneren herrschte eine große

Leere. Er wusste, durch sein Verhalten hatte er ihre Freundschaft zerstört. Und selbst wenn nicht, musste er auf Distanz gehen zu Sven-Ole, um ihn nicht mit in seinen Abgrund zu zerren.

«Jonas ... bitte ... was glaubst du, wo das endet? Du wanderst in den Knast. Hör auf mit der Scheiße und sag mir, wo Vollstedt ist.»

«Woher soll ich das wissen?»

Sven-Ole rieb sich in den Augen. Als er Jonas wieder ansah, waren sie gerötet und tränenfeucht.

«Weil du, nachdem dich dieser Journalist beschuldigt hat, wieder auf Vollstedt losgegangen bist.»

«Und das kannst du beweisen?»

«Wollen wir wirklich so miteinander reden?»

Da war ein Flehen in Sven-Oles Stimme und Augen, und es kostete Jonas immense Kraft, seine Mauer aufrechtzuerhalten. Er starrte nur zurück.

«Okay», sagte sein Freund seufzend. «Vollstedt ist gestern Abend von einem Kneipenbesuch nicht nach Hause zurückgekehrt. Seine Frau hat uns heute um sechs informiert. Du kommst in aller Herrgottsfrühe aus dem Wald und hast Blut an den Händen. Was soll ich davon halten?»

«Solltest du dich nicht lieber darauf konzentrieren, meine Tochter zu finden, statt auf mich aufzupassen?»

Sven-Ole schüttelte verzweifelt den Kopf.

«Ich dachte, wir wären Freunde», sagte er. «Aber du machst es mir so verdammt schwer. Ich hasse es, das sagen zu müssen ... draußen warten die Kollegen. Ich lasse dich sofort festnehmen, wenn du mir nicht sagst, was du mit Vollstedt gemacht hast.»

Dann tu es doch, wollte Jonas erwidern, hielt aber inne. Sein Partner wusste nichts, aber das spielte keine Rolle. Ab diesem Zeitpunkt würde er alles tun, was in seiner Macht stand, um Vollstedt zu finden. Beamte würden von der Suche nach Isabell abgezogen werden, gebündelte Kräfte geteilt, Ressourcen geschwächt.

Zum ersten Mal seit Stunden hatte Jonas einen lichten Moment, und er begriff, dass es ohnehin keine Rolle mehr spielte. Nichts spielte noch eine Rolle. Sein Leben, wie es bisher gewesen war, war vorbei. Und den Jonas Waider aus dem alten Leben gab es nicht mehr. Das war allein seine Schuld.

«Er ist im Wald.»

Jonas erklärte Sven-Ole genau, wo sie Vollstedt finden würden. Der hörte zu, ging dann raus zu den Kollegen, instruierte sie und kam wieder herein.

«Erzähl», sagte er und lehnte sich erschöpft in seinem Stuhl zurück.

«Ich weiß, dass er beinahe jeden Abend in diese Kneipe geht», begann Jonas. «Also habe ich ihn auf dem Rückweg abgepasst. Er war betrunken, es war leicht, ihn zu überwältigen.»

«Scheiße, Jonas ... ich fasse es nicht.»

«Was hätte ich denn tun sollen? Warten, bis man ihre Leiche findet? Das kann ich nicht! Er hat meine Kleine irgendwohin gebracht. Sie ist allein dort, hat Angst, Durst und Hunger, und sie stirbt, wenn ich sie nicht finde. Er weiß, wo sie ist, aber er wollte es nicht sagen.»

«Was hast du getan?»

Jonas senkte den Blick und sah zu Boden.

Plötzlich schämte er sich vor seinem Partner.

10.

Heute

Bei Irina Seitzev war alles rund. Runder Körper, runder Kopf, runde Augen. Bei eins sechzig Körpergröße wog sie schätzungsweise achtzig Kilo, strahlte Tatendrang und eine unbändige Energie aus. Schon die Art, wie sie in den hochhackigen Pumps über den Flur stolzierte, hatte etwas von einem Wettlauf gegen die Zeit, fand Franca. Zweimal war sie bisher vorbeigelaufen, jedes Mal mit Unterlagen in den Händen und unter den Armen. Erst beim dritten Mal schien sie Franca, die auf einem Besucherstuhl direkt neben ihrer Bürotür saß, zu bemerken. Irina Seitzev stutzte kurz, und es sah so aus, als sei sie verärgert, weil jemand ihren Lauf unterbrach.

«Wollen Sie zu mir?»

«Wenn Sie Frau Seitzev sind, ja.» Das wusste Franca längst. Auf der Homepage der Kreisverwaltung wurden die Mitarbeiter des Jugendamtes mit Foto vorgestellt. Mehr Informationen gab es online nicht über die Frau. Kein Insta-Account, kein TikTok oder Facebook, jedenfalls nicht unter ihrem Realnamen – was bei ihrem Beruf sicher klug war.

«Bin ich. Haben Sie einen Termin?»

Franca bemerkte ein kleines Herz-Tattoo an der Halsbeuge der Frau.

«Nein, habe ich nicht. Ich bin spontan vorbeigekommen.»

Was die Seitzev von dem Wort spontan hielt, brachten ihre Augenbrauen zum Ausdruck. Sie zogen sich zur Mitte hin zusammen, und Franca musste an einen Stromkreis denken, der sich schloss und 230 Volt Energie freisetzte.

Sie sprang vom Stuhl auf und streckte ihre Hand aus.

«Ich befürchte, Sie werden ohnehin nicht mit mir reden wollen. Ich bin Privatdetektivin und auf der Suche nach Silvia Frieling.»

Zu Francas Überraschung entspannten sich die sorgsam gezupften Augenbrauen in dem runden Gesicht.

«Silvia Frieling ... na, den Namen habe ich schon lange nicht mehr gehört. Kommen Sie, gehen wir in mein Büro.»

Irina Seitzev ging voran, Franca folgte. Sie hatte die Mitarbeiterin des Jugendamtes auf dem Gang nicht sofort angesprochen, weil sie sich zuvor eine Strategie zurechtlegen wollte. Diese Frau war Kompetenz in Person, und da sie nicht mit Franca reden musste und sowieso an die Datenschutzrichtlinien ihrer Behörde gebunden war, erschien Francas Vorhaben aussichtslos. Was blieb, war die Hoffnung, an ihr Gewissen appellieren zu können.

Irina Seitzev setzte sich hinter den Schreibtisch und deutete auf den Stuhl davor.

«Privatdetektivin also.»

«Ja. Silvias Großmutter hat mich beauftragt, nach ihrer Enkelin zu suchen. Sie hat sie seit einem halben Jahr nicht mehr gesehen und macht sich Sorgen.»

«Und von der Großmutter haben Sie meinen Namen?»

«Nein, den habe ich von einer jungen Frau namens Carina Hussmann, einer ehemaligen Klassenkameradin von Silvia.»

«Ja, ich erinnere mich. Wie alt ist Silvia jetzt? Zwanzig?»

«Zweiundzwanzig.»

«Und sie lebt nicht mehr bei ihrer Mutter?»

«Nein. Die Mutter weiß auch nicht, wo sie ist, zumindest behauptet sie das.»

Irina Seitzev sah Franca an, doch ihr Blick ging durch sie hindurch, suchte eine ferne Erinnerung.

«Eine schwierige, labile Person. Schon immer.»

Der Moment verging so schnell, wie er gekommen war, und ihr Blick kehrte in die gewohnte Konzentration zurück.

«Aber ich verstehe nicht, wie ich Ihnen helfen kann. Silvia ist erwachsen, wir sind nicht mehr für sie zuständig.»

«Ja, ich weiß. Ich hatte mir einfach erhofft, Informationen zu der jüngeren Silvia zu bekommen. Wie sie damals war, als das Jugendamt sich um sie kümmerte. Vielleicht hilft das, ich bin nämlich ein wenig verzweifelt, weil ich nicht weiterkomme und die Großmutter wirklich leidet.»

«Ihnen ist aber schon klar, dass ich über den Fall nicht sprechen darf.»

«Natürlich, aber ich wäre eine schlechte Ermittlerin, wenn ich es nicht wenigstens versuchen würde.»

«Waren Sie früher Polizistin, oder wie wird man Privatdetektivin?»

«Nein, ich war nie bei der Polizei. Ein Freund hat mich in den Beruf eingeführt, und ich habe gewisse Talente, die dafür wichtig sind.»

«Zum Beispiel?»

Das Blatt hatte sich gewendet, nun war es Franca, die Fragen beantworten musste. Das war nicht in ihrem Sinne, erst recht nicht, wenn es um sie selbst ging, aber sie musste mitspielen, sonst würde sie gar nichts erfahren.

«Mehr als die Hälfte von allem, was ich wissen muss, bekomme ich online heraus. Ich bin sozusagen eine Handy-Ermittlerin.»

«Das sind heutzutage doch alle. Was sonst noch?»

«Empathie, Instinkt, Antizipation.»

«Da kommen wir der Sache schon näher. Sie haben mich also auf dem Gang beobachtet und sich gedacht, bei mir kommen Sie weiter, wenn Sie an mein Mitgefühl appellieren.»

Francas erster Impuls war es, alles abzustreiten, aber dann hielt sie inne. Diese Frau machte ihren Job sicher schon länger als Franca ihren, hatte viel gesehen, gehört und erlebt und erkannte in einem Meer voller Lügen die Strömungen der Wahrheit.

«Ertappt», gab sie zu.

Irina Seitzev nickte.

«Ich arbeite seit zwanzig Jahren beim Jugendamt, jeder hier appelliert ständig an mein Mitgefühl, und ich habe Mitgefühl, immer noch, auch wenn es häufig mit Füßen getreten wird, aber ich setze es dort ein, wo es benötigt wird. Silvia ist erwachsen, sie kann tun und lassen, was sie will, und ich kann es verstehen, wenn sie sich von ihrer Familie abgewandt hat. Silvias Großmutter braucht mein Mitgefühl nicht – und Sie auch nicht, da Sie für Geld fremden Menschen hinterherschnüffeln.»

Franca sah zu Boden. «Ja … wahrscheinlich haben Sie recht … entschuldigen Sie bitte die Störung.»

Sie stand auf und ging zur Tür, dachte dabei an einen geprügelten Hund und hoffte, so ähnlich zu wirken. Die Seitzev war ein Mensch voller Tatendrang, jemand, der niemals aufgab. Franca setzte darauf, dass sie es nicht ertragen konnte, wenn andere frühzeitig aufgaben.

Irina Seitzevs schneidende Stimme bestätigte diese Annahme, als sie die Klinke schon in der Hand hatte.

«Glauben Sie, Silvia ist etwas zugestoßen?»

«Ich befürchte es.»

«Was würde denn helfen, sie zu finden?»

Erst jetzt drehte Franca sich wieder zu ihr um.

«Nicht alles lässt sich übers Handy herausfinden, das ist auch mir klar. Ich muss mit Menschen sprechen, die Silvia kennen – und die damals dabei waren, als ihr Leben wegen dieses vermissten Mädchens aus den Fugen geriet.»

Irina Seitzevs prüfender Blick löste bei Franca Unbehagen aus, doch dann wurden die Züge der Frau weicher, sie nickte und bedeutete Franca, sich noch einmal zu setzen.

«Es geriet nicht nur aus den Fugen, es implodierte förmlich», sagte die Seitzev seufzend. «Hören Sie, ich darf eigentlich nicht mit Ihnen darüber reden, deshalb stellen Sie Ihre Fragen bitte so, dass ich antworten kann, ohne in Schwierigkeiten zu geraten.»

«Danke», sagte Franca, «ich weiß Ihre Hilfe wirklich zu schätzen. Von Carina Hussmann weiß ich bereits, dass Silvia, kurz nachdem das Mädchen – Isabell Waider – verschwand, in eine spezielle Einrichtung eingewiesen wurde. Stimmt das so?»

«Ja, das stimmt.»

«Wer hat diese Einweisung veranlasst?»

«Das Jugendamt. Oder besser: ich. Es kam in der Familie zu Gewalttätigkeiten, und es bestand Gefahr für Leib und Leben. Mehr sage ich dazu nicht. Stellen Sie Ihre Fragen bitte allgemeiner.»

«Okay, sorry. Was für ein Mensch ist Silvia?»

«Ganz sicher nicht der Mensch, für den viele sie halten – oder damals hielten. Sie leidet am Asperger-Syndrom, einer Form des Autismus. Daher lebte sie in ihrer eigenen Welt und tut das sicher heute auch noch.»

«Wurde sie nicht dahingehend behandelt?»

Irina Seitzev schüttelte den Kopf.

«Schon wieder eine falsche Frage, Frau Lichtenwalter. Sie können es nicht lassen, oder?»

«Sorry», sagte Franca lächelnd. «Das bringt der Beruf mit sich.»

«Ich gebe Ihnen eine Antwort von jemand anderem. Kennen Sie Eckart von Hirschhausen?»

«Schon von ihm gehört, ja.»

«Der sagte zu dem Thema einmal, wenn du als Pinguin geboren wurdest, machen auch sieben Jahre Psychotherapie keine Giraffe aus dir. Sie verstehen, was er damit sagen will?»

«Ja, verstehe ich. Wie muss ich denken, wenn ich mich in Silvia hineinversetzen will?»

«Das ist eine verdammt gute Frage», sagte die Seitzev. «Wahrscheinlich können Sie sich nicht in Silvia hineinversetzen. Aber Sie müssen verstehen, dass sie die Gefühle anderer Menschen nicht nachvollziehen kann und sich daher nur mit ihren eigenen Gefühlen, ihrer eigenen Gedankenwelt beschäftigt. Sie spürt zwar, dass sie anders ist und überall aneckt, weiß aber nicht, wieso. Sie hat keine Sozialkompetenz, und es interessiert sie auch nicht, was Sie oder ich denken.»

Die Seitzev überlegte einen Moment.

«Wenn Sie also nach Silvia suchen, dann suchen Sie dort, wo Sie selbst nicht gern wären. Suchen Sie nach Verhaltensmustern, die Sie selbst niemals an den Tag legen würden. Und in Silvias ganz speziellem Fall: Suchen Sie nach einer Unsichtbaren.»

11.

Vor sieben Jahren

Bernd Vollstedt lehnte an dem Stamm einer kräftigen Kiefer. Helle Morgensonne schien auf sein Gesicht. Große rote Ameisen krabbelten aus seinen Ohren in die Nasenlöcher und wieder zurück. Seine Arme waren hinter dem Baumstamm zusammengebunden, die Beine ausgestreckt. An den schmutzverkrusteten Fersen und den tiefen Spuren im lockeren Waldboden erkannte Sven-Ole, wie verzweifelt der Mann versucht hatte, sich zu wehren. Genutzt hatte es ihm nichts.

An der klaffenden Wunde an seinem Bauch tummelten sich weitere Insekten, Käfer mit glänzendem Chitinpanzer und anderes Krabbelzeug. Emsig liefen sie auch über den blutverschmierten Griff des Messers, das tief in der Wunde steckte. Die Parierstange berührte den Bauch des Mannes, die Klinge war offenbar mit Wucht hineingestoßen worden, von unten nach oben, und hatte die Bauchdecke aufgeschlitzt.

Der Anblick drehte Sven-Ole Reiter den Magen um, trotzdem sah er nicht weg. Er hatte immer geahnt, dass Jonas eine dunkle Seite hatte. Tief vergraben zwar unter familiärer Liebe und dem Anspruch an sich selbst, als Polizist anderen zu helfen, aber da diese Deckel nun weggesprengt waren, kam sie ans Licht.

Und dennoch ... solche Brutalität?

Nein, damit hatte Sven-Ole nicht gerechnet.

Er machte sich Vorwürfe, fragte sich, ob er zu leichtfertig mit Jonas' Schmerz und Wut umgegangen war. Wäre es besser gewesen, seinen Partner einzusperren? Für ein paar Tage vielleicht, aber mittlerweile waren fünf Wochen vergangen seit der Nacht, in der Isabell verschwand. So lange hätten sie ihn ohnehin nicht festhalten können.

Und jetzt war Bernd Vollstedt tot.

Wenn dieser Mann Isabell etwas angetan hatte, dann war sein Wissen mit ihm gestorben, und sie würden das Mädchen nicht finden.

Sven-Ole spürte Wut in sich aufsteigen. Mit seiner Wahnsinnstat hatte Jonas alles versaut, die Ermittlungen zunichtegemacht und sein eigenes Leben gleich mit.

«Scheiße», sagte Frau Doktor Behrendt, die Rechtsmedizinerin, und trat neben Sven-Ole. «Der ist seit Stunden tot. War das Waider?»

Sven-Ole nickte.

«Und dieser Mann hat Waiders Tochter entführt?»

«Wir wissen es nicht. Aber Jonas glaubt es.»

«Man muss sich sehr sicher sein, um so etwas tun zu können.»

Sven-Ole presste die Lippen zusammen und nickte.

Wie konnte Jonas sich so sicher sein? Was hatten sie übersehen? Hatte Vollstedt sie an der Nase herumgeführt? Sven-Ole wusste genau, dass er keinen Hinweis vernachlässigt, keine Spur missachtet hatte, er und seine Truppe hatten alles Menschenmögliche getan, um herauszufinden, was Isabell zugestoßen war. Vollstedt war dabei immer im Kreise der Verdächtigen geblieben, aber mehr auch nicht. Es gab nicht ein einziges Indiz, das ihn überführt, geschweige denn für einen Haftbefehl gereicht hätte.

«Scheiße», wiederholte die Behrendt noch einmal. «Aber irgendwie verstehe ich ihn.»

«Was?»

«Na ja … es geht um seine Tochter.»

«Es geht um seine Tochter und einige andere Menschen, die an diesem Fall beteiligt sind, und ihnen allen hat Jonas damit Schaden zugefügt. Also sagen Sie nicht, Sie könnten ihn verstehen!»

«Ist ja schon gut», sagte die Rechtsmedizinerin kleinlaut und begann mit ihrer Arbeit.

Sven-Ole wandte sich ab. Er fühlte sich kraftlos, ausgelaugt, wäre am liebsten nach Hause gefahren und hätte sich betrunken. Doch es gab zu viel zu tun.

Aus dem Wald näherte sich ein Beamter in Uniform. Er ging schnell, rannte, wo es der Untergrund zuließ, und hielt direkt auf ihn zu. In seinem Gesicht erahnte Sven-Ole weiteren Ärger.

Es war Polizeiobermeister Schmidt, den Sven-Ole in der Früh zu Jonas' Haus geschickt hatte, um ihn abzuholen.

«Was ist los?», fragte Sven-Ole.

«Wir haben eine weitere Leiche», sagte Schmidt.

12.

Heute

Um zwanzig Uhr war Franca zurück im Wohngebiet Mallener Land. Sie ließ ihr Bike vor einem Supermarkt stehen. Die Mitarbeiterinnen rollten die Ständer mit Grillbriketts, Blumen und Gartenerde in den Markt, offenbar war gleich Feierabend. Franca schloss den Helm ans Motorrad, nahm die Kamera aus dem Topcase und wollte sich auf den Weg machen. Diesmal reichte das Handy zum Fotografieren nicht aus, da sie Bilder aus größerer Entfernung schießen wollte.

Sie drehte sich noch einmal um und betrachtete den Schriftzug über der Eingangstür des Supermarktes.

Edeka Burfeind.

Franca zog die beiden Fotos von Silvia Frieling aus ihrer Jackentasche. Vor diesem Geschäft hatte Dr. Frieling ihre Enkelin fotografiert.

Franca ging zurück und wartete, bis die beiden Mitarbeiterinnen wieder herauskamen, um die letzten Rollcontainer zu holen. Sie zeigte den beiden Frauen die Fotografie und fragte, ob sie das Mädchen gesehen hätten.

«Und wer sind Sie?», fragte die eine, deren Haar feuerrot gefärbt war.

«Franca Lichtenwalter. Privatdetektivin.»

«Ach, schon wieder so jemand. Nee, wir sagen nichts. Unser Chef hat's uns verboten.»

Die beiden Damen packten gemeinsam einen schweren Rollcontainer mit Blumenerde.

«Was meinen Sie mit ‹schon wieder so jemand›?», fragte Franca.

«Ach, hören Sie auf, dauernd kommt ihr hierher. Fotografiert und stellt blöde Fragen. Lasst die Leute doch endlich in Ruhe. Wir wollen diese Sache vergessen.»

Klappernd schoben sie den Rollcontainer in Richtung Eingang.

«Soll das heißen, es waren vor mir schon andere Privatdetektive hier?»

«Ich sag gar nichts mehr.»

Franca folgte ihnen in den Laden. Sie würde jetzt nicht lockerlassen.

«Wir haben geschlossen!», keifte die Frau mit dem feuerroten Haar.

«Bitte! Es ist wirklich wichtig. Können Sie mir nicht wenigstens sagen, wann zum letzten Mal ein Privatdetektiv wegen Silvia Frieling hier war?»

«Was weiß ich. Der macht doch hier dauernd Fotos.»

«Er fotografiert?»

«Schluss jetzt!», dröhnte eine laute Stimme.

Franca fuhr herum. Zwischen zwei Regalreihen kam ein Mann in blauem Kittel auf sie zu. Sein Gesicht leuchtete rot.

«Verlassen Sie das Geschäft. Sofort!» Er fuchtelte mit seinen kurzen Armen.

«Sind Sie der Inhaber?», fragte Franca und ging auf den Mann zu. «Mein Name ist Franca Lichtenwalter, und ich bin auf der Suche ...»

«Nein, nein, nein, hier wird gar nichts gesucht, verlassen Sie das Geschäft, wir sagen nichts zu dem Thema.»

«Aber ich ...»

«Kein Aber, ich will Sie hier nicht mehr sehen.»

Der Mann packte Franca am Oberarm, schob sie hinaus und schloss die Tür.

Franca blickte ihm nachdenklich hinterher.

Dann tat sie, wozu sie eigentlich hergekommen war, und machte sich auf den Weg zum Haus von Gerlinde Frieling. Aus den Gärten drangen Grillgeruch und leise Musik, sie hörte Menschen, die sich unterhielten und lachten. Rasensprenger liefen, in kleinen Pools planschten Kinder. Der Himmel färbte sich kobaltblau, bis zur Dunkelheit würden aber noch zwei

Stunden vergehen. Zeit genug, um ein paar Fotos zu schießen – wenn es denn überhaupt etwas abzulichten gab.

Zehn Minuten benötigte Franca vom Supermarkt bis zum Grundstück der Frielings, ging daran vorbei und achtete darauf, dass man vom Haus her ihre Kamera nicht sah. Der rote Polo stand unterm Carport, es war niemand zu sehen, auch Frau Buck nicht. Die Fahne hing draußen. Am Ende der Sackgasse tauchte Franca in den Wald ein und suchte nach einem passenden Versteck, von dem aus sie beobachten und fotografieren konnte.

Sie erklomm einen sandigen Hügel und ging auf eine Gruppe verkrümmter Kiefern zu. Dort oben herrschte ein Geruch wie Zunder. Trockener, verbrannter Grasboden, bedeckt mit den Zapfen der Kiefern, die krumm und knorrig dastanden, die Wurzeln ins Erdreich gewühlt auf der Suche nach Wasser.

Franca bückte sich, klaubte einen Zapfen vom Boden auf und hielt ihn sich unter die Nase.

Die Intensität der Erinnerung warf sie beinahe um.

Dieser Strand auf der Insel Rab in Jugoslawien, der für eine Weile ihr Zuhause gewesen war, hatte genauso gerochen. Nach Freiheit und Abenteuer und endlosen Tagen unter heißer Sonne. Sie war dorthin gefahren, um den Camper abzuholen, den ihre Eltern hinterlassen hatten, und war eine Weile geblieben. Im Alter zwischen sechs und zehn war sie jeden Sommer dort gewesen, und die Erinnerungen an ihre Kindheit hatten sie gepackt und nicht wieder losgelassen. Die erste Woche hatte sie mehr oder weniger weinend verbracht, bevor es besser geworden war und sie gelernt hatte, den Tod ihrer Eltern zu akzeptieren und das Glück ihrer Geschichte abzuschöpfen, das selbst nach all den Jahren noch wie Rahm auf der Oberfläche der Erinnerungen schwamm.

Franca ließ sich in der Nähe der Kiefern im warmen Sand nieder. Von dort aus hatte sie einen guten Blick auf die Straße und den Vorgarten der Frielings.

Sie dachte über das Gespräch mit Irina Seitzev nach. Dabei hatte sie noch erfahren, dass es der Polizist Jonas Waider gewesen war, der vor sieben Jahren das Jugendamt auf Bernd Vollstedt und Gerlinde Frieling aufmerksam gemacht hatte. Waider hatte angezeigt, dass Bernd Vollstedt seine Tochter schlug, zur Arbeit zwang und wahrscheinlich Alkoholiker war. Das Jugendamt war sofort tätig geworden und fand in der Familie tatsächlich prekäre Verhältnisse vor. Es war nicht so dramatisch, dass eine Inobhutnahme des Kindes angezeigt gewesen wäre, aber die Eltern benötigten eindeutig Hilfe. Bernd Vollstedt war allerdings uneinsichtig, lehnte jede Hilfe rundweg ab und war der Seitzev gegenüber ausfallend geworden. Der Rahmen, in dem ein Kind der Familie entzogen werden konnte, war eng gesteckt, und das Jugendamt hatte damals keinen Grund gehabt, diesen Schritt zu gehen. Die Eltern hatten nichts vom Asperger-Syndrom gewusst, und ihre Tochter war einfach als seltsam wahrgenommen worden. Das war nicht ungewöhnlich. In der Schule war sie gemobbt worden und bei den Lehrern angeeckt. Niemand hatte Verdacht geschöpft, was der Grund für Silvias Verhalten sein könnte. Da sie überdurchschnittlich intelligent war, ohne allerdings eine bei Asperger-Patienten hin und wieder auftretende Insel- oder Hochbegabung auszubilden, hatte man sie in der Schule belassen. Die Seitzev hatte ihr aber einen Schulbegleiter zur Seite gestellt, der im Unterricht und drum herum für einen halbwegs normalen Ablauf sorgte.

Einige Wochen später verschwand dann ihre Klassenkameradin Isabell Waider. Silvia kam in eine spezielle Einrichtung für traumatisierte Jugendliche. Dort verblieb sie bis zu ihrem achtzehnten Geburtstag und wechselte schließlich auf eigenen Wunsch in eine Einrichtung für Erwachsene.

Zu dieser Zeit endete das Engagement des Jugendamtes.

Was für eine Geschichte!

Franca versuchte gar nicht erst, sich auszumalen, was die Geschehnisse mit allen Beteiligten gemacht hatten. Fraglos waren Lebenswege zerstört und Existenzen vernichtet worden. Das Schicksal, so hatte Franca schon früher festgestellt, hatte einen makabren Hang zur Übertreibung.

Alle Details, die zu einem solch dramatischen Fall gehörten, hatte die Seitzev für sich behalten, doch sie hatte den Verdacht geäußert, dass eventuell der ehemalige Polizist dahintersteckte, falls Silvia Frieling tatsächlich etwas zugestoßen sein sollte.

Und da wurde es interessant!

Jonas Waider war wegen Totschlags an Bernd Vollstedt zu sieben Jahren Haft verurteilt worden. Davon hatte er sechs abgesessen, ein Jahr war ihm durch Bewährung erspart geblieben. Seit seiner Entlassung war ein Jahr vergangen.

War es Zufall, dass Silvia wenige Monate danach verschwand?

Franca musste unbedingt mit dem Mann reden. Gleich morgen.

Sie wartete noch keine Viertelstunde auf dem Sandhügel, da fuhr ein Taxi vor, und ein Mann stieg aus. Franca schoss einige Fotos von ihm, während er auf das Haus zuging. Er wirkte unauffällig. Normale Statur, langweilige Kleidung, bestehend aus einer beigen Leinenhose und einem karierten Hemd. Er ging zackig und hielt sich geduckt. Als er im Haus verschwand, nahm er die Fahne mit rein. Eine halbe Stunde später verließ er das Haus, steckte die Fahne in die Halterung und eilte zu Fuß die Straße hinunter. Franca nahm an, dass er nun kein Geld mehr für ein Taxi hatte.

Der nächste Mann kam dreißig Minuten später mit dem Fahrrad. Er trug eine kurze Jeans, ein schwarzes T-Shirt und eine Baseballmütze. Der lange Schirm beschattete und verbarg sein Gesicht. Er war vielleicht fünfunddreißig, auf keinen Fall älter als vierzig. Sein Rad lehnte er an den Zaun, und bevor er auf das Haus der Frielings zuging, hob er den Kopf und sah sich um. Franca hatte Gelegenheit, ein gutes Bild von ihm zu schießen. Er sah nicht schlecht aus, sogar sympathisch, wie sie fand, und Franca fragte sich, warum er die Dienste von Gerlinde Frieling in Anspruch nahm, die zehn bis fünfzehn Jahre älter war. Dass sie gewisse Dienste anbot, stand für sie jetzt fest. Frau Buck hatte recht, und daraus ergaben sich weitere Fragen.

Franca liebte es, hinter solche Geheimnisse vorzudringen. Dieser Auftrag war interessant und ging über das Übliche hinaus. Es steckte mehr dahinter als nur der Fall einer vermissten jungen Frau, die sich von ihrer Familie abgewandt hatte.

Ein Wagen, ein alter silberner Skoda, fuhr vor und riss Franca aus ihren Gedanken. Er rollte im Schritttempo am Grundstück der Frielings entlang, wendete dann am Ende der Sackgasse und fuhr davon.

Die Fahne hängt nicht draußen, die Stammkundschaft weiß Bescheid, dachte Franca.

Der zweite Gast verließ zwanzig Minuten später das Haus, stieg auf sein Fahrrad und radelte davon.

Franca wartete noch eine Stunde, doch es kamen keine Gäste

mehr. Schließlich nervten die Mücken zu sehr, und sie gab auf. Im Dunkeln stieg sie den Hügel hinunter. Vor dem Haus der Frielings blieb sie stehen. Die Fahne war fort. Alle Fenster waren dunkel, nur vom rechten Giebelfenster fiel Licht in den Garten, bis es in diesem Moment erlosch.

Franca ging bis zum Ende des Zauns und verbarg sich dort hinter einem riesigen Kirschlorbeerbusch.

Es dauerte nicht lange, bis sie Geräusche hörte, die sie in Einklang brachte mit dem, was sie am Tag zuvor hinten im Garten gesehen hatte: die Spuren im Erdreich neben der Leiter.

Es klang, als würde die Leiter gegen die Hauswand gelehnt.

Interessant, dachte Franca.

Sie hätte gern noch ein paar Fotos gemacht, scheute sich aber davor, noch einmal mit dem Besen von Gerlinde Frieling Bekanntschaft zu machen.

Also schlich sie davon.

•••

Was geschehen ist, hat meine Welt verändert.

Nichts ist wie vorher.

Meine Welt war schon immer losgelöst von der der anderen Menschen. Durch meine Augen sieht alles anders aus, mit meinen Gefühlen fühlt sich alles anders an, meine Gedanken sind für andere nicht nachvollziehbar. Aber es spielt keine Rolle, denn es gefällt mir hier in dieser losgelösten Welt.

Aber diese Welt ist in Aufruhr seit jener Nacht – und das gefällt mir gar nicht. Ich brauche eine gewisse Gleichförmigkeit, um funktionieren zu können, muss mich an Routinen orientieren, um die Phasen des Chaos zu überstehen. Doch nun scheint alles ein einziges Chaos zu sein, und draußen ist es für mich zu gefährlich geworden. Zudem macht ER mir das Leben zur Hölle.

Längst habe ich mich für das Reich der Schatten entschieden, aber wenn ich tue, was ich tun muss, wird es kein Zurück geben. Ich weiß das, und es macht mir Angst. Dennoch muss ich es tun. Es duldet keinen Aufschub mehr. Und es lohnt sich. Weil ich dann endgültig unsichtbar werden kann. Nur ER steht mir dafür noch im Weg.

ER ist listig und brutal, kennt keine Gnade, ich muss also klug und besonnen vorgehen. Mein Vorteil ist, dass ich von den Schatten gelernt habe. Auch wenn ich noch nicht unsichtbar bin, weiß ich mich zu verbergen. In seiner überheblichen Art bemerkt ER mich nicht. Ich komme IHM sehr nahe, ich kann IHN riechen, und meine Hand packt den Griff des Messers fester.

Jede Faser meines Körpers ist angespannt.

Ich bin bereit.

KAPITEL 2

1.

Heute

«Es fehlen eine Kreissäge, ein Presslufthammer, eine Hilti und ungefähr zweihundert Kilo Bewehrungsstahl. Das trägt niemand einfach so unter dem Arm weg. Erklären Sie mir also bitte, wie das passieren konnte?»

Jonas Waider lümmelte in dem abgenutzten Stuhl vor dem Schreibtisch im überhitzten Container seines Vorgesetzten und ließ die Standpauke über sich ergehen.

«Was weiß ich?», nuschelte er.

Heinz Bergfried war ein Polier, wie er im Buche stand. Groß, grobschlächtig, mit Stiernacken und Händen, die zum Stahlbiegen geeignet waren. Er hatte sich vom einfachen Maurer zum Baustellenleiter hochgearbeitet und war alles andere als dumm. Seine Art und Weise, mit den Jungs umzugehen, gefiel Jonas. Bergfried war hart und gerecht, und jeder bekam die gleiche Menge Fett ab, wenn er auf hundertachtzig war.

Bergfried nickte. Ein harmloses, beinahe schon verständnisvolles Nicken. Sein Unterkiefer war eine Barriere aus Knochen und Zähnen.

«Wahrscheinlich wissen Sie nichts», sagte er. «Sie sind ja hier nur als Nachtwache angestellt. Ihre Aufgabe ist es ja nur, auf dieser Baustelle die Gerätschaften und Fahrzeuge zu bewachen. Sie waren nur die ganze letzte Nacht hier vor Ort, während Material und Geräte verschwanden. Da können Sie unmöglich etwas wissen.»

Da der Mann keine konkrete Frage gestellt hatte, antwortete Jonas nicht. Er sah zu Boden, betrachtete seine Schuhe und entdeckte, dass sich die Sohle der Billigtreter an der Seite abzulösen begannen. Die waren gerade mal acht Wochen alt. Man wurde nur noch beschissen heutzutage.

«Waider, hören Sie mir eigentlich zu?»

«Ja.»

«Und?»

«Nichts und.»

Der Polier schlug mit beiden Händen auf die Tischplatte – eine weniger massive wäre zerbrochen.

Jonas zuckte zusammen.

«Mann, Sie stehen hier in der Verantwortung. Was bilden Sie sich ein? Wo waren Sie letzte Nacht?»

Jonas richtete sich auf, fixierte Bergfried und sagte:

«Die Baustelle ist 3,5 Hektar groß, und Sie beschäftigen dafür eine Sicherheitskraft. Nur eine! Der Einzige, der hier in der Verantwortung steht, sind Sie.»

Wenn Bergfried sich richtig aufregte, schürzte er die Unterlippe, und in diesem Moment erinnerte er Jonas an einen hässlichen Tiefseefisch, den er neulich in einer Fernsehdoku gesehen hatte.

«Wenn Sie mir nicht auf der Stelle plausibel erklären, warum Sie diesen Diebstahl in der letzten Nacht nicht bemerkt haben, sind Sie gefeuert.»

Jonas ließ einen Moment verstreichen und stand dann auf.

Wortlos machte er sich daran, den Stahlcontainer zu verlassen.

«Wo wollen Sie hin?»

«Nach Hause. Ich habe ja jetzt frei.»

Unter dem Gezeter des Poliers verließ Jonas den Stahlcontainer und schlug die Tür hinter sich zu. Er war froh, der Gluthölle darin entkommen zu sein.

Schon vormittags brannte in diesem überaus heißen Juli die Sonne erbarmungslos auf die Stahlcontainer, in denen der Baustellenleiter und die ungarischen Bauarbeiter untergebracht waren. Keine Klimaanlage, nirgends, und aus den Dixiklos stieg ein unerträglicher Geruch auf. Es waren solche Jobs, die man bekam, wenn die Gesellschaft einen ausgestoßen hatte. Solche, und keine anderen.

Jonas machte auf den Hacken kehrt und stürmte zurück in den Stahlcontainer. Der Polier stand hinter dem Schreibtisch, ein Handy am Ohr.

«Und wagen Sie es nicht, mir meinen Lohn nicht zu überweisen. Für den vollen Monat!», fuhr er ihn an.

«Sonst was?»

«Sonst telefoniere ich mit dem Zoll. Ich glaube, einige von den Jungs da draußen bekommen keinen Mindestlohn – so wie ich auch nicht.»

Damit trat er wieder nach draußen. Er würde eine Woche warten, bis sein Lohn auf dem Konto war, und dann trotzdem den Zoll anrufen. Auch wenn sich dadurch nichts änderte an dieser modernen Form der Sklaverei.

Scheiß drauf!

Jonas verließ die Baustelle und trat sich auf dem Bürgersteig den feinen weißen Sand von den Schuhen. Er bückte sich, um ihn aus dem Spalt der sich ablösenden Sohle zu kratzen, und wieder einmal kam das hoch, was er längst überwunden geglaubt hatte.

… Fledermäuse am Nachthimmel, heisere Rufe in drückender Luft, Stimmen, Taschenlampen …

Jonas fuhr hoch. Übelkeit drückte sein Frühstück hoch in die Speiseröhre. Er würgte es wieder hinunter und spuckte aus, wobei er einen Radfahrer auf der Straße übersah. Der konnte gerade noch ausweichen und beschimpfte ihn wüst als Penner, Idioten und Alki. Jonas sah ihm nach, unfähig, sich zu bewegen. Der Radfahrer hatte recht, mit allem.

Hier stand er nun, achtundvierzig Jahre alt, leicht übergewichtig, nicht in Form, das Gesicht eine starre, zerfurchte Maske voller enttäuschter Hoffnung und unterdrückter Wut. Innerlich wie äußerlich zerrissen, abgebrannt und mal wieder arbeitslos.

Jonas ging zur Bushaltestelle. Er wusste, er sollte die drei Euro für die Fahrt sparen, schließlich hatte er keinen Job mehr, aber zu Fuß war es zu weit bei der Hitze.

Nach fünf Minuten Wartezeit kam der Bus. Darin war es ähnlich stickig wie im Container. Jonas suchte sich einen Platz auf der Schattenseite, doch schon nach der nächsten Kreuzung brannte ihm die Sonne in den Nacken und quetschte das letzte bisschen Feuchtigkeit aus seinem Körper.

Während der Fahrt fielen ihm immer wieder die Augen zu. Kurz vor seiner Haltestelle schreckte er auf und sah in seinem verwirrten Zustand draußen ein Mädchen auf einem violetten Hollandrad. Das lange Haar im Wind, der schmale Rücken durchgedrückt, die nackten braunen Beine in rascher Tretbewegung.

Sein Herz stolperte.

Isabell!

Eine von Dutzenden Isabells, die er gesehen hatte, seitdem er draußen war. Die aus seinen Träumen nicht mitgezählt.

An der Haltestelle taumelte er auf den Bürgersteig, wandte sich nach links, schlurfte im Schatten der Bäume und Büsche die Straße hinunter, versuchte, jedem sonnengefluteten Meter Pflaster auszuweichen. Die Sohle seines Billigtreters löste sich weiter ab und erzeugte bei jedem Schritt ein schlappendes Geräusch. Schon bald war seine Kehle staubtrocken, und er sehnte sich nach einem kühlen Bier. Dazu den einen oder anderen Wodka, denn der vertrieb zuverlässig die vielen Isabells, die er nicht sehen wollte.

Harrys Eck lag auf seinem Weg nach Hause, also kehrte Jonas seiner knappen Finanzen ungeachtet dort ein. Die Kneipe öffnete früh und schloss spät, nahm jeden, der hereingetorkelt kam, es war ein Loch, eine schmierige Absteige, aber es war auch kühl, und Harry stellte nie lästige Fragen. Wenn jemand reden wollte, dann war Harry ein geselliger Gesprächspartner. Wenn nicht, konnte er wunderbar die Klappe halten und Gläser polieren.

Die schummrige Kälte in der Kneipe tat Jonas gut. Er atmete auf, schlurfte zu seinem Stammplatz am Ende der Theke und setzte sich auf den abgeschabten Barhocker.

«Lange Nacht gehabt?», fragte Harry.

«Wie immer. Ein Bier und einen Wodka.»

«Aber sicher doch, mein Freund.»

Niemand sonst nannte Jonas «mein Freund». Diese Zeiten waren lange vorbei. Bei Harry war es einfach nur eine Floskel, Jonas wusste das, trotzdem tat es gut. Und warum auch nicht?

Freunde waren im beste Falle Menschen, die für einen da waren, auf die man sich verlassen konnte, und so einer war Harry. Okay, er nahm Geld, na und? Welcher Mensch, welcher Freund hätte je irgendetwas uneigennützig getan? Irgendeinen Vorteil versprach sich jeder, und wenn es nur das Gefühl war, jemand sei einem etwas schuldig.

Harry zapfte in der für ihn typischen Slow-Motion-Geschwindigkeit das Bier, und Jonas tat, als interessiere er sich für den Schwachsinn, der in dem Flatscreen hinter der Theke lief. Vormittagsfernsehen, eine Gerichtssendung, in der die schlechtesten Schauspieler der Welt ihre besten Leistungen ablieferten. Egal. Hauptsache, er musste sich nicht unterhalten.

Der Wodka kam, Jonas kippte ihn hinunter und knallte das Glas auf den Tresen.

«Noch einen.»

2.

Erneut saß Franca unter dem strengen Blick des Familienpatriarchen in der Bibliothek der Frieling-Villa. Die blauen Augen auf dem Gemälde waren wirklich einschüchternd.

«Haben Sie schon einen Erfolg zu vermelden?», fragte die Frieling, die wieder Grau trug und diesmal zudem ein graues Stofftaschentuch in ihren Händen knetete. Ihr sorgsam frisiertes Haar war am Hinterkopf geplättet, so als wäre sie vor Kurzem im Sessel sitzend eingeschlafen und ihr Kopf gegen die Lehne gesackt.

«Sie hätten ehrlich zu mir sein müssen», platzte es aus Franca heraus. Zwar konnte sie das Geld der Frieling gut gebrauchen, war aber deswegen nicht bereit, sich hinters Licht führen zu lassen. Alles, was Franca bisher herausgefunden hatte, hätte die Auftraggeberin ihr erzählen können, nein, müssen. Es wäre ihre Pflicht gewesen, selbst wenn es unangenehme Details waren.

«Wie kommen Sie darauf, ich wäre nicht ehrlich zu Ihnen gewesen?» Pikiert über den Vorwurf verzog Frau Doktor Frieling ihren Mund zu einer spitzen Schnute.

«Meinen Sie nicht, die Geschichte von Isabell Waider ist wichtig, wenn ich herausfinden soll, was mit Silvia geschehen ist?»

Die Frieling schüttelte den Kopf und ließ sich nicht den Hauch einer Überraschung anmerken. Sie hatte wohl geahnt, dass Franca nicht lange benötigen würde, um herauszufinden, was nicht in dem Memorandum stand.

«Sie sollen mir Fotos besorgen, nichts weiter. Mit dieser alten Sache hat das nichts zu tun, und ich will nicht darüber sprechen.»

«Jonas Waider hat sich schon einmal gerächt», gab Franca zu bedenken.

Die Frieling knetete eifrig das graue Taschentuch.

«Ja, und ich bin ihm dankbar dafür, dass er meine Tochter von diesem Mann befreit hat.»

«Moment ... ist das Ihr Ernst? Nach allem, was ich gehört habe, hat er Bernd Vollstedt umgebracht.»

«Ich würde es anders ausdrücken.»

«Und wie würden Sie es ausdrücken?»

«Er hat die Welt von einem Unhold befreit.»

«Hat Ihr Schwiegersohn ...»

«Nennen Sie ihn nicht so!», keifte die Frau dazwischen. «Das verbitte ich mir!»

«Okay, okay», lenkte Franca ein. «Hat Bernd Vollstedt Isabell Waider entführt und getötet?»

«Woher soll ich das wissen? Hören Sie, mit dieser alten Geschichte hat das nichts zu tun. Meine Tochter ist nicht in der Lage, auf ihr Kind aufzupassen, deshalb muss ich das übernehmen … wenn auch nur aus der Ferne. Besorgen Sie mir also ein Foto.»

«Tut mir leid», sagte Franca. «Auf der Basis sehe ich keine Möglichkeit der Zusammenarbeit.»

«Wie bitte?»

«Sie müssen mir schon vertrauen. Ich muss freie Hand haben. Wenn Sie lediglich einen Fotografen brauchen, dann suchen Sie sich einen. Das haben Sie ja schon einmal getan.»

«Ich verstehe nicht.»

«Oh doch, Sie verstehen sehr gut. Ich bin nicht die Erste, die als Aufpasserin für Silvia fungiert, richtig? Und lügen Sie mich nicht wieder an. Von wegen, Sie haben damals selbst Fotos aus dem Wagen heraus geschossen.»

Dr. Frieling hatte protestieren wollen, hielt aber inne und senkte den Blick.

«Mir blieb doch gar nichts anderes übrig», gestand sie kleinlaut.

«Das mag schon sein, aber Sie hätten mich darüber in Kenntnis setzen müssen. Es ist vielleicht ein bisschen oldschool, aber ich glaube an Vertrauen und Ehrlichkeit, so bin ich aufgewachsen. Ohne diese Grundlagen kann ich nicht weiter für Sie tätig sein.»

Franca stand auf.

«Meine bisherigen Bemühungen stelle ich natürlich in Rechnung.»

Die Frieling schob sich mühsam aus dem braunen Ledersessel, und zum ersten Mal fiel Franca auf, wie alt und krank sie wirkte.

«Warten Sie. Vielleicht haben Sie recht. Ich hätte Ihnen davon erzählen sollen. Aber ... das ist alles nicht einfach für mich.»

«Wie viele gab es vor mir?»

«Nur einen.»

«Warum macht der es nicht mehr?»

«Herr Krone hat über viele Jahre immer wieder zuverlässig Fotos von Silvia geliefert, bis vor einem halben Jahr. Da behauptete er plötzlich, sie nicht mehr finden zu können, hat aber eine Weile weiterhin Geld von mir genommen.»

«Kann ich weitermachen, wie ich es für richtig halte?»

Dr. Frieling nickte.

«Gut. Dann brauche ich Namen und Adresse von diesem Kollegen.»

Dr. Frieling beugte sich über einen antiken Beistelltisch – ihre dürre Wirbelsäule drückte sich durch die Wollkleidung – und schrieb beides aus dem Kopf auf einen Notizzettel.

«Sie hören von mir. Ich finde den Weg hinaus allein», sagte Franca, nahm den Zettel und stampfte aus der Bibliothek durch die Halle und hinaus in den Park.

Erst dort holte sie wieder Luft und blies ihre Anspannung und den Ärger hinaus. Sie hatte alles auf eine Karte gesetzt und war froh, dass die Frieling sie weiterhin bezahlte. Denn wenn ihr Interesse erst einmal geweckt war, schaffte Franca es einfach nicht, aufzuhören, aber es machte natürlich viel mehr Spaß, wenn man für etwas, was man gerne tat, auch noch Geld bekam.

Zurück an ihrer Honda nahm sie die Lederjacke aus dem

Topcase, zögerte aber, sie anzuziehen. Es war noch nicht einmal Mittag, und die Temperatur lag schon bei dreißig Grad. Ohne die leichten Schleierwolken, Vorboten eines Gewitters am Nachmittag, wäre jeder Platz an der Sonne heute ein Höllenplatz. Solange sie Fahrtwind spürte, war alles gut, doch sobald sie an einer Ampel warten musste, legte sich die Hitze über sie, schien Kopf und Helm miteinander zu verschmelzen und sie bei lebendigem Leibe zu braten.

Sie zog die Jacke trotzdem an. Noch einmal wollte sie nicht zehn Zentimeter Haut vom Hintern an den Arm verlegt bekommen. Im Sommer 2018 war sie mit ihrer geliebten Intruder in einer Kurve weggerutscht, weil ein Traktor Getreide verloren hatte. Das Motorrad erlitt einen Totalschaden, und sie schrubbte sich auf dem heißen Asphalt die Haut vom Unterarm, weil sie keine Schutzkleidung trug. Die Narben erinnerten sie für alle Zeiten an die Schmerzen, und dabei konnte sie froh sein, mit dem Leben davongekommen zu sein. Wäre sie nur einen Meter weiter gerutscht, hätte der Pfeiler der Leitplanke sie geköpft.

Trotz der Erinnerung daran fuhr Franca schnell, damit der Fahrtwind ihr Kühlung verschaffte.

Zudem war sie gespannt auf den Ex-Polizisten Jonas Waider.

3.

Nach vier Wodka und drei Bier hatte Jonas Schwierigkeiten mit der Koordination, aber die Erinnerungen waren fort. Wieder einmal hatte der Alkohol seinen Auftrag erfüllt.

Die vierhundert Meter bis zu dem Block, in dem er lebte,

reichten aus, ihn ins Schwitzen zu bringen. Er wollte nur noch hinauf in den fünften Stock, sich auf den schattigen Balkon setzen, darüber nachdenken, wie es weitergehen sollte, und dabei einschlafen.

Vor der Eingangstür fiel ihm eine Frau auf. Sie studierte die circa vierzig Namen auf den Klingelschildern. Viele davon waren nicht lesbar, und er selbst hatte sogar ganz darauf verzichtet, eines anzubringen. Auf dem Briefkasten im Hausflur stand sein Nachname, das musste reichen. Ihn besuchte ohnehin niemand.

Die Frau hatte er hier noch nie gesehen. Sie war etwa dreißig Jahre alt, eins siebzig groß, trug enge blaue Jeans, Lederstiefel, ein gelbes Shirt und hielt eine Lederjacke in der Hand. Ihr braunes Haar trug sie zu einem Pferdeschwanz gebunden.

Als Jonas sie erreichte, drehte sie sich um und lächelte ihn an. Ihr Kinn war kräftig und kantig, die braunen Augen offen und von entwaffnender Herzlichkeit.

«Entschuldigung ... ich suche Jonas Waider, aber der Name steht hier nirgends. Wohnt er überhaupt hier?»

Jonas schüttelte den Kopf. «Nie gehört.»

Er schob sich an ihr vorbei ins Haus und beeilte sich, in den Fahrstuhl zu kommen. Bevor sich die Türen schlossen, sah er, wie die Frau sich mit einem weiteren Bewohner unterhielt.

In der fünften Etage stieg Jonas aus und trat rasch in seine Dreißig-Quadratmeter-Wohnung. Darin stand die Luft wie ein fester Block. Er riss die Balkontür auf, trat an die Brüstung und schaute hinunter. Von dort hatte er den Eingang im Blick. Die Frau sah er jedoch nicht.

War sie von der Presse?

Oder gar von der Polizei?

Aber wie sollten sie ihm so schnell auf die Schliche gekommen sein? Außerdem würde nicht eine Beamtin allein aufschlagen, die waren immer zu zweit unterwegs. Mindestens.

In der Küche nahm Jonas die vorletzte Bierflasche aus dem Kühlschrank, entfernte den Kronkorken an der Tischkante und trank einen langen Zug. Er nahm sie mit hinaus auf den Balkon, ließ sich in den billigen Campingstuhl fallen und blickte auf die anderen drei Wohntürme und die Dächer der niedrigen Häuser. Er fand die Wohnung in der obersten Etage passend, weil er sich hier oben weit genug entfernt von der Gesellschaft fühlte. Das normale Leben fand dort unten statt, auf den Straßen und Plätzen, und damit wollte er so wenig wie möglich zu tun haben.

Im Osten hob eine weiße 747 vom Flughafen ab, der Lärm drang bis zu ihm herüber. Ein Ferienflieger. Jetzt, in den Sommermonaten, hoben davon jeden Tag Dutzende ab. Sie flogen nicht in die Freiheit, auch wenn es den Eindruck machte. Jonas wusste es besser. Um wirklich frei zu sein, musste man vergessen und loslassen können, und wer konnte das schon?

Vielleicht sollte er trotzdem hier verschwinden.

Einfach in einen Flieger steigen, dorthin, wo kein anderer Mensch freiwillig hinging. Er hatte keine Ahnung, wo das sein könnte, aber der Gedanke hatte etwas Beruhigendes. Selbst für Menschen wie ihn gab es Plätze und Orte, an denen die Seele Frieden fand, davon war er überzeugt. Er hatte seinen Seelenort nur noch nicht gefunden.

Irgendwann klingelte sein Handy. Verwirrt griff er danach und stellte erschrocken fest, dass er zwei Stunden geschlafen hatte.

Es gab nur eine Person, die ihn regelmäßig anrief.

Jonas nahm das Gespräch an, lauschte einen Moment den Worten und bestätigte schließlich den Treffpunkt und die Uhrzeit.

Nachdem er aufgelegt hatte, zog er sich um und verließ die Wohnung.

Diese Sache musste er noch durchziehen, bevor er sich zu seinem Seelenort aufmachen konnte.

4.

Franca war dem Bus bis zum Ikea-Markt gefolgt. Dort stieg Waider aus und ging auf das Möbelhaus zu. Bis sie einen Stellplatz für ihr Bike gefunden hatte, war er verschwunden, und sie wusste, sie würde ihn in diesem Menschengewimmel nicht wiederfinden. Deshalb wartete sie vor der Hochgarage, bis er wieder auftauchte.

Über den Internetdienstleister supercheck.de hatte sie Waiders Adresse herausgefunden, und aus reinem Zufall hatte sie ihn vor dem Wohnblock, in dem er lebte, angetroffen. Franca hatte ihn nicht erkannt, auf den Fotos von vor sieben Jahren, die sie im Netz gefunden hatte, sah er anders aus. Schlanker, trainierter, besser. Ein anderer Mieter des Blocks kannte Waider und hatte sie darauf hingewiesen, dass er der Mann war, mit dem sie zuvor gesprochen hatte.

Der Punkt ging an ihn.

Das Überraschungsmoment, auf das sie gesetzt hatte, war verflogen, und Franca hatte sich dazu entschieden, den Mann nicht in seiner Wohnung zu belästigen. Er würde ohnehin nicht mit ihr reden, außerdem war er betrunken, und das schon gegen Mittag. Seine Alkoholfahne hatte sie aus zwei Metern Entfernung riechen können. Ihm ein wenig durch seinen Alltag zu folgen, erschien ihr sinnvoller, vielleicht führte er sie ja sogar auf eine Spur zu Silvia Frieling.

Franca holte sich bei einem Bäcker im angrenzenden Supermarkt einen Kaffee und positionierte sich so, dass sie sowohl den Ausgang des Möbelmarktes als auch die Bushaltestelle im Auge behalten konnte.

Nach zehn Minuten Wartezeit sah sie Jonas Waider aus dem Aufzug des Parkhauses kommen. Für einen Moment stand er unschlüssig da, dann rammte er die Fäuste in die Taschen seiner Jeans und kam direkt auf Franca zu.

Shit!

Sie hatte nicht daran gedacht, eine Fluchtmöglichkeit auszuchecken.

Bevor sie dazu kam, bremste ein schwarzer VW Bus scharf ab. Er schien gezielt auf Waider zugehalten zu haben, der gerade die Ausfahrt der Hochgarage querte. Der Fahrer steckte den Kopf aus dem Fenster, sagte etwas zu ihm, ahmte dann mit der Hand eine Pistole nach und zielte auf Waider.

Hastig nahm Franca mit dem Handy ein paar Bilder auf. Der Mann am Steuer würde darauf nicht zu sehen sein, aber das Kennzeichen des schwarzen Busses.

Sie fand das Ganze interessant, wenn nicht sogar verdächtig.

Plötzlich gab der Fahrer Gas und schoss mit quietschenden Reifen davon. Waider sah dem schwarzen Bus nachdenklich hinterher, ging schließlich zu einem asiatischen Restaurant hinüber und verschwand darin.

Eine weitere Viertelstunde musste sie ausharren, bis er wieder herauskam. Von dort aus folgte Franca ihm zu einem Supermarkt. Sie wartete, bis die Drehtür ihn verschluckt hatte, dann folgte sie ihm. Der Markt war weitläufig und leider schwach besucht. Franca musste aufpassen, damit Waider sie nicht bemerkte. Schließlich kannte er ihr Gesicht.

Gut geschützt beobachtete sie, wie er in der Non-Food-Abteilung einen großen schwarzen Reisekoffer aussuchte. Auf seiner Tour durch den Markt füllte er ihn mit einigen Dingen, die man benötigte, wenn man auf Reisen ging. Socken, Unterhosen, Pflegeutensilien, einige Lebensmittel und ein Paar günstige Sportschuhe. Nach allem, was Franca aus der Entfernung erkennen konnte, waren es Sachen für ihn selbst, nicht für ein Mädchen, das er vielleicht irgendwo versteckt hielt.

Trotzdem war sie alarmiert.

Waider wollte verschwinden. Wegen ihr? Hatte ihr Zusammentreffen vor seinem Haus ihn aufgeschreckt?

Und wer war der Mann in dem schwarzen Bus gewesen, der ihn bedroht hatte?

Franca durfte nicht länger warten, wenn sie mit Waider sprechen wollte.

5.

Die kleine blaue Honda CB 600 machte es Franca leicht, dem Bus durch den dichten Innenstadtverkehr zu folgen. Sie folgte ihm bis zur Haltestelle in der Nähe des Wohnblocks, gab dann Gas und stellte die Honda vor dem fünfstöckigen Gebäude ab.

Sie schloss den Helm an den Sattel, behielt trotz der warmen Temperatur die Lederjacke aber an. Auf dem kleinen Spielplatz zwischen den Wohntürmen lungerten ein paar Typen herum, die sie beobachteten.

Einige Minuten später hörte Franca zuerst die kleinen Plastikrollen eines Koffers über Pflastersteine rollen, dann bog Waider mit seinen Einkäufen um die Ecke. Er schwitzte und schien von dem kurzen Fußmarsch außer Atem zu sein. An den Füßen trug er die neuen, im Supermarkt gekauften Schuhe.

Franca lehnte sich gegen ihr Bike und verschränkte die Arme vor der Brust.

«Vielen Dank fürs Verarschen», begrüßte sie Waider. «Ihr Nachbar war hilfsbereiter.»

«Dann gehen Sie doch zu dem.»

«Ich will aber zu Ihnen, Herr Waider.»

Wortlos und ohne sie weiter zu beachten, rollte er mit seinem Koffer auf die Eingangstür zu.

«Können wir bei Ihnen reden?», fragte Franca.

«Ist nicht aufgeräumt.»

«Stört mich nicht.»

«Mich aber.»

Franca erkannte, dass sie bei diesem Mann mit forschem Auftreten nicht weit kam. Seine Härte war nicht vorgespielt. Noch ein falsches Wort, und er würde ihr die Tür vor der Nase zuknallen.

«Ich möchte doch nur ein paar Minuten mit Ihnen reden, dann behellige ich Sie auch nicht mehr. Großes Indianerehrenwort!»

Waider blieb vor der Tür stehen.

«Sind Sie von der Presse?», fragte er.

«Nein. Ich bin Privatermittlerin.»

«Läuft aufs selbe hinaus.»

«Sicher nicht, und das wissen Sie auch. Mein Name ist Franca Lichtenwalter. Ich möchte mich mit Ihnen über Silvia Frieling unterhalten. Geistersilvi, Sie wissen schon.»

Waider erstarrte in der Bewegung. Franca hatte den Eindruck, sein massiver, kräftiger Körper verwandele sich in Stein, und so unmöglich das war, fühlte es sich doch so an, als wäre die Temperatur schlagartig um ein paar Grad gefallen. Waiders Gesicht blieb nach wie vor unbewegt, aber in seinen Augen veränderte sich etwas.

Augen, die im Knast trainiert worden waren, nichts nach außen dringen zu lassen, wurden für den Bruchteil einer Sekunde doch durchlässig.

Franca hatte Wut erwartet, sah aber Angst. So tief und allumfassend, wie sie nur sein konnte. Diese Existenz schwamm in Angst.

«Was wollen Sie?», fragte Waider kaum hörbar.

«Nur mit Ihnen reden. Silvia Frieling ist verschwunden. Ich arbeite für ihre Großmutter.»

«Kein Interesse.»

Waider rammte mit der Schulter die Tür auf und zog seinen Koffer hindurch. Franca folgte ihm, bevor die Tür zufiel.

«Wollen Sie verreisen?»

Stimmen hinter einer Wohnungstür durchbrachen die bedrückende Atmosphäre. Fröhliches Gelächter, ein Wortwechsel in arabischer Sprache, dann sprang die Tür auf, und zwei dunkelhaarige Schönheiten traten heraus. Bewaffnet mit Handtaschen, Handys, High Heels und aufreizender Kleidung, schienen sie bereit für eine Shoppingtour. Ihre Fröhlichkeit fiel bei Jonas Waiders Anblick in sich zusammen. Hastig eilten sie vorbei.

«Ich habe keine Zeit», sagte Waider und hielt auf den Fahrstuhl zu.

«Es dauert ja auch nicht lang.»

Ehe er etwas dagegen unternehmen konnte, quetschte Franca sich zu ihm in den Fahrstuhl. Kaum hatten sich die Türen geschlossen, ging ihr auf, wie dumm das war. Waider könnte sie in diesem engen Fahrstuhl einfach abmurksen, in dem großen Koffer verstecken, und niemand würde etwas mitbekommen. Plötzlich empfand sie es als unerträglich stickig darin.

«Wie haben Sie mich gefunden?», fragte Waider, ohne sie anzusehen.

«Och ... ich habe meine Methoden. War nicht weiter schwer.»

Keine Reaktion. Waider starrte die Tür an. Seine Feindseligkeit war deutlich spürbar. Franca behielt seine Hände im Auge. Eine verkrampfte sich um den Griff des Koffers, die andere ließ er neben seinem Oberschenkel hängen – und öffnete und schloss sie in besorgniserregender Geschwindigkeit.

«Ich kann Ihnen nichts zu Silvia Frieling sagen», stieß Waider aus.

«Sie verstehen aber, dass ich mit Ihnen sprechen muss.»

Jetzt warf er ihr einen Blick zu.

«Mein Verständnis hält sich in Grenzen.»

Ruckend kam der Fahrstuhl in der fünften Etage zum Stehen. Die Tür glitt auf, Franca trat auf den Gang. Waider folgte ihr, schloss seine Wohnungstür auf, zog seinen Koffer hinein, ließ die Tür aber geöffnet.

Franca verstand das als Einladung. Dennoch zögerte sie einen Moment. Die beiden Mädchen unten hatten etwas ängstlich gewirkt beim Anblick ihres Nachbarn, und Franca musste leider gestehen, dass es ihr nicht anders erging. Waider schüchterte sie ein.

Trotzdem folgte sie ihm in die Wohnung. Wann hatte sie je ein Risiko gescheut?

Links ein Bad, rechts eine winzige Küche, geradeaus der Wohn- und Schlafraum mit Balkon. Durch die Glastür fiel grelles, aufgeheiztes Licht herein. Dunkelheit hätte der Wohnung besser getan. Überall lag etwas herum. Getragene Kleidung, Bücher, Zeitschriften, leere Zigarettenschachteln und Bierdosen. Das Bett war ungemacht und sah aus, als tobe darin jede Nacht ein Kampf.

Waider schüttelte eine Zigarette aus einer Packung, zündete sie an und ließ sich auf das Bett fallen. Die einzige weitere Sitzgelegenheit war ein verschlissener grüner Sessel, von dem er vorher mit einer schnellen Bewegung Kleidung genommen hatte, die nun unter dem Couchtisch aus billigem Pressholz lag.

Franca setzte sich auf die Sesselkante. In den drei Jahren, seit sie diesen Job machte, war sie in einigen fremden Wohnungen gewesen. Mitunter war es ihr unangenehm, zu sehen, wie die Menschen hausten, aber nie so sehr wie jetzt. Sie wäre gern aufgestanden und gegangen, riss sich aber zusammen.

«Sie kennen Silvia also nicht?»

«Ich kannte sie vom Sehen, aber das liegt sieben Jahre zurück.»

«Und seitdem haben Sie sie nicht gesehen?»

«Wenn Sie Ihre Hausaufgaben gemacht haben, wissen Sie auch, wo ich die letzten Jahre verbracht habe.»

«Im Knast. Aber Sie sind seit einem Jahr draußen, auf Bewährung.»

«Was Sie nicht sagen.»

Waider zog in kurzen Abständen an seiner Zigarette und sah Franca während der Unterhaltung nicht an, sondern blickte aus dem Fenster. Zu sehen gab es dort den milchig-blauen Himmel und die Umrisse der anderen Wohntürme in der Nachbarschaft.

«Silvia wird seit einem halben Jahr vermisst.»

Dieser Satz stand für einen Moment im Raum und fühlte sich an wie das, was er war: eine Anklage. Die Sekunden verstrichen langsam. Waider zog an der Zigarette, sein rechter Fuß zuckte nervös auf und ab. Es fiel Franca schwer, das Schweigen auszuhalten. Doch sie durfte die Spannung jetzt nicht durchbrechen.

Schließlich antwortete Waider.

«Was wäre das für eine Rache, wenn ich dem Mädchen jetzt etwas antäte?», sagte er. «Vollstedt ist tot. Es wäre sinnlos.»

Genau darüber hatte Franca nachgedacht. Waider hatte seine Rache längst bekommen, es gab für ihn keinen Grund, Silvia etwas anzutun. Aber was wusste sie schon. Vielleicht hatte er sich vorgenommen, Vollstedts gesamte Familie auszulöschen.

«Ich habe nicht gesagt, dass ich Sie verdächtige, dem Mädchen etwas angetan zu haben.»

Er stieß einen verächtlichen Laut aus.

«Ach nein? Warum sind Sie dann hier? Um mich darüber zu informieren, dass das Mädchen vermisst wird? Als ob das für mich von Interesse ist. Hören Sie ... ich habe mit dieser Sache abgeschlossen. Was auch immer dem Mädchen zugestoßen ist, ich habe nichts damit zu tun. Und jetzt verschwinden Sie aus meiner Wohnung.»

In jedem anderen Fall wäre Franca sitzen geblieben und hätte versucht, weitere Informationen zu bekommen, und sei es nur, um sich selbst zu beweisen, dass sie mit einem Typen dieses Schlags fertigwurde – bei Waider jedoch nicht. Empathie konnte Fähigkeit und Fluch zugleich sein, das wusste Franca. In diesem Moment war ihr Mitleid zu groß, um hartnäckig zu bleiben.

Sie stand auf und ging zur Tür. Dort drehte sie sich noch einmal um.

«Es tut mir leid, was Ihnen passiert ist», sagte sie.

Wortlos sah Waider sie an, seine Augen glänzten feucht.

Geh, sagte Franca sich im Stillen. *Geh weg und lass diesen Mann in Ruhe.*

•••

Eine Chance.

Ich hatte eine Chance, der Dunkelheit zu entgehen. Eine Chance, nicht im Reich der Schatten zu verschwinden.

ER hat sie zunichtegemacht. Einfach so, aus einer Laune heraus, weil es ihm Spaß macht, Menschen zu quälen.

Ich bin aber auch selbst schuld. Weil ich es viel zu lange aufgeschoben habe, ihn aus der Welt zu schaffen. Jetzt ist es zu spät, aber ich werde es dennoch tun. Weil es getan werden muss.

Ich habe mich gegen das Messer aus dem Küchenblock entschieden. Vielleicht geht es verloren, oder es bleiben Blutspuren daran zurück, die zu mir führen. Für IHN will ich dieses Risiko nicht eingehen. Also habe ich ein Messer im Supermarkt gekauft, eines mit langer, billiger Klinge und einem Griff aus rotem Kunststoff.

Als die Nacht vom Heute ins Morgen wechselt, spule ich meinen Plan ab, als sei es das Selbstverständlichste der Welt. Ich ziehe die Sportschuhe an, die ich drei Nummern zu groß gekauft habe, ziehe die Schnürsenkel straff, damit sie fest genug an den Füßen sitzen. Dann gehe ich hinaus in die Dunkelheit. Die Straßenlaternen sind längst erloschen, nur hinter wenigen Fenstern brennt noch Licht. Ich passe auf, nicht gesehen zu werden, und bin froh, als ich endlich in den finsteren Wald eintauchen kann. Eine Lampe benötige ich nicht, ich kenne mich hier bestens aus. Nach einer halben Stunde erreiche ich die Rückseite des Hauses. Die Profilsohlen meiner neuen Schuhe sind mittlerweile voller Waldboden, den ich im Haus verlieren werde, aber das ist okay.

Ich klettere über den Zaun und schleiche über das weitläufige Grundstück. In dieser Nacht ist der Himmel bedeckt, es gibt kein Mondlicht, in dem ich hätte auffallen können. Das ist praktisch, wenngleich ich nicht glaube, dass ER noch wach ist.

Das Haus liegt still und starr in der Nacht.

Im Wohnzimmer läuft der Fernseher. Blaues Licht pulsiert mit dem Bildwechsel an den Wänden und fällt auf die Terrasse hinaus. Der Ton ist hier draußen zu hören, da die Terrassentür einen halben Meter weit offen steht.

Geräuschlos trete ich an den Spalt und schaue ins Wohnzimmer. Dabei greife ich in die Innentasche meiner schwarzen Jacke, packe den roten Kunststoffgriff und ziehe das Messer hervor.

ER sitzt in dem großen Fernsehsessel, das Fußteil ist ausgeklappt, seine nackten Füße ragen ins Bild. ER hat hässliche Füße, breit und klobig. Auf dem Tisch neben dem Sessel stehen drei Flaschen Bier. Ich kann es nicht erkennen, bin aber sicher, dass sie leer sind. ER schläft. Sein Mund steht offen, die

Schnarchgeräusche wechseln zwischen leise und gleichmäßig zu laut und abgehackt.

Ich betrete das Wohnzimmer.

Es riecht nach Bier, Nikotin und altem Schweiß. Der Geruch widert mich an. Aber das geht mir mit allen Gerüchen so, die von Menschen stammen. Ich kann niemanden riechen, mitunter nicht einmal mich selbst.

Der Sessel steht mit der breiten Rückenlehne zu mir, sodass ich mich von hinten an IHN heranschleichen kann. Dabei versuche ich, die Luft so lange wie möglich anzuhalten, doch da ich so aufgeregt bin, muss ich ausgerechnet in dem Moment einatmen, da ich unmittelbar hinter IHM stehe.

Der Gestank bringt mich fast um.

Jetzt, sage ich zu mir selbst.

Bring es hinter dich. Befreie dich und die Welt von dieser Last.

ER hat es nicht verdient zu leben.

Ich habe nicht damit gerechnet, dass es mich so viel Kraft kosten würde, den Arm mit dem Messer zu heben, um die Klinge von hinten an seinen Hals zu führen. Meine Muskeln zittern, ich kann nichts dagegen tun, und als ich schon bereit bin, IHM den Hals aufzuschneiden, zieht sich plötzlich mein Magen zusammen und drückt alles in die Speiseröhre hinauf, was sich darin befindet. Viel ist es nicht, aber es reicht, um ein würgendes Geräusch auszustoßen.

ER rührt sich.

Ich setze das Messer an seinen Hals.

ER schreckt aus dem Schlaf hoch, macht eine schnelle Bewegung nach vorn und schneidet sich dabei selbst leicht in den Hals.

Jetzt ist ER wirklich wach. Packt nach meinem Arm. Und ER

hat Kraft, selbst im betrunkenen Zustand. Ich versuche zu entkommen, doch sein Griff ist stahlhart, keine Chance. Blut aus seinem Hals tropft auf meine Hand. Als der Schmerz unerträglich wird, muss ich das Messer fallen lassen. Daraufhin verdreht ER meinen Arm, und der Schmerz ist unvorstellbar.

6.

Das Büro der Detektei Krone lag im Souterrain eines vierstöckigen alten Hauses, und es schien so, als laste das Gewicht des Gebäudes schwer darauf und drücke es in den Boden.

Franca argwöhnte, dass Lars Krone einer dieser Kollegen war, die ihren Berufsstand immer wieder in Misskredit brachten. Ein windiger Typ ohne Moral und Grundsätze, nur seinem Streben nach schnellem Geld verpflichtet.

Allein die Werbetafel über der niedrigen Eingangstür war verräterisch, hatte der Mann doch tatsächlich seinem Namen eine goldene Krone aufgesetzt, die genauso schwer auf den Buchstaben lastete wie das Gebäude auf dem Büro. Auffälliger und platter ging es nicht. Dabei wusste jeder in der Branche, wie wichtig ein unauffälliger, seriöser Auftritt war.

Franca hatte Krone nach ihrem Gespräch mit Jonas Waider angerufen und sofort einen Termin bekommen. Allerdings unter Angabe falscher Gründe; Lars Krone erwartete eine neue Klientin. Am Telefon hatte sie sich bedeckt gehalten und nur vage Hinweise gestreut, die Krone davon ausgehen ließen, sie wolle ihren Mann beschatten lassen. Der häufigste Job in der Branche. Franca hasste solche Aufträge.

Franca stieg die drei Stufen zur Eingangstür hinunter, drückte die Tür auf, und eine Glocke ertönte. Im Büro war es kühl. Eine Röhre an der Decke streute hartes Licht, die Wand rechts war mit einem Regal voller Aktenordner belegt, an der linken Wand hingen gerahmte Fotografien und Urkunden.

«Bin sofort bei Ihnen!», kam es aus einem Hinterzimmer, das Franca nicht einsehen konnte. Dort dudelte leise ein Radio.

Franca sah sich um. Die Fotografien interessierten sie. Darauf war Lars Krone zu sehen, zumindest nahm sie an, dass es sich bei dem kahlköpfigen Grinsegesicht mit auffällig großer Nase um ihren Kollegen handelte. Lars Krone bei der Bundeswehr, fröhlich grinsend mit Gewehr und Kameraden. Lars Krone bei der Jagd, stolz grinsend mit dem Fuß auf einem Hirsch. Lars Krone im Job, angeberisch grinsend in der geöffneten Tür irgendeines Sportwagens. Lars Krone schien eine richtige Frohnatur zu sein.

«So, da bin ich schon.»

Franca fuhr herum. Schwungvoll betrat ein drahtiger Mittvierziger den Raum. Er trug ein schwarzes Langarmshirt zu Bluejeans und Laufschuhen. An seiner linken Seite baumelte in einem Lederholster eine Glock. Das Holster nahm er in einer geübten Bewegung ab, legte es samt Waffe in eine Schublade des Schreibtisches und schloss sie ab.

«Stört nur», sagte er und kam fröhlich grinsend auf sie zu.

Franca schüttelte seine Hand, amüsiert über die kleine Vorstellung mit der Waffe.

«Frau Walter, nehme ich an. Ich bin Lars Krone.»

Franca hatte am Telefon nur einen Teil ihres Namens benutzt, damit der Kollege sie nicht vorab schon bei Google fand.

«Setzen Sie sich doch bitte. Ich habe Kaffee gemacht. Sie trinken doch Kaffee?»

«Ja, gern.»

Franca ließ sich auf einen billigen Plastikstuhl sinken und schlug die Beine übereinander. Sie ermahnte sich, den Kollegen nicht allzu sehr auf die Schippe zu nehmen. Die Gefahr bestand durchaus, erfüllte er doch bisher jedes Klischee, und darauf reagierte sie allergisch. Ein revolverschwingender John-Wayne-Verschnitt mit Casanova-Allüren, der sich für den tollsten Kerl im Universum hielt.

Geschwind und durchaus geschickt servierte Lars Krone den Kaffee. Dabei blieb Franca nicht verborgen, wie durchtrainiert er war. Zudem bemerkte sie die leichtfüßige und leise Art, sich zu bewegen, beinahe geräuschlos.

Er kam ihr nahe und berührte wie zufällig mit dem Oberschenkel ihren Fuß. Franca zuckte nicht zurück, lächelte nur.

Lars Krone setzte sich ihr gegenüber und schenkte ihr seine volle Aufmerksamkeit. Seine Augen waren grün und faszinierend. Allerdings störte Franca sich an den beiden Falten über seinen Ohren. Es sah aus, als wäre seine Kopfhaut zu groß für den Schädel und die Ohren nur Hindernisse.

«Wo drückt denn der Schuh?», fragte Krone, rückte dicht an den Tisch heran und stützte sich auf die Ellenbogen.

«An der Spitze, besonders, wenn ich damit zutrete.»

Sie wackelte mit dem Fuß, den er zuvor absichtlich berührt hatte.

«Aha. Kommt das häufig vor?»

«Häufiger, als Sie annehmen.»

Krone zog sich zurück und ließ sich an die Lehne des Stuhls sacken.

«Haben wir ein Problem miteinander?», fragte er eine Oktave tiefer.

Na, immerhin war er nicht auf den Kopf gefallen.

«Ich weiß es noch nicht. Kommt darauf an, wie viel Sie mir über Silvia Frieling erzählen können.»

Krone lächelte dünn.

«Sie sind von der Polizei?»

«Nein. Eine Kollegin.»

«Schau an! Dann hat die alte Frieling jetzt Sie auf ihre Enkelin angesetzt?»

«Nachdem Sie ihr das Geld aus der Tasche gezogen haben, ohne eine Gegenleistung zu erbringen, ist es verwunderlich, dass Frau Frieling sich überhaupt noch einmal an eine Detektei wendet.»

Diesen kleinen Seitenhieb auf die schwarzen Schafe der Branche, die nichts als verbrannte Erde hinterließen, konnte Franca sich nicht verkneifen.

Krones Grinsen verschwand nun völlig. Seine Augen verdunkelten sich, und Franca argwöhnte, dass dieser Mann hinter seinem aufgesetzten Lächeln Abgründe verbarg.

«Behauptet die Frieling, ich hätte ihr das Geld aus der Tasche gezogen?»

«Stimmt es denn nicht?»

Franca glaubte, den Mann in die Ecke getrieben zu haben, und erwartete eine abweisende, blockierende Haltung, doch sie täuschte sich in Lars Krone.

Er schüttelte den Kopf, und sein Lächeln kehrte zurück.

«Hätte ich mir ja denken können, dass sie nachtritt. Wissen Sie was, Frau Walter? Arbeiten Sie erst mal ein, zwei Wochen für die alte Dame, und dann sprechen wir uns wieder. Mal sehen, ob Sie mir gegenüber dann immer noch überheblich auftreten.»

«Tue ich das?»

«Vom ersten Moment an.»

«Sie meinen, von dem Moment, als Sie mit der Waffe jongliert haben, um mich zu beeindrucken?»

«Ich bin zehn Minuten vor Ihnen ins Büro gekommen und war vorher im Personenschutz unterwegs. Da trage ich nun einmal eine Waffe.»

«Personenschutz?»

Lars Krone zuckte mit den Schultern. «Ich kann nicht nur davon leben, untreuen Ehemännern hinterherzuschnüffeln. Außerdem macht es Spaß. Ich passe auf die Teenagerkinder eines schwerreichen Unternehmers auf.»

Da fehlten Franca die Worte. Sie hatte Krone an der Seite eines protzigen Rappers oder einer windigen Rotlichtgröße gesehen, aber nicht an der von Kindern.

Lars Krone rückte wieder vor, sein Gesicht wurde ernst.

«Hören Sie ... Ich bin hundemüde, hab noch eine Nachtschicht vor mir und will mich gleich hinlegen. Wenn Sie etwas von mir wollen, dann sagen Sie es. Ansonsten breche ich das Gespräch jetzt ab. Ich bin Frau Frieling nichts schuldig geblieben, das können Sie mir glauben.»

Das Bild, das Franca sich allein aufgrund der Werbetafel über dem Büroeingang und der Fotografien an der Wand von Krone gemacht hatte, schien nicht zu stimmen. Menschen richtig einzuschätzen, war ein mühsames Unterfangen. Vielleicht war es auch gar nicht möglich, weil das Verstecken hinter Masken, das Lügen und Betrügen, die am besten entwickelte Überlebensstrategie der Menschen war.

«Entschuldigung, wenn ich zu forsch war», sagte sie und meinte es ernst. Sie reichte ihm ihre Hand.

«Ich bin Franca. Franca Lichtenwalter.»

Er war überrascht, zögerte kurz, ergriff sie dann aber.

«Lars.»

«Schön. Lars. Was ist mit Silvia? Hast du sie gesehen?»

Er schüttelte den Kopf, seufzte und fuhr sich über die Glatze. Die war nicht rasiert, sondern echt.

«Seit einem halben Jahr nicht mehr ... Und ich habe es intensiv versucht. Einige der Stunden, die ich vor dem Haus in der Rotdornallee verbrachte, hat die gute Frau Frieling gar nicht bezahlt. Am Ende wollte ich einfach auch für mich wissen, was aus dem Mädchen geworden ist.»

Franca kannte das. Manche Fälle waren so. Sie berührten einen, man konnte sich nicht dagegen wehren, ließ sie trotz besseren Wissens zu nahe an sich heran, verhedderte sich darin und verlor die nötige Distanz. Dann verschwammen Privat- und Berufsleben, und die Gefahr, Fehler zu begehen, stieg enorm.

«Wie lange hast du für die Frieling gearbeitet?»

«Eigentlich habe ich gar nicht für sie gearbeitet.»

«Für wen dann?»

«Für ihren Mann. Der hat mich schon vor ... warte ... ich glaube, das liegt schon zehn Jahre zurück, da hat er mich zum ersten Mal gebeten, seine Tochter oder vielmehr deren Mann, zu beobachten. Der alte Frieling glaubte, sein Schwiegersohn in spe schicke seine Tochter auf die Straße.»

«Und? Hast du Beweise gefunden?»

Lars schüttelte den Kopf.

«Nicht wirklich. Es verkehrten auffällig viele Männer dort, das ließ gewisse Schlüsse zu. Aber da ich keine Erlaubnis hatte, im Haus Überwachungstechnik zu installieren, blieb es bei

Mutmaßungen. Der alte Frieling ließ mich die Familie weiterhin beobachten. Ich musste Fotos machen und Bericht erstatten. Jedes Quartal. Wie bei einer Bank.»

«Wie bist du an den Job gekommen?»

«Ich habe schon vorher für das Bankhaus Frieling und Neeringer gearbeitet. Kreditbetrug und so was. Bis der alte Frieling mich auf diese Privatsache ansprach.»

«Wie war er denn?»

Lars schloss die Augen und seufzte.

«Ganz okay.»

«Und Silvia? Wie war sie? Erzähl mal.»

«Ich habe sie nie über einen längeren Zeitraum beobachtet, habe nur Fotos gemacht und bin wieder abgehauen. Dennoch habe ich den Eindruck gewonnen, dass Silvia ein schüchternes Mädchen ist. Ich habe sie nie mit Gleichaltrigen in der Schule sprechen sehen. Als sie dann eingewiesen wurde, kam ich so gut wie überhaupt nicht mehr an sie heran, trotzdem bezahlte der alte Frieling mich weiter. Er starb vor vier Jahren, und der Job schlief ein, ohne dass man mir offiziell kündigte. Vor einem Jahr meldete sich dann die Witwe Frieling bei mir und aktivierte ihn wieder.»

«Und ab da hast du Silvia beobachtet?»

Lars nickte. «Sie war gerade zu ihrer Mutter zurückgezogen, und in der ersten Zeit bekam ich sie einige Male vor die Linse. Bald aber immer seltener und schließlich gar nicht mehr. Ich vermute, sie hat sich nicht mit ihrer Mutter vertragen und ging weg. Wohin, weiß ich nicht.»

«Hast du Dr. Frieling nicht angeboten, nach ihr zu suchen?»

«Ich wäre ja dumm, wenn nicht. Aber das wollte die alte Dame nicht. Als keine Fotos mehr kamen, hat sie die Bezahlung eingestellt und behauptet, ich arbeite nicht gründlich genug.»

«Theoretisch könnte Silvia also etwas zugestoßen sein?»

Lars nickte. «Daran habe ich natürlich auch gedacht und deshalb ein paar Tage quasi privat ermittelt. Es gab aber keine Hinweise und ... na ja, wie gesagt, die alte Frieling hat die Zahlungen eingestellt, und ich musste mich um andere Fälle kümmern.»

«Du kennst die Geschichte von Silvias Vater und Isabell Waider?»

«Sicher.»

«Hat Vollstedt damals das Mädchen getötet?»

Lars zuckte mit den Schultern. «Schwer zu sagen. Ich habe es ihm zugetraut.»

«Hast du Silvia in der Zeit, als nach Isabell Waider gesucht wurde, beschattet?»

«Nein, da wurde ich ausdrücklich zurückgepfiffen.»

«Warum?»

«Man nannte mir keinen Grund, aber der lag ja auf der Hand. Zu viel Polizei überall. Der alte Frieling hat immer viel Wert auf den Ruf der Familie gelegt, deshalb war es ja so schlimm für ihn, wie und mit wem seine Tochter lebte. Wenn das an die Presse gelangt wäre, nicht auszudenken für seinen Ruf – und den des Bankhauses natürlich.»

«Ich weiß, das ist unüblich, aber hast du noch Fotos von Silvias Beschattung, die du mir überlassen könntest?»

«Jede Menge. Aber ich müsste vorher die alte Frieling fragen, ob das in Ordnung geht.»

«Kein Problem, ruf sie an. Sie wird es dir bestätigen.»

Lars zog sein Handy hervor, suchte eine Nummer in den Kontakten, wählte und sah Franca beim Warten auf eine Verbindung aus seinen intensiven grünen Augen an. Bevor ein Gespräch zustande kam, steckte er das Handy wieder weg.

«Ich habe keinen Bock auf die Alte», sagte er. «Ich glaub dir auch so.»

«Wie schön! Vertrauen ist die Basis der Zivilisation.»

«Quatsch. Vertrauen ist eine Illusion, die uns unseren Job ermöglicht.»

Lars ging zu seinem Schreibtisch und ließ sich auf den Drehstuhl fallen. «Ich lad dir die Fotos auf einen Stick, okay?»

«Das wäre toll!»

Einige Minuten später überreichte er Franca den Speicherstick, genau so, wie Frau Frieling es mit dem Memo gemacht hatte: Er hielt einen Moment daran fest.

«Wie wäre es denn mit einem Abendessen als Belohnung?» Und schon war es wieder da, dieses aufreizende, überhebliche Grinsen.

«Keine Chance», entgegnete Franca und zog ihm den Stick aus der Hand. «Ich stehe auf Frauen.»

7.

Weder Bier noch Zigaretten halfen.

Jonas Waider war aufgewühlt und nicht in der Lage, einen klaren Gedanken zu fassen.

Bernd Vollstedt.

Ließ dieser Mann ihn niemals los?

Damals hatte er geglaubt, indem er Vollstedt tötete, würde alles gut werden. Marie und Isabell, und ja, auch er selbst, Frieden finden. Was für ein Irrtum! Man fand niemals wieder Frieden, wenn man getötet hatte. Diese Grenze ließ sich nur in eine Richtung überschreiten. Es gab kein Zurück, wer drüben war, der blieb es auch. Vielleicht gab es Menschen, die sich dort wohlfühlten, vielleicht war Vollstedt so ein Mensch gewesen, Jonas jedoch nicht.

Mühsam kämpfte er sich aus dem Gartenstuhl auf seinem kleinen Balkon und schlurfte in die Küche, um sich ein weiteres Bier zu holen. Mitten im Gang stand der neue, übergroße schwarze Rollkoffer.

Hau ab, schien er Jonas zuzurufen. Geh fort, so weit du kannst, und komm niemals wieder zurück!

Er hätte nach seiner Entlassung aus dem Knast nicht in diese Stadt zurückkehren dürfen, das war ein Fehler gewesen. So wie es ein Fehler gewesen war, sich vor sieben Jahren in die Angelegenheiten von Bernd Vollstedt einzumischen. Er hatte Zivilcourage gezeigt und war dafür bestraft worden.

Noch einmal würde ihm das nicht passieren.

Jonas riss die Kühlschranktür auf.

Kein Bier mehr.

Das passte zu diesem Tag.

Er knallte die Tür zu, drehte sich unschlüssig im Raum, verpasste dem neuen Koffer einen Tritt, der daraufhin umfiel, schnappte sich Schlüssel und Geldbörse und stürmte aus der Wohnung.

Er musste raus, nicht nur, um Bier zu holen. Er hatte das Gefühl, zu platzen, brauchte Luft und Raum, beides gab es nicht in den miefigen dreißig Quadratmetern, die er sein Zuhause nannte.

Er ging zum nächsten Kiosk, kaufte sich zwei Dosen Bier, öffnete eine sofort und schleppte die andere mit. Planlos lief er durch die Stadt, bemerkte in sich versunken kaum die anderen Menschen, trank und lief und trank und lief und ertrug die Erinnerung an Isabell, die seit Jahren nicht mehr so intensiv gewesen war.

Wie er ihr im Sommerurlaub das Fahrradfahren beigebracht hatte, auf der schmalen, asphaltierten Straße vor ihrem Haus, die von großen Buchen beschattet wurde. Er war neben ihr hergelaufen, hatte das kleine rote Rad am Gepäckträger gehalten, und sie hatte sich vollkommen auf ihn verlassen, hatte immer wieder gerufen: «Nicht loslassen, Papi, nicht loslassen!»

Aber natürlich hatte er irgendwann losgelassen, und sie war einfach weitergefahren, die Straße entlang, immer weiter, bis sie im Schatten der Buchen fast verschwand.

Als sie sechzehn war, hatte sich das wiederholt. Sie abermals loszulassen, hatte Marie ihm beibringen müssen, denn er hatte es nicht gekonnt – und auch nicht gewollt. Heute wusste er, es wäre besser gewesen, sie noch eine Weile zu behüten, ihr nicht schon so früh Partys zu erlauben. Aber heute wusste er auch, dass das Loslassen schon damals begann, als er ihr das Fahrradfahren beibrachte, und er nie eine Chance gehabt hatte, es zu stoppen.

Jonas blickte auf und sah das Polizeipräsidium vor sich.

Jenes Gebäude, in dem er damals seinen Dienst verrichtet hatte.

Wie konnte es sein, dass seine Füße ihn ausgerechnet hierhergeführt hatten?

Jonas war nicht mehr dort gewesen, seitdem er verhaftet und verhört worden war. Sven-Ole Reiter hatte ihn anfangs in der Haft besucht, dreimal, und er wäre sicher noch öfter gekommen, doch Jonas hatte ihm klargemacht, dass er ihn nicht mehr sehen wollte. Er hatte die Brücken nicht abgebrochen, er hatte sie weggesprengt und die Ufer gleich mit.

Jonas wandte sich ab und ging in die andere Richtung. Zum Busbahnhof. Dort starteten die Fernbusse nach ganz Europa. Verschwitzt und außer Atem studierte er die Fahrpläne – Paris, London, Lissabon, Prag, Warschau oder Rom – die Welt stand ihm offen. Von einem dieser Ziele aus würde er dann sehen, wie es weiterging. Hauptsache, weg und nicht noch einmal mit dieser neugierigen Privatdetektivin sprechen müssen.

Außerdem waren da ja auch noch seine speziellen Freunde. Er hatte keine Lust mehr, für sie zu arbeiten, aber die würden ihn nicht einfach gehen lassen. Wenn sie ihn fanden, würde es Prügel geben, so viel war klar.

Morgen Mittag ging ein Bus nach Rom.

Den würde er nehmen.

8.

Gegen siebzehn Uhr erreichte Franca mit ihrem Bike den Campingplatz Seegrund. Idyllisch an einem kleinen See gelegen, zehn Kilometer außerhalb der Stadt, war er ein Geheimtipp und vor allem bei Insidern und Langzeitcampern beliebt. Touristen auf der Durchreise kamen hier kaum einmal vorbei. Gefunden hatte Franca ihn im Internet. Sie hatte eine kleine Mietwohnung in der Stadt, doch sobald das Wetter besser wurde, schlief sie dort draußen. Auf diese Art hatte sie Verwendung für das einzige Erbe ihrer Eltern: den acht Meter langen und fast dreißig Jahre alten Camper.

Abgenutzt, ausgeblichen und irgendwie der Zeit entrückt, parkte er auf dem Stellplatz mit der Nummer 25, ganz hinten in der Ecke, am weitesten entfernt von den Sanitäranlagen.

Rolling Steel stand in selbst gemalten Buchstaben unter den Außenspiegeln an der Fahrer- und Beifahrertür, von ihrem Vater und ihr von Hand geschrieben. Sie war damals zehn gewesen.

Er hat eine Seele, also braucht er einen Namen, nicht wahr?

Aber ist er denn ein Junge?, hatte Franca gefragt.

Oh ja, das ist er. Du musst ihn nur anschauen, dann erkennst du es.

Franca erkannte es heute noch. Die bullige Front, die breiten Backen, die dicken Reifen, alles an diesem Fahrzeug wirkte männlich. Jedes Mal, wenn sie sich ihm näherte, ging ihr das Herz auf. Niemals würde sie Rolling Steel verkaufen oder gar verschrotten, auch wenn die Karosserie jedes Jahr mehr Geld verschlang und das Getriebe nicht gerade wie ein Schweizer Uhrwerk lief. Dass sie Rolling Steel seit drei Jahren kaum noch bewegte, machte es nicht besser. Der Camper war zum Fahren da, nicht zum Stehen, er hatte einen freien Geist, dem es nicht guttat, allzu lange an einem Ort zu verharren. Da war er wie Franca selbst.

Sie stellte ihr Bike ab, zog ihre Kleidung aus und einen Badeanzug an und machte sich mit einem Handtuch auf den Weg zum See. Es gab einen kleinen Strandabschnitt mit weißem Sand, den sie mied, da sich dort meist die anderen Camper aufhielten. Stattdessen ging sie zum alten Holzsteg. Zehn Meter weit ragte er in den See hinein. Die tragenden Pfosten vermoderten, einige Planken wiesen faustgroße Löcher auf, und offiziell war er gesperrt, aber den Besitzern des Campingplatzes war es egal, wenn trotz des Verbotsschildes jemand hinausging.

Das Wasser lag vollkommen still. Schwärme von Mücken tanzten über der dunklen Oberfläche. Der angrenzende Wald umgab den See wie eine schützende Mauer. Einen Augenblick stand Franca am Ende des Stegs, nahm die friedliche Stille in sich auf und spürte Ruhe und Ausgeglichenheit zurückkehren. Beides war ihr durch diesen Tag verloren gegangen. Diese Geschichte ließ sie nicht kalt.

Schließlich sprang sie ins Wasser, tauchte unter und wusch den bisherigen Tag und die Geister der Vergangenheit ab. Das kühle Wasser umfing ihren Körper, und sie fühlte sich sofort geborgen. Ihre Kindheit war eine Abfolge von Aufenthalten am und im Wasser gewesen, immer hatte es ihre Eltern dorthin gezogen. Ihr Vater, ein begeisterter Surfer, hatte Franca schon früh beigebracht, auf dem Brett zu stehen. Sie mochte den Sport und konnte die spirituelle Komponente, die ihr Vater stets hervorgehoben hatte, nachvollziehen.

Daraus kommen wir, dorthin gehen wir war sein Lieblingssatz gewesen, und immer, wenn Franca schwimmen ging, spürte auch sie diese besondere Verbindung zwischen Mensch und Wasser.

Nach einer halben Stunde verließ sie ausgekühlt und mit müden Muskeln den See, trocknete sich auf dem Steg ab und blieb noch einen Moment sitzen, um sich von der Sonne aufwärmen zu lassen. Die erledigte den Job in Rekordzeit, und es gelang ihr auch gleich noch, Francas Haut zu verbrennen, obwohl sie schon gut gebräunt war. Franca machte sich auf den Rückweg.

Vom Schwimmen vollkommen entspannt, bereitete sie sich eine Mahlzeit aus der Dose zu, setzte sich damit vor Rolling

Steel an den weißen Klapptisch und holte ihren Laptop dazu. Vor Kunden behauptete sie, Unterlagen, Verträge und Abrechnungen würden von ihrem Büro bearbeitet, das klang wichtig und kompetent und war auch nicht gelogen. Letztendlich erledigte sie diese Aufgaben aber selbst. Angestellte hatte sie keine. So viel warf der Job nicht ab, außerdem schätzte sie es, allein zu arbeiten. Sie war flexibel und frei und könnte jederzeit ihre Zelte abbrechen, um zu neuen Ufern aufzubrechen.

Während sie aß, recherchierte sie online. Zunächst nach dem Halter des schwarzen Busses. Das war auch offiziell möglich, aber eine Anfrage bei der zuständigen Zulassungsstelle wurde stets nur schriftlich beantwortet, und das dauerte ihr zu lange. Sie kannte andere Wege, illegale. Nach wenigen Minuten wusste Franca, dass der schwarze Bus auf eine Firma für Trockenbau und Altbausanierung zugelassen war. Über das Gewerberegister erfuhr sie den Namen des Inhabers. Juri Krasnow.

Sie googelte den Mann. Es war erstaunlich, was man im Internet finden konnte, wenn man nur lange und gründlich genug suchte. Leichen lagen nicht länger im Keller, sondern zwischen den Dateien.

Doch über Juri Krasnow fand sie nichts.

Das allein war verdächtig genug.

Als Nächstes war der Privatdetektiv Lars Krone dran.

Wie Franca erwartet hatte, hielt der Mann nicht viel von Diskretion. Er war ein Selbstdarsteller, und wo konnte man sich besser darstellen als in den sozialen Netzwerken. Doch wie er sich dort zeigte, überraschte Franca aufs Neue. Sie gestand sich ein, den Mann vollkommen falsch eingeschätzt zu haben.

Krone half ehrenamtlich in Schulen bei Mobbingproblemen – und welche Schule hatte die nicht? Er gab Workshops, beriet

Lehrpersonal und Kinder, pries dabei den Grundsatz, dass gesundes Selbstvertrauen die beste Basis war, und bot auch Selbstverteidigungskurse an. Sowohl für körperliche als auch verbale Verteidigung.

Auf den meisten Fotos war er mit Kindern zwischen zehn und fünfzehn Jahren zu sehen, die ihn anhimmelten. Jungs wie Mädels.

Das war interessant.

Als sie Krones Grinsegesicht nicht mehr ertrug, verließ Franca das Internet, beugte sich tiefer über den Computer und rief die bereits angelegte Datei namens «Silvia» auf.

Franca füllte sie weiter.

Mit Namen, Daten, Fakten und Gedanken.

Sie trennte Wichtiges von Unwichtigem. Ordnete neu. Nutzte das digitale Whiteboard, um Verbindungen herzustellen. Stundenlang.

Dabei schoss ihr eine Frage in den Kopf, und sie legte sich einen Plan zurecht, um darauf eine Antwort zu bekommen.

Die würde sie allerdings nicht online finden.

9.

Am Abend fuhr Franca wieder ins Naturschutzgebiet. Sie ließ ihr Bike vor einer Schranke stehen, nahm aus dem Topcase eine gekühlte Flasche Wasser, die sie beim Tanken gekauft hatte, und wanderte über einen unbefestigten Weg in den Wald hinein. Unter dem dichten Blätterdach war die Luft erträglicher. Der Sommer zeigte sich von seiner brutalen Seite. Im Laufe des Tages war die Temperatur auf über dreißig Grad angestiegen, und der Wetterdienst hatte für die Nacht Wärmegewitter angekündigt. Franca hoffte, vorher wieder auf dem Campingplatz zu sein.

Nach einer halben Stunde Fußmarsch durch eine wunderschöne und abwechslungsreiche Naturlandschaft glaubte sie, sich ungefähr auf Höhe der Rotdornallee zu befinden. Sie wollte an die Rückseite des Grundstückes der Frielings, aber dahin führte kein Weg. Also schlug sie sich durchs Unterholz. In dem hallenartigen Buchenwald gelang das zunächst noch leicht, doch bald änderte sich die Vegetation, niedrigere Fichten und Kiefern ließen Licht hindurch, und das Unterholz wucherte dicht. Franca kämpfte sich mühsam weiter und bereute es, nicht an Mückenschutz gedacht zu haben. Erst waren es nur einige wenige, aber die holten rasch Unterstützung, und bald war Franca nur noch damit beschäftigt, sich die verdammten Plagegeister vom Leib zu halten – ein aussichtsloses Unterfangen.

Völlig entnervt und entkräftet erreichte sie nach einer weiteren halben Stunde des Suchens tatsächlich die Rückseite des Wohngebietes. Sie konnte das Haus der Frielings zunächst nicht entdecken und lief hinter den Grundstücken entlang, bis sie es fand.

Der Bewuchs verdeckte es beinahe vollständig. An einer günstigen Stelle brach Franca ein paar Zweige von einem Busch ab und schuf sich so ein Loch, durch das sie bis zur Terrasse des Hauses schauen konnte – allerdings nur, wenn sie aufrecht stand. Sie war jedoch von dem Fußmarsch in der drückenden Luft fix und fertig und musste sich erst einmal ausruhen. Ein Baumstamm mit einer weichen Moosschicht davor bot ein nettes Plätzchen. Franca lehnte den Rücken gegen den

Stamm, streckte die Beine aus und trank den letzten Schluck Wasser.

Ab jetzt hieß es warten. Bis zum Einbruch der Dunkelheit dauerte es noch mehr als vierzig Minuten.

Franca überprüfte ihre Kamera und stellte die Nachtsichtfunktion ein. Dann lehnte sie den Kopf gegen den Stamm und versuchte, die Mücken zu ignorieren.

Sei gleichgültig, sagte sie sich, ihre Stiche bringen dich nicht um … tu so, als wären sie gar nicht da …

Ein kräftiger Donnerschlag weckte Franca.

Um sie herum war es zappenduster. Wind fuhr in die Büsche und Bäume, überall war Bewegung. Sie brauchte einen Moment, um sich zu orientieren. Wie lange hatte sie geschlafen?

Ein Blick auf die Uhr der Kamera verriet es ihr: beinahe eine Stunde. Unglaublich!

Frischer Wind kühlte ihre verschwitzte Haut, auf ihren Unterarmen klebten Mückenleichen. Sie wischte sie fort, stand auf und trat zu der Stelle am Zaun, wo sie vorhin Äste abgebrochen hatte. Der nächste Blitz riss das Haus für den Bruchteil von Sekunden aus der Dunkelheit, und Franca sah, dass die Leiter am Giebel stand.

Am Giebel, nicht am Baum!

Was sollte sie tun? Abbrechen und zurück zum Motorrad gehen, oder das Gewitter im Schutz des Waldes aussitzen und hoffen, noch etwas vor die Linse zu bekommen? Den richtigen Zeitpunkt dafür hatte sie wahrscheinlich verpasst.

Ein weiterer Blitz zerteilte die Nacht, und Franca erschrak. Sie zählte bis zum Donner. Zweiundzwanzig, dreiundzwanzig, vierund…

Er rollte heran wie die wütende Stimme eines Riesen und ließ den Boden vibrieren.

Wie man an den vergehenden Sekunden die Entfernung des Gewitters berechnete, hatte Franca vergessen, aber es war auch so klar, dass es sehr nahe war. Sie war nicht gern draußen bei Gewitter. Am wohlsten fühlte sie sich dann in ihrem Wohnmobil. Kein Wunder. Früher waren ihre Eltern bei einem aufziehenden Gewitter stets mit ihr in Rolling Steel geflüchtet und hatten ihr erklärt, er sei der beste Schutz vor Blitzen. Zwischen diesen dünnen Blechwänden zu sitzen, den Regen aufs Dach trommeln zu hören, den Donner zu spüren und sich dennoch in Sicherheit zu wissen, waren ganz besondere Erlebnisse gewesen.

Plötzlich hörte sie ein lautes Knacken im Unterholz.

Sie fuhr herum, konnte in der Dunkelheit nichts sehen, schaltete die Kamera mit der Nachtsichtfunktion ein und blickte durch den Sucher.

Da!

Eine schwarze Gestalt huschte von Busch zu Busch.

Der nächste Blitz sorgte einen kurzen Moment für bessere Sicht. Die Gestalt war groß, trug ein schwarzes Regencape, das ihr bis zu den Knien reichte, und eine Kapuze auf dem Kopf.

Dann war es auch schon wieder dunkel, und Franca blieb nur die bescheidene Nachtsichtfunktion ihrer Kamera. Immerhin konnte sie sehen, wie die Gestalt zielstrebig durch den Wald schlich, so als kannte sie sich hier aus.

Franca folgte ihr. Dabei musste sie aber die Kamera runternehmen, um nicht gegen einen Baum zu laufen und das gute Stück zu ruinieren. Zunächst hatte sie Schwierigkeiten, sich zu orientieren, und war dankbar für die nun immer häufigeren Blitze. Dann gewöhnten sich ihre Augen an die Lichtverhältnisse, und sie kam besser zurecht. Dennoch gewann die schwarze Gestalt weiterhin an Vorsprung, sie bewegte sich mit traumwandlerischer Sicherheit durch den Wald.

Bald erreichte die Person einen Forstweg. Sie machte sich nicht die Mühe, in der Deckung des Waldes zu bleiben, lief einfach auf dem Damm in der Mitte, der zwei tiefe Fahrspuren voneinander trennte.

Franca blieb im Unterholz, bis die Person weit genug entfernt war, erst dann wagte sie sich hinaus und schlich ihr hinterher.

Der Regen nahm zu, dicke, warme Tropfen durchnässten Haar und Kleidung. Immer wieder fuhr Franca sich mit der Hand über die Augen, um das Wasser wegzuwischen. Donner und Blitz verschmolzen miteinander, der Wald verwandelte sich in ein Gruselkabinett voller monströser Gestalten, die bei Tage nichts weiter waren als Büsche und Bäume. Jetzt aber bekamen sie Fratzen und Klauen und griffen nach Franca, um sie in die Dunkelheit zu zerren.

Die Person schritt unbeirrt weiter, verließ aber alsbald den Forstweg und schlug sich durch lichten Buchenwald einen Hang hinauf. Franca verlor sie aus den Augen. An der Kuppe der kleinen Anhöhe angekommen, blieb sie stehen, musterte ihre Umgebung, nahm abermals die Kamera zu Hilfe und fand die Gestalt wieder. Sie bahnte sich weiterhin ihren Weg durchs Unterholz, wie jemand, der schon Hunderte Male hier entlanggegangen war.

Franca lief ihr hinterher und war froh, dass Regen und Donner ihre Schritte übertönten – sie schlich nicht gerade wie ein Indianer. Bald erreichte sie ein Schild. *Sandgrube. Betreten verboten. Lebensgefahr!* Wenige Schritte dahinter befand sich ein hüfthoher Maschendrahtzaun, der an dieser Stelle niedergedrückt war. Franca stieg darüber hinweg. Nach fünfzig Metern öffnete sich vor ihr ein tiefer Krater. Am freien Himmel zuckten Blitze, windgepeitschter Regen zog übers Land, Donner ließ den Boden unter ihren Füßen erzittern.

Die Sandgrube war dicht bewachsen und nicht mehr in Betrieb. Franca konnte die Gestalt nicht sehen, nahm aber an, dass sie in den Krater hinuntergestiegen war, also suchte sie nach einer geeigneten Stelle und rutschte den sandigen Hang hinab.

Auf den letzten Metern stolperte sie über eine aus dem Boden ragende Wurzel, überschlug sich, kullerte den Hang hinunter und blieb auf nassem Sand liegen. Ihre größte Angst galt der Kamera, die sie nicht losgelassen hatte. Sie war zwar wasser- und staubdicht, aber nicht schlagfest. Jetzt ließ sie sich nicht mehr einschalten.

Franca fluchte leise.

Der nächste Blitz offenbarte eine apokalyptische Szenerie: Wassermassen, die vom Himmel fielen, Bäume und Büsche, die sich der Gewalt beugten, dazwischen eine große Gestalt im schwarzen Regencape, die in Francas Richtung zu blicken schien. Unter der weit heruntergezogenen Kapuze war kein Gesicht zu erkennen, der Körper war formlos, die Plastikhaut glänzte wie die eines Reptils.

Drei, vier Sekunden dauerte der Moment, dann erwachte die Gestalt zum Leben und lief mit flatterndem Regencape davon.

«Hey! Warte!»

Franca kämpfte sich auf die Beine und taumelte ihr hinterher. Schon nach wenigen Schritten war die Person nicht mehr zu sehen.

Dafür etwas anderes.

Am Fuße eines steilen Hangs war eine flache Grube in den Sand gegraben worden. Wasser sammelte sich am Boden. Unweit davon gab es noch eine – und noch eine.

Franca zählte insgesamt zwanzig dieser flachen Gruben.

Jede einzelne sah aus wie ein Grab.

KAPITEL 3

1.

Der Koffer war gepackt.

Viel war nicht darin. Ein paar persönliche Unterlagen, zwei Fotoalben, Kleidung. Die Mechanismen des Marktes waren gnadenlos, alles, was er einmal besessen hatte, gehörte nun anderen. Das Haus, das Auto, die Wertsachen. Schulden nahmen auf Schicksalsschläge keine Rücksicht.

Ein Blick auf die Uhr.

In zwei Stunden fuhr der Fernbus nach Rom.

Ein letzter Blick durch die Wohnung, die zwar nicht leer war, aber doch verlassen wirkte. In ein paar Wochen würde die Wohnungsbaugesellschaft merken, dass er keine Miete mehr zahlte, und die Tür öffnen lassen, um nachzuschauen, ob er in seinem Bett vergammelte. Jonas hoffte, dann bereits seinen Seelenort irgendwo am Ende der Welt gefunden zu haben. Vielleicht könnte er dort etwas aufbauen, was man Leben nennen konnte. Hier ging das nicht. Die Schatten der Vergangenheit waren allgegenwärtig.

Jonas ging auf den kleinen Balkon hinaus, um seine Schuhe zu holen, die dort über Nacht lüfteten.

Ein letzter Blick über die Hausdächer.

Den schwarzen VW Bus sah er sofort. Er parkte unten vor dem Haus am Bordstein.

Jonas zuckte vom Geländer zurück.
Sie überwachten ihn.

2.

Franca trat an die Anmeldung im Polizeipräsidium und nannte den Namen der Person, die sie sprechen wollte.

Die streng gescheitelte Frau mittleren Alters fragte nach ihrem Namen und bat um einen Moment Geduld. Sie telefonierte, deckte dann die Sprechmuschel mit der Hand ab und sah Franca über große Brillengläser hinweg an.

«Worum geht es?»

«Ich bin Privatdetektivin und ermittle in einem alten Fall, den Kommissar Reiter bearbeitet hat.»

Sie sprach wieder ins Telefon, und Franca glaubte zu hören, dass der Kommissar sich verleugnen lassen wollte.

«Sagen Sie ihm, es geht um Isabell Waider», setzte sie nach.

Die Empfangsdame musste es nicht wiederholen, Franca hatte laut gesprochen und der Kommissar am anderen Ende der Leitung sie fraglos gehört. Die Empfangsdame bestätigte eine Anweisung und legte den Hörer auf.

«Hauptkommissar Reiter kommt gleich. Wenn Sie bitte dort vorn warten wollen.»

Franca verzog sich in den Wartebereich. Sie war ein bisschen nervös. Die Zusammenarbeit mit der Polizei konnte mitunter anstrengend sein. Sie hatte bisher noch keinen Beamten getroffen, der ihr freiwillig und umfänglich geholfen hätte. Immer musste man den Leuten die Informationen aus der Nase ziehen oder stieß sich die eigene an verschlossenen Türen. Das war nicht weiter verwunderlich, der Ruf des Detektivs war in Deutschland nicht gerade gut. Nach wie vor gab es keine geregelte Ausbildung, man musste vor niemandem eine Prüfung ablegen, es gab keine staatliche Lizenz, besondere Rechte oder hoheitliche Befugnisse schon gar nicht. Als normale Gewerbetreibende waren sie dem Überwachungsgewerbe zugeordnet. Jeder konnte das machen, deshalb trieben sich auch jede Menge schwarze Schafe in der Branche herum.

Franca hatte eine einjährige Fortbildung bei der IHK gemacht, um die wichtigsten rechtlichen Grundlagen zu kennen. Eine bessere Stellung verschaffte ihr das aber nicht. Sie war auf den Goodwill der Polizei angewiesen, wenn sie Informationen wollte.

Mitunter erforderte das Geduld.

So wie jetzt. Kommissar Reiter kam erst nach einer Viertelstunde ins Foyer hinunter.

Reiter war ein kleiner Mann mit schmalen Schultern. Kein Typ, vor dem man automatisch Respekt hatte. Aber wer es bis zum Hauptkommissar schaffte, hatte auf jeden Fall etwas auf dem Kasten.

Immerhin begrüßte Reiter sie mit Handschlag.

Franca stellte sich vor und nannte noch einmal ihr Anliegen. Diesmal aber das richtige.

«Ich suche nach Silvia Frieling.»

«Muss sie denn gesucht werden?»

«Es scheint so.»

«Und wer sagt das?»

«Ihre Großmutter.»

«Und was hat das mit Isabell Waider zu tun?»

«Nach allem, was ich bisher weiß, eine Menge. Aber ich weiß

noch nicht genug, deshalb bin ich hier. Ich hoffe, Sie können mir helfen. Während der Ermittlungen fiel Ihr Name, und man sagte mir, Sie seien ein hilfsbereiter Mensch.»

«Ich kann Ihnen nichts zu Silvia Frieling sagen. Eine offizielle Ermittlung gibt es jedenfalls nicht.»

«Ich weiß. Aber mir hilft es, wenn ich ein paar Details zu dem Fall Isabell Waider erfahre.»

«Wie lange sind Sie schon in diesem Gewerbe, Frau Lichtenwalter?»

«Drei Jahre.»

«Und vorher haben Sie was gemacht?»

«Spielt das eine Rolle?»

Reiter zuckte mit den Schultern. «Mich wundern Ihre naiven Fragen. Sie sollten wissen, dass ich keine Details zu laufenden Ermittlungen mit Ihnen besprechen werde.»

«Also suchen Sie noch nach Isabell?»

«Muss ich mich wiederholen?»

«Kommen Sie, ich bin auf Ihre Hilfe angewiesen. Und wer kann schon sagen, was ich herausfinde. Vielleicht bringt es ja neuen Schwung in Ihre Ermittlung.»

«Die Art von Schwung, den Sie mitbringen, brauchen wir hier nicht. Wir arbeiten ernsthaft.»

«Das tue ich ebenfalls, auch wenn Sie das anders sehen. Finden Sie es denn nicht besorgniserregend, dass Silvia verschwunden ist? Immerhin hatte sie mit dem damaligen Fall zu tun.»

«Besorgniserregend? Nein. Wie viel wissen Sie über die Familie?»

«Genug, um zu ahnen, worauf Sie hinauswollen, und es kann natürlich sein, dass Silvia einfach abgehauen ist. Ebenso gut ist es aber möglich, dass ihr etwas zugestoßen ist.»

«Klar, aber das muss dann ja nichts mit dem Fall Isabell Waider zu tun haben.»

«Wie ernsthaft wurde damals in Richtung Prostitution ermittelt?»

In Reiters Gesicht änderte sich etwas. Mit dieser Frage schien er nicht gerechnet zu haben, und er sah Franca jetzt interessiert an.

«Worauf wollen Sie hinaus?»

«Gewerbsmäßige Prostitution würde ein anderes Licht auf den Fall werfen, finden Sie nicht?»

«Sie jagen Gerüchten nach. Tratsch aus der Nachbarschaft.»

«Okay, wenn Sie es sagen. Aber haben Sie denn nicht wenigstens einen Verdacht, wer Isabell entführt haben könnte?»

«Sprechen wir jetzt über Silvia Frieling oder Isabell Waider?»

«Womöglich über beide.»

«Dann kann ich nur wiederholen, was ich eingangs schon sagte: Ich spreche nicht mit Ihnen über Ermittlungen.»

Sie drehten sich im Kreis, und Franca sah ein, dass sie aus Reiter nichts herausbekommen würde. Sie versuchte etwas anderes, nahm ihr Handy hervor und öffnete ein Foto von Lars Krone.

«Kennen Sie diesen Mann?», fragte sie, hielt Reiter das Display hin und beobachtete seine Reaktion.

Die Augen des Kommissars verengten sich.

«Wie kommen Sie eigentlich dazu, einen Beamten zu verhören?»

«Ich habe doch nur eine Frage gestellt.»

«Auf die Sie von mir keine Antwort erhalten.»

«Also kennen Sie den Mann?»

«Nein. Und ich denke, Sie gehen jetzt besser.»

«Na, dann eben nicht. Ich werde Herrn Waider von Ihnen grüßen und ihm sagen, was für eine große Hilfe Sie waren.»

Franca hatte vorgehabt, dem Kriminalbeamten von den Gräbern in der Sandgrube zu berichten, entschied sich aber dagegen. Dafür war er zu abweisend.

Sie wandte sich ab und ging.

«Moment! Sie haben Kontakt zu Jonas?»

Sie drehte sich noch einmal zu Reiter um.

«Natürlich. Er hat ebenso großes Interesse an dem Fall wie ich», log sie.

Reiter kam einen Schritt auf sie zu.

«Wie ... wie geht es ihm?»

«Den Umständen entsprechend.»

«Warum ist er nicht mitgekommen?»

«Es ist nicht so, dass wir zusammenarbeiten. Aber er hat großes Interesse daran, herauszufinden, was mit Silvia geschehen ist.»

«Sagen Sie ihm, wenn ich ihm irgendwie helfen kann, soll er mich anrufen. Oder vorbeikommen.»

«Sie könnten mir helfen, dann wäre auch ihm geholfen.»

Reiter schüttelte den Kopf auf eine Art, die ausdrücken sollte, was er von ihrem erneuten Vorstoß hielt, dann ging er davon. Auf halbem Weg zur Treppe drehte er sich noch einmal um.

«Richten Sie Jonas das aus, okay? Dann reden wir noch mal.»

3.

Jonas Waider tigerte in seiner Wohnung auf und ab, ging immer wieder auf den Balkon hinaus und linste über die Brüstung. Der schwarze Bus stand nach wie vor dort. Als er das letzte Mal kontrolliert hatte, war ein Mann ausgestiegen, um zu rauchen. Ein kräftiger Kerl in Lederjacke und Jogginghose, den Jonas nicht kannte. Er hatte immer wieder an der Fassade des Gebäudes emporgeschaut. Sie wussten, in welcher Wohnung Jonas hauste. Warum kamen sie nicht hoch zu ihm? War das nur eine Einschüchterungstaktik, um ihn zum Umdenken zu bewegen?

Doch Jonas war fest entschlossen.

Er wollte weg.

Die Männer konnten nicht ewig vor dem Haus lauern. Er musste nur geduldig sein und den richtigen Zeitpunkt abwarten. Den Bus nach Rom erreichte er dann zwar nicht mehr, aber es gab noch andere.

Jonas schlich rückwärts vom Balkon und stand einen Moment unschlüssig im Raum, bevor er sich auf sein Bett fallen ließ und mit seinem Handy online ging. Auf der Homepage von Flixbus überprüfte er die Fernbusverbindungen für den heutigen Tag und fand einen Bus, der um siebzehn Uhr Richtung Prag startete. Die Fahrt dauerte sieben Stunden und kostete keine fünfzig Euro.

Warum nicht nach Tschechien? Dieses Ziel war so gut wie jedes andere, und in einer Großstadt mit mehr als einer Million Einwohner konnte er problemlos untertauchen.

Da er keine Kreditkarte besaß, konnte er das Ticket nicht online buchen. Außerdem war das Risiko, wegen seiner Aufpasser auch diesen Bus zu verpassen, zu groß. Um sich die Wartezeit zu vertreiben, googelte er den Namen Lichtenwalter.

Die Detektei Lichtenwalter gab es tatsächlich. Sie verfügte über eine Homepage, die schmucklos und informativ gestaltet war. Alle üblichen Dienstleistungen wurden abgedeckt, etwas Besonderes fand Jonas dort nicht, auch kein Foto der Detektivin oder weiterer Teammitglieder. Wahrscheinlich arbeitete die Frau allein.

Richtig interessant wurde es weiter unten in der Liste der Google-Treffer.

Dort fand Jonas den Hinweis auf einen Artikel einer Klatsch-Illustrierten aus dem Jahr 2020, in dem der Name Lichtenwalter auftauchte.

«Kirche des Lichts» löst sich auf, lautete die Überschrift.

Jonas erfuhr, dass die beiden Gründer dieser Glaubensvereinigung – in dem Text fiel der Begriff Sekte – bei einem Badeunfall in Kroatien ums Leben gekommen waren. Die Strömung hatte die Leichen an den Strand gespült, Anzeichen von Fremdeinwirkung gab es nicht, aber der Verfasser des Artikels spekulierte in Richtung religiös motivierten Freitods nach dem bekannten Muster anderer Sekten. Bei den Toten handelte es sich um den 61-jährigen Jens Lichtenwalter und seine 58-jährige Frau Vivien. Die beiden hatten eine Online-Kirche mit dem Namen «Kirche des Lichts» gegründet und im europäischen Raum Treffen, sogenannte Lichtmessen, organisiert und durchgeführt. Man hatte ihnen Sekten-Strukturen und undurchsichtige Geldgeschäfte vorgeworfen, die beiden waren aber nie für irgendetwas verurteilt worden. Sie hinterließen eine 26-jährige Tochter, deren Name in dem Artikel nicht genannt wurde.

Das Alter passte zu dieser Privatdetektivin.

Jonas ging noch einmal auf den Balkon hinaus.

Der Bus stand noch dort.

Toll, dachte er. Ich werde von einer osteuropäischen Schlägerbande und der Tochter der Kirche des Lichts behelligt. Es wird wirklich Zeit, dass ich verschwinde.

4.

Die Familie Niedecker lebte noch in der Stadt, wie Franca herausgefunden hatte. In einer Siedlung aus bescheidenen Reihenhäusern, hinter denen die beiden grauen Kühltürme des Kraftwerks aufragten. Schon in dem kleinen Vorgarten zeigte sich die Liebe für die Gartenarbeit. Die Beete waren sauber, die Pflanzen sahen prächtig aus, und ein bunter Gartenzwerg schob eine Schubkarre vor sich her, in deren Mulde eine Handvoll Eicheln lagen.

Einen Termin hatte Franca nicht, sie war aufs Geratewohl hier. Der Name Niedecker war in dem Gespräch mit Frau Buck gefallen, der Nachbarin der Frielings, zwar nur am Rande und ohne Bezug zu Silvia, aber Franca benötigte eine Information, die sie am einfachsten von den Niedeckers bekommen würde.

Sie klingelte, und sofort legte sich hinter der Tür ein Wadenbeißer ordentlich ins Zeug. So nannte Franca kleine Hunde, seitdem sie vor zwei Jahren nach einer Befragung von einem Terrier in die Wade gebissen worden war. Während ihrer Unterhaltung mit der Besitzerin hatte der Hund brav neben ihr gesessen und sich streicheln lassen, doch als Franca dann zur Tür gegangen war, hatte der Terrier sie von hinten angegriffen und Löcher in Jeans und Haut gestanzt.

Der Hund sprang wie ein Flummi hinter der Tür auf und ab, Franca konnte ihn durch das milchige Glas hindurch sehen. Eine männliche Stimme rief: «Kaya, halt die Klappe!» Der Wadenbeißer wurde noch ein wenig lauter.

Die Tür öffnete sich einen Spalt, und ein Mann mit Vollbart und dichtem grauem Haar spähte hindurch.

«Haben Sie Angst vor Hunden?», fragte er.

«Nein, lassen Sie ihn ruhig.»

Die Tür ging auf, und Kaya stürmte bellend auf Franca zu, sprang an ihr hoch, beschnupperte sie und beruhigte sich binnen Sekunden.

«Sie ist neugierig und ein wenig cholerisch, aber ansonsten ein toller Hund», sagte der Hausherr.

«Glaub ich gern.»

Franca stellte sich vor.

«Privatdetektivin», wiederholte Günther Niedecker. «Na so was! Ist ja wie im Film.»

«Eigentlich ist es ganz anders. Haben Sie fünf Minuten Zeit, um mir eine Frage zu beantworten?»

«Worum geht es denn?»

«Um Ihr ehemaliges Haus in der Rotdornallee draußen im Mallener Land.»

Niedeckers Miene verdunkelte sich ein wenig.

«Kommen Sie mit durch, wir gehen in den Garten.»

Ein schmaler Flur führte von der Haus- zur Terrassentür. Franca fiel auf, dass an der Garderobe nur eine Jacke hing und nur ein Paar Schuhe darunter stand.

Der Garten war ein Paradies auf wenigen Quadratmetern.

Wasser plätscherte in einem gewundenen Bach bis in einen kleinen Teich, der umrahmt war von Pflanzen mit großen grünen Blättern. Eine Trauerweide spendete Schatten.

«Wow! Wie schön», stieß Franca aus und meinte es ehrlich.

«Danke. Der Garten ist meine Leidenschaft. Und auf meine Funkien bin ich besonders stolz. Sehen Sie diese hier, die hat rote Stängel, das ist ganz, ganz selten. Wenn Sie eine haben wollen, gebe ich Ihnen einen Ableger mit.»

«Vielen Dank, aber ich habe keinen Garten.»

Günther Niedecker sah sie aus traurigen Augen an.

«Jeder Mensch sollte einen Garten haben, wissen Sie das denn nicht.»

«Irgendwann vielleicht», wich Franca aus. «Wie lange leben Sie schon hier?»

«Seitdem wir aus der Rotdornallee wegmussten. Ist auch schon wieder fünfzehn Jahre her. Aber bitte, nehmen Sie doch Platz.»

Franca setzte sich in einen bequemen Rattanstuhl. Niedecker entfernte noch schnell ein paar Blätter aus dem Teich, bevor er sich ihr gegenübersetzte.

«Ist aber nur gemietet», schob er nach. «In diesem Leben kann ich mir kein Haus mehr leisten.»

«Aber trotzdem ... wunderschön, ein richtiges Paradies.»

«Na ja, ich hab Zeit.»

«Leben Sie allein hier?»

Niedecker nickte. «Meine Frau ist weg, ein Jahr nachdem wir unser Haus verloren hatten. Hat die Kinder mitgenommen. Sie leben jetzt in Hamburg. Ihr neuer Vater hat richtig Geld.»

Franca wünschte sich, sie hätte nicht gefragt.

«Das tut mir leid.»

«Na ja, was soll man machen, so ist das Leben. Geht ja trotzdem weiter. Was ist das denn für eine Frage, die Sie haben?»

Franca war froh, dass der Mann von allein auf das Thema zurückkam.

«Ich bin auf der Suche nach Silvia Frieling und habe deshalb mit Ihrer ehemaligen Nachbarin, Frau Buck gesprochen. Dabei fiel Ihr Name.»

Ein Lächeln flog über Niedeckers Gesicht. «Ach ja, die Frau Buck, wie geht es ihr denn?»

«Sehr gut. Sie vermisst Sie als Nachbarn.»

«Eine wirklich nette Frau. Manchmal ein wenig zu neugierig, aber wirklich nett. Aber wie kann ich Ihnen denn bei Ihrer Suche helfen? Es ist ja schon mehr als zehn Jahre her.»

«Wissen Sie, was Ihren Nachfolgern passiert ist?»

«Na ja, es stand ja in allen Zeitungen. Hat mich seinerzeit ganz traurig gemacht, dass den Leuten so etwas passieren musste.»

Franca nickte.

«Die Tochter der Familie, Silvia, ist seit einiger Zeit verschwunden, und ich versuche, sie zu finden. Ich habe mich gefragt, mit wem Sie damals über den Verkauf Ihres Hauses verhandelt haben.»

Er schüttelte den Kopf.

«Es war kein Verkauf. Die Bank als Gläubiger hat sich darum gekümmert. Ich habe damals meinen Job verloren. Industriemeister in der Gummifabrik, hab nicht schlecht verdient da. Aber ohne den konnte ich die Hypothek nicht mehr bezahlen. Nach einem halben Jahr kam es zur Zwangsversteigerung. Keine Gnadenfrist. Die Bank hat sich um alles gekümmert. Die Nachbesitzer haben wir nie kennengelernt.»

«Verraten Sie mir, welche Bank das war?»

«Frieling und Neeringer. Das private Bankhaus in der Stadt.»

Da hatte Franca ihre Antwort, und sie hatte es geahnt. Ludwig Frieling, Silvias Großvater, hatte das Haus in der Rotdornallee übernommen. Das war eine dieser Verbindungen, die sich nicht sofort offenbarten, denen man nachspüren und ihnen die Bedeutung beimessen musste, die ihnen fraglos zustand. Denn es hatte etwas zu bedeuten, dass der Patriarch Ludwig Frieling seiner Tochter und deren gehasstem Lebensgefährten ein Haus wahrscheinlich kostenlos zur Verfügung stellte, gleichzeitig seinen Schwiegersohn aber von einem Detektiv beschatten ließ.

«Zehn Jahre haben wir dort gelebt», schob Niedecker nach. «Und wir wollten dort alt werden, meine Frau und ich. Die Kinder haben den Pool geliebt. Den habe ich selbst ausgeschachtet und angelegt, eine Heidenarbeit, kann ich Ihnen sagen. Aber was waren das für schöne Sommer dort.»

«Haben Sie das Haus gebaut?»

«Nein, wir haben es im Jahr 2000 gekauft. Es stammt ursprünglich von 1978. Es hatte mehrere Vorbesitzer, jeder hat daran herumgebastelt, auch wir haben in Eigenleistung viel verändert.»

«Haben Sie je Herrn Frieling kennengelernt, den Chef der Bank?»

«Nein. Diese Leute sitzen in ihren feinen Büros, treffen Entscheidungen, zerstören Familien, haben aber nicht einmal den Mut, den Betroffenen in die Augen zu schauen.»

«Auch nicht, als Sie das Haus gekauft haben?»

«Für so etwas hat die Bank Makler. Der hieß Marcello Lemke, wenn ich mich richtig erinnere. Ein netter Mensch.»

Franca unterhielt sich noch ein paar Minuten mit Niedecker und verabschiedete sich dann.

Zurück auf der Straße, sprach sie das soeben Gehörte in das Diktiergerät ihres Handys. Jetzt hatte sie den Kopf nicht frei, um darüber nachzudenken und es einzuordnen.

Der gestrige Abend nahm noch zu viel Raum ein. Die grabähnlichen Löcher in der Sandgrube.

Wer hatte sie gegraben?

Jonas Waider?

Von der Größe her könnte es passen, aber Franca glaubte nicht so recht, dass Waider sich so schnell und geschmeidig bewegen konnte wie die Person in der schwarzen Regenkleidung, der sie vom Haus der Frielings gefolgt war. Und war es überhaupt die Person im Regencape gewesen, die die Löcher gegraben hatte?

Wie auch immer, sie musste mit Jonas Waider darüber reden, ganz gleich, ob es alte Wunden aufriss.

Diese grabähnlichen Löcher im Sand verbargen noch ihre Bedeutung.

Vielleicht wusste Jonas Waider, welche.

5.

Auf dem Weg zum Busbahnhof sah Jonas sich immer wieder um. Vor einer Stunde war der schwarze VW Bus verschwunden, und er hielt es für unwahrscheinlich, dass er wieder auftauchte. Dennoch konnte es nicht schaden, vorsichtig zu sein.

Jonas nutzte schmale Seitenstraßen. Dort fühlte er sich sicherer als an den Hauptverkehrsrouten, aber das kostete Zeit und Kraft. Immer wieder musste er den schweren Rollkoffer mit seinen Habseligkeiten über Einfahrten, Bordsteine und Kopfsteinpflaster wuchten.

Eine Weile hatte er überlegt, sich einfach in seiner Wohnung zu verschanzen und den Ärger auszusitzen. Die Jungs würden bald das Interesse verlieren und diese merkwürdige Detektivin sicher auch. Jedoch war er den Gedanken nicht losgeworden, dass es sich bei allem, was gerade geschah, um Zeichen handelte. Warnsignale, die er nicht ignorieren durfte, die ihn zwangen, über das Leben nachzudenken, das er seit der Entlassung aus dem Knast führte. Nichts davon war geplant gewesen, alles hatte sich irgendwie ergeben, auch die Sache mit der Baustelle.

War es jetzt an der Zeit, eine bewusste Entscheidung zu treffen, wie es weitergehen sollte? Sich nicht einfach weiterhin treiben zu lassen?

Warum sollte er bleiben? Die Menschen, die er einst geliebt hatte, waren tot, sein eigenes Leben parkte in Wartestellung, wobei er nicht einmal wusste, worauf er wartete. Auf Besserung? Die kam nicht von allein. Auf den Tod? Dafür war er noch zu jung. Es gab für ihn hier keinen Kampf mehr auszufechten, was er verlieren konnte, hatte er verloren. Auch seinen Mut und seine Kraft. Er war nicht mehr der Mann, der er früher einmal gewesen war. Wenn jemand das gottverdammte Recht hatte abzuhauen, dann er.

Eine Weile half es, sich das einzureden.

Doch dann quälten ihn Zweifel und Vorwürfe, nannten ihn einen Feigling, einen Angsthasen, der bei der kleinsten Gefahr davonlief.

Innerlich zerrissen und körperlich erschöpft erreichte er

nach einer Stunde Fußmarsch den Busbahnhof. Der Fernbus nach Prag fuhr erst in einer halben Stunde ab. Weil er sich auf dem großen freien Platz vor dem Bahnhof exponiert fühlte, verdrückte Jonas sich in eine Seitengasse, um dort auf den Bus zu warten.

Erschöpft ließ er sich auf den Koffer sinken.

Im nächsten Moment hielt der schwarze VW Bus vor der Sackgasse und riegelte sie ab.

Drei Typen stiegen aus. Zwei von ihnen sahen aus wie Zwillinge, trugen sogar die gleiche Kleidung. Schwarze Lederjacke zu grauer Jogginghose und Sportschuhen. Einen von denen hatte Jonas vorhin beim Rauchen beobachtet. Sie bemühten sich um finstere Gesichter, wirkten dabei aber eigentlich ganz freundlich, wie Kumpels, mit denen man ein Bier trinken gehen könnte.

Anders der Fahrer. Juri. Jonas kannte ihn schon. Sein breites Gesicht war hart und finster, die kleinen dunklen Augen keine Spiegel der Seele, sondern blanke Kugeln, durch die nichts hinausdrang.

«Wo willst du hin, mein Freund?», fragte Juri. «Ich dachte, ich hätte mich gestern klar ausgedrückt. Eine Baustelle noch.»

Jonas wusste, er würde jetzt Prügel beziehen, aber er war viel zu erschöpft, um sich von seinem vollgepackten Koffer zu erheben. Sollten sie ihn doch zusammenschlagen, was machte es schon aus. Er hatte schlimmere Wunden davongetragen.

«Ich finde das undankbar von dir», sagte Juri und stellte sich breitbeinig vor ihm auf. «Als du das Geld nötig hattest, waren wir gut genug für dich. Und jetzt lässt du uns sitzen. So geht das nicht.»

Er klang ein bisschen enttäuscht und beleidigt, wie ein kleiner Junge, dem man die Freundschaft nur vorgegaukelt hatte.

Die Zwillinge brachten sich hinter ihrem Boss in Position.

Jonas sah zu Juri auf. Schweiß lief ihm in die Augen.

«Verpiss dich», sagte er matt.

Der Schlag traf ihn mitten ins Gesicht. Er fiel rücklings vom Koffer, prallte hart auf das nach Urin stinkende Kopfsteinpflaster und blieb benommen liegen. So richtig verstand er nicht, was in der nächsten Minute vor sich ging, aber als er wieder bei Sinnen war, beschäftigten sich vier Polizisten in Uniform mit Juri und seinen Jungs. Die standen bereits an die Wand gelehnt da und bekamen Handschellen angelegt.

Franca Lichtenwalter beugte sich über ihn.

«Alles in Ordnung?» Sie sah besorgt aus.

Jonas mühte sich in eine sitzende Position.

«Was ... machen Sie hier?»

Die Privatdetektivin reichte ihm ein Taschentuch.

«Sie bluten aus der Nase.»

Jonas nahm es und presste es sich unter die Nase.

Eine Polizistin trat zu ihnen. «Wir brauchen Ihre Aussage», sagte sie und klappte einen Notizblock auf.

Jonas, noch immer verwirrt, machte seine Aussage. Er behauptete, die Männer nicht zu kennen und auch nicht zu wissen, warum sie ihn angegriffen hatten. Ein Raubüberfall vielleicht, wegen des großen Koffers.

Dann lauschte er Franca Lichtenwalters Aussage und verstand allmählich die Situation. Sie behauptete, das Ganze von der anderen Straßenseite aus zufällig beobachtet zu haben. Dann hatte sie die im Bahnhof Streife laufenden Beamten alarmiert.

Die Polizistin machte sich Notizen, klappte den Block zu und fragte Jonas, ob er Anzeige erstatten wolle. Wollte er nicht. Die Polizistin sah ihn merkwürdig an.

«Sie verreisen?», fragte sie und deutete auf den Koffer.

«Ja, in einer ...» Ein Blick auf seine Armbanduhr verriet ihm, dass der Fernbus nach Prag längst abgefahren sein musste. «Demnächst», vervollständigte er den Satz.

«Wie können wir Sie erreichen, falls wir noch Fragen haben?»

Jonas nannte der Polizistin seine Handynummer und lehnte es ab, zu einem Arzt gefahren zu werden. Schließlich ließ sie von ihm ab und sprach mit den Beamten im Polizeibus, in dem bereits die drei verhafteten Männer saßen. Juri, der Chef der Bande, sah zu ihm herüber und schüttelte leicht den Kopf. *Sag nichts.* Nein, natürlich nicht, er saß ja im selben Boot.

Der Bus fuhr ab, und die Polizistin kehrte mit ihrem Kollegen zurück Richtung Bahnhof.

«Nette Freunde haben Sie», sagte Franca Lichtenwalter.

«Ich kenne die Typen nicht.»

«Schon klar.» Sie deutete auf den Koffer. «Kurzfristige Weltreise geplant?»

«Lassen Sie mich in Ruhe. Verschwinden Sie einfach.»

6.

Franca sah Jonas Waider nach, wie er mit seinem schwarzen Rollkoffer in Richtung Busbahnhof davonzog.

Als sie vorhin auf dem Weg zu ihm war, hatte sie ihn in einer Seitenstraße entdeckt. Mit seinem grimmigen Blick, das

Kinn vorgereckt, den Koffer hinter sich herziehend, hatte sie den Eindruck gehabt, dass er auf der Flucht war – aber nicht vor ihr, wie sie jetzt wusste, sondern vor den Männern, die ihn überfallen hatten. Waider hatte die Polizistin angelogen, natürlich kannte er die Typen.

Jetzt machte er langsame Schritte, schleppte sich vorwärts, mit hängenden Schultern weit vorgebeugt, um den schweren Koffer in Bewegung zu halten.

Jonas Waider war ein Wrack, körperlich wie seelisch. Nie und nimmer hatte dieser Mann etwas mit dem Verschwinden von Silvia Frieling zu tun. Aber er war das Bindeglied zwischen dem Verschwinden seiner Tochter und Silvia Frieling. Franca konnte ihn nicht einfach in einen dieser Busse steigen und davonfahren lassen.

«Warten Sie!», rief Franca und lief ihm hinterher.

An der überdachten Insel mitten auf dem Platz holte sie ihn ein. Jonas Waider beachtete sie nicht, studierte demonstrativ den Fahrplan.

«Lassen Sie uns reden, bitte.»

«Hauen Sie ab.»

«Ich will Ihnen doch nur helfen.»

«Ich brauche keine Hilfe.»

«Okay, dann andersherum. Ich brauche Ihre Hilfe, um Silvia zu finden.»

«Kümmern Sie sich um Ihren eigenen Scheiß.»

«Das ist jetzt mein eigener Scheiß, und ich höre nicht auf, mich darum zu kümmern, ehe ich nicht weiß, was mit Silvia passiert ist. Das müssten Sie doch am besten verstehen können. Haben Sie nicht auch alles getan, um Isabell zu finden?»

Jonas Waider fuhr herum, und Franca zuckte zurück. Sie befürchtete, er würde auf sie losgehen. Sein ausgestreckter Finger zeigte in ihre Richtung.

«Nehmen Sie ihren Namen nicht in den Mund.»

Sie spürte seinen Atem, seine Hitze, sah das angetrocknete Blut auf seiner Oberlippe.

«Wollen Sie denn nicht wissen, was wirklich passiert ist in jener Nacht?»

«Nein.»

Ein einziges Wort, mehr hervorgequetscht als gesprochen, unterfüttert von all dem Zorn, der in diesem Mann ein Zuhause gefunden hatte.

«Und jetzt lassen Sie mich in Ruhe.»

Er wandte sich wieder dem Fahrplan zu.

«Es gibt noch jemanden, der nach Isabell sucht», sagte Franca.

Waider reagierte nicht.

«In dieser Sandgrube, draußen im Naturschutzgebiet, gräbt jemand nach ihr.»

Er drehte sich abermals zu ihr um.

«Was sagen Sie da?»

«Ich war gestern Nacht dort und habe es gesehen.»

«Wollen Sie mich verarschen?»

«Es gab damals doch Hinweise darauf, dass Isabell dort gewesen sein könnte, nicht wahr?»

Davon hatte Franca online in einem alten Artikel gelesen.

Jonas Waiders harte Fassade bekam Risse. Man musste schon genau hinsehen, um sie zu erkennen, aber sie waren da. Er dachte nach, als erinnerte er sich plötzlich, und irgendetwas davon schien zu dem zu passen, was Franca gerade gesagt hatte.

«Ich mache Ihnen einen Vorschlag», sagte sie. «Lassen Sie

uns zu dem Bäcker da drüben gehen. Ich gebe Ihnen einen Kaffee aus und erzähle Ihnen, was ich weiß. Danach fahren wir gemeinsam zur Sandgrube raus, und Sie überzeugen sich davon, dass ich Sie nicht belüge. Wenn Sie dann immer noch in einen Bus steigen wollen, werde ich Sie nicht davon abhalten.»

7.

«Was haben Sie in der Sandgrube gesehen?», fragte Jonas Waider.

«Es war dunkel und schüttete wie aus Eimern, aber ich habe zwei Dutzend Löcher gefunden. Auf den ersten Blick sehen sie aus wie flache Gräber. Ich sage Ihnen, da sucht jemand nach etwas, und das schon eine Weile.»

«Und wer?»

«Das weiß ich nicht. Aber ich habe einen Verdacht.»

In diesem Moment trat die Bedienung an den Tisch. Franca bestellte einen Milchkaffee. Jonas schüttelte den Kopf.

«Kommen Sie schon, ich bezahle», forderte Franca ihn auf, doch er wollte nichts.

«Was für einen Verdacht?», fragte er, sofort nachdem die Bedienung verschwunden war.

«Dazu kommen wir gleich. Erzählen Sie mir erst einmal, warum die Polizei damals in der Sandgrube nach Isabell gesucht hat.»

«Die Hunde schlugen unten in der Sandgrube an. Die war damals schon nicht mehr in Betrieb und renaturiert worden. Hin und wieder trafen sich Jugendliche dort. Pärchen, die sonst nirgendwo ihre Ruhe hatten.»

«Isabell auch?»

Jonas schüttelte den Kopf. «Nein, jedenfalls wusste ich nichts davon.»

«Was haben die Hunde gefunden?»

«Einen Stofffetzen von Isabells Kleid. Nicht größer als ein Handteller, im Sand vergraben. Daraufhin hat die Spurensicherung die Sandgrube auf den Kopf gestellt, aber nichts weiter finden können.»

«Also war sie da.»

Jonas zuckte mit den Schultern. «Jemand könnte den Stofffetzen dort versteckt haben, um eine falsche Fährte zu legen.»

«Aber wenn nicht, was könnte Isabell dort gewollt haben?»

«Die Polizei meinte, sie könnte mit einem Jungen von der Party weggegangen sein, um in der Sandgrube Sex mit ihm zu haben. Vom Grundstück der Engelmanns bis dorthin braucht man zu Fuß aber eine gute halbe Stunde. So weit geht man doch nicht dafür. Außerdem hätte meine Kleine so etwas nicht gemacht. Nein, wenn, dann hat der Täter sie dorthin verschleppt. Vielleicht wollte er sie im Sand vergraben und wurde dabei gestört.»

«Oder er fühlte sich beobachtet», mutmaßte Franca.

«Da draußen? Von wem?»

Die Kellnerin kam mit dem Kaffee.

«Wollen Sie nicht doch etwas?», fragte Franca. «Sie sehen aus, als könnten Sie einen starken Kaffee brauchen.»

«Ja, okay, einen Kaffee. Schwarz bitte.»

Die junge Frau nickte und ging wieder.

«Und warum sucht dann sieben Jahre später in genau dieser Sandgrube jemand nach Isabell?», fuhr Franca fort.

«Sie wissen doch gar nicht, ob dort jemand nach Isabell sucht. Und warum auch? Die Polizei hat damals nichts gefunden.»

«Dann weiß diese Person nichts davon.»

«Verstehe ich nicht.»

«Aber ich. Was halten Sie davon, wenn wir uns heute Nacht in der Sandgrube auf die Lauer legen?»

Jonas Waider sah Franca eindringlich an.

«Isabell ist tot», sagte er leise.

«Aber ihre Leiche wurde bis heute nicht gefunden. Wollen Sie nicht wissen, was passiert ist?»

«Ich habe alles getan, um das zu herauszufinden.»

«Ja, ich weiß. Und ich kann Ihnen auch nicht versprechen, dass Sie jetzt Antworten bekommen. Aber ich finde, einen Versuch ist es wert. Was sagen Sie?»

Jonas Waider schwieg einen Moment, bevor er antwortete. Er senkte den Blick und spielte an seiner Armbanduhr herum.

«Ich kann das nicht noch einmal durchmachen.»

«Das verstehe ich. Aber wenn es auch nur die geringste Chance gibt, Isabell doch noch zu finden, wären Sie es sich selbst und Ihrer Frau nicht schuldig, diese Chance zu ergreifen?»

Er sah zu ihr auf.

«Meine Frau ist tot», sagte er tonlos.

Die Bedienung brachte eine Tasse schwarzen Kaffee. Franca war froh um die Unterbrechung. Im Stillen verfluchte sie sich dafür, nicht gründlicher recherchiert zu haben.

«Hören Sie ... es tut mir leid, das wusste ich nicht.»

Mit einem Ruck stand Jonas Waider auf und stieß dabei mit den Oberschenkeln gegen den Tisch. Sein Kaffee schwappte auf die Untertasse.

«Mein Bus wartet», sagte er, packte seinen Koffer und verschwand ohne ein weiteres Wort.

8.

Vor sieben Jahren

Jonas fuhr auf seine Einfahrt und stellte den Motor ab.

Er hatte keine Kraft auszusteigen.

Seit mittlerweile fünf Wochen war seine Kleine nun verschwunden, spurlos, vom Erdboden verschluckt. Seit dem letzten Hoffnungsschimmer, als die Hunde in der Sandgrube einen Fetzen von Isabells Kleid gefunden hatten, gab es nichts Neues. Da draußen suchte keine Hundertschaft mehr nach ihr, kein Hubschrauber, keine Hundestaffel. Er war der Einzige, der noch durch die Gegend streifte. Sven-Ole konzentrierte sich mit seinem Team auf die Ermittlungsarbeit. Befragungen, Spurenauswertung, das Überprüfen der üblichen Verdächtigen.

Nutzlos in Jonas' Augen.

Mühsam stieg er aus dem Wagen. Er trug noch die mit Dreck verkrusteten Gummistiefel.

Heute hatte er ein Areal des Naturschutzgebiets abgesucht, an dem selbst die Hundestaffel gescheitert war. Das Mallener Land war vor vielen Jahrzehnten ein ausgedehntes Moor gewesen, eingeschlossen zwischen zwei hügeligen Geestrücken. Der Torfabbau war vor fünfzehn Jahren eingestellt und die Landschaft der Natur überlassen worden. Heute gab es dort wieder morastige Gebiete mit kleinen Bachläufen und Tümpeln, die nicht tiefer als einen Meter waren. Polizisten hatten diese mithilfe von Stangen abgesucht und nichts gefunden. Aber da war die Hundertschaft schon seit Tagen im Einsatz gewesen, die Männer und Frauen übermüdet, vielleicht waren sie die Suche auch leid. Deshalb hatte Jonas das Gebiet noch einmal selbst abgesucht, acht Stunden am Stück. Jetzt war er vollkommen erschöpft, hungrig, am Ende. Er spürte jeden Knochen im Körper und fühlte sich wie ein alter Mann. Lange würde er so nicht weitermachen können.

«Herr Waider, auf ein Wort!»

Von der anderen Straßenseite kam ein Journalist auf Jonas zu, ihm folgte ein Mann mit einer Kamera auf der Schulter sowie ein Tontechniker. Der Name des Senders prangte auf dem gelben Handmikro, das der Reporter hielt. RtsTv. Ein kleiner Privatsender.

«Ihre Tochter ist seit mehr als einem Monat verschwunden. Können Sie uns etwas zum Stand der Ermittlungen sagen?»

Jonas hob die Hand, um den Mann abzuwehren. Er hatte geglaubt, er hätte den Medienansturm längst hinter sich. Fünf Wochen waren eine lange Zeit, für die Medien eine Ewigkeit, und seit Tagen hatte er keine Journalisten mehr gesehen.

«Kein Kommentar.»

«Stimmt es, dass Sie einen Verdächtigen misshandelt haben?»

Jonas blieb stehen.

Sie wussten es, hatten es irgendwie herausgefunden. Alle Beteiligten waren vom Polizeichef zum Schweigen verdonnert worden, und Jonas glaubte nicht, dass einer seiner Kollegen damit an die Presse gegangen war. Vielleicht war es Vollstedt selbst gewesen. Man hatte ihn davor gewarnt, und bislang hatte er es für sich behalten. Aber ein Mann wie Vollstedt stellte sich gern in den Mittelpunkt.

«Kein Kommentar», wiederholte Jonas.

Doch der Reporter war nicht blöd. Er hatte mitbekommen, dass seine Frage ins Schwarze getroffen hatte.

«Stimmt es, dass Sie Herrn Vollstedt angegriffen haben?»

«Wer hat Ihnen das erzählt?»

«Also stimmt es?»

«Kein Kommentar. Hauen Sie ab. Lassen Sie mich in Ruhe.»

Jonas wandte sich ab und ging auf die Haustür zu.

«Haben Sie versucht, den Mann im Familienplanschbecken zu töten? Vor den Augen seines eigenen Kindes?», hakte der Reporter nach.

«Das sind nichts als dreiste Lügen! Wenn Sie das veröffentlichen, verklage ich Sie und Ihren Laden.»

«Sie streiten es also ab?»

«Ich sage doch, das sind nichts als Lügen.»

«Und was sagen Sie dann hierzu?»

Plötzlich hielt ihm der Reporter einen Fotoausdruck hin, und Jonas beging den Fehler, ihn in die Hand zu nehmen. Natürlich hielt der Kameramann voll drauf, als er es sich anschaute.

Es zeigte Vollstedts Gesicht und Hals. An der rechten Seite des Halses war deutlich eine Schnittwunde zu erkennen.

«Haben Sie Herrn Vollstedt ein weiteres Mal angegriffen? Diesmal mit einem Messer?»

«Woher haben Sie das?»

«Von dem Opfer. Herr Vollstedt leidet immer noch unter den Folgen dieses Übergriffes und befindet sich in medizinischer sowie psychologischer Behandlung. Er will eine Anklage wegen

Polizeigewalt einreichen und behauptet, alles solle vertuscht werden. Was sagen Sie dazu?»

Jonas konnte nicht fassen, was er da sah. Mit dieser Verletzung hatte er nichts zu tun. Vollstedt musste sie sich selbst zugefügt haben, vielleicht mit der Hilfe eines Saufkumpanen.

Jonas warf das Foto auf den Boden.

«Ich warne Sie davor, diese Lügen öffentlich zu machen», sagte er, wandte sich ab und ging auf sein Haus zu.

«Ich gebe Ihnen hier die Chance, sich dazu zu äußern», rief ihm der Reporter hinterher.

Jonas warf die Tür hinter sich zu und lehnte sich dagegen.

Das hatte gerade noch gefehlt. Er wusste, die Meute würde nicht lockerlassen. Polizeigewalt war ein gefundenes Fressen für die Medien. Isabells Verschwinden lockte niemanden mehr hinter dem Ofen hervor, aber diese Sache würde über Tage hinweg Schlagzeilen generieren.

Es war ein Fehler gewesen, Vollstedt anzugreifen. Aber dass der sich nun selbst verletzte, um als Opfer dazustehen, bewies doch einmal mehr, dass er etwas mit Isabells Verschwinden zu tun hatte.

War er denn wirklich der Einzige, der das sah?

Im Haus war es still, so wie immer, seitdem Isabell nicht mehr hier war. Es lief keine Musik, der Fernseher wurde nicht mehr angestellt, und auch die üblichen Geräusche eines Haushalts, wie von einer Waschmaschine oder einem Staubsauger, fehlten. Marie und er lebten nicht mehr, sie existierten nur noch, funktionierten an der Oberfläche, während tief drinnen alles abstarb.

Jonas streifte die dreckigen Gummistiefel ab und ging auf Socken in die Küche.

Kein für ihn vorbereitetes Essen, keine Spur davon, dass Marie überhaupt in diesem Raum gewesen war, geschweige denn gekocht hatte. Der Blick in den Kühlschrank war ernüchternd. Sie hatte auch nicht eingekauft, wie sie es gestern abgesprochen hatten. Bis auf einige Getränke war der Kühlschrank leer. Jonas' Magen knurrte. Er hatte sich am Morgen aus einer Bäckerei zwei belegte Brötchen mitgenommen, das war alles, was er heute zu sich genommen hatte.

Marie brauchte Hilfe. Hilfe, die er ihr nicht geben konnte. Eine Weile waren ihre Eltern hier gewesen, aber Heinz und Karin waren beide noch berufstätig, er als Finanzbeamter, sie als Erzieherin. Nach einer Woche mussten sie schweren Herzens zurück in ihren Alltag. Sie riefen täglich an, konnten aber nicht einfach mal vorbeischauen, da sie zweihundert Kilometer entfernt lebten.

Jonas ging ins Wohnzimmer, wo er Marie zu finden glaubte, doch da war sie nicht. Ihre braune Wolldecke mit dem Indianermuster lag unangetastet auf der Couch, auch hier kein Anzeichen dafür, dass sie im Laufe des Tages überhaupt hier gewesen war.

Das Wohnzimmer erschien Jonas wie ein Ausstellungsraum in einem Möbelladen. Die Einrichtung war stimmig und gemütlich, ein Ort zum Wohlfühlen, aber es fehlten die Spuren von Leben. Hier drinnen hatten sie die allermeiste Zeit miteinander verbracht, Spiele gespielt, ferngesehen, selbst gemachte Pizza gegessen – Isabell hatte ihre immer mit Mais verunstaltet, eine Unsitte, aus der sie später herausgewachsen war. In diesem Raum hatte das Leben der Familie Waider pulsiert, aber fünf Wochen nach der Apokalypse wirkte er tot.

Unschlüssig stand Jonas im Wohnzimmer herum. Der Fernseher erschien ihm wie ein Versprechen. Egal, was er jetzt tat, um zu beweisen, dass er Vollstedt nicht mit einem Messer verletzt hatte, die Medien würden die Sache ausschlachten. Am Ende hätten seine Vorgesetzten dann keine andere Wahl, als ihn zu suspendieren. Damit wäre Vollstedts Rache perfekt.

Jonas war zu erschöpft, um wütend zu werden. Er hatte verloren, das verstand er jetzt. Der kaltblütigen Gerissenheit dieses Mannes war er nicht gewachsen.

Er schlich in den ersten Stock hinauf, vorbei an den Fotografien an der Wand. Urlaubserinnerungen. Strandfotos mit einer sechsjährigen Isabell, ein Mädchen, wie es bezaubernder nicht sein konnte. Er sah die Bilder nicht an.

Im Bad oben wusch er sich Gesicht und Hände und legte die schmutzige Kleidung ab. Dann ging er ins Schlafzimmer. In dem abgedunkelten Raum lag Marie auf ihrer Seite des Bettes, eingerollt wie ein Fötus, die Decke hochgezogen bis zum Kopf. Jonas wollte sich von hinten an sie schmiegen und sie in den Arm nehmen. Doch bevor er sich aufs Bett setzte, fielen ihm die beiden Döschen auf dem Nachtschrank auf.

Ihr Hausarzt hatte Beruhigungs- und Schlaftabletten verschrieben, damit Marie zur Ruhe kam.

Die Pillendöschen waren leer.

Jonas hatte keinen Überblick, wie viele Marie verschrieben bekommen hatte, wie viele sie nehmen musste oder in den vergangenen Wochen bereits genommen hatte.

Er berührte Marie an der Schulter und sprach sie an.

Keine Reaktion.

Sie fühlte sich kalt an.

9.

Heute

Rolling Steel erregte in der Wohnsiedlung einige Aufmerksamkeit. Franca war geübt darin, das Wohnmobil auch durch die engsten Kurven zu lenken, und ließ sich nicht aus der Ruhe bringen. Auch nicht von einem Getränkelaster, der sich breitmachte und beinahe ihren Außenspiegel schrammte.

Schließlich fand sie einen Parkplatz vor dem fünfgeschossigen Block, in dem Jonas Waider lebte.

Nach dem enttäuschenden Ende des Gesprächs im Bahnhofscafé war sie gerade am Campingplatz angekommen, als ihr Handy klingelte. Waider war dran. Er willigte ein, sie zur Sandgrube zu begleiten – für Franca war das nicht überraschend. So, wie sie Waider einschätzte, musste die Info über die Gräber im Sand etwas in ihm triggern. Es war nur die Frage gewesen, ob er mit ihr oder allein dorthin fahren würde.

Waider besaß keinen Wagen und Franca nur einen Helm fürs Motorrad, deshalb musste sie Rolling Steel bewegen – was dem alten Monster mal ganz guttat. Alles, was zu Beginn der Fahrt gequietscht hatte, lief jetzt wieder rund.

Sie stellte den Motor ab, stieg aus und überprüfte, ob die Honda korrekt verzurrt war auf dem Träger am Heck des Wohnmobils. Dabei sah sie Waider aus dem Haus treten. Er hatte sich umgezogen, trug Jeans, die neu gekauften Sportschuhe und ein sauberes schwarzes Shirt.

«Was ist das denn?», begrüßte er sie.

«Darf ich vorstellen: Rolling Steel.»

«Damit fahren wir?»

«Klar fahren wir damit. Es sei denn, Sie ziehen das Motorrad vor.»

«Haben Sie kein normales Auto?»

«Wieso? Was ist an diesem hier nicht normal?»

Darauf antwortete er nicht und stieg kopfschüttelnd ein.

«Ist Ihnen nicht in den Sinn gekommen, wie auffällig wir damit sind», sagte er nach ein paar Minuten Fahrt.

«Nein! Meinen Sie wirklich?»

Er warf ihr einen bösen Blick zu.

«Wir können ja ein wenig abseits parken», gestand sie ihm zu, damit er keine schlechte Laune bekam.

Eine Weile fuhren sie schweigend. Waider machte keine Anstalten, sich mit ihr zu unterhalten, beinahe fühlte es sich an, als hocke ein Felsbrocken neben ihr. Sie hatte bisher noch keinen Menschen getroffen, der sich so spürbar nach außen hin abschottete.

Dabei hatte Franca viele Fragen an ihn. Weil sie aber befürchtete, ihn damit erneut zu verschrecken, sparte sie sich die für später auf. Und so verbrachten sie die halbstündige Fahrt schweigend, was Franca ungeheuer schwerfiel.

«Fahren Sie dorthinein», sagte Waider überraschend und wies auf einen Schotterweg, der rechts von der Landstraße abging.

«Kann ich da wenden?»

«Kann schon sein. Am Ende des Wegs ist ein Parkplatz, den habe ich damals benutzt.»

Sie nahm das Risiko in Kauf und bog auf den Weg ab. Nach zweihundert Metern mündete er in einem kreisrunden Parkplatz. Da kein weiteres Fahrzeug dort stand, konnte Franca das Wohnmobil drehen und in Fahrtrichtung zurück abstellen.

«Von hier ist es noch eine halbe Stunde zu Fuß», sagte Waider, stieg aus und warf die Tür mit einer Wucht zu, die zuerst Rolling Steel und dann Franca Schmerzen zufügte.

«Die Tür ist nicht aus Beton!», rief sie ihm hinterher.

Er wartete an einer hölzernen Schranke auf sie. Ein Schild verbot offenes Feuer und Zelten und zwang Hunde an die Leine. Sie befanden sich am Rande des Naturschutzgebietes Mallener Land.

«Warum fahren Sie ein Wohnmobil?», fragte Waider. Sein Blick folgte dem Pfad, der zwischen den Bäumen verschwand.

«Weil es praktisch ist. Und weil ich darin wohne. Jedenfalls im Sommer.»

Dafür erntete sie einen Blick, den Franca nicht deuten konnte. Vielleicht fing Waider an, sie zu analysieren, und fragte sich, mit was für einem Menschen er es zu tun hatte.

Ohne ein weiteres Wort ging er an der Schranke vorbei.

Franca beeilte sich, ihm zu folgen.

10.

Am Boden der Sandgrube gab es Dutzende Löcher. Hastig hineingescharrt, nicht tiefer als einen halben Meter, erinnerten sie in ihren Ausmaßen an Gräber. Der Gewitterregen vergangener Nacht hatte die Ränder rund gewaschen und am Boden mysteriöse Zeichnungen hinterlassen. Jonas glaubte, Spuren der Hände zu erkennen, die die Löcher gegraben hatten.

Er stand Franca Lichtenwalter gegenüber auf der anderen Seite des Lochs, den Blick gesenkt, die Hände zu Fäusten geballt, und spürte, wie ein Zittern durch seinen Körper lief.

«Was soll das? Verstehen Sie das?»

Jonas schüttelte den Kopf, dann sah er sie an.

«Wenn Sie das getan haben, dann sagen Sie es jetzt.»

«Wie bitte?»

«Haben Sie das getan, um mich herauszufordern?»

«Ticken Sie noch ganz sauber!»

«Ist doch schon ein unglaublicher Zufall, oder? Sie tauchen bei mir auf, ich lasse Sie abblitzen, und Sie finden wenig später diese ... Löcher.»

Gräber. Jonas hatte Gräber sagen wollen, das Wort aber nicht über die Lippen gebracht.

«Also, jetzt reicht's aber!» Franca Lichtenwalter stemmte die Hände in die Hüften. «Was hätte ich denn davon?»

Jonas zuckte mit den Schultern.

«Ich habe es längst aufgegeben, mich zu fragen, warum Menschen etwas tun.»

«Dabei ist das doch die wichtigste Frage überhaupt. Cui bono. Wem nutzt das?»

«Wem sollten diese Löcher etwas nützen?»

«Niemand macht etwas ohne Grund, so viel ist mal klar. Ich habe es Ihnen am Vormittag schon gesagt: Hier sucht jemand, und zwar schon länger.»

«Nach was?»

«Nach wem ist die richtige Frage.»

«Sie meinen, nach Isabell?»

«Zumindest ist das für mich eine schlüssige Erklärung.»

«Ja, aber dann müsste ich diese Löcher gegraben haben.»

«Nein, nicht unbedingt. Sie sind nicht der Einzige, der wissen will, was damals passiert ist.»

«Wer außer mir sollte nach sieben Jahren noch ein Interesse

daran haben? Isabell ist tot, ich werde nie erfahren, was damals passiert ist, weil der einzige Mann, der darüber Auskunft geben könnte, sein Geheimnis mit ins Grab genommen hat.»

«Haben Sie heute Abend etwas vor?», fragte Franca Lichtenwalter und sah ihn herausfordernd an.

«Warum?»

«Wie wäre es mit einer kleinen Nachtwanderung?»

Eine Stunde später saßen sie im Schatten des Wohnmobils. Weil es drinnen zu heiß war, hatte sie zwei Campingstühle aus dem Kofferraum und für jeden eine Flasche kühles Mineralwasser aus dem Kühlschrank geholt.

«Wollen wir uns nicht duzen?», fragte Franca Lichtenwalter und sah Jonas über den klappbaren Tisch hinweg an.

«Ich bin kein guter Teamplayer.»

«Ich auch nicht, aber in diesem Fall erscheint es mir sinnvoll, wenn wir zusammenarbeiten, und da können wir uns auch duzen. ‹Sie› ist doch echt spießig, oder?»

«Okay, meinetwegen.»

«Oh Mann, deine Begeisterung ist umwerfend. Ich bin Franca.»

Sie hob ihre Wasserflasche und prostete ihm zu.

«Jonas», antwortete er und trank. «Warum tust du das?», fragte er.

«Ich brauche Hilfe, du brauchst Hilfe, die alte Frieling – und Silvia wahrscheinlich auch. Gründe genug, oder?»

Jonas nickte. Vielleicht hatte sie recht, und er brauchte Hilfe. Aber wollte er überhaupt weitermachen? Was war mit Prag? Mit seinem Seelenort, den es zu finden galt?

Ein wenig hing Jonas noch an dem Gedanken, aber er wusste,

er würde nicht abhauen. Jetzt nicht mehr, wenn die Chance bestand, zu erfahren, was damals wirklich geschehen war – und sei sie auch nur minimal. Denn mit der Frage im Hinterkopf, ob er es hätte herausfinden können, würde er selbst in der abgelegensten Gegend dieser Welt keinen Frieden finden.

«Und wie willst du vorgehen?», fragte er.

Franca zuckte mit den Schultern.

«Wenn wir heute Nacht nicht erfolgreich sind, will ich Silvias Mutter noch mal auf den Zahn fühlen. Mit deiner Unterstützung. Vielleicht bewirkt es ja etwas bei ihr, dich zu sehen.»

«Das halte ich für keine gute Idee.»

«Warum nicht?»

«Weil das alte Wunden aufreißt.»

«Man kann nicht gerade sagen, die Zeit hätte eure Wunden geheilt, oder? Selbst Carina Hussmann leidet noch heute.»

«Carina ...» Jonas hielt kurz inne. «Du hast mit ihr gesprochen?»

«Klar, sie war in jener Nacht schließlich dabei, und sie war Isabells beste Freundin.»

«Kann sein, aber in jener Nacht war sie nicht für ihre beste Freundin da.»

«Wie kommst du darauf?»

«In Isas Rucksack fehlten Carinas Schuhe. Sie muss sie rausgenommen haben, oder Isa hat sie ihr gegeben. Jedenfalls hatte Carina nicht vor, Isa nach Hause zu begleiten, so wie es abgemacht war.»

«Das wirfst du ihr doch nicht vor, oder? Jugendliche auf einer Party, Alkohol, ausgelassene Stimmung ... da kann alles Mögliche passieren.»

«Damals schon. Heute werfe ich es ihr nicht mehr vor. Aber

ich fürchte, Gerlinde Frieling hat mir bis jetzt nicht verziehen. Ich kann da nicht hingehen. Was schlägst du sonst noch vor?»

«Tja, ich soll einen schönen Gruß von Hauptkommissar Reiter bestellen.»

«Reiter! Bei dem warst du auch schon?»

«Na klar.»

«Und? Was hat er gesagt?»

«Er wollte nicht mit mir sprechen. Aber wenn du mit mir zusammen hingehst, überlegt er es sich vielleicht anders.»

«Auch das halte ich für keine gute Idee.»

«Jonas … Mir ist klar, dass das alles sehr schmerzhaft für dich ist, aber irgendwo müssen wir anfangen.»

«Lass uns erst einmal die Nacht abwarten.»

«Okay, machen wir. Und bis dahin erzähl mir doch bitte, was dich damals so sicher gemacht hat, dass Vollstedt hinter dem Verschwinden deiner Tochter steckt.»

11.

Vor sieben Jahren

Menschenleere Straßen, frei von Hektik und Betriebsamkeit, die morgendliche Luft rein, aber weit davon entfernt, Abkühlung zu bringen. Ein weiter, hoher Himmel ohne die sonst üblichen Kondensstreifen. Jonas lief seine gewohnten sieben Kilometer, wie er es jeden Sonntagmorgen tat. Er ließ sich einfangen vom Gefühl, allein und frei zu sein, tun und lassen zu können, was er wollte. Immer seltener gelang es ihm, die Zwänge des Alltags abzustreifen, er selbst zu sein, aber diese eine Stunde jeden Sonntag half ihm zurück in die Spur.

Als er auf dem Rückweg durch die Siedlung lief, krochen die ersten verschlafenen Gestalten aus den Häusern und zogen mit Stoffbeuteln bewaffnet Richtung Bäcker. Jonas grüßte zwei Nachbarn, die er flüchtig kannte, blieb aber nicht für ein Gespräch stehen.

Den Wagen sah er schon von Weitem. Fetter schwarzer Qualm quoll aus dem Auspuff des alten Toyota, der mit laufendem Motor am Straßenrand stand. Auf der Fahrerseite hing ein Männerarm aus dem geöffneten Fenster. Der Motor war alt und machte Lärm, dazu drang laute Musik aus dem Inneren.

Das Laufen hatte ihn entspannt, dennoch spürte Jonas in seinem Bauch dieses unberechenbare Gefühl aufsteigen. Er als Polizist sollte sich eigentlich jederzeit unter Kontrolle haben, aber der Fahrer dieses Toyota schaffte es immer wieder, ihn zu reizen.

Heute nicht, dachte Jonas und unterdrückte den Ärger. Heute bleibe ich cool und mische mich nicht ein.

Vor ein paar Wochen hatte er den Fahrer, Bernd Vollstedt, bereits auf die laute Musik angesprochen. Vollstedt verteilte in dem weitläufigen Wohngebiet die Sonntagszeitung, oder besser, er ließ sie verteilen. Der Mann saß im Wagen und hörte laute Musik, während seine Tochter zu den Zeitungsrollen und Briefkästen sprintete. Die Kofferraumklappe des Toyota stand offen, und wenn das Mädchen keine Zeitungen mehr im Arm hatte, bediente sie sich daraus. Waren die Abstände zwischen den Häusern zu groß, durfte sie auch mal einsteigen und ein Stück mitfahren. An diesem Prozedere änderte auch schlechtes Wetter nichts, nur dass Vollstedt dann das Fenster geschlossen hielt.

Auf der linken Straßenseite sah Jonas das Mädchen. Sie kam von einer Haustür zurück und hielt einen Stapel Zeitungen im Arm. Wie immer war sie schwarz gekleidet. Ihr langes dunkles Haar fiel ihr ins Gesicht. Sie hieß Silvia und ging mit seiner Tochter in eine Klasse. Laut Isabell hatte sie zu niemandem Kontakt. Sie war eine merkwürdige Eigenbrötlerin, manche hielten sie sogar für verrückt.

Das Mädchen tat Jonas leid. Nicht nur hatte sie unter ihrem Vater zu leiden, der ein aggressiver Proll und wahrscheinlich Alkoholiker war, sie musste auch noch jeden Tag in der Schule als Außenseiterin diesen Spießrutenlauf durchstehen. Aber das waren Dinge, die er nicht ändern konnte, es war nicht seine Welt, nicht die Welt der Erwachsenen.

Jonas beendete seinen Lauf, beschloss, die letzten fünfzig Meter langsam zu gehen, damit er nicht an Vollstedts Wagen vorbeilaufen musste. Er kannte sich: Ohne mahnende Worte hätte er das nicht hinbekommen.

Vollstedt streckte den Arm aus dem Fenster und trieb seine Tochter, die ein wenig trödelte, zur Eile an, während er mit dem Wagen im Schritttempo die Straße entlangrollte.

Tu es nicht, ermahnte sich Jonas. *Misch dich nicht in deren Angelegenheiten ein.*

Das Mädchen wurde langsamer, und am Toyota leuchteten die Bremslichter auf.

Vollstedt stieß die Tür auf und quälte sein immenses Körpergewicht aus dem tiefen Sitz. Er holte ein zusammengebundenes Paket Zeitungen aus dem Kofferraum, ging ein paar Schritte auf seine Tochter zu, rief etwas, das Jonas nicht verstand, und warf mit dem Paket nach ihr. Sie sprang erschrocken beiseite und stieß mit dem unteren Rücken gegen den Betonpfeiler eines Zaunes. Ihr Gesicht verzog sich vor Schmerzen. Vollstedt fuchtelte mit den Armen, schrie und trieb sie erneut zur Eile an.

Scheiß auf die Ausgeglichenheit, dachte Jonas.

«Hey!»

Der dicke Mann mit dem roten Gesicht drehte sich zu ihm um, während das Mädchen die Zeitungen vom Boden aufklaubte, die sich aus dem Paket gelöst hatten.

Jonas beugte sich in den Wagen und stellte das Radio ab. Dabei bemerkte er eine geöffnete Bierdose im Getränkehalter der Mittelkonsole. Im Inneren des Wagens roch es nach Alkohol.

«Was soll die Scheiße, raus aus meinem Auto!», fuhr Vollstedt ihn an.

Jonas schnappte sich die Bierdose und zog seinen Kopf wieder aus dem Wagen.

«Sie trinken während der Fahrt?» Er hielt die Dose hoch.

«Geht Sie einen Scheiß an», sagte Vollstedt, klang dabei aber weniger großspurig.

«Irrtum, das geht mich eine ganze Menge an. Ich bin Polizist.»

«Aber nicht im Dienst, wenn ich das richtig sehe.»

Jonas stellte die Bierdose auf dem Autodach ab und trat auf Vollstedt zu. Der Mann war größer und wesentlich schwerer als er selbst, aber Jonas wusste, in einer körperlichen Auseinandersetzung war er ihm überlegen, immerhin war er im Nahkampf ausgebildet. So weit wollte er es vor den Augen der Nachbarn zwar nicht kommen lassen, doch das hing allein von Vollstedt ab.

«Wie behandeln Sie eigentlich Ihre Tochter?»

«Sind Sie hier der Straßensheriff, oder was?»

«Ich habe Ihnen schon einmal gesagt, Sie sollen hier nicht mit lauter Musik und laufendem Motor stehen. Und jetzt sehe ich, wie Sie Ihre Tochter misshandeln.»

«Was heißt denn hier misshandeln! Ich habe ...»

«Vollstedt!» Jonas zeigte drohend mit dem Finger auf den Mann und trat dicht vor ihn hin. «Es reicht! Ich habe Sie gewarnt. Ich werde Sie anzeigen.»

Vollstedts Gesicht hatte immer einen roten Grundton, und nun wurde die Farbe noch intensiver, stieg von unten nach oben auf und erreichte schließlich eine beinah violette Eskalationsstufe.

«Sie halten sich wohl für was Besseres!», fuhr er Jonas an.

«Ich kann auch sofort eine Streife rufen, und die Jungs lassen Sie ins Röhrchen pusten.»

«Verpiss dich!»

Jonas schlug ihm die Faust vor die Brust, und Vollstedt taumelte zurück.

«Noch ein Wort ...», drohte Jonas. Alles in ihm verlangte danach, dem Mann noch eine zu verpassen. Es kostete ihn große Mühe, diesen Drang zu unterdrücken.

Vollstedt war überrascht. Er hatte nicht damit gerechnet, angegriffen zu werden. Nach ein paar Sekunden fing er sich jedoch.

«Das wirst du bereuen», presste er leise hervor.

«Papa?»

Jonas fuhr herum.

Hinter ihm, in der Hofeinfahrt seines Hauses, stand Isabell. Sie trug ihre Schlafshorts und ein weites Shirt mit tiefem Ausschnitt, ihr Haar war schlafzerzaust. Das Fenster ihres Zimmers ging zur Straße hinaus, sie musste mitbekommen haben, was hier gerade ablief.

«Geh ins Haus zurück», rief Jonas ihr zu und bemerkte in einiger Entfernung einen kahlköpfigen Mann mit einem Smartphone in der Hand, der offenbar bereit war, den Streit zu filmen.

Jonas musste sich beruhigen, wenn das hier nicht eskalieren sollte. Heutzutage fand man sich allzu schnell im Internet wieder, und da fragte niemand nach den Beweggründen.

Er drehte sich zu Vollstedt um.

Dessen Blick klebte an Isabell. Ein gieriger, ekelhafter Blick, der Jonas vollkommen aus der Fassung brachte. Niemand durfte seine Tochter auf diese Art ansehen. Weil sie aber alles mit ansah und das Handy des Mannes noch immer in seine Richtung zeigte, riss er sich zusammen.

«Das war's noch nicht», sagte Jonas.

«Nein, ganz sicher nicht», antwortete Vollstedt, ohne seinen Blick von Isabell zu nehmen.

12.

Heute

«Drei Wochen später verschwand Isabell. Und wenn du diesen Blick gesehen hättest, wüsstest du, warum ich mir sicher war», sagte Jonas.

Franca Lichtenwalter saß tief versunken in dem alten Campingstuhl, ihre langen Beine ausgestreckt, die Füße auf der vorderen Stoßstange des Wohnmobils abgelegt. Sie hatte die schwarze Lederjacke eng um ihren schmalen Körper gezogen und hielt die Arme vor der Brust verschränkt. Während er erzählte, hatte sie geschwiegen und einfach nur zugehört. Mit den zusammengezogenen Augenbrauen wirkte ihr Gesicht angespannt und nachdenklich.

Der Himmel über ihnen verdunkelte sich zusehends, und ein paar voreilige Sterne, die es nicht abwarten konnten, stanzten Lichtlöcher in den kobaltblauen Abend.

Jonas erhob sich aus dem faltbaren Campingstuhl, streckte die vom langen Sitzen eingerosteten Glieder und ging zum Rand des Parkplatzes vor. Über dem Getreidefeld jagten Schwalben Insekten, irgendwo rief ein Käuzchen.

Er hörte, wie hinter ihm auch Franca aufstand. Einen Moment später trat sie neben ihn.

«Schlimme Geschichte», sagte sie. Ihre Stimme klang rau.

Jonas nickte. Nach dem ausführlichen Monolog, für den er tief in seine Erinnerungen abgetaucht war, fühlte er sich leer und geschunden und bereute einmal mehr, was er damals getan hatte.

«Wenn ich mich nicht eingemischt hätte, würden sie noch leben», sagte er und folgte mit seinen Blicken den vogelwilden Schwalben.

Franca ließ sich Zeit, bevor sie etwas erwiderte.

«Manchmal glaubt man rückblickend, man hätte sich anders entscheiden können, aber das stimmt nicht. Weil es keine Entscheidung war, sondern eine Handlung. Wir handeln, wie wir es für richtig halten, aus aufrichtigen Gründen ... und dann müssen wir eben mit den Konsequenzen leben.»

«Man hat immer eine Wahl», beharrte Jonas.

«Quatsch, hat man nicht. Es gab damals vielleicht eine Alternative, aber die stand für dich gar nicht zur Wahl. Du warst Polizist, oder? Menschen wie du gucken nicht einfach weg.»

«Kann sein», sagte Jonas. «Aber ich weiß nicht, ob meine Motive wirklich so aufrichtig waren. Ging es mir um das Mädchen, Silvia, oder darum, einem Kerl, den ich nicht mochte, zu zeigen, wer den größeren Schwanz hat?»

«Ich hätte dem Kerl auch gezeigt, dass ich den größeren hab», sagte Franca.

In der Ferne begann ein Hund zu bellen, heiser und wütend.

Jonas warf einen Blick auf seine Armbanduhr.

Halb zehn.

«Wir sollten losgehen und uns ein vernünftiges Versteck suchen.»

Franca klatschte in die Hände, um damit die bedrückende Stimmung zu vertreiben.

«Also gut, dann los.»

Je näher sie der Sandgrube kamen, desto nervöser wurde Jonas. Er war aufgewühlt wie lange nicht mehr. Seit seiner Entlassung aus dem Knast hatte er in einer Art Trance gelebt, losgelöst von der realen Welt, die an ihm vorbeizog und dabei kaum Spuren hinterließ. Heute Nacht jedoch spürte er alles, und seine übersteigerte Wahrnehmung gaukelte ihm dunkle Gestalten hinter jedem Busch und Baum vor, immer wieder glaubte er, Bernd Vollstedt riechen zu können – wie der Geruch damals in dessen Wagen. Diese Mischung aus altem Schweiß, Alkohol und billigem Deo. Jonas war alles andere als konzentriert, trat immer wieder auf Äste, die laut knackten, und fing sich dafür tadelnde Blicke von Franca ein.

Die junge Frau war mal neben, mal hinter, mal vor ihm. Sie

bewegte sich sicher und gewandt in dem unbekannten Terrain. Jonas hatte sein anfängliches Misstrauen abgelegt. Franca war ein ernsthafter Mensch, sie machte ihren Job nicht leichtfertig, sondern betrachtete ihn als Aufgabe, die es nach bestem Wissen und Gewissen zu erfüllen galt. Eine ungewöhnliche Frau, die zeitweise in einem Wohnmobil hauste, eine entwurzelte, ruhelose Seele vielleicht, genau wie er.

Jonas blieb abrupt stehen.

Er hatte etwas gehört – wieder einmal.

Franca war dicht bei ihm.

«Was ist?»

Er schüttelte den Kopf, deutete auf sein Ohr, und sie lauschten gemeinsam.

Jonas hatte sich nicht getäuscht. Wieder hörte er sehr leise Schritte. Jemand schien sich durchs Unterholz zu schleichen. Zwischen den Büschen und niedrigen Bäumen war es aber zu dunkel, um etwas erkennen zu können. Franca hatte zwar eine Taschenlampe dabei, die würde Jonas und sie jedoch nur verraten.

Die Geräusche näherten sich. Vorsichtig tastete sich die Person voran.

Jonas machte sich bereit. Er würde kämpfen. Wer auch immer der Sandgräber war, würde sich bestimmt nicht freiwillig ergeben.

Im nächsten Moment stand ein Reh kaum einen Steinwurf entfernt vor ihnen auf dem Weg. Es senkte den Kopf, schnupperte am Boden, hob ihn wieder, sah direkt in ihre Richtung, entdeckte sie, überdachte einen Moment die Situation und sprang dann ins Unterholz davon.

«Wunderschön!», stieß Franca flüsternd aus.

Jonas' Herz raste. Er sehnte sich nach einem Bier, um seine Nerven zu beruhigen.

«Okay, weiter, wir sind gleich da», sagte er.

Wenige Minuten später erreichten sie den Rand der Sandgrube. Wer sich hier nicht auskannte, lief Gefahr, in der Dunkelheit über die Abbruchkante zu stürzen.

«Vielleicht sollten wir hier oben bleiben», gab Franca zu bedenken.

Jonas verstand, was sie meinte. Der Grund der Grube war stark zugewachsen, man konnte kaum ein paar Meter weit sehen, vor allem in der Dunkelheit. Von hier oben stachen zumindest die reinen Sandflächen weiß hervor, und sie hatten einen besseren Überblick.

«Einverstanden.»

Sie setzten sich im Schutz einer Gruppe Kiefern an die Abbruchkante.

Schweigend und leise atmend verbrachten sie Minute um Minute. Jonas bemerkte, wie sein Gehör immer besser wurde und er jeden einzelnen Laut der Natur bewusst wahrnahm. Auch seine Augen gewöhnten sich an die Dunkelheit, sodass er nach zehn Minuten in der Lage war, alle Konturen dort unten in der Grube zu erkennen.

Lange Zeit tat sich nichts, und die Anspannung ließ ein wenig nach, bis Franca ihn sanft an der Schulter berührte und mit dem Kinn nach rechts deutete.

Jonas erkannte, was sie meinte.

Die schwarze Gestalt war wieder da.

Auf der anderen Seite der Grube stieg sie langsam den Hang hinab und zeichnete sich dabei auf dem hellen Sand deutlich ab. Obwohl es trocken war in dieser Nacht, schien die Person wieder das Regencape zu tragen. Eine große, formlose Gestalt, die sich mit traumwandlerischer Sicherheit bewegte.

«Gib mir die Lampe», forderte Jonas.

Sie erhoben sich. Jonas richtete die Taschenlampe auf die Gestalt aus, die in diesem Moment den Grund der Sandgrube erreichte, und schaltete sie ein.

«Hey, stehen bleiben!», rief er im gleichen Moment.

Jonas musste den Lichtkegel ein wenig nach rechts korrigieren, um die Gestalt zu erfassen. Die Taschenlampe war jedoch nicht stark genug, um die Person gänzlich aus der Dunkelheit zu reißen. Das Gesicht blieb unter der Kapuze verborgen. Plötzlich drehte die Person sich weg und krabbelte den Hang wieder hinauf.

«Los!», rief Jonas und startete.

Der kürzeste Weg wäre durch die Grube hindurch gewesen, aber dann hätten sie auf der anderen Seite mühsam den Hang hinaufklettern müssen. Jonas lief außen herum an der Abbruchkante entlang.

Schon nach wenigen Metern Sprint zeigte sich, wie unsportlich er war. Franca zog mühelos an ihm vorbei, musste aber das Tempo drosseln, da er die Taschenlampe hatte und sie in der Dunkelheit zwischen den Bäumen nichts sehen konnte.

«Schneller!», verlangte sie. «Er entkommt uns.»

Doch es ging nicht schneller. Jonas bekam zu wenig Luft, die Rippen quetschten sein Zwerchfell, spitze Stiche drangen in seinen Brustkorb.

«Lauf du», sagte er und übergab ihr die Lampe.

Franca ließ ihn zurück und machte noch mehr Tempo. Dann sah Jonas nur noch den durch die Dunkelheit tanzenden Lichtstrahl. Deutlich langsamer als die Detektivin kämpfte er sich durchs Unterholz, presste sich dabei eine Hand an die schmerzende Seite und dachte wehmütig an die Zeit, als er jeden Sonntag ohne Probleme sieben Kilometer gelaufen war.

«Bleib stehen!», hörte er Franca in der Dunkelheit schreien.

«Franca, warte ...»

Er sah den Lichtstrahl noch einmal aufblitzen, dann war er plötzlich verschwunden, und Jonas fehlte jeder Orientierungspunkt. Er stolperte weiter durchs Unterholz, Äste peitschten ihm ins Gesicht, und die Angst, Franca könnte etwas zugestoßen sein, trieb ihn voran, doch bald konnte er nicht mehr. Sein Akku war leer, er brauchte eine Pause, zudem wusste er nicht, wohin er laufen sollte.

An einen Baum gestützt, blieb er schwer atmend stehen und rief nach Franca.

Keine Antwort. Die Taschenlampe leuchtete auch nicht wieder auf.

Weiter, er musste weiter!

Mit gedrosseltem Tempo kämpfte Jonas sich durch den dichten Bewuchs, bis er auf einen schmalen Forstweg gelangte. Plötzlich blendete ihn ein Lichtstrahl. Er riss die Hände vors Gesicht, schrie auf und taumelte zurück.

«Scheiße, Jonas ...»

Das war Franca. Er erkannte ihre Stimme.

«Ich dachte, sie wäre es», sagte Franca.

Hinter Jonas' geschlossenen Lidern pulsierte grelles Licht, zog sich zur Mitte hin zusammen und bildete einen Lichttunnel, an dessen Rändern sich langsam die Dunkelheit durchsetzte.

«Wo ist er hin?», fragte Jonas.

«Nicht er, sie. In die Richtung», antwortete Franca aufgeregt.

«Ich hatte sie beinahe, aber sie ist verdammt schnell. Komm schon!»

Halb blind taumelte Jonas hinter ihr her.

Wieso sprach Franca von einer Frau?

Sie liefen den Forstweg entlang auf die Wohnsiedlung zu und gelangten schließlich an die hintere Grundstücksgrenze der Frielings. Jonas konnte sich noch gut an das Haus erinnern, da er es damals einige Male von dieser Seite aus beobachtet hatte.

«Schau mal», sagte Franca und deutete auf das Haus. In der Dunkelheit gerade noch zu erkennen war eine Leiter, die an der Giebelwand am Fensterbrett lehnte. Wie von Zauberhand geführt, kippte sie in diesem Moment zum Baum hinüber.

Für einen Augenblick flammte ein schwaches Licht hinter dem Erkerfenster im Dach auf.

«Und da ist sie rein, über die Leiter?», fragte Jonas.

«Vermutlich.»

«Und wer war das?»

«Ich habe da so eine Ahnung.»

«Eine Ahnung reicht mir nicht. Ich will es wissen. Jetzt.»

«Da wird dich niemand reinlassen.»

«Ist mir egal, dann breche ich ein.»

«Sollten wir nicht kurz darüber reden, wie wir ...»

Jonas hörte nicht auf sie. Er drückte die Pforte im Zaun auf, betrat das Grundstück und macht sich auf den Weg zur Vorderseite des Hauses. Franca folgte ihm. An der Haustür suchte er nach einer Klingel.

«Da ist keine, du musst klopfen.»

Er schlug mit der Faust gegen die Tür, dass es nur so dröhnte. «Feuer, es brennt», rief er dabei.

Das Licht im Flur ging an. Einen Moment später öffnete Gerlinde Frieling im Bademantel die Haustür. Der Schreck war ihr deutlich ins Gesicht geschrieben.

«Wo brennt es?»

Sie erkannte Jonas nicht, entdeckte dann aber Franca und wollte die Tür wieder zuwerfen. Jonas drängte sich in den Flur.

«Was soll das? Ich rufe die Polizei!»

«Machen Sie doch. Dann können Sie denen erklären, wer sich in Ihrem Haus versteckt.»

Gerlinde Frieling wich zurück bis an die Wand. Mit weit aufgerissenen Augen starrte sie Jonas an.

«Wer ist im Obergeschoss?», fragte Jonas.

«Niemand, ich bin allein ... sind Sie nicht ... dieser ...?»

«Wir wissen, dass da oben jemand ist!»

«Sie ... sind ... Sie haben ...», stammelte die Frieling.

Ein Poltern im Obergeschoss bewies, dass sie gelogen hatte. Alle drei sahen zeitgleich zur Decke hinauf.

Jonas drängte sich an der Frau vorbei.

«Sie dürfen da nicht hoch!», keifte Gerlinde Frieling, die nun am ganzen Körper zitterte.

«Sagen Sie uns doch, wer da ist», bat Franca.

«Bitte ... man darf sie nicht stören ...»

KAPITEL 4

1.

Das matte Licht der Wandlampe reichte gerade bis ans Ende der Treppe. Dort angekommen, verharrten Franca und Jonas im Halbdunkel.

Unten hämmerte Gerlinde Frieling gegen die Tür. Jonas hatte sie kurzerhand in die Küche gesperrt und einen Stuhl unter die Klinke geklemmt, als sie ihn weiterhin daran hindern wollte, in den ersten Stock hinaufzugehen. Franca fand das zwar nicht gut, wusste aber keine bessere Lösung. Die Frau war gefährlich, wie Francas immer noch schmerzender Knöchel bewies.

«Ihr dürft sie nicht stören, sonst verschwindet sie!», drang es durch die Tür gedämpft von unten herauf.

«Ignorier sie, die beruhigt sich schon», sagte Jonas und probierte einen weiteren Lichtschalter aus, doch der hatte keine Funktion.

Ein leichter Schauer lief Franca den Rücken hinab. Es fiel ihr schwer, sich von den kindlichen Ängsten zu lösen, die ihre Eltern in ihr heraufbeschworen hatten. Sie wollte nicht an Geister und Dämonen glauben, es gab keine Tore in andere Welten, keine geistigen Verbindungen zu den Toten. Hier oben im Dachgeschoss des Hauses hielt sich eine Person aus Fleisch und Blut auf.

Auch wenn man sie Geistersilvi nannte.

Jonas tat den ersten Schritt von der obersten Treppenstufe auf den Flur, Franca folgte ihm. Der Teppich war alt und in der Mitte abgescheuert. Die ehemals weiße Tapete wies merkwürdige Flecken auf. Auf der rechten Seite, ungefähr in Brusthöhe, zog sich eine unregelmäßige speckige Spur entlang, so als schleife tagtäglich jemand mit der Hand daran entlang.

Nach wenigen Schritten machte der Flur einen rechtwinkligen Knick. Dahinter war es absolut dunkel, das wenige Licht vom Treppenaufgang reichte nicht dorthin. Jonas schaltete die Taschenlampe ein.

Ein langer Gang voller Gerümpel lag vor ihnen. Kartons stapelten sich an den Wänden bis unter die vertäfelte Decke. Dazwischen Säcke mit Kleidung, Kleinmöbel, Dekoartikel, jede Menge Krimskrams. Ein schmaler, nicht einmal schulterbreiter Gang führte durch dieses Chaos.

«Silvia?», rief Franca.

Seit einem halben Jahr hatte sie niemand gesehen. Ihre Großmutter nicht und auch nicht die Nachbarin Frau Buck, die das Haus der Frielings wahrscheinlich tagtäglich längere Zeit beobachtete. Was bedeutete es, wenn Silvia doch noch hier lebte, fragte sich Franca. Dass sie das Haus nicht mehr verließ? Oder nur noch in der Dunkelheit?

Jonas drängte sich durch den schmalen Gang.

Zwei Türen, eine rechts, eine links, waren zugestellt. Eine weitere Tür war frei zugänglich. Wenn ihr Orientierungssinn Franca nicht täuschte, führte diese zum Zimmer an dem Giebel, vor dem die Leiter stand.

«Soll ich klopfen?», fragte Jonas.

Der eben noch wild Entschlossene wirkte jetzt unsicher.

Franca nickte. Also klopfte er und rief noch einmal Silvias Namen. Keine Reaktion. Er wollte nach der Türklinke greifen, doch Franca hielt ihn zurück.

«Nicht», flüsterte sie. «Sie wird niemals mit uns reden, wenn wir einfach so bei ihr eindringen.»

«Und was sollen wir stattdessen machen?»

Franca versuchte, sich in Silvia hineinzuversetzen, in einen jungen Menschen, der durch schlimme Erlebnisse traumatisiert war, am Asperger-Syndrom litt und sich vollkommen aus dem sozialen Leben zurückgezogen hatte. So jemand würde Fremden nicht die Tür öffnen, niemals.

«Lass es mich allein versuchen.»

Jonas dachte über ihren Vorschlag nach und rang mit sich.

«Okay», sagte er schließlich. «Willst du die Taschenlampe?»

«Nein. Das kann eine Weile dauern. Kümmere du dich um Gerlinde. Versuch sie zu beruhigen. Vielleicht redet sie ja sogar mit dir.»

«Das bezweifle ich. Ich habe ihren Mann umgebracht.»

Jonas drängte sich an ihr vorbei und stieg die Treppe hinunter.

Neben der Tür ließ Franca sich in der Dunkelheit mit dem Rücken an der Wand hinabgleiten, bis sie auf dem Boden saß. Sie ließ ein paar Minuten verstreichen, lauschte nur. Kein Geräusch hinter der Tür. Oder doch? Vielleicht ein kaum vernehmbares, flaches Atmen auf der anderen Seite? Franca stellte sich vor, wie Silvia hinter dem dünnen Türblatt genau wie sie an der Wand lehnte und auf ihre Atemzüge lauschte.

«Ich kenne deine Angst», sagte Franca gedämpft, aber laut genug, damit man es auf der anderen Seite der Tür hören konnte. «Und ich weiß, warum du nachts hinausgehst. Weil es besser ist, die Geister zu sehen, als sich hinter Mauern vor ihnen zu fürchten, nicht wahr?»

2.

Als Jonas den Stuhl entfernte und die Tür öffnete, saß Gerlinde Frieling in der schummrig beleuchteten Küche am Tisch, vor sich ein Glas mit klarer Flüssigkeit – sie hatte sich mithilfe von Alkohol selbst beruhigt.

Jonas stand im Türrahmen und sah sie an. Damals hatte er sie nicht zu Gesicht bekommen und deswegen kein Bild vor Augen, wie sie ausgesehen hatte. Sie musste einmal hübsch gewesen sein; groß, schlank, würdevoll, ein Gesicht von klassischer Schönheit mit hohen Wangenknochen und einer markanten Nase. Heute war sie ein Wrack, gezeichnet vom Alkohol und ihrem Lebenswandel. Franca hatte Jonas vom Sinn der verblichenen Fahne draußen am Haus erzählt. Jonas fragte sich, ob an ihrem Schicksal nur Bernd Vollstedt Schuld trug oder ob er selbst seinen Teil dazu beigetragen hatte. Vielleicht hatte sie den Mann geliebt, den er getötet hatte. Ging der Untergang dieser Familie auf sein Konto?

Und wennschon. Es wäre nur fair.

Oder?

Sie sah zu ihm auf. Ein träger, verschleierter Blick, in dem nicht zu erkennen war, ob sie ihn hasste.

«Sie wird nicht mit Ihnen reden», sagte sie.

«Silvia?»

«Sie redet ja nicht einmal mit mir.»

«Wie lange geht das schon so?»

Gerlinde Frieling starrte in ihr Wodkaglas.

«Wenn nicht hin und wieder etwas im Kühlschrank fehlen würde, wüsste ich gar nicht, dass es sie gibt.»

«Wie lange?», bohrte Jonas nach.

«Und dann nachts diese Geräusche, manchmal ... ein leises Schaben und Kratzen ... das bringt mich um den Verstand.»

Sie hob den Kopf, sah ihn an.

«Ich hab's versucht, wissen Sie. Oft genug. Aber Sie können ja niemanden zwingen zu reden. Jeden Tag verschwand sie ein bisschen mehr, und irgendwann war sie einfach nicht mehr da ... nicht mehr da ... ich lebe mit einem Geist in diesem Haus.»

Sie lachte trocken auf, stürzte den letzten Schluck Wodka die Kehle hinunter, knallte das Glas auf den Tisch und starrte Jonas an.

«Und Sie?»

«Bitte?»

«Ihre Geister geben auch keine Ruhe, oder?»

«Ich glaube nicht an Geister.»

Wieder lachte sie auf. «Nein, natürlich nicht. Sie glauben an Rache. Auge um Auge, Zahn um Zahn, wie es sich unter Männern gehört.»

Plötzlich verlangte es Jonas ebenfalls nach einem Glas aus der Flasche, die neben der Spüle stand. Sie war halb voll.

«Hören Sie ...», begann er, doch die Frieling wollte nicht hören. Unwillig schüttelte sie den Kopf.

«Wenn Sie's nicht getan hätten, hätte es früher oder später jemand anderes getan. Er hat's ja ständig herausgefordert.»

Wieder sah sie ihn von unten herauf mit diesem trägen, emotionslosen Blick an.

«Aber Sie haben ihn für etwas getötet, was er nicht getan hat.»

«Das haben Sie damals schon behauptet.»

«Und Sie glauben es bis heute nicht», sagte die Frieling.

Jonas zuckte mit den Schultern. Was sollte er auch sagen? Bis gestern war die Sache für ihn klar gewesen, aber dann hatte er die Gräber im Sand gesehen, und plötzlich war alles anders.

«Was sucht Ihre Tochter da draußen?», fragte er.

«Hören Sie nicht zu? Da oben lebt ein Geist ... ich weiß nicht, was sie tut oder nicht tut.»

«Erzählen Sie keine Scheiße. Sie müssen doch mitbekommen, wenn Silvia das Haus verlässt.»

Langsam verlor Jonas die Geduld mit der Frau. Wie konnte sie mit ihrer Tochter unter einem Dach leben und nicht an ihrem Leben teilhaben? Das war nicht glaubwürdig.

«Sie haben doch keine Ahnung», sagte die Frieling.

«Dann helfen Sie mir. Ich will verstehen, was hier vor sich geht. Frau Lichtenwalter sucht im Auftrag Ihrer Mutter nach Silvia. Warum weiß die Großmutter nicht, wo ihre Nichte ist?»

«Weil es meine Mutter nichts angeht ... und ich will, dass Sie beide aus meinem Haus verschwinden. Sofort!»

Jonas schüttelte den Kopf. «Können Sie vergessen.»

«Ich zeige Sie an!»

«Meinetwegen, aber vorher finde ich heraus, was Ihre Tochter in der Sandgrube sucht.»

Ihr Kopf ruckte hoch, sie sah ihn aus großen Augen an, die plötzlich nicht mehr verschleiert waren.

«In welcher Sandgrube?»

«Dort, wo man damals einen Fetzen vom Kleid meiner Tochter fand.»

«Sie war in der Sandgrube?»

«Und nicht nur heute Nacht. Sie sucht vermutlich schon seit Wochen dort.»

«Aber wonach?»

«Das frage ich Sie. Was weiß Ihre Tochter? Haben Sie gelogen? Hat Ihr Mann meine Tochter doch getötet und in der Sandgrube verscharrt, und Silvia hat ihn dabei beobachtet?»

Gerlinde schüttelte den Kopf, das wirre Haar fiel ihr ins Gesicht. «Nein, nein, nein ... das kann nicht sein ... er war doch nur kurz fort ... ein paar Minuten ...»

Jonas wurde hellhörig.

«Ihr Mann war in jener Nacht doch draußen?»

Erschrocken sah Gerlinde zu ihm auf. Erst jetzt begriff sie, dass sie sich verraten hatte.

«Nein ... ich weiß nicht ... wir waren zusammen, ganz sicher ... er war nur ein paar Minuten weg, vielleicht eine Viertelstunde ... er hat das nicht getan ...»

3.

«Ich kann nur im Dunkeln hinaus, sonst sieht er mich.»

Die ersten zaghaften Worte nach fünfzehn Minuten Schweigen. Franca war drauf und dran gewesen aufzugeben. Sie wusste, dass Silvia da war, hörte sie leise atmen und sich hin und wieder bewegen. Aber als sie dann sprach, erschrak Franca, denn es klang, als kämen die Worte aus den Wänden – oder aus einer fremdartigen Zwischenwelt. Franca erschauerte und hätte am liebsten Licht angeschaltet. Doch sie blieb am Boden hocken, die Knie umklammert, und starrte in der Dunkelheit das Türblatt an.

«Wer sieht dich, Silvia?», fragte sie leise.

«Ich ... das darf ich nicht sagen», antwortete sie schnell, so als habe sie nur darauf gewartet, endlich sprechen zu dürfen.

Franca musste vorsichtig sein, um diesen ersten zarten Kontakt nicht gleich wieder zu kappen. Wenn es so war, wie Gerlinde Frieling behauptete, dann hatte Silvia seit einem Jahr mit niemandem mehr gesprochen. Sie lebte in einer vollkommen anderen, autarken Welt, in der es Gefahren gab, die alle anderen nicht sahen und sich auch nicht vorstellen konnten. Wie musste es für das Mädchen sein, so ein Leben zu führen? Einsam, ausgeschlossen, quasi unsichtbar?

Franca lebte selbst am Rande der Gesellschaft, gehörte nirgendwo richtig dazu, hatte keine festen Freunde, keine Familie. Aber ihre Isolation war selbst gewählt, und wenn sie wollte, konnte sie sie jederzeit beenden.

«Wenn du es nicht darfst, dann musst du es auch nicht», sagte sie. «Verrätst du mir, wie es dir geht?»

«Tut es noch weh?», fragte Silvia auf der anderen Seite der Tür.

«Was meinst du?»

«Dein Bein ... tut es noch weh?»

Franca verstand. Tatsächlich war die Stelle an ihrem Schienbein, an der Gerlinde Frieling sie mit dem Besen erwischt hatte, noch immer empfindlich, aber unter dem Eindruck der Ereignisse hatte sie die Verletzung längst vergessen. Silvia hatte den Vorfall also beobachtet.

«Nein, kaum noch.»

«Man darf anderen nicht wehtun.»

«Da hast du vollkommen recht, das darf man nicht. Aber ich bin nicht böse auf deine Mutter. Sie war ... verwirrt.»

Schweigen.

«Du hast mich gesehen, draußen in eurem Garten?», hakte Franca nach.

«Wie heißt du?», wich Silvia der Frage aus.

«Mein Name ist Franca.»

«Und warum suchst du nach Geistersilvi?»

Es war befremdlich, das Mädchen von sich selbst in der dritten Person sprechen zu hören, und das auch noch mit einem Namen, den andere ihr gegeben hatten, um sie zu demütigen. Warum tat sie das? Hatte sie sich von diesem anderen Ich, die Geistersilvi von vor sieben Jahren, nie richtig distanzieren können?

Franca entschied sich dafür, das Spiel vorerst mitzuspielen. Hier gab Silvia die Regeln vor, und sie musste sich daran halten, wenn sie Zugang zu ihr finden wollte.

«Weil ich wissen möchte, ob es ihr gut geht.»

«Aber warum?»

«Weil ihre Oma es auch wissen möchte und mich um Hilfe gebeten hat.»

Schweigen.

Hätte sie Silvias Oma besser nicht erwähnen sollen? Sie wusste nicht, wie die beiden zueinander standen. Gut möglich, dass Silvia Angst vor ihrer Großmutter hatte.

«Geht es Geistersilvi gut?», wiederholte Franca ihre Frage.

«Sie hat Angst.»

«Das ist okay, ich habe auch Angst. Das ist völlig normal.»

«Wovor hast du Angst?»

Beinahe hätte Franca «Vor Geistern» gesagt, weil es die Wahrheit war und sie glaubte, bei dem Mädchen nur mit der Wahrheit weiterzukommen.

«Vor meinen Erinnerungen», sagte sie stattdessen, und das war ebenso wahr.

Schweigen.

«Und du?», probierte sie es erneut. «Wovor hast du Angst?»

Die Antwort ließ einen Moment auf sich warten.

«Verrätst du es auch niemandem?»

«Ich verspreche es.»

«Auch meiner Mutter nicht!»

«Auch der nicht.»

«Weil … sonst tötet er meine Mutter.»

«Wer?»

«Der Sandgräber.»

Ihre Antwort schockierte Franca, und es dauerte einen Moment, bis sie sich gefangen hatte.

«Hat der Sandgräber gesagt, er tut deiner Mutter etwas an?»

«Er kann auch dich töten.»

«Warum sollte er das tun?»

«Weil er böse ist.»

«Hast du ihn gesehen, da unten in der Sandgrube?»

«Ich darf nicht mit dir sprechen, sonst …»

Plötzlich schwang Panik in Silvias Stimme mit. Franca konnte hören, wie das Mädchen aufstand und umherging. Franca stand auf und presste sich dicht an das Türblatt.

«Ich kann euch beschützen, dich und deine Mutter.»

Keine Antwort. Nur leise Schritte, wie Mäusegetrappel.

«Bitte, Silvia, du kannst mir vertrauen.»

Schweigen.

«Silvia?»

Franca wartete noch ein paar Minuten ab, doch es war hoffnungslos. Das Mädchen wollte nicht weiterreden.

Also wandte sie sich von der Tür ab und suchte im Dunkeln den Weg zwischen Kartons und Unrat hindurch zur Treppe.

Bevor sie hinabstieg, drehte Franca sich noch einmal um und schaute zurück.

Unter der Tür drang ein schwacher Lichtschein hindurch.

4.

«Vollstedt war doch draußen in jener Nacht», stieß Jonas aus. «Ich wusste es, die ganze Zeit. Er war es. Er hat Isabell etwas angetan.»

Jonas lief aufgeregt neben Franca her. Vor fünf Minuten hatten sie das Haus der Frielings verlassen und befanden sich auf dem Rückweg zum Wohnmobil, allerdings nicht durch das Naturschutzgebiet, sondern an der Straße entlang.

«Aber wie passt das dazu, dass Silvia bedroht wird?», fragte Franca. Sie hatte ihm gerade von der unbekannten Person berichtet, die Silvia den Sandgräber nannte. «Das muss doch mit damals in Verbindung stehen.»

«Sie denkt sich das nur aus», hielt Jonas dagegen. «Einem Menschen, der so lebt, kann man doch nicht vertrauen.»

Franca wusste, sie musste jetzt vorsichtig sein. Gerade eben hatte Jonas erfahren, dass Vollstedts Alibi von damals auf einer Lüge basierte, und er fühlte sich bestätigt. Nach all den Jahren endlich ein Indiz zu finden, das seine Vermutung stützte, löste starke Gefühle in ihm aus.

Andererseits widersprach es dem, was Silvia gesagt hatte – und Franca glaubte nicht, dass sie gelogen oder es sich nur ausgedacht hatte.

«Sie sind beide ziemlich verwirrt», gab Franca zu bedenken.

Jonas blieb stehen und sah sie an.

«Was willst du damit sagen?»

«Erst einmal möchte ich, dass du ruhig bleibst.»

«Ich bin ruhig.»

«Nein, bist du nicht, und das verstehe ich auch. Aber wir müssen einen klaren Blick behalten. Hier geht etwas vor sich, das wir noch nicht verstehen. Jemand bedroht Silvia. Ich bin sicher, sie hat sich das nicht ausgedacht. Warum sollte sie?»

«Um sich wichtig zu machen.»

«Dann wäre sie damit längst zur Polizei gegangen. Stattdessen versteckt sie sich, traut sich nur noch nachts raus und gräbt in der Sandgrube.»

Jonas schüttelte den Kopf, ballte die Hände zu Fäusten, öffnete sie wieder. Seine Mimik und Gestik drückten den ganzen verzweifelten Kampf in seinem Inneren aus.

«Das kann nicht sein», stieß er aus. «Weißt du, was du da sagst?»

Franca berührte ihn am Unterarm. Manchmal waren Berührungen wichtiger als Worte. Und sie wollte seine Frage nicht beantworten. Es war wichtig, dass er es selbst tat.

Sie hielt seinem Blick stand. In diesem Moment war Jonas so offen, dass sie tief in seine zerbrochene, mühsam zusammengeflickte Seele schauen konnte. Jonas hatte den Tod seiner Tochter und die Jahre im Knast überstanden, weil er sich inneren Frieden mit dem Mord an dem vermeintlichen Täter erkauft hatte. Aber dieser Friede zerbrach gerade an einer anderen Wahrheit, von der sie nicht einmal wussten, ob es die Wahrheit war. Es tat ihr leid, ihm das antun zu müssen, aber wenn sie herausfinden wollten, was damals wirklich geschehen ist, musste er sich diese Möglichkeit eingestehen.

«Also habe ich damals den Falschen getötet?», sagte Jonas schließlich. Jedes einzelne Wort musste ihm unendlich schwerfallen.

«Das wissen wir noch nicht. Aber wenn jemand Silvia und ihre Mutter mit dem Tode bedroht, dann kann es nur der Täter von damals sein. Er weiß, dass Silvia ihn erkannt hat, und sichert sich damit ihr Schweigen.»

«Was, wenn Bernd Vollstedt einen Komplizen hatte?», brachte Jonas eine Möglichkeit ins Spiel, an die Franca nicht gedacht hatte.

«Wie wahrscheinlich ist das?»

Jonas stand da, schaute nach vorn, wieder zurück, schien nach einem Weg zu suchen.

«Wir müssen noch einmal mit Silvia reden», sagte er.

«Das hängt davon ab, ob sie mit uns reden will.»

«Sie muss.»

«Mit Druck erreichst du bei ihr gar nichts. Wenn Silvia uns nicht vertraut, spricht sie auch nicht mit uns.»

«Es gibt Verhörmethoden ...»

«Hör auf mit dem Mist!», fuhr Franca ihn an. «Silvia wird nicht verhört. Weder von uns noch von der Polizei.»

«Ich kann dafür sorgen, dass der Fall erneut aufgenommen wird, und dann muss das Mädchen aussagen.»

«Jonas ... Silvia ist anders. Du kannst hier keine normalen Maßstäbe ansetzen. Entweder sie vertraut mir, oder sie schweigt.»

«Dir?»

«Ja, mir.»

Franca seufzte. Wie sollte sie es ihm erklären? Sie verstand es ja selbst noch nicht.

«Ich kann mich täuschen, aber ich glaube, es gibt da eine Verbindung zwischen uns.»

«Was für eine Verbindung?»

«Ich verstehe ihre Ängste. Ich weiß, wie es sich anfühlt, wenn man ausgestoßen wird, weil man anders ist.»

Jonas hielt inne und sah Franca an. In der Dunkelheit wirkten seine Augen tiefschwarz.

«Weil du in einer Sekte aufgewachsen bist?»

«Du weißt davon?»

«Ich habe dich gegoogelt.»

Franca schloss für einen Moment die Augen und atmete tief durch. Sie hatte keine Lust, sich abermals rechtfertigen zu müssen, aber was blieb ihr übrig. Der Stempel, den einem das Internet aufdrückte, verblasste nie.

«Es war keine Sekte, sondern eine Glaubensgemeinschaft.»

«Ist mir vollkommen egal, was es war. Wenn es diesen Sandgräber gibt, dann muss ich ihn finden. Hilfst du mir dabei?»

Es überraschte Franca, wie einfach Jonas das Sektenthema wegwischte. Sie war ihm dankbar dafür.

«Ich helfe dir dabei, versprochen.»

5.

Jonas schreckte hoch.

Orientierungslos wanderte sein Blick umher, und es dauerte einige Sekunden, bis er begriff, dass er sich in seiner Wohnung befand.

In der Nacht hatte Franca ihn mit dem monströsen Wohnmobil zurück nach Hause gebracht und war dann wieder raus zum Campingplatz gefahren.

Jonas hatte intensiv geträumt, wusste Sekunden später aber schon nicht mehr, wovon.

Verschwitzt erhob er sich aus dem Bett, stellte die Füße auf den schäbigen Laminatboden, legte sich die Hände in den Nacken und massierte die verhärtete Muskulatur. Als das nicht half, duschte er heiß. Danach fühlte er sich besser, und ein starker schwarzer Kaffee half, die restliche Müdigkeit zu vertreiben. Den Becher in der Hand, ließ Jonas seinen Blick durch die beschissene Wohnung wandern. Betrachtete die abgeschabte Tapete, den verschrammten Boden, die billigen Pressholzmöbel. So lebte jemand, dem der Boden unter den Füßen weggerissen worden war, der alle Hoffnung verloren hatte und dem es mehr oder weniger egal war, wie es weiterging.

Bis gestern.

Heute nicht mehr.

Denn er machte sich wieder auf die Suche nach der Wahrheit. Auch wenn das bedeutete, einen großen Fehler eingestehen zu müssen. Denn eines war klar: Wenn Silvia nicht vollkommen verrückt war, wenn es wirklich jemanden gab, der sie und ihre Mutter bedrohte, dann lebte der Täter von damals noch.

Nachdem er seine Kaffeetasse geleert hatte, zog Jonas seine Schuhe an, nahm Handy, Schlüssel und Portemonnaie und ging hinaus. Er nahm den Bus in die Innenstadt und marschierte von der Haltestelle geradewegs zum Polizeipräsidium. Seine alte Arbeitsstätte löste immer noch gemischte Gefühle in ihm aus. In erster Linie spürte er Scham, als er die Stufen zur Eingangstür hinaufstieg.

Jonas glaubte, dass sich alle Blicke auf ihn richteten, aber das war nur Einbildung. Er hatte sich verändert, sah nicht mehr aus wie der Jonas Waider von vor sieben Jahren. Die Beamtin am Empfang schien ihn jedenfalls nicht zu erkennen. Auch als er seinen Namen nannte und Sven-Ole Reiter zu sprechen wünschte, veränderte sich ihr Gesichtsausdruck nicht. Okay, sie war jung, nicht viel älter als fünfundzwanzig, wahrscheinlich wusste sie nichts von der alten Geschichte. Das Getriebe der Zeit drehte sich eben unermüdlich weiter.

Sie teilte ihm mit, Kommissar Reiter sei auf dem Weg, und wies ihn an, in der Besucherzone zu warten. Dort saß bereits ein älterer, grauhaariger Herr mit verzweifeltem Gesicht. Er knetete unablässig seine Hände, und sein rechtes Bein tanzte einen nervösen Rhythmus.

«Mein Wagen ist weg», sagte er. «Direkt vor dem Krankenhaus geklaut. Es gibt keinen Anstand mehr heutzutage.»

Jonas pflichtete ihm bei.

«Und Sie?», fragte der alte Mann. «Hat man Sie auch beklaut?»

Einem ersten Impuls folgend, wollte er das verneinen, hielt aber inne, dachte einen Moment nach und sagte schließlich Ja.

«Aber nicht der Wagen, oder?», sagte der alte Mann und sah ihn aus feuchten Augen an.

Jonas schüttelte den Kopf. «Nein, nicht der Wagen. Zeit. Das halbe Leben.»

Der Opa schürzte die Lippen und nickte, sagte aber nichts mehr. Im nächsten Moment kam Sven-Ole die Treppe herunter.

Er hatte sich ebenfalls verändert in den vergangenen sieben Jahren. Wie Jonas hatte auch er Gewicht zugelegt.

Er lächelte, die Freude über das Wiedersehen war nicht gespielt.

«Schön, dich zu sehen!»

Er überraschte Jonas mit einer Umarmung.

«Kommst du einfach so vorbei, oder kann ich etwas für dich tun?», fragte Sven-Ole, als er ihn losließ.

«Ich brauche deine Hilfe.»

«Falsch geparkt?»

«Etwas komplizierter.»

«Dann hat es sicher mit dieser Privatdetektivin zu tun.»

«Ja, hat es.»

«Okay. Lass uns in mein Büro gehen.»

Auf dem Weg zu Sven-Oles Büro begegneten ihnen einige bekannte Gesichter, und Jonas sah in ihren Augen Überraschung aufblitzen. Inka Zeus, eine ehemalige Kollegin, die Jonas auf einer Weihnachtsfeier mal ziemlich nah gekommen war, sprach ihn an.

«Jonas? Ich fasse es nicht! Wie schön, dich zu sehen.»

Auch sie umarmte ihn. Es war Jonas unangenehm, gleichzeitig fühlte er sich aber auch willkommen und spürte, was ihm verloren gegangen war.

Inka sah ihn aus warmen braunen Augen an.

«Wie geht's dir?»

«Ganz gut, danke.»

Die übliche Antwort auf die übliche Frage, das Standardprogramm, mehr nicht. Inkas Augen verrieten, dass sie ihm nicht glaubte.

Sie zog eine Karte aus ihrer Gesäßtasche. «Ruf mich an, dann gehen wir mal einen Kaffee trinken. Ich muss jetzt leider los.»

Ein schneller Abschied, und weg war sie.

«Sie ist immer noch solo», sagte Sven-Ole. «Hier auf dem Revier ist keiner gut genug für sie.»

Darauf erwiderte Jonas nichts. Er war verwirrt, fühlte sich überfordert und musste sich sammeln, um zum Grund seines Besuchs im Präsidium zurückzufinden.

Sven-Ole bot ihm Kaffee aus einer silbernen Thermoskanne an. Er schmeckte ein wenig abgestanden. Bürokaffee eben. Auch den konnte man vermissen.

Das Büro war groß und modern eingerichtet. Der Blick ging auf die evangelische Kirche im Stadtzentrum hinaus. Der schlanke Glockenturm ragte wie ein mahnender Finger empor.

«Bist du aufgestiegen?», fragte Jonas.

«Ja. Kriminalhauptkommissar. Seit fast einem Jahr.»

«Herzlichen Glückwunsch.»

«Danke. Übrigens haben wir jetzt eine Chefin.»

«Echt? Kenne ich sie?»

«Nein. Frau Doktor Petra Gerhardt ist nach deiner Zeit hierherversetzt worden. Kompetent, zielstrebig und meinungsstark. Komm, setz dich», bat Sven-Ole. «Mann, ist das schön, dass du hier bist.»

Jonas nahm vor dem Schreibtisch Platz.

«Wie geht's dir?»

Jonas hatte damit gerechnet, Fragen wie diese beantworten zu müssen.

«So lala», sagte er. «Aber ich komme zurecht.»

«Und wie kann ich dir helfen?»

Der heikle Punkt war schneller erreicht, als Jonas erwartet hatte. Plötzlich wurde ihm heiß, und das lag nicht an dem viel zu starken Kaffee.

«Arbeitet noch jemand an meinem Fall?»

Sven-Ole lehnte sich zurück und seufzte. «Na ja, offiziell abgeschlossen ist er nicht, aber es sitzt auch niemand aktiv dran. Du weißt ja, wie das ist.»

Jonas wusste es. Von sich aus würde die Behörde den Aktendeckel nicht wieder öffnen. Alle Spuren waren ausermittelt, und in diesem besonderen Fall spukte in den Köpfen sicher der Gedanke herum, dass Jonas damals den Täter getötet hatte. Sieben Jahre lang war er ja selbst davon ausgegangen.

«Warum fragst du?» Sven-Ole klang argwöhnisch.

«Vielleicht habe ich mich geirrt.»

«Inwiefern?»

«Vielleicht war es doch nicht Vollstedt.»

Jonas konnte kaum glauben, dass er das sagte. Er war auch nicht hundertprozentig überzeugt, hatte er aber eingesehen, dass er sich nicht wie damals auf Vollstedt als Täter versteifen durfte, wenn er die Wahrheit herausfinden wollte. Ohne Franca hätte er aber so gehandelt, und er war ihr dankbar für ihre Hilfe,

«Wie kommst du nach all den Jahren darauf?»

Die lockere Freundlichkeit war aus Sven-Oles Stimme verschwunden.

«Ich habe Hinweise», antwortete Jonas ungenau. Bevor er alles preisgab, wollte er herausfinden, ob sein ehemaliger Kollege bereit war, ihm zu helfen.

«Was sind das für Hinweise?»

«Gab es in den vergangenen sieben Jahren ähnliche Fälle? Habt ihr das überprüft?»

Sven-Ole presste die Lippen schmal zusammen und nickte. Er nahm einen Kugelschreiber in die Hand, als wolle er sich Notizen machen, drückte jedoch lediglich den Knopf am oberen Ende in einem schnellen Rhythmus.

«Jonas …», begann er in diesem Unterton, der belehrend und fürsorglich zugleich klang und nichts anderes bezweckte, als ihn abzuwimmeln. «Der Beamte, der den Fall von mir übernommen hat, hat ein Auge darauf, ob es seitdem ähnlich gelagerte Fälle gab. Mir ist kein einziger bekannt. Ich hatte damals zwar meine Zweifel, aber heute denke ich, es war Vollstedt.»

«Und wenn nicht?»

«Mach es dir doch nicht schwerer, als es schon ist. Diese Privatdetektivin hat dir einen Floh ins Ohr gesetzt, und du rennst los, steigerst dich genau wie damals in etwas hinein, und am Ende fügst du dir nur wieder selbst Schaden zu.»

Jonas schüttelte den Kopf. «Nein, so ist es nicht. Im Gegenteil. Ich will den Schaden wiedergutmachen, den ich angerichtet habe.»

Sven-Ole nickte. «Genau das meine ich. Und so wie damals würdest du dafür alles in Kauf nehmen.»

«Was soll das denn heißen?»

«Das weißt du doch selbst. Marie würde …»

«Nein!», unterbrach Jonas ihn scharf. «Sag das nicht.»

Einen Moment starrten sie sich an, dann schüttelte Sven-Ole den Kopf.

«Ich weiß nicht, wie ich dir helfen könnte.»

«Indem du den Fall wieder aufnimmst?»

«Dann erzähl mir erst mal, was das für Hinweise sind, die du hast.»

Jonas berichtete ihm von Silvia und ihrer Suche in der Sandgrube.

Sven-Ole hörte aufmerksam zu. Sein Gesicht war versteinert,

als Jonas fertig war. Dann seufzte er abermals und warf den Kugelschreiber auf den Schreibtisch.

«Ein Mädchen, das jahrelang in der Psychiatrie war, buddelt Löcher in einer Sandgrube, und du glaubst, sie sucht dort nach Isabell?»

«Warum sollte sie das sonst tun?»

«Weil sie verrückt ist? Jonas, du weißt, wir haben damals die Sandgrube auf den Kopf gestellt, da war nichts weiter als der Fetzen von Isabells Kleid.»

«Wart ihr auch wirklich gründlich genug? Vielleicht hat er sie sehr tief vergraben.»

«Wir waren gründlich, glaub mir.»

«Kannst du es nicht trotzdem noch einmal versuchen? Für mich? Ihr habt doch ganz andere Möglichkeiten. Ich könnte nicht einmal einen Bagger bezahlen, um ihn dort buddeln zu lassen.»

Sven-Ole schüttelte den Kopf.

«So eine Aktion würde enorme finanzielle Mittel verschlingen. Selbst wenn ich es wollte, könnte ich es nicht allein entscheiden. Ich müsste das bei der Gerhardt beantragen und brauche dafür einen triftigeren Grund als die nächtlichen Buddelaktionen einer psychisch Gestörten.»

«Da ist noch etwas anderes», sagte Jonas. «Silvia behauptet, jemand bedrohe sie und ihre Mutter.»

«Wie das?»

«Sie darf nicht sagen, wonach sie in der Sandgrube sucht, sonst würde jemand sie oder ihre Mutter töten.»

«Aha. Und das kann sie auch beweisen? Mails, Anrufe, Briefe? Du weißt schon, die guten alten Fakten. Ohne die läuft auch heutzutage nichts.»

«Das weiß ich nicht.»

«Dann finde es heraus. Ich sag dir was: Wenn du beweisen kannst, dass Silvia Frieling bedroht wird, dann gehe ich damit zu der Gerhardt.»

«Versprochen?»

«Versprochen.»

Jonas stand auf und ging zur Tür.

«Ich habe gestern mit Gerlinde Frieling gesprochen», sagte er. «Sie sagt, Vollstedt sei in jener Nacht doch draußen gewesen.»

«Damals hat sie etwas anderes ausgesagt.»

«Vollstedt kann sie zum Lügen gezwungen haben.»

«Möglich, ja. Aber wenn er es war, wie passen dann die angeblichen Drohungen gegen die Frielings dazu?»

«Genau darum zweifele ich … und brauche deine Hilfe.»

Sven-Ole seufzte wieder.

«Bring mir Beweise für die Drohungen, dann sehen wir weiter, okay?»

6.

Franca hatte Silvia gefunden, damit war ihr Auftrag streng genommen erledigt. Sie hätte der alten Frieling den Erfolg melden müssen, für den sie schließlich bezahlt wurde. Doch so einfach war das in diesem Fall nicht. Zu viele Fragen waren noch unbeantwortet, und für Franca wog das Versprechen an Jonas schwerer als der Auftrag der Frieling. Sie würde noch ein bisschen weiterforschen, bevor sie der alten Dame verriet, wo ihre Enkelin steckte.

Und vielleicht sollte sie erst einmal herausfinden, ob Silvia das überhaupt wollte.

Aber zuvor gab es etwas anderes zu erledigen.

Wenn man die großen Fragen klären wollte – in diesem Fall: Was war mit Isabell Waider geschehen? –, durfte man die kleinen Fragen nicht außer Acht lassen. Oft waren es die Randnotizen, die einen anderen Blick auf die Dinge ermöglichten.

Deshalb war Franca unterwegs zu diesem Maklerbüro. Da sie den Namen des Maklers kannte, war es nicht schwer gewesen, ihn online ausfindig zu machen. Marcello Lemke arbeitete nicht mehr bei der Bank Frieling und Neeringer. Er hatte sich mit einem eigenen Immobilienbüro selbstständig gemacht. Bevor sie losgefahren war, hatte sie sich telefonisch angemeldet. Anders als bei Lars Krone war sie bei der Wahrheit geblieben und hatte Lemke, der am Telefon sehr sympathisch klang, verraten, dass sie Privatdetektivin sei und ein paar Fragen zu einer bestimmten Immobilie hatte.

Lemke Estates lag eingezwängt zwischen einer Bäckerei mit Café und einer Bankfiliale. Das Büro befand sich im Erdgeschoss einer stuckverzierten Villa, die Parkplätze davor waren allesamt belegt, und ohnehin war keiner groß genug für Rolling Steel.

Nachdem Franca Jonas in der Nacht abgesetzt hatte, war sie dann doch zu müde gewesen, um wieder hinaus zum Campingplatz zu fahren. Kurzerhand hatte sie den Parkplatz eines Friedhofs angesteuert und eine Nacht in der Nähe der Toten geschlafen.

Für Fahrten durch die Stadt war Rolling Steel nicht wirklich zweckmäßig. Sie fand einen Parkplatz vor einem Supermarkt und musste fünf Minuten zu Fuß zum Maklerbüro laufen.

Als sie dort ankam, trat ein kleiner dünner Mann in dunkler Hose und weißem Hemd heraus. Die Ärmel hatte er hochgekrempelt, den obersten Knopf geöffnet. Er trug eine randlose Brille und hatte nur noch wenig Kopfhaar. Sein Alter schätzte Franca auf fünfzig. Er wollte gerade rauchen, bemerkte sie aber und ließ die Zigarette sinken.

«Frau Lichtenwalter?»

«Bin ich.»

«Marcello Lemke.»

Sie schüttelten sich die Hände.

«Gehen wir rüber ins Café?», fragte der Makler und steckte die Zigarette weg.

«Supergern. Ich kann einen Kaffee gebrauchen.»

Herr Lemke schien dort bekannt zu sein. Am Tresen bestellte er einen Cappuccino für sich und einen schwarzen Kaffee für Franca. Sie setzten sich an einen Tisch im Außenbereich.

«Ich treffe mich häufig hier mit Kunden», erklärte er. «Aber heute bin ich richtig aufgeregt. Mit einer Privatdetektivin war ich noch nie hier.»

«Ist auch nur ein Job», wiegelte Franca ab. «Und hat nichts mit dem zu tun, was das Fernsehen glauben machen will.»

«Aber spannend ist der Beruf doch sicher, nicht wahr?»

«Tut mir leid, Sie enttäuschen zu müssen. Meistens ist er langweilig. Man braucht sehr viel Geduld, wenn man etwas über Menschen herausfinden möchte. Geduld und Einfühlungsvermögen ... und eine dicke Haut.»

«Klingt ein bisschen wie mein Beruf», sagte Herr Lemke und lachte. «Wie kann ich Ihnen denn helfen?»

«Ich bin auf der Suche nach einem verschwundenen Mädchen», begann Franca. Und das stimmte ja auch immer noch.

Nur dass sie nicht mehr nach Silvia Frieling, sondern nach Isabell Waider suchte.

«Ich wusste doch, es wird spannend.»

«Ja, vielleicht, so genau weiß man das nie», sagte Franca. Es konnte nicht schaden, den Makler mit seiner überzogenen Vorstellung vom Beruf der Detektivin bei Laune zu halten.

«Vielleicht hat es gar keine Bewandtnis, aber natürlich muss ich alle Fragen klären», machte Franca etwas unbeholfen weiter. «Mich interessiert eine bestimmte Immobilie, oder besser, wer Besitzer dieses Hauses war. Aus einem Gespräch weiß ich, dass Sie dieses Haus seinerzeit verkauft haben.»

«Wann war das?»

«Während Ihrer Zeit beim Bankhaus Frieling und Neeringer.»

«Herrje, das ist schon eine Weile her. Um welche Immobilie geht es denn?»

Die Bedienung brachte Kaffee und Cappuccino.

Nach der Unterbrechung machte Franca weiter.

«Ich hatte ein Gespräch mit Herrn Ludwig Niedecker, und der verriet mir, dass Sie im Jahr 2000 mit dem Verkauf des Hauses an ihn betraut waren.»

«Ach ja, ich erinnere mich», sagte Lemke, machte aber nicht den Eindruck, als sei diese Erinnerung bei ihm negativ konnotiert. Auch wenn der Fall der verschwundenen Isabell Waider für einige Menschen sehr präsent war, wussten die allermeisten nichts davon.

«Obwohl es so lang her ist?», fasste Franca nach.

«Na ja, ich hatte damals gerade als Makler angefangen. Natürlich erinnert man sich an seine ersten erfolgreichen Verkäufe.»

«Von Herrn Niedecker habe ich erfahren, dass er das Haus

zehn Jahre später durch eine Zwangsversteigerung verloren hat. Waren Sie damals auch damit betraut?»

Lemke schüttelte den Kopf.

«Nein, ich habe 2005 bei der Bank aufgehört und mich selbstständig gemacht.»

Franca spürte Enttäuschung. Sie hatte gehofft, Lemke könnte ihr etwas darüber erzählen, warum und wie das Haus an Gerlinde Frieling gegangen war.

«Wie gut kannten Sie den Inhaber der Bank, Herrn Frieling?», fragte sie, um ihre Enttäuschung zu überspielen.

«Nicht wirklich gut, aber es hat gereicht, um zu kündigen», sagte Lemke.

«Wie darf ich das verstehen?»

«Frieling war ein gnadenloser Banker. Immer nur auf maximalen Gewinn aus. Das war wohl auch das Geheimnis seines Erfolgs, gleichzeitig machte es ihn aber zu einem unangenehmen Menschen. Ich würde sogar so weit gehen zu sagen, er war ein Psychopath.»

«So schlimm?»

«Na ja ... Empathie oder Mitleid kannte er jedenfalls nicht. Deshalb wollte ich auch nicht länger für ihn arbeiten. Mitunter hat die Bank an Zwangsversteigerungen von Häusern doppelt und dreifach verdient. Frieling gewährte niemandem mehr Zeit, als er musste. War jemand mit zwei Monatsraten in Verzug, machte er vom Pfandrecht der Bank Gebrauch. Ich glaube, das Haus der Niedeckers war auch so ein Fall.»

«Was für ein Fall?»

«Wenn ich mich richtig erinnere, wurde es zuvor schon einmal zwangsversteigert.»

«Ach! Die Niedeckers haben es also auch ersteigert?»

«Nein, das war ein regulärer Kauf. Aber die Besitzer vor den Müllers und Meiers oder wie sie hießen, die haben das Haus auch durch eine Zwangsversteigerung verloren. Wenn ich es richtig erinnere, waren das sogar die Erbauer. Bergstedt hießen die, oder so.»

Franca zuckte innerlich zusammen.

«Bergstedt? Sind Sie sicher?»

«Nicht wirklich.»

«Könnte es auch Vollstedt gewesen sein?»

«Ja, genau. Vollstedt. So hießen die.»

Die Antwort des Maklers glich einem Treffer ins Schwarze, und Franca spürte die Folgen im ganzen Körper. Von einer Sekunde auf die andere war sie aufgeregt bis in die Haarspitzen. Sie hatte eine Spur gefunden, die ein ganz anderes Licht auf den Fall warf.

Lemke gegenüber ließ sie sich jedoch nichts anmerken.

«Hatte Frau Frieling eine Rolle in der Bank?», fragte sie ihn.

«Die Grande Dame? Keine offizielle, soweit ich das damals mitbekommen habe. Aber man munkelte, sie sei der einzige Mensch, der Frieling Befehle erteilen durfte. Vor dem Alten hatten alle großen Respekt, aber seine Frau war gefürchtet. Ich hatte allerdings nie mit ihr zu tun.»

Während sie dem Makler zuhörte, bemerkte Franca auf der anderen Straßenseite einen silberfarbenen Wagen, in dem eine einzelne Person saß. Ein Mann. Er trug eine Sonnenbrille, und für einen Moment hatte es so ausgesehen, als habe er gerade ein Foto in ihre Richtung geschossen. Sicher war Franca sich aber nicht.

Ihr Handy vibrierte.

Jonas.

«Entschuldigung, da muss ich rangehen.»

«Kannst du mich abholen?», fragte Jonas sofort.

7.

Nach dem Gespräch mit Marcello Lemke war Franca aufgedreht und hellwach, doch Jonas übertraf sie darin noch, als sie ihn kurz darauf am Straßenrand in der Nähe des Polizeipräsidiums auflas.

«Du musst noch einmal mit Silvia reden», legte er sofort und ohne Begrüßung los. «Jetzt gleich!»

Franca setzte den Blinker und reihte sich mit Rolling Steel in den Verkehr ein. Es dauerte immer ein wenig, bis das Acht-Meter-Gefährt in die Gänge kam, sodass sie auf ausreichend große Lücken warten musste. Beim Blick in den Rückspiegel sah sie eine schwarze Rußwolke hinter sich. Kein gutes Zeichen.

Jonas erzählte ihr von seinem Gespräch mit Sven-Ole Reiter.

«Wir brauchen Beweise. Nur dann lässt er die Sandgrube noch einmal absuchen.»

«Ich kann es versuchen», sagte Franca. «Aber mach dir bitte nicht zu viel Hoffnung. Selbst wenn das Mädchen mir vertraut, heißt es nicht, dass sie mir schon jetzt all ihre Geheimnisse verrät. Sie lebt seit mindestens einem Jahr vollkommen isoliert, so etwas hinterlässt Spuren … von ihrer Vergangenheit ganz zu schweigen.»

«Aber wir müssen es versuchen!»

«Werden wir. Und ich habe auch Neuigkeiten. Ich weiß nur noch nicht, wie ich die einordnen soll.»

«Erzähl!»

«Es geht um Bernd Vollstedt.»

Jonas' Blick verdüsterte sich.

«Das Haus, in dem Gerlinde Frieling mit Silvia lebt, hat ihr Vater, der Bankbesitzer, bei einer Zwangsversteigerung erworben. Das lief damals über seine Bank, und er hatte wohl die Hand da drauf. Ich kann es nicht beweisen, denke aber, er hat es als Bleibe für seine Tochter gekauft. Weit unter Wert wahrscheinlich.»

«Es gehörte also nicht Vollstedt?»

«Nein … und irgendwo doch.»

«Verstehe ich nicht.»

«Vor den Frielings gehörte das Haus einer Familie Niedecker. Kanntest du die?»

«Nie gehört.»

«Die Niedeckers lebten zehn Jahre dort, von 2000 bis 2010. Dann verlor der Mann seinen Job, und das Haus wurde zwangsversteigert. Der alte Frieling hat wohl maßgeblich dafür gesorgt. So weit, so gut. Aber das Haus hat eine interessante Historie. Vor den Niedeckers gehörte es von 1990 bis 2000 einer Familie Müller. Die wiederum haben es ebenfalls ersteigert. Und zwar von einer Familie Vollstedt.»

Jonas starrte sie an.

«Da guckst du, was?»

«Und was hat das mit Isabell zu tun?»

«Alles hat mit allem zu tun. Denk doch mal nach. Der Makler sagt, das Haus wurde circa 1978 erbaut, von den Vollstedts. Dann ist Bernd Vollstedt dort aufgewachsen, bis das Bankhaus Frieling und Neeringer seinen Eltern das Haus weggenommen hat. Irgendwann lernt er dann unter irgendwelchen Umständen Gerlinde Frieling kennen und nistet sich in deren Haus und Leben ein.»

«Rache?»

Franca zuckte mit den Schultern.

«Du hast ihn und die Familie kennengelernt. Wirkte das für dich wie Liebe auf den ersten Blick?»

Jonas schaute aus der großen Panoramascheibe und dachte nach. Seine Kiefer mahlten dabei.

«Ich weiß, worauf du hinauswillst, aber mit Isabell hat das nichts zu tun.»

«Sag das nicht. Wenn wir herausfinden, was Vollstedt angetrieben hat, wer weiß, worauf wir noch alles stoßen.»

Als sie die Rotdornallee erreichten, war Franca nervös. Jetzt hing es von ihr ab, ob es in dem Fall weiterging oder nicht. Ein einziger Fehler würde den zarten Faden durchtrennen, den sie gestern Nacht zu Silvia gesponnen hatte. Für einen kurzen Moment hatte die junge Frau ihr vertraut, dieses Vertrauen galt es auszubauen. Gut möglich, dass die Last auf ihrer Seele ein kritisches Stadium erreicht hatte und Silvia nur auf jemanden wartete, dem sie sich anvertrauen konnte.

Franca parkte Rolling Steel nicht vor dem Haus der Frielings, sondern weiter vorn in der Straße. Sie stieg aus, Jonas blieb sitzen, so war es abgesprochen.

Auf der anderen Straßenseite jätete Frau Buck vor ihrem Haus Unkraut. Sie kam zwischen den bunt blühenden Dahlien hervor und hob grüßend die Hand. Franca grüßte zurück, ging aber nicht für einen kleinen Plausch hinüber. Die alte Dame würde sicher gern wissen, warum sie schon wieder hier war, aber dafür war keine Zeit.

Bevor sie das Grundstück betrat, schaute Franca zurück. Suchte nach einem silbernen Wagen mit einem Mann am Steuer. Wurde sie beobachtet? Hatte die alte Frieling noch jemanden beauftragt? Oder war sie dem Täter, der damals Isabell Waider entführt hatte, schon so nahe gekommen, dass er in Panik geriet?

Der silberne Wagen war nirgends zu sehen. Also ging sie auf das Haus zu und klopfte. Gerlinde Frieling öffnete und spähte schüchtern durch den schmalen Spalt.

«Kommen Sie», flüsterte sie, zog Franca herein und drückte die Tür rasch wieder zu. «Die Nachbarn beobachten alles.»

Im Flur herrschte eine eigenartig belastende Atmosphäre. Franca erinnerte sich, dass es zu den Dienstleistungen ihrer Mutter gehört hatte, die Aura von Häusern zu reinigen. In dieser Zeremonie schickte sie die Geister der Vergangenheit mit viel Rauch, Weihwasser und Gesang in den wohlverdienten Ruhestand.

Hier wäre das sicher angebracht.

«Wie geht es Silvia?»

Gerlindes Blick ging sofort zur Decke. In dem schlechten Licht wirkte das Weiß ihrer Augen gelb wie Eierstich.

«Sie war hier unten ... ich hab sie gesehen», flüsterte sie, und es klang, als sei ihr etwas Unvorstellbares zugestoßen.

«Das ist doch aber ein gutes Zeichen.»

«Wissen Sie, wie lange sie tagsüber nicht hier unten war? Ich kann mich gar nicht mehr erinnern ...»

Da schwang Hoffnung mit in Gerlindes Stimme, und Franca erkannte, dass diese grobe, gewalttätige Frau, die mit einer verblichenen Fahne an der Haustür Männer hereinbat und auf ungebetene Besucher mit dem Besen eindrosch, nicht gefühllos war. Sie litt unter der Situation, aber mit Leiden konnte man sich arrangieren, manchmal war das sogar einfacher, als etwas zu ändern.

«Ich glaube, Silvia will mit Ihnen sprechen», sagte Gerlinde Frieling.

«Wie kommen Sie darauf?»

«Ich zeig es Ihnen. Kommen Sie!»

Gerlinde führte sie in die Küche. Dort stand in der Ecke neben dem Fenster ein übergroßer grauer Kühlschrank, eines dieser amerikanischen Modelle, die Eiswürfel produzieren und zum Mond fliegen konnten. Die Vorderseite war mit bunten Magnetbuchstaben dekoriert.

«Schauen Sie!»

Einige der Buchstaben waren zu einem Wort geformt.

Franca.

Sie starrte ihren Namen an und spürte, wie sich Wärme in ihrer Körpermitte ausbreitete.

«Ist es Ihnen recht, wenn ich hochgehe?», fragte sie mit belegter Stimme.

Gerlinde nickte. «Vielleicht schaffen Sie es ja, dass ...»

Sie brachte den Satz nicht zu Ende, schien nicht zu wissen, worauf er hinauslaufen sollte.

«Nehmen Sie das hier mit. Ich wollte es ihr gerade bringen.»

Gerlinde reichte ihr einen weißen Porzellanteller. Darauf lagen eine Scheibe Brot, mit Marmelade bestrichen, sowie einige Apfelschnitze, die bereits braun zu werden begannen. Gerlinde zögerte offenbar schon etwas länger, ihrer Tochter das Essen zu bringen.

Franca nahm ihr den Teller ab.

«War Silvia nachts noch mal draußen?»

Gerlinde zuckte mit den Schultern. «Keine Ahnung.»

«Sie wissen aber schon, dass sie die Leiter benutzt?»

«Ja. Dadurch weiß ich ja, wann sie zu Hause ist. Dann steht die Leiter am Baum. Wenn sie am Giebel steht, ist sie unterwegs.»

Franca stieg die Treppe hinauf. Oben angekommen, balancierte sie den Teller zwischen dem ganzen abgestellten Zeug hindurch auf die Zimmertür zu. Sie hob die freie Hand, um zu klopfen, doch das war nicht nötig – die Tür stand einen Spaltbreit offen.

«Silvia?»

Vorsichtig betrat sie das Zimmer.

Der Tür gegenüber lagen die Fenster, durch die Silvia das Haus verließ. Sie waren mit Stoffrollos verdunkelt. Eine Fensterbank stand voll mit Büchern, die andere war frei. Darunter lag eine lange Aluminiumstange mit einer Metallöse am Ende, wahrscheinlich der Kescher des Pools, nur ohne Netz. Jetzt war klar, wie Silvia die Leiter vom Baum zum Fenster heranholte.

Die Dachschrägen waren mit Kiefernholz verkleidet, das im Laufe der Jahre eine tiefbraune Farbe angenommen hatte. Links um die Ecke ging es tiefer in den Raum hinein, wie tief, konnte Franca nicht erkennen. Es war zu dunkel, und zudem stand zu viel herum: Möbel, überquellende Bücherregale und schiefe Türme aus Umzugskartons verstellten den Blick. Dicht behängte, mobile Kleiderständer aus Metall dienten als Raumtrenner und Sichtschutz. In diesem Wirrwarr gab es ein Gängesystem, das in die Tiefen der Dachgeschosswohnung führte, die nach Francas Einschätzung mindestens achtzig Quadratmeter groß sein musste.

Von Silvia war nichts zu sehen.

Abermals rief sie ihren Namen.

«Bist du allein?» Die dünne Stimme kam von irgendwo im Raum.

«Ja, bin ich. Und ich habe Frühstück für dich dabei.»

«Kannst du uns wirklich beschützen?»

«Ja, das kann ich. Aber du musst mir dabei helfen. Kannst du mir sagen, wovor du Angst hast?»

«Geht es meiner Oma gut?»

«Es geht ihr gut. Ich habe ihr noch nicht erzählt, dass ich dich gefunden habe. Erst wollte ich dich um Erlaubnis fragen.»

Keine Antwort.

Weil ihr die Pause zu lange dauerte, schwenkte Franca auf die nächste Frage um.

«Magst du darüber sprechen, was du in der Sandgrube suchst?»

Sie musste versuchen, in diesem Gespräch die Führung zu übernehmen, sonst würde Silvias Sprunghaftigkeit sie weit vom Ziel wegführen.

Die Antwort ließ einen Moment auf sich warten, und wieder war es keine.

«Wo ist der Mann?»

«Welcher Mann?»

«Mit dem du in der Sandgrube warst?»

«Er schläft», wich Franca aus. «Wir können uns allein und in aller Ruhe unterhalten. Nur du und ich. Magst du nicht hervorkommen, damit ich dich sehen kann?»

Und zu Francas Überraschung kam Silvia diesem Wunsch nach.

Sie löste sich aus dem tiefen Schatten hinter einem Schrank, blieb aber zwischen zwei Kleiderständern stehen.

Franca sah einen großen schlanken Körper in schwarzer Kleidung, dazu langes, glattes, schwarzes Haar, das dem Mädchen bis auf die Hüften fiel. Ihr Gesicht blieb dahinter verborgen, nur die Nasenspitze blitzte hervor.

«Magst du etwas essen?»

Sie hielt den Teller hoch.

«Nein, das ist eklig.»

Besonders appetitlich sahen die braunen Apfelschnitze und die trockene Scheibe Brot wirklich nicht aus.

«Hast recht. Ich stell es einfach mal hier ab.»

Der Teller landete auf dem obersten Karton eines Turms.

«Was für unglaublich schönes Haar du hast», sagte Franca. Natürlich wollte sie Silvia damit locken, aber sie meinte es auch ehrlich. Ihr Haar war voll und schwarz wie Ebenholz mit einem bläulichen Schimmer, sobald Licht darauf fiel.

«Ich schneide es nicht. Nie.»

Silvia teilte ihr Haar, und Franca bekam ihr Gesicht zu sehen. Es war auffällig blass, ebenmäßig, schlank, mit hohen Wangenknochen und einer langen Nase. Die aristokratische Schönheit der Oma äußerte sich bei Silvia noch viel stärker.

«Hey, schön dich zu sehen», sagte Franca.

Silvia blickte sie von unten herauf aus dunklen Augen an. Ihre Lider flatterten ein wenig, und ihr rechter Mundwinkel zuckte. Sie wirkte kindlich. Ein Porzellangesicht von unberührter Schönheit, unschuldig und anmutig. Francas Herz wurde schwer bei dem Gedanken, welch unwürdiges Dasein das Mädchen hier fristete. Das Dasein einer Unsichtbaren.

Silvia hob den Zeigefinger an die Lippen.

«Pssst», machte sie. «Wir müssen leise sprechen, sonst hört er uns.»

«Der Sandgräber?»

Sie nickte. «Er ist nämlich überall, musst du wissen.»

«Fürchtest du dich vor ihm?»

Silvia schloss die Augen und sprach:

«Ich sehe dich, ich finde dich, ich bin immer in deiner Nähe. Und wenn du unser Geheimnis verrätst, stirbt deine Mutter im Sand.»

Es war eindeutig, dass Silvia einen Text aufsagte, der nicht von ihr selbst stammte. Erst jetzt bemerkte sie, dass sie lauter gesprochen hatte als zuvor. Sie erschrak, blickte sich um und streckte Franca eine Hand entgegen.

«Komm mit, wir müssen uns verstecken.»

Franca griff zu und ließ sich mitziehen. Hinein in die Dunkelheit eines weiteren Raumes, der mit dem anderen verschmolz, noch tiefer hinter die Burgmauer aus Kartons und darüber aufgespannten Wolldecken. All das glich einer Höhle, wie man sie als Kind baute, nur größer und besser ausgestattet. Sogar einen Laptop gab es da drinnen. Sein Display tauchte die Höhle in gespenstisch blaues Licht. Franca bückte sich, ging auf die Knie und krabbelte auf allen vieren hinter Silvia her, bis sie im hintersten Winkel des Verstecks angelangt waren.

Dies schien Silvias Lieblingsplatz zu sein. Sie lehnte sich gegen eine Wand, zog die Knie an und machte sich so klein, dass ihr Haar einen Vorhang um sie herum bildete, der bis zum Boden reichte.

Franca hockte im Schneidersitz nah bei ihr. Sie hätte die junge Frau berühren können. Um sie herum herrschte Stille, und Franca fühlte sich wie in einer Gruft.

Lebendig begraben, dachte sie.

«Erzählst du mir von dem Sandgräber? Warum hast du Angst vor ihm?», fragte Franca.

In Silvias großen Augen spiegelte sich das Licht des Laptops. «Ich bekomme Post von ihm», flüsterte sie.

8.

Jonas hatte es nicht lange im Wohnmobil ausgehalten. Auf dem Fahrersitz hatte er eine Notiz für Franca hinterlassen und war losgegangen.

Bin auf dem Friedhof. Waldstraße.

Der Waldfriedhof war ein großes grünes Areal, umgeben von einer backsteinernen Mauer, die hier und da schief stand und Risse hatte, weil die Wurzeln der Bäume das Erdreich aufwarfen. Es gab einen alten Bereich, auf dem es aussah wie auf jedem anderen Friedhof auch: Grabstein neben Grabstein, gepflegte und dicht bepflanzte Gräber, geschotterte Wege, kurz geschnittener Rasen mit Platz für mehr Tote.

Und dann gab es den damals vor sieben Jahren neu eingerichteten Friedwald im hinteren Areal. Ein Stück Wald war dafür hinzugenommen worden. Marie gehörte zu den Ersten, die dort beerdigt wurden. Wochen vor Isabells Verschwinden waren die Lokalzeitungen voll gewesen von dieser Neuerung im Bestattungswesen, dem ersten Friedwald der Stadt, und nachdem Marie einen der Artikel gelesen hatte, hatte sie gemeint, dass auch sie irgendwann einmal in so einem Friedwald beerdigt werden möchte. Es war ein typisches Gespräch am Frühstückstisch gewesen, in entspannter Atmosphäre, die Sonne fiel durch die geöffnete Terrassentür herein, Vögel zwitscherten, niemand war richtig wach, die Gedanken mäanderten, und als Marie damit herausrückte, stimmten Jonas und Isabell ihr zu. Sie hatten ein paar Minuten darüber geredet und sogar gelacht, als Isabell meinte, sie fände es toll, nach ihrem Tod einem Baum als Nahrung zu dienen. Und warum sollten sie auch nicht lachen? Der Tod war nichts weiter als eine ferne Ahnung, und in diesem Moment war es ein großes Glück gewesen, dass sie nicht gewusst hatten, wie wenig Zeit ihnen noch blieb.

Als es dann so weit war, hatte Jonas Marie im Friedwald beisetzen lassen.

Einzig ein Schildchen aus eloxiertem Aluminium mit ihrem Namen sowie dem Geburts- und Todestag, das am Stamm der Buche befestigt war, wies auf sie hin. Um den Stamm eines anderen Baumes herum war eine runde Bank gebaut worden, darauf ließ Jonas sich mit Blick auf Maries Baum nieder. Den Namen auf dem Schildchen konnte er aus dieser Entfernung nicht lesen, aber das war auch nicht nötig. Er wusste, dass Marie hier war. Und vielleicht gab es nach all den Jahren endlich eine Chance, auch Isabell hier beizusetzen. Dann wären seine Mädchen vereint, und er hätte einen Platz, an dem er sie beide treffen konnte.

Über ihm bildeten die jahrzehntealten Buchen ein geschlossenes Dach, durch das nur vereinzelt Sonnenstrahlen den Boden erreichten. In dem hallenartigen Wald herrschte eine mystische Atmosphäre, jedes Geräusch, jedes Vogelzirpen, aber auch jedes trauernde Schluchzen hallte nach.

Seit seiner Entlassung hatte Jonas oft an diesem Platz gesessen, aber nie geweint. Er hatte seine Tränen im Gefängnis vergossen, still, in sich gekehrt und ohne tröstende Worte oder Gesten anderer.

Im Gegensatz zu normalen Friedhöfen, die auf Jonas bedrückend und einschüchternd wirkten, fühlte er sich an diesem Ort wohl. Hier empfand er eine Form von gelassener Traurigkeit, die er nirgends sonst fand. Die Vorstellung, dass Marie in diesem Baum weiterlebte, in jedem Blatt, jedem Trieb, tröstete ihn mehr, als es Worte vermocht hätten. Mitunter fühlte er sich hier glücklich.

Heute aber nicht.

Dafür war er zu durcheinander.

Seit gestern wusste er weder aus noch ein.

Gab es einen Komplizen oder nicht? War Vollstedt doch der Täter? War Isabell nur ein Zufallsopfer gewesen? Was wusste Silvia?

Fragen über Fragen, keine Antworten.

Warum weigerte Sven-Ole sich, ihm zu helfen?

Jonas hatte seine Kollegen damals durch sein Verhalten manipuliert, unbewusst zwar, aber wenn jemand, noch dazu ein Polizist, so hartnäckig an einem Verdächtigen festhielt, dann blieb immer etwas in den Köpfen der Menschen hängen. Man fragte sich, ob nicht doch etwas dran war an den Verdächtigungen, und da bildeten Polizisten keine Ausnahme. Deshalb war die Frage berechtigt, ob seine Kollegen vor sieben Jahren mit mehr Engagement ermittelt hätten, wenn Jonas Bernd Vollstedt nicht verdächtigt hätte.

Hatte der wahre Mörder damals dabei zugesehen, wie Jonas ihn durch sein Verhalten quasi schützte? Hatte er in der Nähe im stillen Kämmerlein gehockt und sich ins Fäustchen gelacht?

Auch diese Frage brachte eine nächste mit sich: Hatte der wahre Täter geahnt, wie Jonas reagieren würde? Den Verlauf der Dinge gar geplant? Wenn dem so war, kam nur jemand infrage, der von dem Zwist zwischen ihm und Vollstedt wusste.

Aber wer?

Jonas rief sich die Situation von damals noch einmal in Erinnerung, so wie er es für Franca getan hatte. Der sonntägliche Lauf. Die noch leere Straße. Vollstedt und seine Tochter beim Verteilen der Zeitungen. Dann Isabell, die in ihrer Schlafkleidung vors Haus getreten war ...

Jonas hielt inne.

Erinnerungen waren tückisch, das wusste er. Sie verwoben Wahrheit und Fiktion zu einem Bild, das man sehen wollte.

Da war jemand gewesen, oder? An jenem Morgen. Als Jonas sich zu Isabell umgedreht hatte, war da jemand gewesen. Ein Mann mit einer Kamera in der Hand.

Jonas schloss die Augen, strengte sich an, fand aber kein Gesicht zu der Erinnerung.

«Ein schöner Ort», sagte eine Stimme hinter ihm und riss Jonas aus seinen Gedanken.

9.

Franca trat aus dem Haus der Frielings. Das helle Tageslicht blendete sie. Verwirrt und desorientiert musste sie sich einen Moment abstützen. An die Hauswand gelehnt, liefen ihr ein paar Tränen über die Wangen.

Sie waren Silvia und ihrem Leben in Angst geschuldet.

Die junge Frau glaubte, dass sie unsichtbar sein müsse, um jenem Geschöpf, das sie den Sandgräber nannte, entkommen zu können. Sie sagte, sie lebe unter Schatten, sie sei selbst einer.

Was sie Franca anvertraut hatte, war teilweise unzusammenhängend und wirr gewesen, nur schwer verständlich. Silvia hatte von etwas Bösem gesprochen, das sie selbst getan hatte, wollte dazu aber nicht konkreter werden, und es war Franca kalt den Rücken hinabgelaufen bei dem Gedanken, dass die Silvia von vor sieben Jahren Isabell Waider etwas angetan haben könnte.

Franca hatte nicht weiter in die Richtung gebohrt, war bei dem Sandgräber geblieben, auch wenn der vielleicht nur eine Einbildung war, um das Böse von vor sieben Jahren besser verarbeiten zu können.

Doch daran glaubte Franca jetzt nicht mehr.

Denn sie hatte etwas von Silvia bekommen, und darüber musste sie dringend mit Jonas sprechen.

Doch der war nicht da, als sie Rolling Steel erreichte. Sie fand seine Notiz auf dem Fahrersitz.

«Hallo», sagte jemand in ihrem Rücken, als sie sie las.

Franca zuckte innerlich zusammen. Hinter ihr stand Carina Hussmann.

«Hast du mich erschreckt!»

«Sorry, das wollte ich nicht. Ich habe Sie zufällig gesehen und dachte ...» Carina hob entschuldigend die Schultern und ließ sie wieder fallen.

«Kein Problem, ich war nur in Gedanken vertieft und hab dich nicht bemerkt. Wie geht's dir denn?»

«Haben Sie Geistersilvi gefunden?», fragte Carina.

Franca entschied sich im Bruchteil einer Sekunde für die Lüge.

«Nein, leider nicht. Ich wollte nur noch einmal mit ihrer Mutter sprechen.»

«Die ist doch Alkoholikerin, oder?»

«Wer sagt das?»

Carina zuckte mit den Schultern. «Na, alle hier, meine Eltern, die Nachbarn …»

«Mit Gerüchten muss man vorsichtig umgehen», warnte Franca.

«Ja, vielleicht, aber in diesem Fall wird schon was dran sein. Jedenfalls kann man der Frau bestimmt nicht glauben.»

«Was meinst du damit?»

Wieder zuckte Carina mit den Schultern, und es sah nicht halb so gleichgültig aus, wie die junge Frau sich erhoffte.

«Sie wird wissen, wo ihre Tochter ist, aber sie sagt es Ihnen nicht.»

«Wie kommst du darauf?»

«Ist nur ein Gefühl.»

«Carina … willst du mir etwas sagen?»

Sie druckste herum, aber es wirkte gespielt, wie sie sich zierte, mit ihrem Anliegen herauszurücken.

«Das fällt mir schwer … aber, na ja, nachdem Sie bei uns waren, habe ich noch einmal über alles nachgedacht, und da fiel mir wieder ein, dass Isabell ein paar Tage vor der Party in der Schule einen Riesenkrach mit Torsten Engelmann hatte.»

«Bei ihm fand die Party statt, richtig?»

Carina nickte.

«Ich habe kaum etwas mitbekommen, und Isabell wollte nicht darüber sprechen, aber jetzt glaube ich, sie hat Torsten darum gebeten, Geistersilvi mit zur Party bringen zu dürfen.»

«Und das hat er nicht gewollt?»

«Nee, wohl nicht. Niemand hätte sie damals freiwillig auf eine Party eingeladen. Ich meine … das Mädchen war ein Freak. Sie hat uns Angst gemacht. Und dann ihre Eltern! Ich denke, Torsten wollte sie nicht dabeihaben, und darüber ist er mit Isabell in Streit geraten.»

«Okay, das leuchtet ein. Aber warum erzählst du mir das?»

«Ich weiß nicht, ich dachte, es könnte wichtig sein.»

«Inwiefern?»

Wieder druckste Carina herum, bevor sie mit dem herausrückte, was sie sagen wollte.

«Sie kennen Torsten nicht. Damals war er der begehrteste Junge auf der Schule. Jede hätte mit dem etwas angefangen, aber er hatte nur Augen für Isabell. Was nicht heißt, dass er nicht mit anderen herumgemacht hätte. Ich denke, er könnte es ausgenutzt haben, dass Isabell ihn um einen Gefallen bat.»

«Ausgenutzt? Ich verstehe nicht.»

Franca verstand sehr wohl, worauf dieses Gespräch hinauslief, sie wollte es aber aus Carinas Mund hören.

«Ich traue Torsten zu, dass er Isabell erlaubt hat, Geistersilvi mitzubringen, wenn sie ihn dafür auf der Party ranlässt. Mit ihm schläft. Vielleicht ist dabei etwas schiefgelaufen.»

Franca sah die junge Frau fest an.

«Carina, weißt du eigentlich, was du hier tust?», fragte sie mit ernster Stimme. «Du verdächtigst jemanden des Mordes. Das ist kein Kinderspiel. So etwas kann Existenzen zerstören.»

«Das weiß ich doch! Ich will ja auch gar nicht sagen ... ich ... ich wollte nur ...»

«Was wolltest du?»

«Nichts.»

«Wolltest du mir vielleicht sagen, warum du gelogen hast?»

«Wie bitte!»

«Isabell und du, ihr hattet nicht vor, die Party zusammen zu verlassen, nicht wahr? Isabell hat dir aus ihrem Rucksack deine Schuhe gegeben, weil sie die Party ohne dich verlassen wollte.»

«Was!? So ein Blödsinn!»

«Wenn das Blödsinn ist, dann hast du deine Schuhe aus dem Rucksack genommen, weil du aus Eifersucht wütend auf sie warst. Hast du sie verfolgt, als sie mit Torsten Engelmann zur Sandgrube gegangen ist? Hast du die beiden beobachtet? Ist dir das alles zu viel geworden?»

Mit offenem Mund und aus weit aufgerissenen Augen starrte Carina sie an, unfähig, auf die Anschuldigungen zu reagieren.

«Merkst du jetzt, wie es sich anfühlt, wenn man verdächtigt wird, ein Verbrechen begangen zu haben? Und du kannst dich noch verteidigen, Torsten Engelmann nicht, da du hinter seinem Rücken über ihn sprichst.»

«Ich ... mit Ihnen muss ich gar nicht reden. Sie sind ja nicht einmal von der Polizei.»

Ruckartig drehte Carina sich um und ging weg.

Franca sah ihr nach, bis sie hinter der nächsten Straßenecke verschwand.

Dann setzte sie sich ans Steuer, konsultierte das Navi und fuhr kaum fünf Minuten bis zum Parkplatz des Friedhofs. Dabei fiel es ihr schwer, sich auf den Verkehr zu konzentrieren. Zu viel ging ihr durch den Kopf. Silvia. Carina. Torsten Engelmann. Erste Liebe, Eifersucht, die plötzliche Schuldzuweisung. Warum hatte Carina damals nicht mit der Polizei über ihren Verdacht gesprochen?

Franca brachte auf dem kurzen Weg keinen Gedankengang zu Ende und war froh, als sie den Friedhof erreichte.

Die Stille dort tat ihr gut. Der Bienenschwarm in ihrem Kopf kam zur Ruhe. Nach einer Weile fand sie Jonas in einem Friedwald. Er saß mit dem Rücken an einen Baumstamm gelehnt auf einer runden Bank und sah zu einer hohen Buche hinüber, an der, wie an so einigen Bäumen, ein kleines Metallschild befestigt war. Franca blieb stehen und betrachtete ihn. Scheinbar in sich ruhend saß Jonas da.

«Ein schöner Ort», sagte sie.

Er erschrak nicht, wandte ihr langsam den Kopf zu und sah sie an.

«Marie hat sich gewünscht, hier beerdigt zu werden.»

Franca ging zu ihm hinüber und setzte sich neben ihn auf die Holzbank.

«Kann ich verstehen. An einem Ort wie diesem würde ich auch gern begraben liegen.»

«Vorsicht mit solchen Wünschen», sagte Jonas. Seine Stimme klang rau, als hätte er geweint, aber seinen Augen war nichts anzusehen.

«Hast du etwas erfahren von Silvia?», fragte er.

Franca nickte mit Blick auf die Buche, zu deren Fuß die Asche von Marie Waider lag.

«Habe ich. Und zwar mehr, als ich erwartet habe.»

«Was?»

«Wollen wir irgendwo etwas essen? Ich sterbe vor Hunger, und außerdem ist das hier nicht der richtige Ort für dieses Gespräch. Findest du nicht auch?»

Jonas nickte bedächtig.

«Ja, hast recht.» Er stemmte sich hoch. «Lass uns gehen.»

10.

Sie fanden ein Lokal an einer zweispurigen Straße, an der Franca Rolling Steel parken konnte. Drei Züge, und sie war in der Parklücke.

«Nicht schlecht», sagte Jonas, der während der Fahrt geschwiegen hatte. Er hatte natürlich wissen wollen, was Silvia erzählt hatte, aber Franca war hart geblieben. Sie wollte zuvor noch etwas mit ihm klären. Das war wichtig.

«Für eine Frau, oder was meinst du?»

«Für dieses Gefährt. Das kann auch ein Mann nicht besser einparken.»

Sie streichelte über das abgegriffene Lenkrad.

«Er macht alles, was ich will.»

«Na, wenigstens einer.»

«Komm, suchen wir uns einen ruhigen Platz. Ich sterbe vor Hunger», sagte sie.

Sie stiegen aus und gingen zu dem Lokal hinüber.

«Ich bekomme nichts runter, bevor ich nicht weiß, was Silvia gesagt hat.»

«Du erfährst es ja gleich.»

Sie traten durch die Tür, und Franca hielt nach einem ruhigen, möglichst abgeschiedenen Platz Ausschau. Sie fand einen Platz in der hintersten Ecke, weit genug entfernt von der Eingangstür, rutschte auf die eine Bank und Jonas auf die andere ihr gegenüber.

Auffordernd sah er Franca an, doch sie ignorierte ihn, schnappte sich die Karte, studierte sie und entschied sich für ein Pfeffersteak mit Pommes. Genau das brauchte sie jetzt.

Sie reichte Jonas die Karte, doch der lehnte ab.

«Komm schon, du wirst eine Dame doch nicht allein essen lassen.»

Schließlich bestellte er bei der Bedienung das Gleiche wie sie, dazu zwei Cola.

«Lass uns eines klarstellen», begann Franca und streifte sich das Haar aus dem Gesicht. «Ich arbeite eigentlich allein, und es ist eine Umstellung, mich mit dir abzusprechen. Das ist bei dir wahrscheinlich ähnlich, deshalb müssen wir ehrlich miteinander sein, sonst funktioniert es nicht.»

«Klar, sehe ich genau so.»

«Okay, dann fang bitte an, ehrlich zu sein. Wer waren die Typen, die dich verprügeln wollten?»

Franca hatte den Vorfall nicht vergessen, und es war ihr wichtig, von Jonas die Wahrheit darüber zu erfahren. Deshalb musste es auch jetzt sein, bevor sie auf ihren Besuch bei Silvia einging.

Jonas schnappte sich einen Bierdeckel aus dem Plastikhalter auf dem Tisch und knibbelte daran herum.

«Ich habe Geschäfte mit denen gemacht», gab er kleinlaut zu.

«Was für Geschäfte?»

«Jemand aus dem Knast hat den Kontakt für mich hergestellt. Ich habe mich als Nachtwächter auf Baustellen anheuern lassen, schwarz und unter Mindestlohn. Dann habe ich die Baustellen ausgekundschaftet und denen gesagt, wo und wann es etwas zu holen gab. Baumaschinen, Stahl, Kupfer ... dafür gibt es einen florierenden Schwarzmarkt. Viel mehr musste ich nicht tun, nur während meiner Schicht wegsehen. Ich habe meinen Anteil bekommen, und alle waren zufrieden.»

Mit dieser Erklärung hatte Franca nicht gerechnet.

«Und warum wollten die dich verprügeln?»

«Weil ich ausgestiegen bin. Nachdem du bei mir vor dem Haus aufgetaucht bist, wollte ich nur noch weg.»

«Weshalb?»

Jonas' Finger zerstörten weiter den Bierdeckel. Pappspäne fielen auf den Tisch. Er zuckte mit den Schultern. Die gleiche gespielte Gleichgültigkeit wie vorhin bei Carina.

«Ich hielt dich für eine Journalistin und befürchtete, meine Vergangenheit würde mich einholen.»

Jonas blickte auf den Bierdeckel, statt ihr in die Augen schauen, aber Franca spürte, dass er ehrlich mit ihr sprach.

«Tja, mit der Journalistin lagst du daneben, aber das andere stimmt ... und ich verstehe, dass dir das Angst macht.»

«Angst?» Jonas zerknüllte den Bierdeckel in der Hand, an seinen Unterarm traten die Sehnen hervor. «Du kannst dir überhaupt nicht vorstellen, was das mit mir macht.»

«Ich kann es aber versuchen. Und dir helfen ...»

Franca griff in ihre Gesäßtasche und zog einen gefalteten DIN-A4-Zettel heraus. Sie klappte ihn auseinander, hielt ihn aber so, dass Jonas das Geschriebene nicht sehen konnte.

«Silvia ist tief verängstigt, aber sie sucht auch jemanden, dem sie sich anvertrauen kann. Man muss unglaublich vorsichtig mit ihr umgehen, ein falsches Wort, und sie zieht sich sofort zurück. In ihrem Inneren gibt es Tausende Kammern, in die sie flüchten kann, und wenn sie erst einmal dort ist, kommt niemand an sie heran.»

«Was steht auf dem Zettel? Hilft es uns?»

Franca las vor.

«Ich sehe nachts das Licht in deinem Zimmer. Ich sehe dich auf der Leiter. Ich sehe alles.»

Sie reichte ihm den Zettel, und er las die ausgedruckten Worte noch einmal.

«Das sagt überhaupt nichts aus. Damit brauche ich gar nicht zu Sven-Ole zu gehen.»

«Oh doch! Es sagt eine Menge aus. Es grenzt den Zeitraum ein. Silvia ist erst seit einem Jahr wieder bei ihrer Mutter. Wer auch immer das geschrieben hat, beobachtet sie also immer noch. Nach all den Jahren.»

«Scheiße, du hast recht. Aber wie kann das sein?»

«Ich habe keine Ahnung. Noch nicht. Es gehört zu den Geheimnissen, die wir lüften müssen.»

«Allerdings ...», Jonas wedelte mit dem Zettel, «kann das jeder geschrieben haben, auch Silvia selbst. Ich glaube nicht, dass es Sven-Ole überzeugt.»

«Ich auch nicht, aber vielleicht das hier.»

Franca griff in die andere Gesäßtasche, holte den zweiten Zettel hervor und gab ihn Jonas.

Er las laut vor.

«Ich sehe dich, ich finde dich, ich bin immer in deiner Nähe. Und wenn du unser Geheimnis verrätst, stirbt deine Mutter im Sand.»

Er ließ das Blatt Papier sinken, starrte Franca an.

«Wenn das echt ist ...»

«Ich glaube Silvia. Sie hat mich nicht angelogen. Sie ist verzweifelt und braucht Hilfe. Ich habe ihr gesagt, wenn ich sie beschützen soll, muss ich wissen, wer ihr Angst macht. Das konnte oder wollte sie mir nicht sagen, aber sie gab mir diese beiden Zettel.»

«Leider sind es Computerausdrucke. Die Handschrift des Verfassers hätte mehr geholfen.»

«Tja, wir müssen nehmen, was wir kriegen, fürchte ich.»

«Okay. Lass uns damit sofort zu Sven-Ole gehen.»

«Was ist mit dem Essen?»

«Okay, aber dann ...»

«Ich muss dir noch etwas erzählen.»

Franca berichtete ihm von Carina Hussmann und ihrem Versuch, sie zu beeinflussen und den Verdacht auf Torsten Engelmann zu lenken.

«Dabei kann sie gar nicht wissen, dass wir Hinweise haben, die Vollstedt als Täter entlasten. Ich habe ihr nur gesagt, dass ich nach Silvia suche. Trotzdem denkt sie, wir rollen den Fall neu auf.»

Das Essen kam. Es sah lecker aus und roch ungemein gut. Francas Magen zog sich zusammen. Sie schob sich erst einmal eine Handvoll Pommes in den Mund und ließ Jonas reden.

«Ich erinnere mich, dass meine Kollegen damals in eine ähnliche Richtung ermittelten. Streit unter den Partygästen. Von einem Streit zwischen Isabell und Torsten habe ich aber nichts erfahren. Und so ein Mensch war Isabell auch nicht. Sie hätte sich nie von einem Jungen zum Sex nötigen lassen. Nein, da ist nichts dran.»

«Dachte ich auch nicht», antwortete Franca mit vollem Mund. «Verdammt, schmeckt das gut.»

Jonas machte sich zaghaft über sein Steak her. Franca schluckte alles hinunter, bevor sie weitersprach.

«Wie gesagt, das dachte ich auch nicht, aber was, wenn Carina Hussmann eifersüchtig war auf Isabell und es zwischen den beiden zum Streit kam?»

«Sie waren beste Freundinnen.»

«Ich will dich nicht enttäuschen, aber es wäre nicht das erste

Mal, dass beste Freundinnen sich wegen eines Mannes streiten.»

«Streiten, ja. Aber Teenager bringen sich deswegen nicht um.»

Franca zuckte mit den Schultern. «Nur ein Gedankengang.»

Eine Weile aßen sie schweigend. Jonas' Kiefer mahlten. Er aß schnell und schirmte mit den Armen seinen Teller ab, als würde sie ihm etwas wegnehmen wollen. Das Steak schmeckte fantastisch, aber richtig genießen konnte Franca es nicht. Noch immer ging ihr zu viel im Kopf herum.

«Und Torsten Engelmann?», fragte sie zwischen zwei Bissen. «Wurde der überprüft?»

«Ich denke schon.»

«Und ich denke, wir sollten das wiederholen.»

Jonas schob den Teller weg. Er hatte alles verputzt, während Franca erst bei der Hälfte war.

«Nicht schlecht für keinen Hunger», sagte sie.

«Ich frage mich immer und immer wieder, was Silvia in der Sandgrube sucht. Hat sie damals gesehen, wie Isabell ... was man ihr angetan hat? Aber warum gräbt sie sieben Jahre später dort? Das ergibt doch keinen Sinn.»

«Erstens: Sie ist erst seit einem Jahr aus der Psychiatrie heraus. Sie konnte vorher gar nicht suchen. Zweitens: Für uns mag es keinen Sinn ergeben, aber in ihrer Welt kann das ganz anders aussehen.»

«Ihrer Welt?»

Franca nickte.

«Das bringt ihr Asperger-Syndrom mit sich. Sie wurde zu Geistersilvi, weil die anderen sie als schräg, wunderlich oder verrückt empfanden. Wahrscheinlich sogar ihre Eltern. Dann passierte das mit Isabell und ihrem Vater, und sie zog sich vollkommen in ihre eigene Welt zurück. Kann man sogar nachvollziehen, oder?»

Jonas starrte sie fassungslos an.

«Du meinst, ich bin schuld an ihrem Absturz?»

«Nein, hör zu ... so habe ich das nicht gemeint. Silvias Eltern hätten ihrer Tochter schon viel früher die richtige Aufmerksamkeit zukommen lassen müssen.»

Jonas schüttelte den Kopf.

«Nein, du hast recht. Ich war der Auslöser von alledem. Vielleicht kann ich zumindest etwas wiedergutmachen, indem ich jetzt den wahren Täter finde.»

«Indem wir ihn finden!»

«Genau ... wir.»

«Okay ...» Franca schob ihren Teller fort. Sie hatte mal wieder nicht alles geschafft, platzte aber beinahe.

«Zuerst beehren wir den Hauptkommissar noch einmal, und dann fühlen wir Torsten Engelmann auf den Zahn.»

11.

«Das reicht nicht.»

Sven-Ole Reiter gab Franca die Zettel zurück.

«Die kann jeder ausgedruckt haben.»

«Ich habe sie aber von Silvia Frieling bekommen», entgegnete Franca.

«Und das Mädchen sagt, sie wird bedroht!», fügte Jonas nachdrücklich an und trat einen Schritt auf Sven-Ole zu.

Jonas ärgerte sich, dass der Hauptkommissar ihn hier unten auf dem Parkplatz abspeiste, schluckte es aber hinunter. Am

Vormittag durfte er noch mit hinauf ins Allerheiligste und alte Kollegen begrüßen, jetzt fing Reiter Franca und ihn draußen ab, nachdem Jonas ihn angerufen und sie angekündigt hatte.

«Dieses Mädchen ist psychisch krank», entgegnete Sven-Ole. «Du kannst nicht viel darauf geben, was sie sagt.»

«Vielleicht nicht auf das, was sie sagt», mischte Franca sich ein. «Aber ganz gewiss auf das, was sie tut. Silvia gräbt nicht aus Langeweile in der Sandgrube.»

Reiter sah Franca an.

«Was wissen Sie denn schon?», fuhr er sie an. «Glauben Sie, wir brechen hier alle in hektische Betriebsamkeit aus, weil Sie glauben, eine Spur entdeckt zu haben?»

«Und wenn sie etwas entdeckt hat, was ihr damals übersehen habt?», fragte Jonas. Er wusste, er würde Sven-Ole damit verärgern, konnte aber nicht anders. Klar, kein Polizist arbeitete gern mit einer Privatermittlerin zusammen, da war Jonas früher nicht anders gewesen. Aber Sven-Ole musste doch erkennen, dass Franca es ernst meinte.

«Willst du das alles wieder aufkochen? Dein Leben ein zweites Mal zerstören?»

«Ich kann nichts zerstören, was ohnehin schon in Trümmern liegt. Aber ich kann endlich damit beginnen, diese Trümmer wieder zusammenzusetzen.»

Sven-Ole schüttelte den Kopf. «Wozu soll denn das gut sein? Glaubst du, du findest Isabell doch noch? Nach sieben Jahren? Wo ich sie doch damals überall gesucht habe und nicht finden konnte?»

«Ich will die Wahrheit wissen. Mehr nicht.»

«Wenn du damals nicht überreagiert und Vollstedt getötet hättest, würden wir sie wahrscheinlich kennen.»

Das saß. Denn Sven-Ole hatte recht. Jonas spürte Francas Hand an seiner, sie begriff, wie es ihm in diesem Moment ging.

«Sie wollen nicht helfen, das haben wir verstanden», sagte sie an Sven-Ole gewandt. «Dann werden wir selbst die Sandgrube absuchen. Natürlich werde ich die Presse dazu bestellen und sie über die neueste Entwicklung in diesem noch nicht abgeschlossenen Fall informieren. Die haben bestimmt ein Interesse daran. Jetzt im Sommerloch drucken die jeden Scheiß.»

Sie hielt lange seinen Blick.

«Geben Sie den Zettel her», sagte Sven-Ole und streckte die Hand aus.

Franca gab sie ihm.

«Ich gehe damit zur Chefin, und dann werden wir sehen.»

Damit wandte er sich ab.

Schweigend gingen sie zurück zum Wohnmobil und stiegen ein.

Franca startete den Motor nicht sofort. Sie sah Jonas an.

«Wie hast du Vollstedt getötet?»

Die Frage hatte irgendwann kommen müssen. Jonas hätte sie mit einer kurzen Antwort abspeisen können, doch er hatte ihr versprochen, ehrlich zu sein, also sollte sie die Wahrheit erfahren.

Er zuckte mit den Schultern.

«Mit einem Messer.»

KAPITEL 5

1.

Vor sieben Jahren

Die untergehende Sonne am leuchtend roten Horizont setzte die Wolken in Flammen, der Himmel loderte. Die Hitze des Tages war immer noch spürbar, und doch reichte sie nicht aus, die Kälte in Jonas zu vertreiben.

Seitdem er Marie gefunden hatte, tot, fühlte er sich erfroren. Noch immer spürte er ihren Brustkorb unter seinen Händen und ihre kalten Lippen auf seinen, als er versuchte, sie zu reanimieren. Jonas wusste nicht mehr, wie lange er es probiert hatte, aber seine Muskulatur schmerzte noch jetzt von der Anstrengung. Er wusste auch nicht, wie er aus dem Haus hierher auf den Hügel gekommen war, und konnte sich nicht erinnern, das Messer aus der Schublade seines Nachtschranks genommen zu haben, wo es seit Jahren unberührt für den Fall eines nächtlichen Einbruchs lag.

Nun saß er auf dem warmen Sandboden unter den drei verkrüppelten Kiefern, oberhalb des Hauses der Frielings, und gefror bei lebendigem Leib, während die Sonne unterging.

Um halb zehn verließ Bernd Vollstedt sein Haus. Jonas hörte ihn, bevor er ihn sah. Vollstedt brüllte jemanden an, wahrscheinlich seine Frau, was genau er sagte, verstand Jonas nicht.

Kurz darauf trat er durch die Gartenpforte und geriet in Jonas' Blickfeld. Groß, schwer und tumb. In kurzen Hosen, weißem Shirt und Tennissocken in braunen Sandalen. Mit hängenden Schultern und baumelnden Armen schlenderte Vollstedt die Straße hinunter.

Da ging er, der Mörder seiner Tochter und seiner Frau, auf dem Weg in seine Lieblingskneipe, um sich einen schönen Abend zu machen. Um vor seinen Saufkumpanen anzugeben, wie er es dem arroganten Bullen gezeigt hatte. Niemand mischte sich ungestraft in seine Privatangelegenheiten ein. Dies und noch vieles mehr würde Vollstedt vor seinen Kumpels kolportieren und sich in ihrem Ansehen sonnen.

Jonas ließ ihn ziehen.

Für das, was er vorhatte, war es nicht die richtige Zeit und nicht der richtige Ort.

In seinem Kopf entfaltete sich ein Plan, so als sei er schon die ganze Zeit da gewesen und habe nur auf den richtigen Zeitpunkt gewartet.

Jonas erhob sich aus dem Sand. Seine Muskeln schmerzten, sein Herz schmerzte, er spürte nichts als Schmerzen und Kälte. Sein Weg führte ihn vom Wohngebiet fort in den Wald. Die verschlungenen Pfade darin hatte er in den vergangenen Wochen besser kennengelernt, als es ihm lieb war. Jeden Quadratmeter hatte er abgesucht. Er wusste, irgendwo dort war Isabell, doch finden konnte er sie nicht.

Da er das Wohngebiet mied, um nicht gesehen zu werden, dauerte der Fußweg zur Kneipe beinahe eine Stunde. Jonas ließ sich Zeit, er wusste, dass Vollstedt regelmäßig mindestens zwei Stunden dort verbrachte.

Der «Grüne Jäger» war eine dieser Kneipen, in denen ausschließlich die üblichen Verdächtigen verkehrten. Die Trinker, die Abgehängten, Gestrauchelten und Gefallenen. Nach allem, was Jonas gehört hatte, nutzte Vollstedt den Grünen Jäger als Bühne. Vor dieser Schar von Auserwählten konnte er sich aufspielen und den großen Zampano geben.

Unweit der Kneipe, am Waldrand, gab es einen Sammelplatz für Altpapier und Flaschen. Fünf Container standen dicht beieinander, und zwischen die drängte sich Jonas. Von seinem Posten aus hatte er den Eingang der Kneipe im Blick, außerdem musste Vollstedt auf dem Rückweg an ihm vorbei.

Es stank nach den gärenden Resten von Brause und Alkohol, Bienen umschwirrten die Einwurflöcher. Sie waren wie von Sinnen und machten auch vor Jonas nicht halt. Ließen sich auf seinen Händen und Unterarmen nieder und untersuchten seine Haut. Jonas bedeckte eine mit seiner Hand, und prompt stach sie ihn. Er wischte sie hinfort und spürte dem Schmerz nach. Pulsierend breitete er sich aus, und wenigstens an dieser Stelle entstand Wärme.

Ein Wagen rollte langsam an der Kneipe vorbei. Groß, schwarz, protzig. Ein dunkler Mercedes, wie ihn sich hier in der Gegend niemand leisten konnte. Kurz leuchteten die Bremslichter auf, dann gab der Fahrer Gas und verschwand in der Nacht.

Jonas provozierte weitere vier Bienen, bis sein Unterarm so sehr schmerzte und anschwoll, dass er es kaum noch aushielt. Dabei nahm er einen besonderen Geruch wahr, schwer und süß, der nur vom Todeskampf der Insekten stammen konnte. Sie bezahlten seinen Schmerz mit ihrem Leben.

Auf der anderen Straßenseite öffnete sich die Tür zur Kneipe, und ein dürrer alter Mann stolperte heraus. Seine Streichholzbeine in den kurzen Hosen trugen ihn kaum, und er musste sich einen Moment an der Straßenlaterne abstützen. Dann torkelte er davon.

Jonas ließ die Bienen in Ruhe und konzentrierte sich auf die Kneipentür. Bald kam ein Pärchen heraus. Arm in Arm schunkelten sie in die Nacht.

Nach weiteren zehn Minuten trat Bernd Vollstedt aus der Kneipe. Sein großer, breiter Körper füllte den Türrahmen aus. Er blieb stehen, zog seine Shorts hoch, rotzte in den Rinnstein und setzte sich dann in Bewegung.

Jonas' Herz raste, Schweiß brach ihm aus. Fiebrige Hitze löste die Eiseskälte ab.

Er packte das große Jagdmesser fest am Griff. Ein Einzelstück aus Schwedenstahl, von Hand gefertigt. Sein Vater, ein passionierter Jäger, hatte es Jonas zum fünfzehnten Geburtstag geschenkt.

Vollstedt ging an den Containern vorbei. Jonas wartete einen Moment, überzeugte sich davon, dass niemand sonst auf der Straße unterwegs war, verließ sein Versteck und schlich ihm hinterher. Vollstedts Gang war schwer und ungelenk, immer wieder driftete er nach links ab und musste seinen Kurs korrigieren. Zudem hustete er dauernd und spuckte aus.

Sie näherten sich einer dunklen Kurve. Dort gab es keine Straßenlaterne, der Wald reichte dicht an die Straße heran und schirmte das entfernte Licht der anderen Laternen ab.

Ein paar schnelle Schritte, und Jonas trat dicht hinter Vollstedt. Er legte ihm das Messer an die Kehle und riss ihm den linken Arm auf den Rücken. Der Druck nach vorn presste die Klinge an Vollstedts Hals.

«Ein Ton, und ich stech dich ab!»

«Was ...»

«Wir beide machen jetzt einen Spaziergang. Los, beweg dich!»

Wäre Vollstedt nicht betrunken, hätte Jonas nicht so leichtes Spiel gehabt. So aber konnte er den großen schweren Mann vor sich herführen wie ein Kind. Jonas hielt den Druck der Messerklinge auf den Hals aufrecht, merkte aber, wie schnell sein Arm dabei ermüdete.

Er beeilte sich, Vollstedt tiefer in den Wald zu treiben.

«Scheiße, was soll das?»

«Fresse halten!»

Jonas zog den Arm höher zur Schulter, und Vollstedt jaulte auf.

Bald jedoch war es Jonas nicht mehr möglich, sein Messer weiter fest an seinen Hals zu pressen. Seine Hände und Arme begannen zu zittern, und wenn Vollstedt das merkte, würde er versuchen zu fliehen. Für das, was Jonas vorhatte, waren sie aber noch nicht tief genug im Wald. Also änderte er seine Strategie.

Er zog das Messer weg und stieß Vollstedt von sich. Überrascht von dieser Aktion, taumelte er vorwärts gegen einen Baum. Ehe er reagieren konnte, war Jonas bei ihm und setzte ihm die Spitze des Schwedenstahls an den unteren Rücken.

«Ich meine es ernst, glaub mir.»

«Damit kommst du nicht durch, Bulle!»

«Los, weiter.»

Vollstedt keuchte und schwitzte und fiel einige Male auf die Knie, doch Jonas trieb ihn vor sich her, bis er schließlich keinen Meter mehr gehen konnte. Jonas befahl ihm, sich an einen Baum zu setzen, und der erschöpfte Vollstedt tat, wie ihm geheißen.

Jonas nahm den kleinen Rucksack ab, holte einen Sisalstrick hervor und fesselte Vollstedt an einen Baumstamm.

«Ich will jetzt von dir wissen, wo Isabell ist.»

Vollstedt lief der Schweiß übers Gesicht, er dünstete Alkohol aus und stank erbärmlich.

«Ich weiß es nicht», jammerte er. Der großmäulige Angeber hatte Angst. «Bitte ... glaub mir, ich weiß es nicht. Ich habe nichts damit zu tun.»

Jonas nahm das Messer hoch.

«Ich schneide so lange Stücke aus dir heraus, bis du redest.»

«Ich weiß es doch nicht!», brüllte Vollstedt plötzlich los, und irgendwo im Wald flatterte ein großer Vogel mit lauten Flügelschlägen davon.

«Hilfe ...», rief Vollstedt.

Jonas versetzte ihm mit seiner Faust und dem Messergriff einen Schlag auf den Mund. Die Oberlippe platzte auf, Blut schoss hervor, traf Jonas und das Messer. Jonas zuckte zurück, fiel auf den Hintern und verlor das Messer. Blut tropfte auf Vollstedts Shirt.

Jonas' Magen drehte sich um, und er schaffte es gerade noch, sich zur Seite zu drehen, bevor er sich übergeben musste.

Als das Dröhnen und Hämmern in seinem Kopf etwas nachließ, hörte er Vollstedts Lachen.

«Was bist du nur für ein erbärmlicher Bulle. Du wirst nie erfahren, was aus deiner Kleinen geworden ist.»

Jonas wischte sich den Mund ab. Mühsam kam er auf die Beine, sein Magen fühlte sich an wie ein heißer, schwerer Klumpen, seine Kehle brannte, in seinem Kopf hämmerte es weiterhin wie ein wildes Stakkato.

Vollstedt lachte.

Und lachte.

Und Jonas brannten die Sicherungen durch.

2.

Heute

Die dünnen Blechwände von Rolling Steel schotteten sie vom Rest der Welt ab. Die Geräusche des Stadtverkehrs klangen weit entfernt, Franca hörte nur Jonas' Stimme, und es kam ihr so vor, als sei sie dabei gewesen. Nach Jonas' aufwühlender Erzählung saßen sie schweigend da und starrten aus der großen Windschutzscheibe auf das vor ihnen parkende Fahrzeug, einen weißen Transporter mit der Aufschrift «Beckers leckere Würste», darunter ein grinsendes Schweinsgesicht.

«Und von da an fehlt mir jede Erinnerung», fügte Jonas mit matter Stimme an.

«Moment. Du kannst dich nicht daran erinnern, ob du Vollstedt wirklich getötet hast?»

Jonas' Antwort ließ eine Weile auf sich warten.

«Ich bin die ganze Nacht im Wald herumgelaufen, auch daran kann ich mich nicht erinnern», fuhr er schließlich fort. «Ich hatte einen Blackout. Als ich am frühen Morgen nach Haus kam, wartete bereits die Polizei. Vollstedts Frau hatte ihn vermisst gemeldet. Natürlich kamen sie zuallererst zu mir. Ich habe Sven-Ole gestanden, was ich getan hatte, und sie fanden Vollstedt im Wald ... das Jagdmesser meines Vaters steckte in seinem Bauch.»

Franca atmete scharf ein.

«Und dann?»

«Dann folgte ein Indizienprozess, den ich verloren hätte, also habe ich einen Deal gemacht.»

«Du hast gestanden?»

Jonas zuckte mit den Schultern. «Was blieb mir übrig? Mein Messer in Vollstedts Bauch, meine Fingerabdrücke daran, sein Blut an meinen Knöcheln, an meiner Kleidung ...»

«Du weißt aber nicht, ob du zugestochen hast?»

«Mir fehlen fünf oder sechs Stunden meiner Erinnerung, ich habe keine Ahnung, was ich getan habe. Und wer sollte es sonst gewesen sein?»

«Glaubst du, dass du dazu fähig warst?»

Einen Moment starrte Jonas vor sich hin, dann schüttelte er den Kopf. «Es gab eine Zeit, da hätte ich diese Frage sofort mit Nein beantwortet. Aber ich war in einer Ausnahmesituation ... ich glaube, Menschen sind in solchen Situationen zu allem fähig.»

«Du bist dir also nicht sicher, hast den Mord aber zugegeben.»

«Es war die einzige Möglichkeit, nicht wegen Mordes, sondern wegen Totschlags verurteilt zu werden. Eine Tat im Affekt, weil ich zuvor Marie gefunden hatte. Ich war wegen ihres Selbstmords nicht Herr meiner Sinne ... außerdem war ich sogar erleichtert darüber, einfahren zu können ... wegzukommen von alledem.»

«Okay, das kann ich sogar verstehen, aber wie hast du das ausgehalten? All die Jahre nicht zu wissen, was in der Nacht wirklich passiert ist?»

«Man darf nie die Macht der Verdrängung unterschätzen. Vollstedt war tot, das allein zählte für mich.»

Franca pustete sich eine Haarsträhne aus dem Gesicht.

«Alter Schwede, dieser Fall wird ja immer mysteriöser. Wer hätte denn einen Grund gehabt, Vollstedt ...»

Sie unterbrach sich selbst und sah zu Jonas hinüber. Bei dem Gedanken daran, wer am allermeisten von Vollstedts Tod profitiert hätte, schoss ihr die Hitze ins Gesicht.

«Kacke», entfuhr es ihr.

Jonas nickte. «Als ich erfahren habe, dass sie sich nachts in den Wäldern herumtreibt, war das mein erster Gedanke. Silvia hätte starke Beweggründe gehabt, die Situation auszunutzen, in der sich ihr wehrloser Vater befand ... und vielleicht hat sie sich ja schon damals nachts im Wald herumgetrieben.»

Franca schloss die Augen und dachte an die junge Frau in der selbst geschaffenen Höhle unter dem Dach des verwinkelten Hauses.

Was noch?, fragte sich Franca. Wie viel kann eine Seele vertragen?

«Hast du mitbekommen, wann genau Silvia damals in die Einrichtung kam? Kann sie es gewesen sein?»

Jonas schüttelte den Kopf. «Ich weiß es nicht. Zwischen Isabells Verschwinden und Vollstedts Tod lagen fünf Wochen. Ich habe nicht mitbekommen, was in der Zeit mit Silvia passierte. Ich war vollkommen auf die Suche nach Isabell fixiert.»

«Dann müssen wir es herausfinden. Wenn sie in jener Nacht noch zu Hause war, ist es gut möglich, dass Silvia ihren Vater getötet hat. Es würde auch erklären, warum sie einen Zusammenbruch erlitt.»

«Aber vorher kümmern wir uns um Torsten Engelmann», sagte Jonas.

3.

Eine gewundene Auffahrt führte durch einen schön angelegten Garten auf einen weißen Walmdach-Bungalow mit Sprossenfenstern zu. Auf dem Rondell davor parkten teure Fahrzeuge: Mercedes-Geländewagen, Audi-Cabrios, riesige SUV. Ihr Lack glänzte in der Sonne.

«Elitäre Gesellschaft», sagte Franca.

Sie fand keinen ausreichend großen Parkplatz und stellte Rolling Steel direkt vor dem Haupthaus des Golfclubs ab. Zwei weißhaarige Damen in Golfkleidung, die ihre Caddys hinter sich herzogen, warfen ihnen missbilligende Blicke zu. Das war Franca gewohnt – Rolling Steel sah einfach zu sehr nach einem Hippie-Gefährt aus.

«Willst du mit rein?»

«Auf jeden Fall», sagte Jonas, stieß die Tür auf und warf sie abermals mit Wucht zu.

Franca verdrehte die Augen und folgte ihm.

«Wenn du das noch einmal machst, nehme ich dich nicht mehr mit.»

«Was?»

«Die Tür so zuwerfen. Das tut mir weh.»

«Ist nicht dein Ernst?»

«Doch. Rolling Steel und ich sind eine Einheit.»

Und endlich lächelte dieser Mann mal. Nur kurz, aber immerhin, es war ein Anfang.

«Du bist wirklich ungewöhnlich», sagte Jonas.

«Das fasse ich als Kompliment auf.»

Nebeneinander stiegen sie die breite Treppe zur Eingangstür des Golfclubs hinauf. Oben kam ihnen eine junge Frau entgegen. Blondes Haar, braune Haut, weiße Kleidung, energischer Schritt.

«Sie können da nicht stehen bleiben», sagte sie.

«Warum nicht?», fragte Franca.

«Weil ... nun ja, Sie behindern unsere Gäste.»

«Echt jetzt?»

Franca sah sich auf dem Parkplatz um, auf dem niemand sonst zu sehen war.

«Welche Gäste?»

«Wir haben hier eine Parkordnung, ich muss Sie bitten ...»

Sie drückte der Angestellten den schweren Schlüsselbund in die Hand.

«Seien Sie doch so gut und parken ihn ordentlich ein. Aber keine Schramme dran machen. Ach ja, wo finden wir Torsten Engelmann?»

«Ich ... äh ... ich weiß nicht.»

Sie ließen die junge Frau stehen und betraten den Golfclub. Eine Hausangestellte der Engelmanns hatte ihnen verraten, dass der junge Mann sich hier aufhielt, also fragten sie sich durch, bis ein hoch aufgeschossener schlaksiger junger Mann mit dunkelblondem Haar und einem Schauspielerlächeln auf sie zukam.

«Sie suchen nach mir?», fragte er mit tiefer Stimme.

Blick und Haltung drückten Selbstbewusstsein aus.

«Wenn du Torsten Engelmann bist?», sagte Franca.

«Bin ich. Worum geht es denn?»

Er blickte von Franca zu Jonas, schien ihn aber nicht zu erkennen, zumindest zeigte er keine Reaktion, die darauf schließen ließ.

«Können wir uns irgendwo in Ruhe unterhalten?»

«Ich weiß gar nicht, ob ich mich mit Ihnen unterhalten will.»

«Glaub mir, du willst», sagte Jonas. «Ich bin Isabells Vater.»

Torsten Engelmann, obwohl stark gebräunt, wurde schlagartig kalkbleich. Auch seine Körperhaltung änderte sich, das Selbstbewusstsein fiel von ihm ab, er ließ die Schultern sinken, verschränkte die Finger ineinander und trat einen Schritt zurück.

«Isabell? Was ... ich verstehe nicht.»

«Wir erklären es dir», sagte Franca und legte ihm eine Hand auf den Unterarm. «Lass uns irgendwo hingehen, wo wir in Ruhe reden können.»

Der junge Mann ging voraus. Auf einer großzügigen Terrasse mit weitem Blick über den Golfplatz fanden sie einen abgeschiedenen Platz unter einem grünen Sonnenschirm. Torsten Engelmann ließ sich in den Gartenstuhl fallen und starrte Jonas an. Es lag eine Spannung in der Luft, die körperlich spürbar war, zumindest für Franca. Sie ermahnte sich zur Wachsamkeit.

«Du spielst Golf?», begann sie das Gespräch unverfänglich.

«Ja ... mein Vater ist hier der Vorsitzende.»

«Und? Was hast du für ein Handicap?»

«Sein Handicap interessiert mich einen Scheiß», fuhr Jonas dazwischen. «Ich will von ihm wissen, was an dem Abend vor sieben Jahren passiert ist.»

Torsten Engelmann zuckte zurück.

«Das habe ich damals alles der Polizei erzählt», stieß er aus, und von seiner tiefen, männlichen Stimme blieb nicht viel übrig.

«Schon klar. Und jetzt will ich wissen, was du der Polizei

nicht erzählt hast. Hast du Isabell erpresst, weil sie Silvia Frieling mit zu deiner Party bringen wollte?»

Innerlich stöhnte Franca auf über Jonas' brachiale Verhörmethode. Er überrumpelte den jungen Mann und verängstigte ihn. So würden sie nichts aus ihm herausbekommen.

«Was? Woher haben Sie diesen Schwachsinn? Ich hätte Isa niemals einen Wunsch abgeschlagen. Ja, sie hat mich gefragt, ob sie Geistersilvi mitbringen darf. Es war ihr wichtig, deshalb hatte ich nichts dagegen. Aber Geistersilvi war an dem Abend dann doch nicht auf der Party.»

Franca musste zugeben, sich getäuscht zu haben. Jonas' Konfrontation hatte bei dem jungen Mann anscheinend alle Dämme zum Einsturz gebracht.

«Was lief da zwischen Isabell und dir?», fragte Jonas und rückte näher an den Tisch heran. Sein linkes Bein wippte nervös auf und ab, und Franca fragte sich, was sie tun konnte, wenn er auf Torsten Engelmann losging.

«Nichts! Ehrlich nicht. Ich meine ... ja, ich war verliebt in Isa, aber sie wollte mich nicht.»

«Und da hast du sie dir einfach genommen?»

«Nein, das hätte ich nie getan! Ich ... ich habe sie geliebt.»

Bei den Worten brach Torsten Engelmann zusammen. Tränen flossen. Er schlug sich die Hände vors Gesicht und schüttelte verzweifelt den Kopf.

«Ich habe sie doch geliebt», wiederholte er hinter seinen Händen.

Franca gab Jonas mit einem Kopfschütteln zu verstehen, dass er sich zurücknehmen sollte, dann berührte sie Torsten am Arm.

«Habt ihr euch gestritten an dem Abend?», fragte sie.

Torsten brauchte einen Moment, um zu antworten. Als er die Hände herunternahm, waren seine Augen gerötet und seine Wangen nass.

«Nein ... haben wir nicht. Die Einzigen, die sich an dem Abend gestritten haben, waren Isa und Carina.»

Franca horchte auf.

«Aber die beiden waren doch beste Freundinnen?»

«Ja, die waren unzertrennlich. Ich weiß auch nicht, was da los war. Carina war sowieso ganz komisch, hat zu viel getrunken und sich an mich rangemacht und so.»

Jonas ruckte wieder nach vorn, aber Franca hielt ihn mit einer Handbewegung zurück.

«Hast du den Streit zwischen den beiden mitbekommen?»

«Ja. Die haben sich ganz schön angeschrien.»

«Worum ging es?»

Torsten zog die Nase hoch.

«Um so ein blödes Freundschaftsbändchen. Isa trug es am Handgelenk. Das war neu, ich kannte es auch nicht an ihr. Ich weiß nicht mehr genau, was gesagt wurde, aber Carina war deswegen stinksauer auf Isa. Das schaukelte sich dann immer mehr hoch, und die beiden wurden richtig laut. Ich bin dann dazwischen, um sie zu beruhigen, es war ja meine Party, und ich wollte keinen Stress.»

«Und? Haben sie sich beruhigt?»

«Schon, ja. Carina ging beleidigt weg, und ich habe versucht, Isa zu beruhigen. Sie war ziemlich fertig deswegen.»

«Und wie hast du das versucht?», fuhr Jonas dazwischen.

«Ich habe nur mit ihr geredet, ehrlich. Ich hatte ja gemerkt, dass ich bei ihr nicht landen konnte. Wahrscheinlich hatte sie längst einen anderen Freund.»

«Wie kommst du darauf?», fragte Franca.

«Ich weiß nicht ... war nur so ein Gefühl. Sie wirkte irgendwie ... verliebt, außerdem hatte Carina bei dem Streit etwas in der Richtung erwähnt.»

«Was hat sie erwähnt?»

«Muss ich das wiederholen?»

«Bitte! Es könnte wichtig sein.»

«Carina sagte, Isa würde ihr die Jungs wegficken.»

Jonas sprang auf, sein Stuhl flog nach hinten weg. Er fuhr den Arm aus wie eine Waffe und zeigte mit dem ausgestreckten Finger auf Torsten.

«Erzähl hier nicht so eine Scheiße!», schrie er.

«Jonas, bitte!»

Franca stand ebenfalls auf, drückte seinen Arm hinunter und führte ihn ein paar Meter vom Tisch weg.

«Du musst damit aufhören», sagte sie leise.

«Aber er lügt! So ein Mädchen war Isabell nicht.»

«Das sagt er ja auch gar nicht. Carina hat das behauptet, nicht Torsten. Und es passt haargenau in das Bild, das ich von Carina habe. Sie war zwar Isabells beste Freundin, gleichzeitig aber auch eifersüchtig auf sie.»

Jonas sah sie aus schmalen Augen an.

«Trotzdem glaube ich nicht, dass Carina ihr etwas angetan hätte.»

«Wenn du es nicht schaffst, vernünftig mit ihm zu reden, dann warte bitte am Wohnmobil auf mich.»

Jonas schloss die Augen und atmete tief ein und aus.

«Ich dachte, die Wut wäre weg ... ist sie aber nicht.»

«Okay, kein Problem. Bitte, geh zum Wagen. Ich komme gleich nach.»

Er nickte und ging davon.

Franca kehrte zu Torsten Engelmann zurück, der wie ein Häufchen Elend am Tisch hockte. Er schien erleichtert, als er Jonas fortgehen sah.

«Er glaubt doch nicht, ich hätte Isa etwas angetan, oder?»

«Nein. Er ist nur aufgebracht und verwirrt.»

«Warum stellen Sie mir all diese Fragen? Suchen Sie wieder nach Isa?»

«Ihr Vater will endlich wissen, was wirklich passiert ist», wich Franca der Frage aus, setzte sich an den Tisch und strich eine Haarsträhne zurück hinter ihr Ohr.

«Das verstehe ich nicht. Es hieß doch, Silvias Vater hat sie umgebracht.»

«Er hat es nie zugegeben. Aber, sag mal, an dem Abend, auf deiner Party, hast du da mitbekommen, ob Carina und Isa nach ihrem Streit trotzdem noch gemeinsam nach Hause gehen wollten, wie es geplant war? Sie waren ja die ganze Strecke zu Fuß gekommen und wollten auch zu Fuß wieder zurück. Isabell wäre doch im Dunkeln niemals allein gegangen, oder?»

«Eher nicht, schätze ich.»

«Weißt du, ob sie sich vertragen haben?»

«Nein, keine Ahnung. Ich hatte ja auch noch andere Gäste, um die ich mich kümmern musste.»

Ein wenig Überheblichkeit schlich in die Stimme des jungen Mannes, und Franca fragte sich, ob es falsch gewesen war, Jonas fortzuschicken.

«Hast du die beiden an dem Abend noch einmal zusammen gesehen?»

Er zuckte mit den Schultern.

«Kann schon sein. Aber das ist sieben Jahre her, wie soll ich das heute noch wissen?»

Torsten Engelmann lehnte sich zurück und stellte die Füße breit auseinander. Er eroberte den leeren Raum, den Jonas hinterlassen hatte.

«Ich habe dann mit einem anderen Mädchen rumgemacht», sagte er.

«Mit wem?»

«Ist das wichtig?»

«Wer weiß!»

«Ich kann mich nicht erinnern, und es geht Sie auch nichts an. Sagen Sie mal, wenn es Vollstedt nicht war, wen verdächtigen Sie dann?», fragte Torsten.

«Niemanden.»

«Das können Sie mir nicht erzählen. Isas Vater verdächtigt mich, richtig?»

«Nein.»

«Scheiße! Warum rede ich eigentlich mit Ihnen? Ich rufe sofort meinen Vater an.»

«Das ist nicht nötig!»

Torsten zog sein Handy hervor und presste es sich ans Ohr.

«Ohne einen Anwalt sage ich gar nichts mehr ... Ja, Papa, hallo ... ich bin's ...»

Franca stand auf und verließ die Terrasse. Von dem Jungen würde sie ohnehin nichts mehr erfahren. Wie es aussah, respektierte er Frauen nicht als gleichwertige Gesprächspartner. Sie ärgerte sich über sich selbst, weil sie es auf die sanfte Tour hatte versuchen wollen, obwohl Jonas' Aggressivität Erfolge gezeigt hatte.

Am Empfang ließ sie sich von der Blondine ihr Schlüsselbund

aushändigen. Sie reichte es schmallippig und wortlos über den polierten Nussbaumtresen. Natürlich stand Rolling Steel immer noch dort, wo Franca ihn abgestellt hatte.

Jonas lief davor auf und ab.

«Hat er noch etwas gesagt?»

«Er telefoniert gerade mit seinem Daddy, damit der seine Anwälte von der Leine lässt.»

«Schau an! Und du glaubst ihm, dass er nichts zu verbergen hat?»

«Komm, lass uns einsteigen.»

Franca stieg nicht auf der Fahrerseite ein, sondern hinten im Wohnbereich, nahm aus dem Kühlschrank eine Flasche Mineralwasser, schraubte den Deckel ab und trank.

«Möchtest du auch?», fragte sie Jonas, der auf dem Beifahrersitz saß.

«Hast du kein Bier?»

«Alkohol erst nach Sonnenuntergang.»

«Okay, dann ein Wasser.»

Sie warf ihm eine Flasche zu und ließ sich auf die Lümmelbank fallen.

«Du kannst den Sitz umdrehen», erklärte sie Jonas.

Er fand den Entriegelungshebel unter dem Sitz, löste ihn und schwenkte in Francas Richtung.

«Sag mal, habt ihr nichts davon mitbekommen, dass Isabell verliebt war?»

«Kann schon sein. Sie war an dem Abend anders. Aufgedreht und voller Vorfreude und überhaupt nicht mehr mein kleines Mädchen. Sie wirkte ... erwachsen. Ich weiß noch, wie mir das einen Stich versetzt hat.»

«Dass Väter da so ein großes Ding draus machen müssen.»

«Es ist ein großes Ding, wenn es die eigene Tochter betrifft.»

Franca musste lächeln. Sie erinnerte sich noch gut daran, wie empfindlich ihr eigener, eigentlich liberaler Vater reagiert hatte, als sie ihren Eltern gestand, dass sie mit einem Jungen geschlafen habe.

«Vielleicht ist Isabell wirklich mit einem Jungen in den Wald gegangen?», mutmaßte sie.

«Und dort lauerte dann Vollstedt», setzte Jonas nach.

Franca hatte eher an die eifersüchtige Carina gedacht – oder Silvia. Das sagte sie Jonas aber nicht, weil sie keinen erneuten Wutausbruch riskieren wollte.

«Dieses Freundschaftsbändchen, von dem Torsten sprach, ich weiß, von wem sie das hatte», erklärte sie. «Carina hat es mir erzählt. Silvia hat es deiner Tochter an dem Abend gegeben, als sie sie zur Party abholen wollte.»

«Und? Was spielt das für eine Rolle?»

«Es zeigt mir, dass Silvia etwas für deine Tochter empfand. Sie war auf der Suche nach einer Freundin, und Isabell war die Einzige, die infrage kam. Ich glaube, Silvia war an jenem Abend doch auf der Party. Wir wissen ja jetzt, wie gern sie sich nachts in den Wäldern herumtreibt. Vielleicht hat sie sich später noch hingeschlichen und …»

Franca ließ den Satz unvollendet.

«Und hat gesehen, wie ihr Vater meine Tochter getötet hat», vollendete Jonas ihn. «Und später hat Silvia sich dafür an ihm gerächt. Was er ihr all die Jahre zuvor angetan hat, damit konnte sie leben, aber nicht mit dem Mord an ihrer Freundin.»

«Wir wissen es nicht, aber es wäre eine Möglichkeit.»

«Aber warum hat sie ihren Vater nicht bei der Polizei angezeigt?»

«Er wird sie davon abgehalten haben. Und später hat sie ihre Chance erkannt, ihn endlich loszuwerden.»

«Moment!», sagte Jonas. «Da passt was nicht. Vollstedt kann Silvia nicht bedroht haben, seitdem sie wieder bei ihrer Mutter lebt.»

Franca nickte.

«Ja, das bereitet mir auch Kopfzerbrechen.»

«Wir drehen uns im Kreis und landen immer wieder bei Bernd Vollstedt», meinte Jonas.

Franca nickte. Damit hatte Jonas recht.

«Ich muss unbedingt noch einmal mit Silvia reden», sagte sie. «Ohne sie finden wir die Lösung nicht.»

4.

Vor dem Haus der Frielings in der Rotdornallee parkten zwei Fahrzeuge: ein dunkelblauer VW Passat und ein silberner Golf. Zwei Personen gingen im Garten auf und ab, als suchten sie etwas.

«Das ist Sven-Ole», stieß Jonas überrascht aus.

Franca brachte das Wohnmobil hinter dem silbernen Golf zum Stehen.

Sie stiegen aus und eilten hinüber. Neben Sven-Ole Reiter stand Inka Zeus, die ihn in der Dienststelle so warmherzig begrüßt hatte.

«Was macht ihr hier?», fragte Jonas.

«Wir müssen mit Silvia Frieling sprechen», sagte Sven-Ole.

«Das geht nicht so einfach», mischte sich Franca ein.

«Wer sind Sie denn?», fuhr Inka Zeus sie an.

«Warum wollt ihr überhaupt mit ihr reden?», fragte Jonas.

«Meine Chefin ist auf die Sache mit den Drohungen angesprungen. Aber sie will eine Aussage von Silvia Frieling, bevor wir die Bagger anrollen lassen.»

«Das geht aber plötzlich sehr schnell», sagte Jonas.

Sven-Ole wies mit einem Nicken auf Franca.

«Bedank dich bei ihr. Meine Chefin reagiert bei dem Wort Presse empfindlich.»

Franca lächelte.

«Ich helfe, wo ich kann», sagte sie. «Und besonders gern der Polizei.»

«Darauf wette ich», versetzte er. «Wo sind die Frielings?», fragte er mit Blick auf das Haus. «Es öffnet niemand.»

«Vielleicht haben sie Angst vor diesem Überfallkommando», gab Franca zu bedenken. «Soll ich das übernehmen? Mit mir redet sie.»

«Das ist jetzt eine offizielle polizeiliche Ermittlung, und damit sind Sie raus.»

«Was soll die Scheiße?», fuhr Jonas dazwischen.

«Keine Diskussion», entgegnete Sven-Ole. «Meine Chefin will sie nicht dabeihaben ... und ich auch nicht.»

«Ohne sie gäbe es gar keine Ermittlung.»

«Richtig, und weil es jetzt eine Ermittlung gibt, sind wir zuständig. Du weißt am besten, wie das läuft. Ich rufe dich an, sobald es Neuigkeiten gibt.»

Jonas verstand, warum Reiter so unnachgiebig war. Er musste sich vor seiner Chefin verantworten und vor seiner Kollegin behaupten. Trotzdem gefiel es Jonas nicht, wie er Franca und ihn behandelte. Andererseits war er auf seine Mithilfe angewiesen, also hielt er besser den Mund.

«Okay, wie du meinst.»

Noch auf dem Weg zum Wohnmobil flüsterte Franca ihm zu: «Mit denen redet Silvia sowieso nicht.»

5.

Weil es für sie an diesem Abend nichts mehr zu tun gab, fuhren sie zurück zum Campingplatz Seegrund.

Auf dem Weg dorthin bemerkte Franca einen silbernen Wagen, der über längere Zeit mit Abstand hinter ihnen blieb.

«Ich glaube, wir werden beobachtet», sagte sie und erzählte Jonas, dass ihr beim Gespräch mit dem Makler ein Mann in einem silbernen Wagen aufgefallen war.

«Warum hast du nichts gesagt?»

«Tu ich doch jetzt.»

«Stopp bei nächster Gelegenheit, dann wissen wir mehr.»

Nach wenigen Minuten entdeckte Franca eine Bushaltestelle und lenkte Rolling Steel hinein, ohne zu blinken.

Der silberne Wagen schoss so schnell vorbei, dass sie den Fahrer darin nicht erkennen konnten.

«Merkwürdig», sagte Jonas.

«Deine russischen Freunde sind das aber nicht, oder?»

«Nee. Wie die vorgehen, hast du ja am Bahnhof erlebt.»

«Vielleicht hat die alte Frieling jemanden engagiert, der auf uns aufpasst.»

«Warum sollte sie? Sie hat doch dich engagiert.»

«Solche Menschen trauen niemandem.»

«Könnte aber auch jemand sein, der durch unsere Herumfragerei aufgeschreckt wurde», gab Jonas zu bedenken.

«Dann werden wir es früher oder später erfahren», sagte Franca.

Sie setzte den Blinker und fuhr zurück auf die Straße.

Gegen zwanzig Uhr lenkte sie Rolling Steel auf den Campingplatz. Zum ersten Mal brachte sie einen Mann mit hierher.

Jonas wirkte müde, in sich gekehrt und hatte kein Wort gesprochen, seitdem sie angehalten hatten.

Franca war drauf und dran, ihn in den Arm zu nehmen, so wie es ihre Mutter mit ihr gemacht hatte, wenn sie traurig gewesen war. *Weißt du, wozu der Mensch Arme hat?,* hatte sie dann immer gefragt, und weil es zum Ritual gehörte, schüttelte die kleine Franca den Kopf, obwohl sie es doch längst wusste. *Arme schützen und wärmen und bilden einen Ring gegen böse Geister.*

Das mochte kitschig klingen, aber wer je das Glück gehabt hatte, von einem liebenden Menschen in die Arme geschlossen zu werden, der wusste, wie viel Wahrheit in diesen Worten lag.

Jonas hätte es sicher gutgetan, in den Arm genommen zu werden, aber Franca traute sich nicht. Stattdessen nahm sie ihn mit in ihr Allerheiligstes. Es war ihre Idee gewesen, nicht seine. Franca hätte es nicht übers Herz gebracht, ihn einfach vor dem hässlichen Wohnblock abzusetzen, in dem er lebte. Sie hatte vorgeschlagen, noch über den Fall zu sprechen, und Jonas hatte zögerlich eingewilligt, als sie vorschlug, er könne neben Rolling Steel in dem kleinen Zelt schlafen, das sie binnen drei Minuten aufgebaut hätte.

Auf dem Campingplatz herrschte diese besondere Abendstimmung, die sie so schätzte. Schwache Lampen streuten Licht auf die Wege zum Waschhaus, hier und dort brannten Kerzen in unterschiedlichen Farben, am Horizont kroch die

Nacht herauf, ihre Schatten legten sich wie schwarze Finger zwischen die Bäume.

«Alles klar?», fragte Franca, nachdem sie auf ihrem Platz gehalten hatte.

«Vielleicht sollten wir buddeln gehen», antwortete Jonas.

«Isabell ist nicht in der Sandgrube», sagte Franca.

«Als wir dort waren ... ich dachte, ich hätte sie gespürt», sagte Jonas mit stockender Stimme.

Franca nickte und überlegte, wie sie ihn aus dieser ungesunden Stimmung reißen konnte.

«Okay», sagte sie und schlug aufs Lenkrad. «Wir brauchen jetzt Bier und Chips! Was meinst du? Dabei lässt es sich noch immer am besten nachdenken.»

Jonas nickte.

«Bier und Chips hört sich gut an.»

Er half ihr dabei, den Klapptisch und die Campingstühle aufzustellen. Franca kramte Kerzen heraus, dekorierte den Tisch damit, stellte die letzten sechs Flaschen Bier dazu, die der Kühlschrank hergab, sowie zwei Beutel Paprikachips. Dann gingen sie ins Sanitärgebäude, um zu duschen. Später saßen sie mit feuchtem Haar vor Rolling Steel, ließen die Flaschen ploppen, prosteten sich zu und tranken.

Verrückt, dachte Franca dabei. Ich sitze mit einem unberechenbaren Mann, einem verurteilten Mörder, der nicht weiß, ob er getötet hat oder nicht, an dem Tisch, an dem ich schon als Kind gemalt habe, und fühle mich wohl.

«Ist das dein Versteck?», fragte Jonas nach dem ersten Schluck.

«Versteck? Was meinst du?»

Er deutete mit der Flasche in die Runde.

«Diese beschissene Wohnung, in der ich lebe … ich verstecke mich darin, seit ich aus dem Knast raus bin. Das hier ist zwar vollkommen anders, aber irgendwie habe ich das Gefühl, es erfüllt den gleichen Zweck.»

«Vielleicht braucht ja jeder Mensch ein Versteck», beantwortete Franca seine Frage mit Verspätung.

«Dann sind wir beiden nicht viel anders als Silvia, oder?»

«Doch, sind wir. Weil wir unser Versteck verlassen können. Silvia schleppt ihres in ihrem Kopf mit sich herum.»

«Ich kann nicht für dich sprechen, aber ich bin mir für meinen Teil nicht sicher, ob es bei mir nicht auch so ist.»

Franca schüttelte den Kopf.

«Bei mir ist es anders. Ich lebe aus freier Entscheidung so und genieße es jede Sekunde.»

«Okay», sagte Jonas. «Darauf trinke ich.»

Für einen Moment wünschte Franca sich, er möge nachbohren, sie nicht einfach vom Haken lassen, doch das tat er nicht.

Nach einem langen Zug setzte er die Flasche ab und öffnete eine zweite. Dazwischen schob er sich eine Handvoll Chips in den Mund. Seine Kaugeräusche kamen Franca unerträglich laut vor. Plötzlich wünschte sie sich, allein zu sein, und eine fiese kleine Stimme in ihrem Kopf attestierte ihr miserable soziale Kompetenzen.

«Gut. Wo stehen wir?», fragte Jonas mit Resten von Chips im Mund.

«Ich würde sagen, wir haben die Puzzleteile sortiert, jetzt müssen wir sie zusammenfügen.»

«Und was für Teile sind das?»

Franca öffnete den Laptop mit ihren Notizen.

«Isabell hatte den Rucksack dabei, das bedeutet, sie hat die

Party verlassen und hatte nicht vor zurückzukehren. Sonst hätte sie Carinas Schuhe dabeigehabt.»

«Die Frage ist, wohin wollte sie?»

«Und vor allem: Mit wem wollte sie dahin?»

Jonas warf ihr einen finsteren Blick zu.

«Herrgott, jetzt gewöhn dich einfach an den Gedanken, dass eine Sechzehnjährige durchaus ein Sexleben haben kann und ihren Eltern nichts davon erzählt.»

«Isabell war ...»

«Ach, komm, erzähl mir nicht wieder, Isabell war anders. Wir haben es von Carina Hussmann und Torsten Engelmann gehört. Beide hatten das Gefühl, Isabell sei verliebt. Und hat nicht auch deine Frau etwas in der Richtung angedeutet?»

Jonas nickte gedankenverloren.

«Ja, hat sie», gab er zu.

«Also können wir das ruhig als Fakt notieren. Isabell hat mit einem Jungen, in den sie verliebt war, die Party verlassen. Wir müssen unbedingt wissen, wer das war. Wenn Carina und Torsten es nicht wissen, müssen wir uns weiter umhören. Vielleicht hilft es, mit ihren Lehrern und anderen Mitschülern zu reden. Irgendjemand hat vielleicht etwas gesehen.»

«Das ist eine Möglichkeit.»

«Und die andere?»

«Wir heften uns an Silvia. Der Täter muss sich in ihrer Nähe aufhalten, wenn er sie bedroht.»

«Ja, aber er wird nicht so dumm sein und sich zeigen.»

«Es will mir nicht in den Kopf, dass Silvia ihn nicht beim Namen nennen kann.»

«Entweder kann sie es nicht, oder sie verschweigt den Namen weiterhin aus Angst.»

«Oder weil sie selbst etwas zu verbergen hat.»

«Außer Silvia haben vielleicht noch andere etwas zu verbergen», wandte Franca ein. «Ihre Mutter und ihre Großmutter.»

«Was sollte Silvias Großmutter zu verbergen haben?»

«Was hältst du davon: Lars Krone hat etwas über Bernd Vollstedt herausgefunden, was den alten Frieling dazu veranlasst hat, seine Chance zu nutzen, den Schwiegersohn loszuwerden.»

Jonas zuckte mit den Schultern und trank von seinem Bier, bevor er antwortete.

«Ich kannte den alten Frieling nicht. Aber ein Motiv hätte er gehabt. Genau wie Silvia und ihre Mutter. Sie alle litten unter Bernd Vollstedt und fanden ihn genauso unerträglich wie ich.»

«Ja, richtig. Aber ich kann mir einfach nicht vorstellen, dass du einen Menschen tötest und es dann vergisst.»

«Wäre nicht das erste Mal, dass man davon hört.»

«Warst du betrunken in jener Nacht?»

«Nicht genug. Und später gar nicht mehr. Obwohl ich vor Gericht natürlich etwas anderes behauptet habe.»

«Hat man einen Test gemacht?»

«Ja, am nächsten Vormittag. Da hatte ich noch 0,8 Promille im Blut.»

«Hm, die hab ich jetzt auch.»

«Dann schreib lieber mit, bevor du alles vergisst.»

«Sehr witzig. Nehmen wir mal an, du hast Vollstedt gar nicht getötet. Dann stellt sich doch die Frage, ob die Person, die Vollstedt ermordet hat, auch Isabell etwas angetan hat.»

«Der Gedanke liegt nahe, auch wenn die Motivlage eine andere ist.»

«Vielleicht hängen beide Motive zusammen?»

«Wie das?», fragte Jonas.

«Pass auf, ich spinne einfach mal herum. Das mache ich sonst auch, und es funktioniert ganz gut, weil ich am Ende immer die unbrauchbaren Gedanken von den brauchbaren trennen kann.»

«Leg los!»

«Ludwig Frieling, der auf seinen guten Ruf bedachte Bankier, hat einen Schwiegersohn, mit dem er nicht zufrieden ist, befürchtet vielleicht sogar Nachteile für sein Geschäft. Er lässt Vollstedt überwachen, durch einen Detektiv, der auch für seine Bank tätig ist. Dieser Detektiv hat möglicherweise den Streit zwischen dir und Vollstedt beobachtet und Frieling davon berichtet. Damit spielt er ihm einen Mann in die Hände, der aufgrund eines Konflikts möglicherweise ein Motiv hätte, Vollstedt etwas anzutun. Dich.»

«Warte …», sagte Jonas und hob die Hand. «Heute auf dem Friedhof, als ich nachgedacht habe, da ist mir wieder die Situation von damals eingefallen, als ich Vollstedt einmal aufgrund seines Verhaltens gegenüber seiner Tochter zur Rede gestellt habe. Da war jemand gewesen, der unseren Streit mit angesehen hat.»

«Wer?»

«Keine Ahnung. Das war nur so eine Randwahrnehmung. Da war ein Mann mit einer Kamera oder einem Handy, ich weiß es nicht mehr genau. Aber ich weiß noch, dass ich mich auch wegen dieses Mannes zusammengerissen habe.»

«War es Lars Krone?»

«Hast du ein Bild von ihm?»

Franca öffnete am Laptop die Datei des Falls und suchte ein Foto von Krone heraus und drehte den Laptop zu Jonas herum.

Der betrachtete es nachdenklich.

«Ehrlich gesagt ... ich weiß es nicht. Ich kann nicht einmal mehr sagen, ob der Mann damals eine Glatze hatte.»

«Macht nichts. Es ist trotzdem sehr wahrscheinlich, dass es Krone war. Schließlich hat er Vollstedt und Silvia beschattet und Fotos gemacht ... und ist dann damit zum alten Frieling gegangen.»

«Aber wegen eines Streits auf der Straße würde ich Vollstedt doch nicht töten?»

«Nein, aber ein Mensch wie Banker-Ludwig denkt strategisch, plant voraus. Er lässt Isabell verschwinden, weil er weiß, dass du Vollstedt verdächtigen wirst.»

«Er tötet meine Tochter, damit ich seinen Schwiegersohn töte?»

«Was du letztlich nicht konntest, aber ihm immerhin die Chance verschafft hast, es ungestraft selbst zu tun. Oder der Detektiv. Sie hätten dich an jenem Abend nur verfolgen und zu Ende bringen müssen, was du nicht tun konntest.»

Jonas starrte einen Moment vor sich hin, dann schüttelte er den Kopf.

«Tut mir leid ... aber das klingt unglaubwürdig und viel zu kompliziert.»

«Hm ... und ich wollte noch weiterspinnen.»

«Lass dich nicht aufhalten.»

«Vielleicht hatte Banker-Ludwig herausgefunden, dass Bernd Vollstedt in jenem Haus aufgewachsen war, in dem er nun mit seiner Tochter lebte. Frieling musste annehmen, dass Vollstedt kein anderes Interesse an Gerlinde Frieling hatte als Rache für sein verlorenes Elternhaus. Deswegen hatte er keine andere Wahl.»

Jonas schüttelte den Kopf. «Ich kann mir nicht vorstellen, dass ein alter Banker einen solchen Plan schmiedet.»

«Vielleicht hat er auch einfach gehofft, dass Vollstedt in den Knast kommt.»

«Aber warum dann Isabell spurlos verschwinden lassen? Warum nicht ihre Leiche mit Vollstedts Spuren daran in seinen Vorgarten legen?»

«Weil es heutzutage kaum möglich ist, die eigenen Spuren komplett zu verwischen, und das war vor sieben Jahren auch schon so. Eine Leiche hätte den Plan kaputt gemacht. Das muss ich dir, dem Polizisten, ja nicht sagen.»

Jonas trank einen langen Zug aus seiner Bierflasche.

«Mir dreht sich der Kopf. Hast du das Gefühl, wir hätten schon irgendein Puzzlestück an der richtigen Stelle?»

«Gib nicht so schnell auf! Wir sind auf dem richtigen Weg, das spüre ich.»

«Dein Gespür in allen Ehren, aber ich bleibe dabei: Wir müssen uns an Silvia halten.»

Franca lachte auf.

«Dann tun wir so ungefähr das Gleiche wie der alte Frieling schon vor Jahren und ... warte mal, mir fällt gerade etwas ein.»

Franca kämpfte sich aus dem tiefen Klappstuhl, eilte ins Wohnmobil und kam mit einem Stick wieder heraus.

«Den habe ich von Lars Krone. Angeblich sind darauf Fotos, die er im Laufe der Jahre von Silvia gemacht hat. Ich bin noch nicht dazu gekommen, sie mir anzuschauen.»

Franca schob den Stick in die Buchse des Laptops. Jonas rückte seinen Stuhl nah an ihren heran, damit er auf den Bildschirm schauen konnte. Schulter an Schulter saßen sie zusammen, und Franca konnte ihr eigenes Duschgel an ihm riechen.

Die Fotos waren nach Jahres- und Tagesdatum sortiert. Sie begann mit den ältesten.

«Sie war elf, als Krone anfing, sie zu beschatten», stellte Franca anhand der Bildunterschriften fest: Silvia auf dem Weg in die Schule, auf dem Schulhof und im Vorgarten des Hauses der Frielings. Ein Mädchen, das immer allein war. Keines der Fotos zeigte sie spielend mit anderen, wie es in dem Alter normal gewesen wäre.

«Warum ausgerechnet in dem Alter?», fragte Jonas und schob als Antwort hinterher. «Steht eigentlich fest, dass das Kind von Vollstedt ist?»

«Die Frage habe ich mir noch gar nicht gestellt», antwortete Franca. «Aber ich verstehe, was du meinst. Vielleicht hat Krone sie in dem Alter zu fotografieren begonnen, weil Bernd Vollstedt da erst in ihr Leben getreten war. Wir können ja annehmen, dass er sich aus Rachegründen an sie herangemacht hat. Um sich das Haus zurückzuholen.»

«Lass uns das mal durchrechnen», sagte Jonas. «2018, als Isabell verschwand, war Silvia fünfzehn Jahre alt. Sie muss also 2003 geboren sein.»

«Das Haus ging 2010 an die Bank und damit an Gerlinde Frieling», machte Franca weiter. «Da war Silvia sieben Jahre alt. Vier Jahre später, Silvia ist elf, beginnt Lars Krone mit seiner Arbeit. Warum?»

«Weil Bernd Vollstedt in ihr Leben trat», stellte Jonas fest.

«Ganz genau. Der alte Frieling hat das natürlich mitbekommen und gehandelt. Da die Familie damals wohl schon zerstritten war, konnte er Gerlinde nicht anders schützen, wollte aber wissen, was vorgeht.»

«Dann ist Silvia gar nicht Vollstedts leibliches Kind.»

«Könnte sein.»

«Ändert das etwas?», fragte Jonas. «Mit Isabells Verschwinden hat es ja wohl nichts zu tun.»

«Wer weiß. Es kann nie schaden, alle Hintergründe zu kennen.»

Sie gingen weiter durch die Fotos und blieben an einem bestimmten Bild hängen: Das Haus der Frielings, noch nicht von Efeu überwuchert, und der Garten in einem gepflegten Zustand. Es hing auch keine Fahne an der Wand. Dafür stand eine Holzbank neben der Eingangstür. Auf der saß Bernd Vollstedt mit Silvia auf seinem Schoß. Er hatte seine kräftigen, stark behaarten Arme um den schmalen Oberkörper des Mädchens geschlungen und drückte sie fest an sich. Silvias Gesicht verriet, wie unwohl sie sich gefühlt haben musste. Vollstedt hingegen grinste zufrieden.

Das Foto war von schräg links wahrscheinlich aus einem Wagen heraus geschossen worden.

«Das ist ja abartig», stieß Jonas aus.

Franca wartete einen Moment, bevor sie antwortete.

«Ich weiß, das ist nicht möglich, aber versuch trotzdem, dir vorzustellen, du wüsstest nichts über diese Personen auf dem Foto. Absolut nichts. Was siehst du?»

«Einen erwachsenen Mann, der ein elfjähriges Mädchen begrabbelt.»

Franca schüttelte den Kopf. «Nein. Wir sehen einen Mann, der ein Mädchen umarmt. Und wir könnten ebenso gut denken, es ist ein liebender Vater, der seine Tochter festhält.»

Jonas zog sich vom Bildschirm zurück.

«Du hast recht, es geht nicht. Denn ich weiß, was Vollstedt für ein Mensch war.»

«Weißt du das, oder beruht dein Wissen auf Hörensagen?»

«Willst du dieses Arschloch jetzt in Schutz nehmen, oder was?»

«Jonas, bitte, lass doch mal deine Gefühle aus dem Spiel. Versuch, rational und objektiv zu sein.»

Er schüttelte den Kopf, atmete tief ein und aus und dachte einen Moment nach.

«Ich habe gesehen, wie er Silvia durchs Wohngebiet gehetzt hat beim Verteilen der Zeitung. Ich habe gesehen, wie er einen Packen Zeitungen nach ihr geworfen und am frühen Vormittag Bier getrunken hat. All das habe ich gesehen, es hat nichts mit Hörensagen zu tun.»

«Und darüber hinaus? Die Vorwürfe, er würde seine Frau verkaufen?»

«Okay, das ist wirklich Hörensagen gewesen damals. Aber wenn sich in einer Wohnsiedlung wie dem Mallener Land so etwas herumspricht, dann muss etwas dran sein.»

«Oder aber jemand streut absichtlich solche Gerüchte. Jemand, der weiß, was man damit anrichten kann, gerade in einer spießigen Wohngegend. Frag dich selbst einmal, wie du Vollstedt damals begegnet wärst, wenn es diese Vorwürfe der Prostitution nicht gegeben hätte.»

«Ich ... wahrscheinlich hätte ich ihn nicht einmal wahrgenommen. Wir waren ja keine direkten Nachbarn.»

«Es gibt diesen Film von Quentin Tarantino, in dem der Schauspieler Christoph Waltz die Frage aufwirft, warum wir einer Ratte immer feindselig begegnen, auch wenn sie uns noch nie etwas getan hat.»

«Was hat das hiermit zu tun?»

«Es hat mit Schubladendenken und fremdbestimmten Sichtweisen zu tun. Niemand kann sich davon frei machen, weil wir schon als Kinder davon geprägt werden. Ratten sind fies, Eichhörnchen niedlich. Der große fette Mann ist ein Pädophiler, während der kleine schmale mit der Nickelbrille ein belesener Humanist ist.»

Franca tippte auf den Bildschirm, auf dem noch immer das eine Foto zu sehen war.

«Dieses Bild bestätigt nur, was wir von Vollstedt zu wissen glauben. Es trägt selbst kein Wissen in sich.»

«Das wird mir zu philosophisch. Willst du jetzt etwa behaupten, Vollstedt sei ein Waisenknabe gewesen?»

«Ich möchte nur, dass du objektiv bleibst und nicht einer Fährte aufsitzt, die jemand für dich ausgelegt hat.»

Plötzlich sprang Jonas auf und lief vor dem Klapptisch auf und ab.

«Weißt du eigentlich, was du da sagst?»

«Was sage ich denn?»

«Dass ich damals komplett falschlag. Dass ich mich habe manipulieren lassen und auf einen Unschuldigen losgegangen bin. Dass alles ganz anders gewesen ist und Isabell ein Bauernopfer war. Aber was weißt du denn schon? Du warst damals nicht hier, hast Vollstedt nicht erlebt, du weißt gar nichts!»

Zum Ende hin war Jonas laut geworden, zu laut für einen deutschen Campingplatz, und von irgendwoher rief jemand «Ruhe!».

«Halt die Fresse!», rief er zurück.

Franca ging zu ihm und legte jetzt doch einen Arm um ihn.

«Hey, beruhig dich wieder. Du hast mit allem recht, was du sagst, ich wollte nur eine andere Sichtweise aufzeigen, mehr nicht.»

Jonas schluckte trocken.

«Ich wünsche mir nur, mir würde endlich jemand glauben.»

Franca hielt ihn fest und spürte, wie die Spannung aus seinem Körper wich. Sie streichelte über seinen Rücken.

«Komm, setz dich wieder hin. Lass uns Schluss machen für heute. Wir betrinken uns, essen Chips und schauen den Sternen beim Leuchten zu ... was meinst du?»

Jonas nickte und ließ sich widerstandslos zu seinem Stuhl führen.

6.

Als Jonas um acht Uhr in der Früh von der Toilette kam, rollte ein Streifenwagen über den Campingplatz und hielt vor Francas Stellplatz.

Die zurückliegende Nacht war lang gewesen. Erst gegen ein Uhr war Jonas in das kleine grüne Zelt gekrabbelt, das Franca für ihn aufgestellt hatte. Wirklich betrunken war er nicht gewesen, aber auch nicht mehr nüchtern, und so war er trotz der ungewöhnlichen Location sofort eingeschlafen. Vor zehn Minuten hatte seine drückende Blase ihn aus dem Schlafsack gedrängt.

Zwei Männer stiegen aus dem Streifenwagen: ein uniformierter Beamter, der gefahren war, sowie Sven-Ole Reiter in Zivil auf der Beifahrerseite. Mit versteinertem Gesicht kam er auf Jonas zu.

«Sie ist weg!», sagte er.

«Wer ist weg?»

«Silvia Frieling.»

«Was soll das heißen?»

«Na, was schon. Sie ist verschwunden, nicht auffindbar. Ihre Mutter hat uns gestern den Zutritt verwehrt, aber heute am frühen Morgen rief sie mich völlig aufgelöst an und behauptete, ihre Tochter sei verschwunden. Woraufhin ich das Haus durchsucht habe. Sie ist nicht da.»

«Und da führt dich dein erster Weg zu mir?»

«Wo warst du vergangene Nacht? Und Frau Lichtenwalter?»

«Genau hier. Bis vor zehn Minuten habe in dem Zelt dort geschlafen und Franca im Wohnmobil. Sie ist immer noch da drin.»

«Überprüfen Sie das», wies Sven-Ole den uniformierten Beamten an, blieb selbst aber bei Jonas.

«Jetzt mach aber mal halblang. Du glaubst doch nicht, dass das Mädchen hier ist.»

«Doch, der Gedanke kam mir.»

«Warum sollten wir das tun?»

«Was weiß denn ich. Deine Freundin hat doch so getan, als wenn nur sie mit Silvia Frieling reden kann.»

«Sie ist nicht meine Freundin. Wir arbeiten zusammen.»

«Jonas … hör zu, ich kann dich ja verstehen, aber das bringt doch nichts. Willst du wieder im Knast landen?»

«Weswegen? Ich stelle doch nur Fragen.»

Sven-Ole schüttelte verzweifelt den Kopf.

«Die Kacke ist jetzt richtig am Dampfen. Meine Chefin will dich sehen. Ich soll dich aufs Revier bringen.»

Die Tür des Wohnmobils flog auf, und Franca trat heraus. Ihr Haar war zerzaust, sie trug noch Schlafkleidung; ein weißes Tanktop und weiße Shorts. Die Überraschung, nicht Jonas, sondern einen Polizisten vor der Tür zu finden, war ihr anzusehen, aber sie machte kein Aufheben um ihre knappe Kleidung und kam barfuß zu ihnen herübergestampft.

«Was ist hier los?» Ihre Stimme klang kratzig, so als hätte sie am Vorabend zu viel getrunken. Soweit Jonas sich erinnerte, hatte sie genauso viele Flaschen Bier gehabt wie er, obwohl sie schätzungsweise nur die Hälfte wog.

«Silvia ist weg!», erklärte Jonas. «Und mein ehemaliger Kollege meint, wir halten sie hier versteckt.»

«Was bedeutet weg?»

Franca stemmte die Fäuste in die Hüften und sah Sven-Ole herausfordernd an.

Jonas fand sie in diesem Augenblick auf eine gefährliche Art bezaubernd. So wie ein Vulkan kurz vor seinem Ausbruch wunderschön sein kann, bevor er dann alles unter Schutt und Asche begräbt.

«Habt ihr sie vertrieben mit eurem Überfallkommando?», fuhr sie Sven-Ole an.

«Wir haben überhaupt niemanden vertrieben. Ihre Mutter sagt, Silvia habe nachts das Haus verlassen und sei nicht wie üblich in den frühen Morgenstunden zurückgekehrt. Sie faselte was von einer Leiter, die nicht dort steht, wo sie stehen müsste.»

«Und? Habt ihr in der Sandgrube nachgesehen?»

«Was sollte sie dort wollen?»

«Scheiße! Seid ihr denn nur dämlich?», fluchte Franca. «Seit Monaten sucht sie dort verzweifelt nach etwas. Wo sollte sie sonst sein?»

«Reißen Sie sich zusammen», warnte Sven-Ole.

Franca schüttelte den Kopf und fuhr sich mit der Hand durchs zerzauste Haar.

Der uniformierte Beamte trat zu ihnen.

«Im Wohnmobil ist sie nicht», sagte er.

Franca sah ihn an.

«Waren Sie da eben drin?»

«Auf meinen Befehl hin», sagte Sven-Ole.

«Ich glaube, Sie ticken nicht ganz richtig.» Franca wurde laut. «Dafür brauchen Sie einen Durchsuchungsbeschluss. Muss ich Ihnen sagen, wie Sie Ihren Job zu erledigen haben?»

«Sie haben die Tür zum Wohnmobil offen gelassen», sagte Reiter.

Einen Moment lang starrte Franca ihn nur an, bevor sie mit gefährlich leiser Stimme sagte: «Hauen Sie ab.»

Sven-Ole verstand, dass er es übertrieben hatte. Er gab dem Beamten mit einem Nicken zu verstehen einzusteigen.

«Kommst du mit?», fragte er Jonas.

Jonas wechselte einen Blick mit Franca, die mit ihrer Wut rang. Sie nickte.

«Freiwillig, damit wir uns richtig verstehen», sagte er.

«Natürlich.»

Sie gingen zum Streifenwagen, und Jonas stieg hinten ein.

Beim Wegfahren sah er zu Franca zurück, die in Schlafkleidung dastand und die Fäuste in die Hüften stemmte.

Er wünschte sich, sie wäre vor sieben Jahren schon da gewesen.

7.

Franca kochte vor Wut.

Nicht so sehr, weil der Bulle sich unerlaubt in ihrem Camper umgeschaut hatte, sondern weil die Polizei mit ihrer unsensiblen Art alles kaputt machte. Sven-Ole Reiter hatte keine Lust darauf, den alten Fall seines ehemaligen Partners neu aufzurollen, und ließ es an den Beteiligten aus.

Darunter hatte vor allem Silvia zu leiden.

Was war passiert?

War sie geflohen, weil sie befürchtete, der Sandgräber würde ihr etwas antun?

In ihrer Wut war das Francas erster Gedanke, aber es gab noch eine andere Möglichkeit: Der wahre Mörder von Isabell Waider hatte Silvia in seine Gewalt gebracht. Ihre Suchaktion war nicht unbemerkt geblieben, vielleicht war er sogar in der Sandgrube gewesen, und Silvia war ihm nachts direkt in die Arme gelaufen.

Franca lief bei dieser Vorstellung ein Schauer über die nackte Haut. Sie rieb sich die Oberarme, sah sich um und bemerkte, dass sie beobachtet wurde. Einige Nachbarn starrten unverhohlen herüber, andere sicherlich von Gardinen geschützt aus ihren Wohnwagen heraus.

Natürlich hatte der Auftritt der Polizei für Aufregung gesorgt.

Sie winkte einem Rentnerpärchen zu, das besonders neugierig glotzte, ging ohne Eile zurück in den Camper und überlegte, was zu tun war.

Sie musste nach Silvia suchen. Das war sie dem Mädchen schuldig, denn es ging auch auf ihre Kappe, wie sich die Dinge entwickelt hatten. Vielleicht wäre es besser gewesen, die Polizei außen vor zu lassen, dann hätte der Täter sich weiterhin in Sicherheit geglaubt.

«Okay, okay, denk nach», sagte Franca laut und fuhr sich mit den Händen durch ihr vom Schlaf zerzaustes Haar.

Es nützte nichts, wenn alle kopflos ausschwärmten und nach Silvia suchten. Sie brauchten einen Plan.

Jonas sollte ruhig der Polizei auf den Zahn fühlen, vielleicht erfuhr er etwas von denen oder konnte den Druck erhöhen, damit die Behörden eine Suchaktion nach Silvia starteten. Sie musste mit Gerlinde Frieling sprechen, herausfinden, ob Bernd Vollstedt Silvias leiblicher Vater war. Da war es auf jeden Fall nützlich, wenn die Bullen sich erst mal auf Jonas konzentrierten, damit sie selbst ungestört weitermachen konnte. Franca spürte, dass sie nicht mehr weit von der Lösung des Falls entfernt war. Diese lag irgendwo in dem Familienkonglomerat Frieling, Vollstedt, Waider und deren dunklen Geheimnissen verborgen.

«Kacke!», fluchte Franca unter ihrem Helm und stoppte ihre Honda am Straßenrand.

Vor dem Haus der Frielings parkte ein Streifenwagen mit zwei Beamten darin, die allerdings in die andere Richtung schauten. Bevor sie Franca bemerkten, wendete sie und fuhr zurück.

Die Frage, ob die Frielings überwacht wurden, hatte Franca sich bereits gestellt. Jetzt wusste sie es. Bestimmt hatte Gerlinde eine Vermisstenanzeige für Silvia aufgegeben, oder Reiter wollte einfach verhindern, dass Franca und Jonas weiter herumschnüffelten.

Wie auch immer, erst einmal kam sie nicht mehr an Gerlinde

heran und konnte nichts anderes tun, als die nächsten Punkte ihres Plans abzuarbeiten.

Sie spürte den Zeitdruck und raste in Richtung Stadt. Wo immer es ging, überholte sie und hielt sich kaum an Geschwindigkeitsbegrenzungen. Falls Silvia sich in der Hand des Sandgräbers befand, durfte sie keine Zeit verlieren. Noch hoffte Franca aber, dass Silvia sich einfach nur versteckte. Nach allem, was in den letzten Tagen auf das Mädchen eingestürzt war, wäre das nicht verwunderlich. Verfügte sie über ein weiteres geheimes Versteck irgendwo in den Wäldern? Einen sicheren Ort, an den sie sich zurückzog, wenn ihr alles zu viel wurde – oder die Angst vor dem Sandgräber zu groß?

Ein silberner Wagen kam von rechts aus einer Vorfahrtsstraße. Franca bemerkte ihn zu spät, aber ihre Reflexe waren gut; durch einen schnellen Schlenker um die Motorhaube entging sie einem Zusammenstoß.

Danach fuhr sie langsamer und konzentrierte sich auf den dichten Stadtverkehr.

Eine Viertelstunde später erreichte sie die Friedrich-Ebert-Gesamtschule, die in einem ruhigen Wohngebiet lag. Der Pausenhof war verwaist, hinter den Fenstern saßen Schüler und Schülerinnen in den Klassenzimmern. Franca stellte die Honda bei den Fahrrädern ab, schloss den Helm an, überquerte das Außengelände und betrat die Eingangshalle des weitläufigen Schulgebäudes.

Drinnen war es überraschend still.

Ihre Stiefel klackten auf dem Fliesenboden.

Ein Mann in grauem Kittel war damit beschäftigt, den Getränkeautomaten mit Plastikbechern zu befüllen. Er musterte sie argwöhnisch, erklärte ihr aber auf ihre Frage hin den Weg zum Lehrerzimmer. Ihre Kluft, vor allem die Motorradjacke, kam nicht überall gut an, das wusste Franca, aber sie würde einen Teufel tun und sich verstellen oder verkleiden.

Das Lehrerzimmer lag in einem dunklen, fensterlosen Gang.

Franca klopfte. Ein junger Mann in zerrissener Jeans und Kapuzenpulli öffnete ihr. Sein lockiges Haar war eine Pracht. Er war viel zu jung, als dass er vor sieben Jahren schon Lehrer gewesen sein konnte. Franca erklärte ihm ihr Anliegen.

Er kannte den Fall Isabell Waider, wie wahrscheinlich jeder an dieser Schule, und er wusste darüber hinaus, wer damals Isabells Klassenlehrerin gewesen war: Heike Fabian.

«Sie gibt gerade Unterricht in der 7b», sagte der Lockenkopf nach einem Blick auf eine Tafel. «Die Stunde ist in zehn Minuten zu Ende. Wenn Sie in der Cafeteria warten wollen, gebe ich Frau Fabian Bescheid!»

Das Funkeln in seinen Augen machte Franca an, und sie hätte lieber bei ihm im Lehrerzimmer gewartet, verstand den Wink mit dem Zaunpfahl aber und verschwand.

Seit jeher stand sie auf Männer mit Lockenmähne, ohne sagen zu können, warum. Lars Krone gegenüber hatte sie behauptet, sie sei lesbisch, was nicht stimmte. Sie hatte ihn nur schnell und endgültig loswerden wollen.

Während sie in der leeren Cafeteria wartete, dachte sie an den Privatdetektiv. Nach eigener Aussage hatte er lange für den alten Familienpatriarchen Frieling gearbeitet. War es dabei wirklich nur um Fotos gegangen? Oder wusste Krone doch mehr, als er sagte? Aber selbst wenn, würde Franca nichts aus ihm herausbekommen, dazu war er zu sehr Profi. Eigentlich war es sogar verdächtig, dass Krone ihr bereitwillig Fotos von Silvia zur Verfügung gestellt hatte.

Hätte sie seine Einladung zum Essen doch annehmen sollen?

Es klingelte, und einen Lidschlag später strömten Schüler und Schülerinnen auf die Flure. Lärm brandete auf.

Nach weiteren zehn Minuten trat eine Frau auf sie zu. Sie war groß und stämmig und hatte schlohweißes, krauses Haar, das dicht an ihrem runden Kopf anlag. Ihre klaren blauen Augen musterten Franca kritisch.

«Frau Fabian?», fragte sie und streckte ihre Hand aus.

Die Lehrerin ergriff sie nicht.

«Wer sind Sie?», schoss sie stattdessen eine Frage ab.

Franca stellte sich vor und nannte ihr Anliegen.

Noch bevor sie zum Ende kam, hob Heike Fabian die Hand und deutete Richtung Ausgang.

«Verlassen Sie das Schulgebäude und das Gelände, oder ich rufe die Polizei.»

«Wie bitte?», fragte Franca erschrocken. Damit hatte sie nicht gerechnet.

«Muss ich mich wirklich wiederholen?»

«Aber ich habe doch nur ein paar Fragen ...»

«Verlassen Sie die Schule!»

Heike Fabian musste nicht laut werden, ihre Autorität lag in ihrem Blick, ihrer Mimik, ihrer Körpersprache. Ein Berufsleben unter Pubertierenden brachte großes Selbstvertrauen und Durchsetzungsvermögen mit sich.

Franca hielt dem eisigen Blick der Frau noch einen Moment stand, dann wandte sie sich ab und ging.

Die Reaktion der Lehrerin erinnerte sie an die Verkäuferinnen in Burfeinds Edeka-Laden. Hatte Lars Krone auch hier in der Schule verbrannte Erde hinterlassen?

Draußen auf dem Schulhof ließ der Lärm etwas nach. Franca blieb vor dem Eingang stehen und fragte sich, ob sie sich widersetzen sollte, entschied sich aber dagegen. Die Fabian beobachtete sie sicherlich und würde ihre Drohung, die Polizei zu rufen, ohne Zögern in die Tat umsetzen. Das konnte Franca gerade gar nicht gebrauchen.

Bevor sie ihre Honda erreichte, sprach sie jemand von hinten an.

«Hallo, warten Sie bitte!»

Franca fuhr herum und sah eine Frau auf sich zukommen.

Sie trug ein dunkles Kleid, ihr blondes, langes Haar glänzte in der Sonne, und sie musste etwa Mitte vierzig sein.

«Entschuldigen Sie ...», sagte die Frau außer Atem. «Ich habe das da drinnen in der Cafeteria gerade mit angehört. Sie sind wegen Isabell hier?»

«Ja, bin ich. Warum?»

Die Frau streckte ihre Hand aus.

«Mein Name ist Dorothea Meister, ich bin hier seit acht Jahren Schulassistentin. Ich kannte Isabell.»

Franca ergriff ihre Hand und stellte sich ebenfalls vor.

«Frau Meister ... dann haben Sie ja sicher gehört, dass ich hier nicht erwünscht bin.»

«Die Fabian hat schon damals alle neugierigen Journalisten vom Hof gejagt – und das waren einige. Sie mag es überhaupt nicht, wenn jemand eine so tragische Geschichte zur Unterhaltung ausschlachten will.»

«Aber das habe ich gar nicht vor.»

«Sie glaubt Ihnen nicht, weil es damals ein paar ganz Forsche auf ähnliche Art und Weise versucht haben.»

«Bekommen Sie keine Probleme, wenn Sie mit mir reden?»

Dorothea Meister schüttelte den Kopf und sah Franca aus hellwachen blauen Augen an.

«Und wenn, wäre es auch egal. Ich gehöre ja nicht zum Lehrerkollegium ... das geben die mir deutlich genug zu spüren. Wollen wir ein paar Schritte gehen?»

«Müssen wir. Ich darf ja nicht auf dem Schulgelände bleiben.»

Also spazierten sie nebeneinander auf dem Bürgersteig und entfernten sich von der Schule.

«Sie kannten Isabell?», nahm Franca den Gesprächsfaden auf.

«Ja, Isa gehörte damals zu meinen ersten Schülerinnen, die ich als Aushilfskraft betreuen durfte. Sie wissen schon: Aufsicht in Freistunden und so. Ich mochte Isa. Sie war erwachsener als alle anderen, vernünftiger, hin und wieder auch starrköpfig, aber immer nur, wenn sie meinte, sich für eine gerechte Sache einsetzen zu müssen. Einmal, ganz am Anfang, hat sie einen Jungen, der wegen meines Übergewichts Scherze machte, nach Strich und Faden fertiggemacht.»

«Klingt nach einem sympathischen Mädchen.»

«Ja, das war sie. Für ihre beste Freundin, Carina Hussmann, hat sie auch oft bei dämlichen Kommentaren von Mitschülern ordentlich gekontert.»

«Diese beschissenen Oberflächlichkeiten, nicht wahr?»

Dorothea Meister zuckte die Schultern.

«Die Kinder können nichts dafür, die Gesellschaft erzieht sie ja so. Ich würde lieber Heidi Klum an den Pranger stellen.»

«Da bin ich dabei.»

Ein lärmender Lkw fuhr an ihnen vorbei, sodass sie für einen Moment schweigen mussten. Franca hielt die Luft an, um nicht die Abgaswolke einatmen zu müssen.

«Warum fragen Sie nach all den Jahren wieder nach Isabell?»

Franca erzählte ihr von Silvias Verschwinden, und Dorothea Meister schlug sich eine Hand vor den Mund.

«Silvia ...», stieß sie aus. «Mein Gott ... das arme Mädchen.»

«Erzählen Sie mir von ihr, bitte», sagte Franca.

Sie hörte aufmerksam zu, während Dorothea Meister erzählte. So erfuhr sie, dass Isabell Waider sich trotz ihres ausgeprägten Gerechtigkeitsempfindens nie besonders für die von allen gemiedene und oft gemobbte Silvia Frieling eingesetzt hatte – bis zu dem Zeitpunkt, da Jonas Waider Silvias Vater beim Jugendamt anzeigte und das Mädchen in der Schule einen Begleiter an die Seite gestellt bekam.

«Ab da habe ich beobachten können, wie sich Isa um Silvia bemüht hat. Nicht zu auffällig, aber doch immer wieder ein bisschen. Aber es war schwer. Silvia hat ja niemanden an sich herangelassen ... Ich mache mir heute noch Vorwürfe, weil auch ich Silvia einfach nur für aufsässig und verstockt hielt. Dabei ist sie Autistin.»

«Die ausgebildeten Pädagogen haben aber auch nichts bemerkt, oder?»

Dorothea schüttelte den Kopf. «Die sind alle mit sich selbst beschäftigt ...»

«Können Sie mir sagen, ob Isabell damals einen Freund hatte?»

«Hm ... ich habe Isa mal mit dem Torsten Engelmann knutschen sehen, das war aber schon Wochen bevor sie verschwand.»

«Ganz sicher Torsten Engelmann?»

«Ja. Man konnte die beiden damals häufig zusammen auf dem Schulhof beobachten.»

«Und Carina?»

«Was ist mit Carina?»

«Wie stand sie als beste Freundin von Isabell zu dieser Beziehung?»

«Keine Ahnung. Warum fragen Sie? Moment … Ihre Fragen … Vollstedt war doch der Täter! Oder nicht? Glauben Sie etwa …?»

Dorothea Meister bekam hektische rote Flecken im Gesicht. Zeit für Franca, ein wenig zurückzurudern.

«Nein, die Sache mit Isabell ist klar, ich versuche nur herauszufinden, mit wem ich über Silvia reden kann. Ich dachte, wenn Isabell viel Zeit mit Torsten Engelmann verbrachte, hat sich vielleicht ihre beste Freundin Carina mehr um Silvia gekümmert?»

«Nein, auf keinen Fall. Carina war da ganz anders. Nicht mutig genug für so etwas. Und nachdem Isa verschwand, kam Silvia ja auch bald in die Einrichtung für Jugendliche.»

«Wissen Sie, wohin Silvia kam?»

«Ich weiß, wo sie danach war, nachdem sie achtzehn geworden war. Weil meine Schwester damals dort gearbeitet hat.»

«Ist Ihre Schwester noch dort?»

«Nein, Claudi starb vor drei Jahren bei einem Autounfall.»

«Das tut mir leid. Können Sie mir sagen, wo das war?»

Dorothea Meister nannte ihr den Namen der Einrichtung.

«Danke. Aber wissen Sie, was mir eben einfällt? Dieser Mann, der damals dauernd hier herumfotografiert hat, den habe ich auch mal mit Isabell reden sehen.»

«Was für ein Mann?»

«Keine Ahnung. Der war echt hartnäckig, hat dauernd Fotos gemacht von Silvia.»

«Wissen Sie, wie der hieß?»

«Nein. Aber er war auffällig. Hatte eine Glatze und so ein

schmieriges Lächeln. Mir wird jetzt noch ganz anders, wenn ich daran denke.»

«Wann war der hier? Nach Isabells Verschwinden?»

«Nein, da nicht mehr. Davor aber häufig. Die Fabian hat wegen dem auch mal die Polizei gerufen.»

«Und wann hat er mit Isa geredet?»

«Das ist lange her … ich weiß nicht genau, aber es muss kurz vor Isabells Verschwinden gewesen sein.»

«Haben Sie das damals der Polizei gesagt?»

«Ich? Nein. Mich hat doch niemand gefragt.»

8.

Der Boden erzittert.

Die Wände wackeln.

Das Geschirr in dem alten zerkratzten Schrank tanzt, und irgendwo im Halbdunkel klirrt es metallisch. Überall lauern die Schatten, die Krallen ausgefahren, um sie in mein Fleisch zu schlagen.

Ich zähle. Zählen lenkt mich ab und beruhigt mich.

Eins … zwei … drei …

Bei acht beruhigt sich die Welt wieder, und bald steht alles still. Unfassbar still. So als wären die Geräusche gestorben. Um die Schatten nicht anschauen zu müssen, halte ich den Blick auf die Schwarzwälder Kuckucksuhr an der Wand gerichtet. Sie funktioniert nicht mehr. Die Zeit hat hier keine Macht. Ich lausche. Darin bin ich gut, nicht einmal die leisesten Geräusche entgehen mir. Aber nach dem ohrenbetäubenden Inferno sind jetzt einfach keine mehr da, denen ich hinterherspüren kann.

Das ist beruhigend.

Keine Geräusche, kein Sandgräber.

Er ist nicht mehr da, versteckt sich nicht in der Dunkelheit zwischen den Schatten, wie er es anfangs getan hat, um dann wütend hereinzustürmen, wenn ich zu rufen begonnen habe.

Ist es ein gutes Zeichen, dass er mich allein gelassen hat?

Er hat gesagt, ich müsse mitkommen, zu meinem eigenen Schutz – und damit Mama nichts zustößt. Er hat gesagt, er wisse, dass ich nichts für die Dinge kann, die gerade passieren, aber die alten Geheimnisse dürfen nicht ans Licht kommen, auf keinen Fall. Nur wenn ich eine Weile hierblieb, wo niemand mich fand, würde sich alles beruhigen. Dann musste niemand im Sand verscharrt werden. Das hat er gesagt.

Ich bin nicht sicher, ob ich ihm glauben kann.

Vielleicht tötet er mich, auch wenn alles sich beruhigt. Vorhin habe ich geträumt, wie ich lebendig begraben werde. Wie der Sand auf mich prasselt, zuerst auf den Körper, bis ich mich nicht mehr rühren kann, dann auf mein Gesicht und in den Mund, tief hinein in den Rachen. Der Sand verstopft meinen Hals, und ich bekomme keine Luft mehr …

In diesem Traum war ich allein, niemand hat mir geholfen.

In der Realität bin ich es auch.

So ist es immer gewesen.

Franca hat gesagt, sie würde mir helfen.

Aber Franca ist fort, so wie Isa. Also bin ich wieder allein. Allein sein ist nicht schlimm. Nicht, solange es Ruhe und Frieden bedeutet, dann ist es sogar gut, dann finde ich den tiefen Platz in mir, wo ich mich mit nichts anderem beschäftigen muss als mir selbst.

Aber hier gibt es keine Ruhe und keinen Frieden. Denn die

Schatten sind hier. Sie mögen mich nicht, das kann ich spüren. Sie sind wütend, weil ich versucht habe, ihnen zu entkommen. Weil ich mit Franca gesprochen und sie in mein Leben gelassen habe, so wie ich damals Isa in mein Leben gelassen habe. Das lassen die Schatten nicht zu. Sie wollen mich für sich allein, und wenn ich es versuche, werden sie wütend. So wie eben, als der Boden gezittert und die Wände gewackelt haben. Noch sind sie nicht stark genug, um alles zum Einsturz zu bringen, aber bald, und dann wird es so wie vor sieben Jahren, dann beginnt alles von vorn.

Ich wünschte, ich wäre im Heim geblieben.

Dort war alles gut gewesen. Dort hat es keine Schatten gegeben.

Ich hätte niemals fortgehen dürfen.

Aber Mama hat mich gebraucht.

9.

«Sie haben es Ihrem ehemaligen Kollegen Reiter zu verdanken, dass ich Sie nicht festnehmen lasse», fuhr Kriminaldirektorin Dr. Petra Gerhardt Jonas an.

Die Sitzgruppe in ihrem spartanisch eingerichteten Eckbüro blieb ungenutzt, denn sie bot niemandem Platz an. Dr. Gerhardt war klein, einen Kopf kleiner als Jonas, und sehr dünn.

«Warum? Was habe ich verbrochen?», fragte Jonas.

«Frau Frieling hat eine Vermisstenanzeige für ihre Tochter aufgegeben und Sie zugleich wegen Hausfriedensbruch angezeigt. Außerdem hegt sie den Verdacht, Sie könnten Silvia etwas angetan haben. Eine logische Schlussfolgerung, wie ich finde.»

Die Gerhardt verschränkte ihre Arme vor dem Brustkorb und schaute Jonas herausfordernd an. Dabei hob sie die rechte Augenbraue in einem merkwürdigen Winkel an.

«Wenn das für Sie logisch klingt, tut es mir um diese Dienststelle leid», sagte Jonas.

Vielleicht war das keine kluge Äußerung, und er sollte an seinen diplomatischen Fähigkeiten feilen, aber das war ihm schon immer schwergefallen. Besonders, wenn er so behandelt wurde wie gerade von der Gerhardt.

«Und Ihre Drohung können Sie sich sparen», schob er nach. «Es gibt überhaupt keinen belastbaren Grund, um mich festzunehmen. Und für den Fall, dass diese Frage gleich kommt: Ich habe ein Alibi für die letzte Nacht.»

«Wie praktisch, dass Frau Lichtenwalter und Sie sich gegenseitig ein Alibi geben, nicht wahr?»

Jonas rang sich ein müdes Lächeln ab.

«Ich habe keine Lust auf diesen Scheiß», sagte er. «Sie versuchen doch nur, einen Sündenbock für Ihre Fehler zu finden. Sie hätten einen psychologisch geschulten Kollegen oder eine Kollegin damit beauftragen müssen, mit Silvia zu reden, statt sie einfach nur von Frau Lichtenwalter und mir abzuschirmen und dann das Haus nachts nicht einmal zu bewachen. Ich habe Sven-Ole gesagt, dass das Mädchen sich regelmäßig nachts aus dem Haus schleicht.»

Die Gerhardt sah zu Sven-Ole hinüber, der am Fensterbrett lehnte.

Der nickte kaum merklich.

«Was wollen Sie eigentlich beweisen?», fragte die Gerhardt. «Dass Sie damals den falschen Mann getötet haben?»

«Wenn es so ist, ja, dann will ich das beweisen. Indem ich

jetzt den wahren Mörder meiner Tochter ausfindig mache. Aber das geht nur mit der Hilfe von Silvia Frieling.»

«Tja, die ist aber weg.»

«Und was unternehmen Sie, um sie zu finden?»

«Das Übliche.»

«Klingt sehr engagiert.»

«Sparen Sie sich Ihren Sarkasmus. Wir haben hier dringendere Fälle zu bearbeiten. Silvia Frieling ist erwachsen, sie muss sich nicht abmelden, kann kommen und gehen, wie sie will. Vielleicht wurde ihr der ganze Trubel, den Sie und diese Privatdetektivin ausgelöst haben, einfach zu viel.»

«Also suchen Sie nicht nach ihr?»

«Ich sagte doch, wir tun das, was wir in solchen Fällen immer tun.»

«Aber dieser Fall ist nicht wie andere!» Jonas wurde lauter. «Da draußen läuft der Mörder meiner Tochter herum und bedroht die Familie Frieling. Und das schon seit einiger Zeit. Silvia kennt den Mann, sie hat ihn damals gesehen, und da er das weiß, ist das Mädchen in großer Gefahr.»

«Aber erst, seitdem Sie die Familie belästigen.»

«Wir belästigen sie nicht, wir versuchen zu helfen.»

«Das sieht Frau Frieling anders. Sie will Sie nicht mehr in der Nähe ihres Hauses sehen. Halten Sie sich daran.»

«Okay, wenn Sie nicht helfen wollen, gehe ich zu den Medien», sagte Jonas.

«Davor kann ich Sie nur warnen.»

«Ja, aber Sie können mich nicht davon abhalten.»

«Jonas ... bitte, sei vernünftig», mischte sich Sven-Ole ein.

«Ich will aber nicht vernünftig sein.» Jonas zeigte mit dem Finger auf seinen ehemaligen Kollegen. «Wenn es deine Tochter wäre, würdest du dann vernünftig sein und dich still verhalten, während die Polizei das Übliche tut?»

«Alle gegen dich aufzubringen, hilft dir aber nicht», sagte Sven-Ole. «Ich will nicht, dass du dir falsche Hoffnungen machst.»

Jonas machte einen Schritt auf ihn zu. Reiter stieß sich vom Fensterbrett ab. Er schien mit einem Angriff zu rechnen. Jonas wusste, dass er sich besser ein wenig zurücknehmen sollte, doch das fiel ihm gerade schwer. Diese beiden in ihrem beschissenen Beamtenmodus zu sehen, machte ihn unglaublich wütend.

«Falsche Hoffnungen? Was für falsche Hoffnungen sollte es für mich wohl geben? Ich kann nur noch hoffen, irgendwann Isabells Gebeine zu finden, um sie neben Marie zu beerdigen. Und ich kann hoffen, dass der Mann gefunden wird, der wirklich dafür verantwortlich ist. Was ist daran falsch? Sag es mir!»

Sie starrten sich an. Jonas voller Zorn, Sven-Ole eingeschüchtert und hilflos.

«Es ist falsch, weil Sie den Täter bereits getötet haben», mischte sich die Gerhardt ein. «Dafür haben Sie eine lange Strafe verbüßt. Es gibt keinen Hinweis darauf, dass es ein anderer war.»

«Die Drohungen gegen Silvia ...»

«Sind nichts als Hirngespinste einer psychisch kranken jungen Frau, die auf sich aufmerksam machen will», schnitt die Gerhardt ihm den Satz ab. «Sie hat eine leichte Form der Asperger-Erkrankung, auch Little Professor Syndrome genannt. Solche Menschen neigen dazu, immer und immer wieder über ein bestimmtes Thema zu reden, entweder weil sie sich darin sicher fühlen, oder weil sie es nicht vollends verstanden haben.

Ich denke, bei Silvia trifft beides zu. Sie wurde damals zusätzlich traumatisiert und lebt seitdem in dieser Welt. Diese angeblichen Drohungen haben wir überprüfen lassen. Es sind Computerausdrucke vom Drucker des Mädchens.»

«Ja, natürlich! Sie hat sie übers Internet bekommen und ausgedruckt.»

«Nein, sie hat sie sich ausgedacht. Vielleicht sind es Worte, die ihr Vater damals an sie gerichtet hat, was weiß ich.»

«Wenn Sie das denken, warum haben Sie dann jemanden zu den Frielings geschickt?»

«Das war eine eigenmächtige Handlung vom Kollegen Reiter, die ich nicht genehmigt habe. Und damit ist jetzt auch Schluss.»

Jonas' Blick ging zu Sven-Ole hinüber.

«Ich kann verstehen, warum er so gehandelt hat», fuhr die Gerhardt fort. «Jeder Kommissar hat einen Fall auf seinem Konto, der sein Gewissen belastet, da kann es zu Fehleinschätzungen kommen. Da ich damals nicht dabei war, kann ich die Lage sachlich korrekt und ohne hinderliche Emotionen beurteilen, und ich sage Ihnen, Sie lassen sich zu falschen Schlussfolgerungen hinreißen. Hören Sie auf, die Familie Frieling zu belästigen. Damit ist diese Unterredung beendet. Einen schönen Tag noch, Herr Waider.»

Die Gerhardt drehte sich um und trat hinter ihren Schreibtisch.

Jonas verließ den Raum ohne ein weiteres Wort. Am Treppenabsatz holte Sven-Ole ihn ein.

«Jonas ... warte ...»

«Danke», sagte Jonas. «Ich hoffe, du bekommst keinen Ärger.»

«War das Mindeste, was ich tun konnte. Aber mehr ist leider nicht drin. Tut mir leid.»

«Schon okay. Ich finde einen anderen Weg.»

«Ja, das befürchte ich.»

Jonas, der einige Stufen tiefer stand als Sven-Ole, drehte sich um. «Kannst du nicht verstehen, dass ich nicht anders handeln kann?»

«Du konntest auch vor sieben Jahren nicht anders handeln, und wohin hat es dich gebracht?»

Darauf wusste Jonas nichts zu erwidern. Er hielt dem traurigen Blick seines ehemaligen Kollegen noch einen Moment stand, dann wandte er sich ab und stieg die Treppe hinunter.

Immerhin wusste er jetzt, was er zu tun hatte.

10.

Francas Handy klingelte, als sie ihren Helm aufsetzen wollte. Wenige Minuten zuvor hatte sie sich von Dorothea Meister verabschiedet. Die Schulassistentin war zurück ins Gebäude geeilt.

Jonas war am Telefon. Er klang aufgebracht.

«Sven-Ole ist auf unserer Seite, das weiß ich jetzt», begann er das Gespräch. «Aber seine Chefin nicht, und die legt ihm ganz kurze Zügel an. Von der Seite können wir keine Hilfe erwarten. Ich habe denen gesagt, ich gehe zur Presse.»

«Sie wollen nicht einmal nach Silvia suchen?»

«Höchstens im Rahmen des Üblichen, wahrscheinlich nicht einmal das. Und wenn ich mich wieder bei den Frielings blicken lasse, nimmt die Gerhardt mich hops.»

«Ich weiß nicht, ob es an dieser Stelle schon eine gute Idee ist, die Presse mit ins Boot zu holen», gab Franca zu bedenken. «Falls Silvia sich aus Angst versteckt hält, würde noch mehr Rummel an ihrem Haus sie eher verschrecken. Und falls sie in den Händen des Sandgräbers ist, gilt das Gleiche für ihn. Nicht auszudenken, was passiert, wenn er sich unter Druck gesetzt fühlt.»

«Aber wir kommen sonst nicht weiter», wandte Jonas ein.

Franca ahnte, dass sie ihn nicht würde umstimmen können, aber ihr kam in diesem Moment eine Idee, wie sie die Presse eventuell für ihre Zwecke nutzen konnten.

«Kannst du dich noch an den Sender erinnern, der dich damals mit dem Vorwurf konfrontierte, du hättest Vollstedt misshandelt?»

Jonas' Antwort ließ einen Moment auf sich warten.

«Kann ich.»

Franca wusste, dass Jonas am gleichen Tag seine Frau leblos aufgefunden hatte. In der folgenden Nacht hatte er Vollstedt aufgelauert, in den Wald verschleppt und getötet – vielleicht. Daran erinnerte er sich nicht mehr, aber was davor passiert war, hatte sich sicher tief in sein Gedächtnis eingebrannt.

«RtsTv heißt der Sender», sagte Jonas.

«Wenn es schon die Presse sein muss, dann geh dorthin», schlug Franca vor. «Biete denen deine Geschichte an, aber nur, wenn sie mit einer bestimmten Information rausrücken.»

«Und die wäre?»

«Wer hat denen damals den Hinweis gegeben, dass du Vollstedt angegriffen hast?»

«Vollstedt selbst, nehme ich an.»

«Und wenn es jemand anderes war?»

«Selbst wenn, warum sollte das für uns von Interesse sein?», fragte Jonas.

«Ich weiß noch nicht, ob es das ist. Aber mir gehen einige Sachen durch den Kopf, die für sich allein noch keinen Sinn ergeben. Es fehlen noch Puzzleteile.»

«Du hättest Kommissarin werden sollen», schlug Jonas vor.

«Beamtin? Nein, das hätte ich meinen Eltern niemals antun können. Ruf mich an, wenn du dort warst, dann treffen wir uns irgendwo zum Mittagessen und besprechen uns.»

Sie beendeten das Gespräch, und Franca wollte den Helm aufsetzen, als sie jemanden hinter sich spürte.

Sie fuhr herum.

Zu spät.

Der Faustschlag traf sie in den Bauch.

11.

Den privaten Fernsehsender RtsTv gab es noch.

Den Blick auf das Firmenlogo über dem Eingang des fünfstöckigen Gebäudes gerichtet, erinnerte sich Jonas an jenen Tag vor sieben Jahren. Vollkommen erschöpft und übermüdet von der nächtlichen Suche nach Isabell hatte das Kamerateam ihn vor seinem Haus überrascht. Sogar ein Foto des angeblich misshandelten Vollstedt hatte der Reporter dabeigehabt.

Jonas hatte sich nie gefragt, ob es so gewesen war, wie Franca es eben am Telefon suggeriert hatte. Warum auch? Es war klar gewesen, dass Vollstedt sich selbst an die Presse gewandt hatte, um einen Vorteil daraus zu ziehen.

Oder nicht?

Die fünf Wochen sprachen dagegen. Warum hätte Vollstedt so viel Zeit vergehen lassen sollen? Impulsive, triebgesteuerte, aggressive Männer wie er waren doch gar nicht in der Lage, ihre Rache kalt zu genießen.

Jonas hatte damals keine Gelegenheit gehabt, darüber nachzudenken. Nachdem er sich vor dem Kamerateam ins Haus gerettet hatte, hatte er Marie tot im Schlafzimmer gefunden, und seine Welt war im grenzenlosen Chaos versunken.

Eine andere Frage hatte er sich später im Knast jedoch häufig gestellt: Hätte er Vollstedt auch entführt, wenn der Reporter nicht gewesen wäre, wenn er ihm nicht in diesem entscheidenden Moment das Foto gezeigt, ihn nicht mit den Vorwürfen konfrontiert hätte?

Wahrscheinlich nicht. Er hatte in Ermittlungen oft genug selbst erlebt, dass es gerade diese kleinen Glieder in einer Kette von kausalen Zusammenhängen waren, die zu unvorhersehbaren Reaktionen führten.

Und wenn Marie noch gelebt hätte, hätte sie ihn zurückgehalten. Marie war immer in der Lage gewesen, ihn zu beschwichtigen, einen besseren, sanfteren Menschen aus ihm zu machen. Sie war die richtige Frau für ihn gewesen, weil sie jene leeren, manchmal kalten und dunklen Orte in ihm mit Liebe füllte.

Jonas schüttelte die Gedanken ab und ging ins Gebäude. In dem großen, mit viel Marmor und glänzendem Metall ausgestatteten Foyer gab es in der Mitte neben den Aufzügen eine Information und Anmeldung. Von dort aus ging es nur durch Metalldetektoren weiter. Zwei Männer in den blauen Uniformen eines privaten Sicherheitsdienstes beäugten jeden hereinkommenden Besucher. Jonas nahmen sie besonders aufmerksam ins Visier. Das war okay, er konnte sich denken, wie er aussah, schließlich hatte Sven-Ole ihn nach einer harten Nacht quasi direkt aus dem Zelt in den Streifenwagen verfrachtet. Zusätzlich stand ihm die Anspannung sicherlich ins Gesicht geschrieben.

«Guten Morgen, womit kann ich Ihnen helfen?»

Die junge Dame an der Anmeldung strahlte grenzenlose Begeisterung aus. Die hielt auch noch stand, als Jonas erklärte, womit sie ihm helfen konnte. Er kannte den Namen des Reporters nicht, der ihm damals das Foto des misshandelten Vollstedt unter die Nase gehalten hatte, also musste Jonas den Fall schildern und darauf hoffen, dass der Mann noch hier arbeitete.

Die junge Frau schaute zunehmend ratlos drein. Vor sieben Jahren war sie noch zur Schule gegangen.

«Okayyyy?», dehnte sie das Wort in nervige Länge. «Das sagt mir alles nichts, da müsste ich mal telefonieren. Wie heißen Sie noch gleich?»

«Jonas Waider.»

Sie telefonierte. Mehrfach hörte Jonas seinen Namen und den seiner Tochter. Schließlich legte sie auf und strahlte ihn wieder an.

«Der Herr Schierholz kommt sofort herunter», rief sie fröhlich.

Überraschend schnell trat ein schlanker Mann in Jeans und weißem Oberhemd, das er über den Hosenbund hängen ließ, aus dem Fahrstuhl. Er war braun gebrannt und trug sein blondes Haar raspelkurz. Jonas konnte nicht sagen, ob er dieses Gesicht schon einmal gesehen hatte.

Der Mann begrüßte Jonas und meinte, er würde sich an ihn

erinnern. Er bat ihn mitzukommen und lotste ihn durch den Metalldetektor in den Fahrstuhl.

«Ich habe nicht damit gerechnet, Sie noch einmal wiederzusehen», sagte Schierholz.

«Geht mir ebenso.»

Die Türen der Kabine öffneten sich im dritten Stock. Schierholz ging voraus in sein Büro.

«So, bitte, kommen Sie. Kann ich Ihnen einen Kaffee anbieten?»

«Gern.»

Jonas bekam einen frischen Kaffee aus einer kleinen Maschine direkt in Schierholz' Büro. Sie setzten sich an einen kleinen runden Glastisch, und Schierholz sah Jonas neugierig an.

«Womit kann ich Ihnen helfen?»

Jonas wusste, er musste schlau verhandeln, sonst würde dieser ausgebuffte Profi ihn austricksen. Er deutete wohl am besten nur an, dass er damals womöglich den falschen Mann getötet hatte.

«Seit Kurzem habe ich neue Hinweise zum damaligen Verschwinden meiner Tochter, da bin ich dran, aber ich brauche Hilfe.»

«Von mir?»

«Eine Information, damit ich weiterkomme. Dafür bekommen Sie von mir die ganze Geschichte.»

«Und was ist das für eine Information, die Sie benötigen?»

«Von wem haben Sie damals den Tipp bekommen, dass ich Bernd Vollstedt angegriffen habe?»

«Puh, das ist sieben Jahre her ... ich denke, von ihm selbst.»

«Wirklich? Mein Angriff auf ihn lag da schon fünf Wochen

zurück. Vollstedt hat fünf Wochen lang nichts gesagt, und dann geht er plötzlich zur Presse?»

«Vielleicht war er genervt, weil bei der Polizei niemand der Sache nachging.»

«Möglich. Aber woher stammte das Foto? Nach fünf Wochen wären die Verletzungen an Vollstedts Hals nicht mehr zu sehen gewesen. Außerdem hatte ich ihn gewürgt, nicht geschnitten.»

«Das Foto hat er sicher sofort nach dem Angriff gemacht.»

«Also haben Sie es nicht gemacht?»

Schierholz zuckte mit den Schultern, schlug die Beine übereinander und machte ein Gesicht, das wohl intensives Nachdenken imitieren sollte.

«Wissen Sie, wenn ich jetzt darüber nachdenke, fällt mir ein, dass es doch noch einen anderen Tippgeber gab.»

«Und wer war das?»

«Langsam, langsam. Wie sieht denn die Geschichte aus, die Sie mir anbieten?»

Jonas lehnte sich nach vorn.

«Ich weiß, ich kann niemandem trauen, der für einen Sender wie diesen arbeitet ...»

«Schlechter Einstieg, Herr Waider. Ganz schlechter Einstieg!»

«... und ich sitze nur hier, weil ich verzweifelt bin und nicht weiterkomme. Nur deshalb verrate ich Ihnen, dass Silvia Frieling, die Tochter des Mannes, den ich als den Mörder meiner Tochter getötet habe, verschwunden ist.»

«Seit wann?»

«Seit gestern. Und ich habe Beweise dafür, dass sie zuvor bedroht wurde.»

«Beweise?»

«Schriftliche Drohungen gegen Silvia und ihre Mutter. Sie

besagen, dass sie sterben werden, wenn sie jemals die Wahrheit über den Fall erzählen.»

«Okay, das klingt interessant. Wo sind diese Schriftstücke?»

«Wer hat Ihnen damals den Tipp gegeben?», stellte Jonas die Gegenfrage.

Schierholz lächelte einen Moment geheimnisvoll vor sich hin. Dann nannte er einen Namen.

Auf diesen Mann wäre Jonas niemals gekommen.

12.

Der Mann hatte nicht besonders hart zugeschlagen, aber doch fest genug, um Franca zu Boden zu schicken. Ihr blieb die Luft weg, sie knickte ein, ging auf die Knie, ihr Blick verschwamm. So schnell, dass sie den Typen nicht mal erkennen konnte.

Sie hätte sich verteidigen müssen, das war ihr klar, aber wie, wenn sie kaum atmen konnte. Und so schutzlos bekam sie zusätzlich noch einen Tritt in die Seite.

Franca stieß einen Schrei aus und schlug auf den Asphalt.

«Das kommt davon, wenn man sich in Sachen einmischt, die einen nichts angehen», sagte eine männliche Stimme, die ihr vage bekannt vorkam.

Franca hob die Hand, signalisierte, dass sie aufgab, nicht noch mehr einstecken wollte. Doch das war dem Typen egal. Er trat erneut nach ihr. Allerdings gegen ihren Hintern, was einigermaßen auszuhalten war.

«Und wag es nicht noch einmal, die Bullen zu rufen», sagte der Mann.

Dann hörte Franca einen Wagen vorfahren, eine Tür wurde

zugeschlagen, der Wagen fuhr davon. Aus ihrer Position am Boden konnte sie gerade noch erkennen, dass es ein silberfarbener Wagen war.

Franca setzte sich auf. Ihr Bauch schmerzte, die Rippen an der rechten Seite ebenso, ein blauer Fleck am Arsch war ihr sicher, gebrochen schien aber nichts zu sein.

Als sie wieder einigermaßen klar denken konnte, wurde ihr klar, dass sie wahrscheinlich soeben die Rache der Russenbande rund um Juri Krasnow zu spüren bekommen hatte. Anders war diese Drohung nicht zu verstehen.

Franca konnte froh sein, dass sie nicht noch mehr abbekommen hatte.

Sie bemerkte, wie sie von der anderen Straßenseite aus beobachtet wurde. Eine ältere Dame, die einen kleinen weißen Hund spazieren führte, starrte herüber, schüttelte den Kopf und ging schnellen Schrittes weiter.

Mühsam drückte Franca sich hoch. Scharfer Schmerz zuckte durch ihren Oberkörper. Sie versuchte, tief einzuatmen, musste den Versuch aber abbrechen; es tat zu weh.

Was, wenn sie doch ernsthaft verletzt war?

Sie setzte den Helm auf, schwang sich auf die Honda und biss die Zähne zusammen, als sie den Kickstarter durchtrat. Zum Glück sprang der Motor zuverlässig an. Während der Fahrt brannte ihr Brustkorb, und der Schmerz trieb ihr Tränen in die Augen. Franca mochte keine Ärzte und keine Krankenhäuser, doch jetzt überwand sie ihre Abneigung und fuhr direkt zum nächsten Krankenhaus, parkte die Honda, schloss den Helm an und begab sich in die Notfallambulanz. Dort behauptete sie, mit dem Motorrad gestürzt zu sein.

Eine Stunde musste sie warten, dann wurde sie untersucht.

Mit dem Ergebnis, dass sie keine ernsthaften Verletzungen davongetragen hatte, nur Prellungen und Blutergüsse. Sie bekam ein Rezept für ein Schmerzmedikament und verließ das Krankenhaus. Immer noch gehandicapt, aber nun beruhigt, rief sie Jonas an.

13.

«Da ist er!»

Franca zeigte auf die andere Straßenseite, und Jonas sah einen kahlköpfigen Mann aus dem Gebäude kommen, an dem das Werbeschild für die Detektei Krone prangte. Der Mann war groß, schlank und hatte einen trainierten Körper, der in Jeans, Turnschuhen und einem Langarmshirt gekleidet war.

Jonas sah Lars Krone zum ersten Mal in seinem Leben und tat sich schwer damit, ihn mit Isabell in Verbindung zu bringen. Und doch gab es eine Verbindung. Der Privatdetektiv hatte in der Schule mit Isabell gesprochen, das hatte Franca herausgefunden. Zudem war er derjenige gewesen, der damals dem Fernsehsender den Tipp gegeben hatte.

«Der kommt doch nicht hierher, oder?», fragte Franca.

Sie saßen in einem kleinen italienischen Bistro auf der anderen Straßenseite. Von dort hatten sie einen guten Blick auf den Eingang zur Detektei. In den zwei Stunden, die sie bereits warteten, hatte Jonas eine Pizza verdrückt, während Franca nur Kaffee getrunken hatte. Überhaupt war sie stiller als sonst, und auf seine Frage, ob alles in Ordnung sei, hatte sie nur genickt.

«Scheiße, der kommt hierher!», zischte Franca. Langsam stand sie vom Tisch auf. «Ich verdrück mich auf die Toilette.»

Und weg war sie. Mit Jacke und Helm. Der zweite Helm, den sie vorhin extra für Jonas gekauft hatten, damit er später auf dem Sozius mitfahren konnte, blieb auf dem Heizkörper vor der Fensterfront zurück.

Als Lars Krone die Eingangstür aufzog, knallte irgendwo hinten die Toilettentür zu.

«Luigi!», rief Krone theatralisch. «Come sta la tua bella figlia? Quanto al fine posso sposaria?»

Der Privatdetektiv ging auf den Tresen zu, hinter dem Luigi Pizza buk. Sie begrüßten sich über den Tresen hinweg per Handschlag und sprachen noch ein paar Worte auf Italienisch miteinander, bevor Krone auf Deutsch nach seiner Pizza fragte.

«Uno momento», antwortete Luigi. Der kleine Italiener mit dem vollen grauen Haar wandte sich dem Pizzaofen zu, öffnete die Klappe und holte eine kleine Pizza hervor, die er in einen Karton legte.

«Prego!»

Krone bedankte sich, bestellte einen schönen Gruß an die schöne Tochter und ging, ohne zu bezahlen.

Da Jonas gleich neben der Tür saß, streiften sich ihre Blicke, als Krone an ihm vorüberging. Ein beiläufiger Augenkontakt, mehr nicht. Falls Krone sich an ihn erinnerte, an den Jonas Waider von damals, dann hatte er ihn nicht erkannt.

Einen Moment später stand Franca neben ihm. Sie hatte die Lederjacke angezogen und hielt den Helm in der Hand.

«Das war knapp», stieß sie aus.

Zusammen beobachteten sie Krone dabei, wie er zu einem am Straßenrand geparkten SUV der Marke Mercedes ging. Ein auffälliger, protziger Wagen, tiefschwarz, mit getönten Scheiben und den breitesten Reifen, die Jonas je an einem Pkw gesehen hatte.

«Okay, hinterher!», sagte Jonas. «Schnell.»

Franca warf einen Zwanziger auf den Tresen, verzichtete aufs Wechselgeld und folgte Jonas nach draußen.

Die Honda stand keine zehn Meter entfernt in einer Parkbucht. Auf dem Weg dorthin fragte Franca:

«Kannst du eigentlich Motorrad fahren?»

«Ist lange her, aber ja. Warum?»

«Würdest du fahren? Ich kann gerade nicht.»

«Was ist denn los?»

«Erzähl ich dir später, dafür ist jetzt keine Zeit.»

Sie übergab ihm den Schlüssel und zeigte ihm, wie man die Maschine startete, bevor sie sich auf den Sozius schwang. Um sich festzuhalten, musste sie ihre Arme um seinen Oberkörper legen. Ihren Körper an seinem zu spüren, war ein merkwürdiges Gefühl. So nahe war Jonas seit mehr als sieben Jahren keiner Frau mehr gekommen. Und dann musste er auch noch Motorrad fahren, was er noch viel länger nicht getan hatte. Aber es war wie mit dem Fahrradfahren: Wenn man es einmal gelernt hatte, vergaß man es nicht mehr.

Als Franca vorgeschlagen hatte, Lars Krone mit dem Motorrad zu folgen, war Jonas zunächst skeptisch gewesen, aber die Vorteile hatten ihn überzeugt. Das Motorrad war schnell und wendig, und die einzige Alternative wäre das auffällige Wohnmobil gewesen. Dass sie dem Privatdetektiv auf den Zahn fühlen mussten, war beiden klar. Allem Anschein nach war er in dieser Geschichte tiefer involviert, als er zugab.

Jonas hielt ausreichend Abstand, um nicht entdeckt zu werden. Krone machte ihm die Verfolgung leicht: Er fuhr nicht besonders schnell und setzte vor jedem Abbiegen ordnungsgemäß den Blinker. Seine Fahrt führte sie aus dem dichten Stadtgebiet in den Randbereich. Nach und nach senkte sich die Dämmerung übers Land.

Jonas fragte sich, ob es Franca nicht gut ging. Irgendwas war anders, seitdem sie sich in der Pizzeria getroffen hatten.

Krone fuhr weiter aufs Land hinaus, und als er das nächste Mal den Blinker setzte, konnte Jonas trotz der Helme hören, wie Franca laut «Kacke!» rief.

Erst da wurde ihm klar, wohin sie fuhren.

Krone war auf den geschotterten Weg zum Campingplatz Seegrund abgebogen. Er stellte seinen Wagen vor der bereits geschlossenen Schranke ab und erwartete sie mit dem Pizzakarton in der Hand und einem Lächeln auf den Lippen.

Sie waren aufgeflogen.

Jonas stoppte vor dem Mann und stellte den Motor der Honda ab. Franca stieg vom Sozius, synchron zogen sie die Helme herunter.

«Ich befürchte, die Pizza ist kalt», sagte Lars Krone und hielt den Karton vor sich wie ein Tablett.

«Woher wissen Sie von diesem Ort?», fragte Franca.

«Ach, Mädchen, werd erwachsen. Glaubst du, du kannst zu mir kommen, Fragen stellen und einfach wieder verschwinden? Zwei Stunden nach unserem netten Gespräch wusste ich alles über dich, deine Eltern, diesen Campingplatz ... und dass du keine Lesbe bist, weiß ich auch. Wollen wir uns irgendwohin setzen und die Pizza essen? Ich denke, wir müssen reden.»

Jonas konnte sehen, wie wütend es Franca machte, Krone auf den Leim gegangen zu sein. Widerwillig stimmte sie einem Gespräch zu, machte aber klar, dass es nicht in Rolling Steel stattfinden würde. Sie wollte Krone nicht dort drin haben. Also gingen sie über den beleuchteten Campingplatz zum See hinunter, wo es an einem künstlich aufgeschütteten Sandstrand einige Holztische und Bänke gab. Dort hielt sich zu dieser Zeit niemand auf, sie hatten den Platz für sich.

«Woher wussten Sie, dass wir Sie verfolgen?», wollte Jonas wissen.

Krone griente.

«Luigi und ich, wir haben zur selben Zeit unsere Geschäfte aufgemacht, und ich habe bei ihm mehr Pizza gegessen als jeder andere. Das verbindet. Als vor einigen Jahren zum ersten Mal jemand bei Luigi auf mich wartete, rief er mich an, um mich zu warnen. Seitdem macht er das immer so. Sie glauben ja nicht, wie einfallslos die Menschen sind. Alle, aber auch wirklich alle, die mich auskundschaften wollten, haben dort gewartet. Und das waren in zwölf Jahren nicht wenige. Dann ruft Luigi an, fragt, ob ich eine Pizza haben möchte, und ich komme rüber und hol sie ab, um mir ein Bild von der Person zu machen, die etwas von mir will. Ich war ehrlich überrascht, Sie dort zu sehen, Herr Waider. Hatte nur mit Franca gerechnet.»

«Für Sie Frau Lichtenwalter. Ich ziehe das Du zurück», sagte Franca.

«Bist du beleidigt? Warum? Immerhin hast du mich zuerst belogen.»

Krone stellte den Pizzakarton auf dem Holztisch am Seeufer ab und öffnete den Deckel.

«Ich weiß ja nicht, wie es euch geht, aber ich habe Hunger. Und mir schmeckt Pizza auch kalt.»

Er riss ein großes Stück heraus und begann zu essen. Franca stand da, starrte Krone an und schüttelte den Kopf. Sie wollte etwas sagen, schien aber nicht die richtigen Worte zu finden. Auch das Atmen schien ihr schwerzufallen.

«Können Sie sich denken, warum wir Ihnen gefolgt sind?», übernahm Jonas das Gespräch.

Krone hatte noch den Mund voll und brauchte einen Moment, bevor er antworten konnte. An seinem Kinn klebte Tomatensoße.

«Nee, keine Ahnung. Aber ich bin gespannt, es zu erfahren.»

«Ich weiß seit heute, dass Sie vor sieben Jahren in der Schule mit meiner Tochter gesprochen haben. Warum?»

Jonas' Strategie sah vor, Krone nicht sofort mit allem zu konfrontieren, was sie wussten. Auf diese Art ließ sich seine Glaubwürdigkeit am besten testen.

«Habe ich?», fragte Krone kauend und machte ein nachdenkliches Gesicht. «Ja, stimmt, Sie haben recht!», brach es dann aus ihm heraus.

«Warum?»

«Na ja, ich hatte den Auftrag, herauszufinden, wie es Silvia Frieling geht. Und da ich Ihre Tochter hin und wieder mit ihr gesehen hatte, habe ich sie halt befragt. Wie man das eben so macht. Niemand sonst wollte mir Auskunft zu der kleinen Frieling geben.»

Krone zuckte mit den Schultern und biss erneut in die Pizza.

«Also ging Ihr Auftrag doch übers reine Fotografieren hinaus», mischte sich Franca ein. Ihre Augen blitzten in der Dunkelheit.

«Sicher», antwortete Krone mit vollem Mund. «Was dachtest du denn? Dass jemand vom Kaliber eines Ludwig Frieling nicht alles, aber auch wirklich alles versucht, seinen Willen durchzusetzen?»

«Was war denn sein Wille?», fragte Jonas.

«Na, was wohl! Den widerwärtigen Bernd Vollstedt loswerden, seine Familie zusammenhalten, den Ruf wahren. Ach ja, und Geld verdienen.»

«So ein Glück für ihn, dass ich aushelfen konnte», sagte Jonas mit einer ordentlichen Portion Sarkasmus in der Stimme.

«Tja, wie sich das damals alles entwickelte, konnte niemand ahnen, aber ja, dem alten Frieling war damit gedient.»

Jonas machte einen Schritt auf Krone zu.

«Ihm war mit dem Tod meiner Tochter gedient?»

Krone legte das übrig gebliebene Stück Pizza in den Karton zurück und wischte die Hände an seiner Hose ab.

«So habe ich das nicht gemeint. Es tut mir leid, was Ihnen und Ihrer Familie damals zugestoßen ist. Ich schwöre Ihnen, hätte ich gewusst, wozu Vollstedt fähig ist, ich hätte ihn persönlich aus dem Verkehr gezogen.»

«Vielleicht haben Sie das ja. Nur zu spät.»

Die Anschuldigung war heraus, bevor Jonas darüber nachdenken konnte, ob es klug war, Krone mit dem Verdacht zu konfrontieren.

«Was wollen Sie damit sagen?»

Krone veränderte seine Haltung, seine Mimik, seine Ausstrahlung. Lockerheit und Flapsigkeit machten einer professionellen Ernsthaftigkeit Platz.

«Vollstedt ist tot. Und ich war es nicht.»

«Was? Quatsch! Natürlich waren Sie es. Sie saßen dafür im Knast.»

«Ich wäre nicht der erste Unschuldige im Knast.»

Krones Blick wechselte zwischen Franca und Jonas hin und her. Er wirkte überrascht.

«Sie haben Vollstedt nicht getötet?», hakte er nach. «Wer dann?»

«Jemand, der einen Vorteil daraus ziehen konnte», versetzte Franca scharf. «Entweder einen finanziellen oder ideellen.»

Krone nickte.

«Ich verstehe. Sie denken an Ludwig Frieling. Sie denken, er hat die Gunst der Stunde genutzt.»

«Ja, aber ein alter Banker macht sich die Hände nicht selber schmutzig, nicht wahr!»

«Wir sollten das Gespräch hier abbrechen», sagte Krone. «Ich werde mich nicht von euch eines Mordes beschuldigen lassen.»

«Wir brechen hier gar nichts ab, bevor ich nicht ein paar Antworten habe», sagte Jonas. «Ehrlich gesagt, ist es mir scheißegal, wer Vollstedt getötet hat. Aber ich will wissen, was meiner Tochter zugestoßen ist. Und ich werde es erfahren, koste es, was wolle. Sie stecken tiefer in der Sache drin, als Sie zugeben, und damit sind Sie für mich enorm wichtig.»

«Manchmal ist es besser, man lässt die Vergangenheit ruhen», sagte Krone.

«Kommen Sie mir nicht mit blöden Sprüchen.» Jonas spürte Wut in sich hochkochen. «Warum haben Sie damals der Presse erzählt, ich hätte Vollstedt misshandelt? Woher wussten Sie überhaupt davon?»

Auf diese Frage war Krone nicht vorbereitet, das sah Jonas ihm an. Die Augen des Privatdetektivs huschten kurz zwischen ihm und Franca hin und her, dann schüttelte er den Kopf.

«Das war's für mich, Leute. Einen schönen Abend noch.»

Krone machte sich auf den Weg, doch er kam nicht weit. Jonas stürzte los, packte ihn und schleuderte ihn in den Sand.

«Jonas ... nicht!», rief Franca.

Er hörte sie, ließ sich aber nicht abhalten. Auf keinen Fall würde er akzeptieren, dass Krone mit seinem Wissen abhaute. Der Mann musste reden, sonst würde er nie erfahren, was seiner Tochter damals zugestoßen war.

Bevor der überrumpelte Privatdetektiv wieder auf die Beine kam, ließ Jonas sich mit den Knien auf dessen Rücken fallen, presste ihn in den Sand, riss seinen rechten Arm auf den Rücken und zog ihn hoch zum Schultergelenk. Krone schrie schmerzgepeinigt auf.

«Ich will jetzt Antworten», sagte Jonas.

«Jonas, hör auf!»

Franca war dicht hinter ihm, packte ihn an der Schulter, doch Jonas ließ sich nicht abhalten. Seine Wut verlieh ihm ungeheure Kräfte, er spürte aber, dass er diesen Kraftakt nicht lange durchhalten würde.

«Ich will jetzt Antworten!», wiederholte er und zog den Arm weiter hoch. Der Mann musste reden, um jeden Preis. Krone schlug mit dem freien Arm um sich, strampelte mit den Beinen, kam aber nicht frei.

«Jonas, lass ihn los. Sofort!»

Franca rüttelte an seinen Schultern, doch Jonas wollte nicht aufgeben.

«Warum haben Sie der Presse den Tipp gegeben?», schrie er den Privatdetektiv an.

«Weil Frieling es so wollte. Er hatte gehofft, die Situation damit auf die Spitze treiben zu können. Er hat genau vorhergesehen, wie Sie sich verhalten würden.»

«Er wollte also, dass ich Vollstedt umbringe?»

«Genau ...» Krone wehrte sich nicht mehr. «Glauben Sie mir, der alte Frieling wusste genau, wie die Menschen ticken. Wen man nicht kaufen kann, hat er immer gesagt, den muss man mieten. Er hat Sie dafür gemietet, Vollstedt aus dem Weg zu räumen, und dafür brauchte er nicht einmal Geld. Informationen reichten.»

Jonas ließ von Lars Krone ab und ließ sich auf den Hintern in den Sand fallen.

«Er hat mich manipuliert?»

Krone hockte da, wischte Sand aus dem Gesicht und spuckte aus.

«Der alte Frieling hat jeden manipuliert.»

«Dich auch?», fragte Franca.

«Nee, mich hat er bezahlt. Und zwar richtig gut.»

«Aber nicht nur für die Bilder von Silvia, oder?»

Krone schüttelte den Kopf.

«Damit fing es an. Wir haben etwas gesucht, um Vollstedt aus dem Verkehr zu ziehen, aber nichts gefunden.»

«Und das alles tat der alte Frieling nur, um Vollstedt von seiner Familie fernzuhalten?», hakte Franca nach.

«Ob ihr es glaubt oder nicht, die Familie ging dem Alten über alles. Für seine Tochter hätte er alles getan, aber sie ließ ihn nicht. Wollte nichts mehr mit ihm und seinem Geld zu tun haben.»

«Warum nicht?»

Krone antwortete nicht sofort. Er rang mit sich. Es schien ein schwerer Kampf zu sein, und als er endlich sprach, klang er sogar erleichtert.

«Frieling hat für sich und seine Bankerkollegen Partys organisiert. Einmal im Jahr. Mit Hostessen. Vollstedt kommt aus der Szene, hatte also auf dieser Ebene mit dem alten Frieling geschäftlich zu tun. Irgendwann hat Vollstedt ihn damit erpresst.»

«Vollstedt hat Nutten für Ludwig Frielings Bankerpartys organisiert?», fragte Jonas ungläubig.

Krone nickte.

«Und was war mit dem Haus?»

«Häh?», machte Krone.

«Das Haus. Das gehörte früher Vollstedts Eltern. Die Bank, oder besser, der alte Frieling hat es ihnen weggenommen.»

«Was erzählen Sie für eine Scheiße?»

«Das ist keine Scheiße, sondern die Wahrheit», sagte Franca. «Offenbar hat Frieling dir nicht alles erzählt. Vielleicht warst du auch nur ein manipulierbarer Nützling.»

Krone sagte nichts, starrte sie nur an. Hinter seiner Stirn schienen die Gedanken zu rasen.

«Ab wann war Vollstedt mit Gerlinde Frieling zusammen?», wollte Franca wissen.

«Das muss 2014 gewesen sein.»

«Also vier Jahre nachdem Gerlinde dort einzog. Und wann hat Vollstedt mit der Erpressung begonnen?»

«Das war 2016.»

«Zwei Jahre bevor Isabell verschwand», sagte Jonas.

Jonas hörte das alles, verstand es auch, aber ihn interessierte weder Gerlinde Frieling noch der Familienzwist oder die Erpressungsgeschichte. Nur eine einzige Frage interessierte ihn: «Hat Ludwig Frieling meine Tochter getötet?»

«Nein! Verdammt noch mal, hat er nicht! So wie Sie selbst, wie alle anderen auch, war er davon überzeugt, dass Vollstedt es getan hat ... und das hat er für sich ausnutzen wollen.»

«Du warst doch die ganze Zeit da», sagte Franca. «Hast du nicht irgendwas gesehen in jener Nacht, als Isabell verschwand?»

Krone schüttelte den Kopf.

«In der Nacht lag ich schlafend im Bett. Ich war ja nicht ausschließlich für Frieling unterwegs und auch nicht rund um die Uhr.»

«Was für einen Wagen fuhren Sie damals?», fragte Jonas.

«Spielt das eine Rolle?»

«Was für einen Wagen?»

«VW Touareg.»

«Und der alte Frieling?»

«Keine Ahnung ... ich glaube, einen Fünfhunderter-Mercedes.»

«Schwarz?»

«Kann schon sein. Ja, der war schwarz. So eine schwarze Nobelkiste für Banker.»

In diesem Moment zog dieser Wagen in Jonas' Erinnerung vorbei, während die Bienenstiche in seinem Arm pulsierten und ihn mit zerstörerischer Hitze ausfüllten.

14.

Nachdem Lars Krone verschwunden war, saßen Franca und Jonas schweigend am Ufer des Sees und starrten in die Nacht. Eine schwere, schwülwarme Dunkelheit lag über dem Land, irgendwo quakten Kröten, hin und wieder plätscherte es leise im Wasser, wenn Fische nach Insekten schnappten. Eigentlich war dies ein wunderbar atmosphärischer Moment zum Genießen, doch Franca war sauer und wollte es Jonas spüren lassen. Sein gewaltsames Verhalten war inakzeptabel gewesen, auch wenn es zum Erfolg geführt hatte. Deshalb sagte sie kein Wort, auch wenn das Schweigen von Minute zu Minute bedrückender wurde und bald kaum noch zu ertragen war.

«Tut mir leid», sagte Jonas irgendwann.

Franca schwieg.

«Ich mein's ehrlich. Ich hätte das nicht tun dürfen.»

Sie schwieg. Da musste mehr kommen.

«Gut, dann ruf ich mir ein Taxi.» Jonas stand auf.

«Setz dich sofort wieder hin!», fuhr sie ihn an.

Er gehorchte und ließ sich wieder in den Sand fallen.

«Okay …» Franca holte tief Luft. «Entschuldigung angenommen. Mach das nie wieder, hörst du!»

«Ich versprech's.»

Das glaubte sie ihm sogar, aber in einer vergleichbaren Situation würde es seine Persönlichkeit wahrscheinlich nicht zulassen, sich an das Versprechen zu halten.

«Und du bist dir sicher wegen des Wagens?», fragte Franca.

Jonas nickte. «Absolut. Damals habe ich mich nicht einmal gefragt, was so ein Auto in der Gegend zu suchen hat, ich war ja viel zu sehr mit mir selbst beschäftigt. Aber ich kann mich noch erinnern, wie er an der Kneipe vorbeifuhr, während ich hinter den Müllcontainern hockte. Das muss Ludwig Frieling gewesen sein.»

«Wenn er es war, dann hat er dich dabei beobachtet, wie du Vollstedt in den Wald verschleppt hast.»

Mehr musste Franca nicht sagen, der Rest war klar. Sie würden niemals beweisen können, dass Ludwig Frieling zu Ende geführt hatte, was Jonas nicht gekonnt hatte, doch die Indizien sprachen für sich.

Franca fragte sich, was diese Gewissheit in Jonas anrichtete. Nach wie vor gelang es ihr nicht, in ihn hineinzuschauen.

«Wie geht's dir damit?», fragte sie geradeheraus in der Hoffnung, eine Antwort zu bekommen.

Jonas zuckte mit den Schultern.

«Was soll's.»

Wenn die Gleichgültigkeit gespielt war, dann war sie gut gespielt.

«Viel wichtiger ist doch: Was machen wir jetzt?», fragte Jonas.

«Wir müssen Silvia finden. Ohne sie kommen wir nicht weiter.»

«Und wie stellen wir das an? Wir dürfen nicht einmal in die Nähe des Hauses.»

«Dafür, dass du gerade jemanden ziemlich grob behandelt hast, bist du jetzt echt zimperlich.»

Jonas warf ihr einen Blick zu.

«Was hast du vor?»

«Wir fahren da hin und verschaffen uns Zutritt», sagte Franca. «Ich bin mir sicher, in Silvias Zimmer finden wir Hinweise auf ihren Verbleib.»

«Ein Einbruch?»

Franca zuckte mit den Schultern. «Ich würde sagen, wir überreden Gerlinde. Mit Nachdruck.»

«Und du machst mir Vorwürfe!»

Franca stand auf, klopfte sich den Sand von der Hose und streckte Jonas die Hand hin, um ihm aufzuhelfen.

«Dem Mädchen darf nichts passieren. Das würde ich mir nie verzeihen.»

Er ergriff ihre Hand und ließ sich aufhelfen. Für einen Moment hatte Franca ihre Verletzung vergessen und stöhnte auf vor Schmerz.

«Was ist los?», wollte Jonas wissen.

«Nichts. Geht schon.»

«Hey, so geht das nicht. Du verlangst doch absolute Ehrlichkeit von mir, also sei bitte auch ehrlich.»

Der Punkt ging an ihn. Franca hatte nicht vorgehabt, ihm von der Revanche der Russen zu erzählen, weil sie ahnte, dass es sein Gewissen belasten würde, aber belügen wollte sie ihn nicht.

Also berichtete sie kurz von ihrem Erlebnis am Nachmittag.

«War das Juri selbst?»

«Keine Ahnung, es ging sehr schnell ... ja, kann schon sein.»

«Dieses Dreckschwein.»

Jonas' Hände schlossen sich zu Fäusten.

Franca nahm eine davon in ihre Hand.

«Lass gut sein. Es bringt mich nicht um, und wir haben andere Dinge, um die wir uns kümmern müssen.»

15.

Zwei Uhr nachts.

Die Straßenlaternen waren längst erloschen, hinter allen Fenstern herrschte Dunkelheit. Sie hatten sich durch den Wald an das Grundstück der Frielings herangeschlichen und beobachteten aus dem Dickicht neben dem Haus die Straße.

Kein Polizeiwagen. Gut.

«Ist die Fahne draußen?», flüsterte Franca.

Jonas kroch ein Stück vor, bis er die Vorderfront des Hauses sehen konnte, und kam dann zurück.

«Keine Fahne.»

«Okay, dann hat sie Feierabend gemacht … oder den Betrieb eingestellt, weil die Polizei hier war.»

In der Dunkelheit suchte Franca Jonas' Blick. Seine Augen waren schwarze Seen, abgrundtief und geheimnisvoll.

«Wir machen es wie besprochen, okay?»

Er nickte und verschwand.

Franca wartete noch einen Moment. Hoffentlich ging das gut. Nach Jonas' brutaler Aktion am See war ihr bewusst, dass er zu impulsiv, zu wütend war, um sich selbst zu kontrollieren. Er würde immer wieder ausflippen, wenn er den Eindruck hatte, dem Rätsel um seine verschwundene Tochter nicht näherzukommen.

Aber was sollte sie machen? Sie konnte ihn schlecht wegschicken.

Franca verließ das Gebüsch und ging auf die Eingangstür zu. Obwohl es ihre Idee war und ihr Plan, hatte sie plötzlich ein schlechtes Gefühl bei der Sache und fragte sich, ob sie nicht besser abbrechen sollten. Nur würden sie dann nicht weiterkommen und Silvia nicht finden. Nein, sie durfte jetzt nicht nachgeben.

Franca klopfte an die Eingangstür. Zuerst verhalten, dann kräftiger. Dabei sah sie sich um, kontrollierte Straße, Bürgersteig und vor allem das Haus der alten Frau Buck, konnte aber niemanden entdecken. Also klopfte sie noch kräftiger, so lange, bis drinnen im Flur ein kleines Licht anging.

Ein Scharren und Schlurfen, dann Gerlindes Stimme hinter der Tür.

«Silvia? Bist du das?», fragte sie.

«Hier ist Franca Lichtenwalter.»

Gerlinde zögerte, öffnete dann aber doch die Tür. Sie trug ein knielanges Nachthemd und sah aus wie ein Tote.

«Was wollen Sie hier?»

«Silvia helfen.»

«Meine Tochter ist verschwunden, und daran seid nur ihr schuld.»

«Gerlinde ... ich verspreche Ihnen, ich finde Silvia. Ich werde nicht aufgeben, ehe sie nicht wieder hier bei Ihnen ist. Aber dafür brauche ich Ihre Hilfe. Allein geht es nicht.»

«Wo ist Waider?»

«Nicht hier.»

Diese Lüge war notwendig.

«Ich hab ihn bei der Polizei angezeigt. Was, wenn er sich an Silvia gerächt hat?»

«Hat er nicht, das kann ich Ihnen versprechen. Jonas will genauso sehr wie wir wissen, wo Ihre Tochter ist. Bitte, Gerlinde, lassen Sie mich rein, wir müssen reden.»

Gerlinde nickte, zog die Tür ganz auf und ließ Franca eintreten. Es gab ihr ein schlechtes Gefühl, sich dieses Vertrauen mit einer Lüge erkaufen zu müssen.

Gerlinde wirkte verzweifelt und mit ihrem ungepflegten Haar und den blutunterlaufenen Augen wie eine Verrückte. Franca musste vorsichtig mit ihr umgehen. Diese Frau würde bei der kleinsten Belastung zerbrechen.

«Darf ich noch einmal in Silvias Zimmer gehen?»

«Nach oben?»

Franca nickte.

«Aber sie ist nicht da!»

«Ich weiß, aber ich brauche Anhaltspunkte, und ich glaube, die finde ich am ehesten in ihrem Zimmer.»

«Was denn für Anhaltspunkte?»

«Gerlinde ...», begann Franca vorsichtig und berührte die Frau am Arm. «Ich glaube, Bernd hat Isabell Waider nicht getötet. Es war ein anderer, und der hält Silvia jetzt gefangen, weil sie ihn kennt.»

«Ich habe doch immer gesagt, der Bernd war es nicht. Er kann es gar nicht gewesen sein, aber mir wollte ja niemand glauben.»

«Ich glaube Ihnen, Gerlinde. Aber wir müssen jetzt schnell herausfinden, wer der wahre Täter ist. Damit Silvia heimkehren kann.»

«Er darf meiner Kleinen nichts antun, ich hab doch nur noch sie. Ich muss aber nicht mit hoch, oder?»

Franca hatte sich schon gefragt, wie sie Gerlinde davon abhalten könnte, mit hinaufzukommen – zumindest das Problem hatte sich von allein erledigt. Sie schien wirklich Angst vor dem Obergeschoss zu haben.

«Nein, müssen Sie nicht, ich schaffe das allein. Sie warten hier unten, okay? Ich sage Bescheid, sobald ich fertig bin.»

Gerlinde ging ins Wohnzimmer, Franca stieg die Treppe hinauf. Ihr Herz klopfte wild, während sie sich einen Weg zur Zimmertür suchte. Sie betrat Silvias Reich, öffnete leise das Fenster im Giebel und schaute hinaus. Unten stand Jonas an der Leiter. Sie winkte ihm zu und er stieg hinauf.

«Alles klar?», fragte er, nachdem er durchs Fenster gestiegen war.

«Gerlinde macht keine Probleme, aber sie darf nicht erfahren, dass du hier bist.»

«Wird sie nicht.» Jonas sah sich um. «Eine Messiewohnung», stieß er aus.

Alles stand voll, nirgendwo gab es einen freien Platz, und zwischen den Kisten, Möbeln und Kleiderständern nur schmale Durchgänge, und wenn Franca nicht schon einmal in Silvias Versteck gewesen wäre, hätte sie es nun nicht so schnell gefunden.

Sie krochen auf Knien hinein in die Höhle, bis zu der Stelle, die Franca schon kannte. Dort war es stockdunkel. Franca suchte die kleine Lampe, fand sie und knipste sie an.

Es war alles noch so, wie sie es in Erinnerung hatte.

Jonas schüttelte fassungslos den Kopf.

«Wie sollen wir hier etwas finden?»

Zumal wir nicht einmal wissen, wonach wir suchen, dachte Franca, sprach es aber nicht aus, um Jonas nicht zu demotivieren. Sie waren in der Hoffnung hierhergekommen, in Silvias Reich einen Hinweis auf den Sandgräber zu finden, und sicher gab es den auch, aber in welcher Art und Weise und wo, das wussten sie nicht.

«Das wird eine lange Nacht», vermutete Franca.

Sie nahm Silvias Laptop zur Hand. Er war ausgeschaltet. Sie drückte den Knopf und wartete, bis er hochgefahren war. Der Bildschirm forderte sie auf, ein Passwort einzugeben.

«Nebenbei können wir darüber nachdenken», sagte sie.

«Versuch ‹Isabell› », schlug Jonas vor.

In allen Varianten mit Vor- und Zunamen schlugen die Versuche fehl. So einfach war es also nicht. Silvia mochte merkwürdig sein, aber dumm war sie nicht.

«Was ist das?», fragte Jonas.

Eines der Regale hatte im unteren Bereich Türen. Sie waren geschlossen, aber ein Kabel führte durch einen schmalen Spalt hinein. Franca, die näher dran war, zog die Türen auf. Sie hatte Krimskrams erwartet, doch das etwa fünfzig Zentimeter hohe Fach war leer. Mehr noch: Das Regal hatte keine Rückwand.

Franca bückte sich tief hinunter.

«Da geht's noch weiter.»

Das Kabel führte in die Dunkelheit hinter dem Regal.

«Was ist da?», wollte Jonas wissen.

«Ich weiß nicht ...»

Franca ignorierte die Schmerzen, kroch auf dem Bauch in das Regal hinein und auf der anderen Seite wieder hinaus. Vor ihr öffnete sich eine kleine Kammer unter der Dachschräge. Franca tastete sich an dem Kabel entlang, bis es an einer Lampe endete.

Sie schaltete sie ein und stieß vor Schreck ein leises Geräusch aus.

«Hast du was gefunden?», fragte Jonas von der anderen Seite.

«Komm her!», antwortete Franca mit erstickter Stimme.

Es dauerte ein wenig, bis Jonas seinen Körper durch die Öffnung gezwängt hatte.

«Mein Gott!», stieß er aus, als er sah, was Franca so erschreckt hatte.

Hinter dem Regal hatte Silvia unter den Dachschrägen eine Höhle aus einer Matratze und unzähligen Kissen und Decken eingerichtet. Zwischen den Wänden und dem Regal hing eine blaue Wolldecke tief herunter, sie bildete das Dach der Höhle. An dieser Wolldecke waren mit Sicherheitsnadeln Dutzende kleiner Stofftiere befestigt. Ein Himmel aus Stofftieren. Ringsherum waren Regalbretter mit allem Möglichen gefüllt, ein Sammelsurium an Dingen, darunter wieder viele kleine und größere Stofftiere.

Hunderte schwarze Knopfaugen starrten Franca und Jonas leblos an.

Die Gänsehaut wollte nicht von Francas Körper weichen, sogar ihre Kopfhaut zog sich zusammen. Alles in ihr drängte nach Flucht, doch sie blieb, denn eines stand fest: Diese Höhle barg Silvias wahres Geheimnis.

«Was ist das?», fragte Jonas flüsternd.

Für eine Antwort fehlten Franca die Worte.

Was fühlte und dachte Silvia, wenn sie sich in dieser Höhle aufhielt? Wofür standen all diese Stofftiere? Erinnerten sie Silvia an etwas, oder stellten sie eine Warnung dar? Oder verrieten sie gar ein Geheimnis in einer Sprache, die nur Silvia verstand?

«Oh nein! Verdammte Scheiße, nein!»

Franca fuhr herum.

Jonas schob sich auf den Knien vorwärts zu einem Regal in Augenhöhe. Es war mit einer dicken Schicht weißem Sand bestreut. Trockenblumen lagen darin – und mittendrin ein weiteres Stofftier.

Ein kleiner lilafarbener Teddy, aus dessen Kopf das aufgerissene einzelne Glied einer silbernen Kette herausschaute.

«Das ist TomTom!»

KAPITEL 6

1.

Die Müdigkeit brannte in Francas Augen wie Seifenwasser. Sie fühlte sich ausgelaugt. Zu der Sorge um Silvia kam noch Jonas' bedenkliches Verhalten. Dieses ständige Auf und Ab seiner Gefühlslage, seine Unberechenbarkeit. Franca verstand ihn, litt mit ihm, wusste gleichzeitig aber auch, dass er gefährlich war und sie in einen Strudel aus Gewalt ziehen würde, wenn sie nicht aufpasste.

Sie war froh, dass er auf dem Campingplatz bleiben wollte, während sie zu dem Wohnheim fuhr, in dem Silvia die letzten Jahre verbracht hatte, um mit der Leitung dort zu sprechen.

Seitdem er in der Nacht den kleinen lilafarbenen Bären in Silvias Höhle gefunden hatte, war Jonas wieder zu der Überzeugung gelangt, damals doch den richtigen Mann beschuldigt zu haben. Wie sonst sollte Silvia in den Besitz von Tom-Tom gelangt sein, der von Isabells Rucksack abgerissen worden war? Vollstedt hatte das getan und ihn seiner Tochter als Warnung dagelassen. *Sieh her, das geschieht, wenn man mich herausfordert.* Alle anderen Drohungen, damit hatte Sven-Ole Reiter nach Jonas' Meinung recht, hatte Silvia selbst geschrieben, um auf sich aufmerksam zu machen.

Oder aber, Silvia selbst hatte Isabell etwas angetan und war so an den Bären gelangt.

Die Frage, warum Silvia dann in der Sandgrube nach etwas suchte, hatte Jonas mit dem Hinweis auf ihr Asperger-Syndrom abgetan.

Sie ist eben verrückt, das sieht man ja an dieser gruseligen Höhle voller Teddys.

Ganz so einfach wollte Franca es sich nicht machen, allerdings spürte auch sie wachsende Verzweiflung.

Sie hatten viel herausbekommen, wussten aber immer noch nicht, wer damals Isabell Waider entführt hatte und damit wahrscheinlich auch für Silvias Verschwinden verantwortlich war. Zudem türmten sich Fragen auf. Wo war Isabells Leiche? Was verbarg Carina Hussmann? Was hatte Ludwig Frieling mit alledem zu tun? Hatte er Vollstedt getötet? Oder war es der Privatdetektiv Lars Krone gewesen, im Auftrag des alten Frieling? Das erschien Franca am plausibelsten, aber sie würde es nie erfahren, denn der Bankpatriarch lebte nicht mehr, und Krone würde sich nicht selbst belasten. Vollstedts Tod mochte unaufgeklärt bleiben, aber nicht der an Isabell. Auf gar keinen Fall. Das würde Franca nicht zulassen.

Wenn Jonas eines brauchte, um weiterleben zu können, dann Gewissheit. Und wenn Silvia ein halbwegs normales Leben bekommen sollte, musste dieser alte Ballast aus dem Weg geräumt werden.

Während sie auf ihrer Honda in die Stadt fuhr, zog Franca in Betracht, dass die Lösung bereits offen vor ihr lag.

Manchmal war der erste Verdacht der richtige.

Gut möglich, dass Vollstedt Isa aus Rache hatte verschwinden lassen und die Familiengeschichte der Frielings so durch Zufall mit der der Waiders kollidiert war.

Aber wenn dem so war, musste Franca dafür Beweise finden.

Sie erhoffte sich, in dem Heim weiterzukommen. Das Haus am Eichfeld warb im Internet mit einem Wohnheim für psychisch kranke Menschen zwischen 18 und 60 Jahren, das nicht isoliert, sondern mitten in einem Wohngebiet lag und über gute Verkehrsanbindungen verfügte. Dort fanden Menschen mit seelischen Störungen als Folge von Krankheiten oder Verletzungen des Gehirns, mit Neurosen oder Persönlichkeitsstörungen ein vorübergehendes oder dauerhaftes Zuhause.

Namen und Adresse der Einrichtung hatte Franca von der Assistenz an Silvias ehemaliger Schule, Dorothea Meister, bekommen.

Nachdem sie außer TomTom nichts wirklich Aufschlussreiches in Silvias Höhle gefunden hatten und auch den Laptop nicht entsperren konnten, hatte Franca noch eine halbe Stunde in der Küche mit Gerlinde gesprochen. Die Frau war genauso am Ende wie Jonas, aber ihr fehlten die Kraft und die Wut, über die er verfügte.

Außenstehende mochten es verdammen, wie Gerlinde ihre Tochter hausen ließ, aber Außenstehende bildeten sich schnell mal eine Meinung, die all die Ambivalenz und Widersprüchlichkeit menschlicher Liebe ignorierte. Gerlinde war für ihre Tochter da gewesen, so sah sie es. Punkt. Dem gab es nichts hinzuzufügen. Und sie litt so sehr unter dem Verlust, dass Franca befürchtete, die Frau könnte sich etwas antun.

Ein weiterer Grund, nicht nachzulassen.

Das Haus am Eichfeld bestand aus mehreren Gebäuden, alles einstöckige, rote Backsteinhäuser, verbunden durch gepflasterte Wege. Hinweisschilder lotsten Franca zur Verwaltung, die etwas außerhalb der übrigen Gebäude lag. Es war still dort. Vögel sangen in den Büschen, irgendwo lachte jemand herzlich, leise Geräusche am Rande der Wahrnehmung.

Auf den ersten Blick wirkte der Ort, als könne man sich hier wohlfühlen. Sie verglich ihn mit dem verwinkelten, zugewachsenen, düsteren Haus der Frielings und fragte sich, warum Silvia dorthin zurückgezogen war.

Um sich um ihre Mutter zu kümmern?

Konnte das sein?

Das war noch ein Punkt, der geklärt werden musste.

2.

Mit den Fäusten in den Taschen, den Kopf gesenkt, die Schultern zusammengezogen, stand Jonas auf der gegenüberliegenden Straßenseite und beobachtete die Stadtvilla der Bankiersfamilie Frieling.

Er war nie zuvor hier gewesen.

Warum auch?

Damals, vor sieben Jahren, hatte er nichts von diesen Leuten gewusst. Nur Vollstedt war wichtig gewesen, nicht dessen Frau und schon gar nicht deren Eltern. Dabei hätte Jonas gut daran getan, sich mit ihnen zu beschäftigen, das wusste er jetzt.

Darum würde er es nachholen. Wenn die Witwe von Ludwig Frieling irgendetwas über die Vorgänge von damals wusste, dann musste sie es ihm sagen. Der zwielichtige Privatdetektiv hatte offenbart, wie sehr dem alten Banker daran gelegen war, Bernd Vollstedt in Schach zu halten. Wer sich und sein Renommee derart bedroht sah, der schreckte auch vor Mord nicht zurück.

Wenn er Franca darum gebeten hätte, wäre sie mit ihm zusammen zur alten Frieling gefahren, aber genau das wollte er nicht. Sie war eine sensible, ehrliche und aufrichtige Frau mit moralischen Grundsätzen und setzte Menschen nicht unter Druck, das hatte sie bei den Gesprächen mit Torsten Engelmann und Lars Krone gezeigt. Wahrscheinlich konnte sie so etwas gar nicht.

Nein, es war besser, Franca nicht dabeizuhaben. Sie würde ihm sein Verhalten wahrscheinlich nicht verzeihen, denn er hatte versprochen, ehrlich zu sein. Es machte ihm schon jetzt zu schaffen, sie zu enttäuschen, doch anders ging es nicht.

Jonas zog die Baseballkappe tiefer ins Gesicht und überquerte die Straße. An der Türklingel achtete er darauf, sein Gesicht nicht in die Überwachungskamera zu halten.

«Ja», meldete sich die Frieling nach dem dritten Klingeln.

«Stadtpost», meldete Jonas sich. Diese private Zustellfirma machte im gesamten Stadtgebiet der Post Konkurrenz. Er zog einen braunen DIN-A4-Umschlag hervor und hielt ihn in die Kamera.

«Eine Zustellung für Frau Frieling gegen Unterschrift.»

«Stecken Sie es in den Einwurfschlitz.»

«Tut mir leid, ich brauche eine Unterschrift.»

«Wer ist der Absender?»

Jonas tat, als lese er den Namen ab.

«F. Lichtenwalter, hier in der Stadt», sagte er.

In der darauffolgenden Pause sah Jonas seinen Plan scheitern. Die Alte würde ihn nicht reinlassen.

«Kommen Sie bitte an die Haustür», sagte sie schließlich, und der Summer ertönte.

Jonas drückte die schmiedeeiserne Pforte auf, betrat das

durch hohe Mauern abgeschirmte Grundstück und ging zu dem pompösen Haus hinüber. Kaum hatte er die Stufen zur Eingangstür überwunden, ging sie auch schon auf.

Eine missmutig dreinblickende alte Frau in grauer Kleidung trat ihm entgegen. Ihre Blicke trafen sich, doch sie schien ihn nicht zu erkennen.

«Geben Sie her», fuhr sie ihn an.

«Guten Tag, Frau Frieling. Mein Name ist Jonas Waider. Wir müssen uns unterhalten.»

Ihrem Gesichtsausdruck nach zu urteilen, sagte ihr im ersten Moment nicht einmal sein Name etwas. Sie starrte ihn an, presste die Lippen zusammen, dachte nach.

«Was wollen Sie?»

«Erstens: Entweder unterhalten wir uns, oder ich gehe von hier aus zur Presse und erzähle denen von den Partys mit Prostituierten, die Ihr Mann für seine Bankerkollegen veranstaltet hat.»

«Was erlauben Sie sich!»

«Zweitens: Ich sorge dafür, dass Sie Silvia nie wiedersehen. Das ist keine leere Drohung, falls Sie das denken sollten.»

Sie riss die Augen auf. Unsicherheit schlich sich in ihren harten, kalten Blick. Für eine passende Antwort fehlten ihr die Worte.

«Zu Ihrer Information: Ich arbeite mit Frau Lichtenwalter zusammen, und ich bin hier, um zu erfahren, was vor sieben Jahren mit meiner Tochter geschehen ist. Ich bin mir sicher, Sie haben ein paar Antworten für mich, und wie Sie sich vorstellen können, brenne ich darauf, diese zu hören. Ich bin wütend, verzweifelt und habe nichts zu verlieren. Sie werden mich nicht los, heute nicht, morgen nicht, niemals. Ich werde Ihnen von heute an das Leben zur Hölle machen, wenn Sie nicht mit mir reden.»

Keins der Worte davon hatte Jonas sich zurechtgelegt, sie waren in diesem Moment einfach da. Und wie es aussah, verfehlten sie ihre Wirkung nicht. Die Frieling drückte sich eine Hand an den Hals, dann trat sie einen Schritt zurück, bereit, die Tür zuzuschlagen, tat es aber nicht.

«Kommen Sie rein, in Gottes Namen», sagte sie und ließ Jonas eintreten.

3.

Im Verwaltungsgebäude des Wohnheims war es kühl und still. An den Wänden hingen Dutzende Landschaftsbilder, jedes von einem anderen Künstler erschaffen, wahrscheinlich von den Bewohnern. Verschiedenste Farben und Formen, die durch ihre Intensität und Vielfalt bestachen, wechselten sich mit düsteren Bleistiftzeichnungen ab.

Hinter einem niedrigen Tresen entdeckte Franca eine ältere Frau. Sie trug extravagante Kleidung, viel Modeschmuck und eine übergroße Brille.

«Silvia Frieling», sagte die Frau, nachdem Franca sich vorgestellt und ihr Anliegen genannt hatte. «Natürlich erinnere ich mich an sie. Ein ganz besonderes Mädchen. Geht es ihr denn gut? Wir haben hier nichts mehr von ihr gehört, seitdem sie ausgezogen ist.»

Franca war drauf und dran, die sympathische Frau zu belügen, um sie nicht traurig zu stimmen. Aber sie würde nur Informationen bekommen, wenn sie den Leuten hier die Dringlichkeit ihres Anliegens bewusst machte. Also erzählte sie, dass Silvia verschwunden war, die Polizei nach ihr suchte und ihre Mutter sich große Sorgen machte.

«Um Gottes willen ... Um Gottes willen ...», stieß die Frau fassungslos aus. «Ich wusste doch, das geht nicht gut. Kommen Sie, Frau Lichtenwalter, ich bringe Sie zu Frau Stelter, sie ist hier die Heimleiterin.»

Frau Stelter empfing sie sofort. Sie war jung, nicht älter als vierzig, eine zarte, klassische Schönheit mit schlanken Händen und einfühlsamem Blick. Ihr Büro hatte eine große Fensterfront und war mehr oder weniger ein Gewächshaus. Die Ausmaße der verschiedenen Kakteen waren beeindruckend.

«Verschwunden?», fragte sie, nachdem Franca erzählt hatte, warum sie hier war.

Die Frau vom Empfang stand ebenfalls noch im Büro. Ihr Schmuck klapperte, wenn sie sich bewegte, ständig nahm sie ihre Brille ab, rieb sich die Augen und setzte sie wieder auf.

«Das konnte ja nicht gut gehen», wiederholte sie ein ums andere Mal.

«Victoria, würdest du bitte die Info wieder besetzen?», wies Frau Stelter ihre Mitarbeiterin an.

«Ja, ja natürlich ... um Gottes willen!»

Sie verschwand, und für einen Moment herrschte Ruhe im Gewächshaus.

Frau Stelter bot Franca einen Platz an.

«Es klingt, als wären nicht alle einverstanden gewesen, dass Silvia hier auszog», begann Franca das Gespräch.

«Schon möglich, aber Silvia ist erwachsen, sie war freiwillig hier und konnte kommen und gehen, wie und wann sie wollte. Auszuziehen war ihre Entscheidung.»

«Niemand hat sie gedrängt?»

«Wie meinen Sie das?»

«Ihre Großmutter vielleicht, oder ihre Mutter?»

Frau Stelter schüttelte den Kopf. Das war keine Verneinung, sondern Unverständnis. Francas Frage schien an etwas zu rütteln, das die Frau noch nicht verarbeitet hatte.

«Ich darf gar nicht mit Ihnen darüber sprechen», sagte Frau Stelter. Ihr Blick verriet jedoch den Wunsch, genau das zu tun.

Sie brauchte nur noch einen kleinen Schubs.

«Ich werde keine Fragen zu Silvias Gesundheitszustand stellen», versprach sie. «Ich habe mich mit ihr angefreundet, ein kleines bisschen wenigstens, aber dann ist sie verschwunden, und jetzt muss ich sie unbedingt finden. Es würde mir wirklich sehr helfen, wenn ich etwas mehr über ihre familiäre Situation erfahren könnte. Frau Frieling hat mich zwar mit der Suche nach ihrer Enkelin beauftragt, aber ich habe den Eindruck, sie sagt mir nicht alles. Vielleicht hat Silvia sogar Angst vor ihrer Großmutter.»

Frau Stelter nickte, legte die zarten Hände zusammen und die Fingerkuppen an ihre Nasenspitze.

«Ihre Großmutter ist eine Belastung für sie. Sie hat immer wieder versucht, Silvia unter Druck zu setzen.»

«Sie war also hier?»

«Mehrmals. Meistens haben wir sie abgewiesen, aber hin und wieder hat sie Silvia draußen angetroffen, im Garten, da war sie ihr dann hilflos ausgeliefert. Eine manipulative Frau.»

«Ja, ich weiß. Nichtsdestotrotz macht auch sie sich große Sorgen um ihre Enkelin.»

«Schon möglich, aber nicht jede Sorge ist auch hilfreich. Als Silvia beschloss auszuziehen, hatte das direkt mit einem Besuch ihrer Großmutter hier zu tun. Frau Frieling hat Silvia wieder einmal bedrängt, zu ihr zu ziehen. Ich war bei dem Gespräch nicht dabei, aber sie ist wohl ausfallend geworden, was Silvias Mutter betraf.»

«Hat Silvia das gesagt?»

«Nicht direkt. Ich habe lange Gespräche mit ihr geführt, um herauszufinden, warum sie ausziehen will. Sie bestand darauf, dass ihre Mutter sie brauchen würde. Warum, das konnte sie mir nicht sagen.»

So ähnlich hatte Franca es sich vorgestellt. Die alte Frieling hatte Silvia beeinflussen und für sich gewinnen wollen, aber genau das Gegenteil erreicht. Natürlich konnte sie sich damit nicht abfinden.

«Geht aus Ihren Unterlagen hervor, wann Silvia zum ersten Mal in eine Einrichtung eingewiesen wurde?», fragte Franca weiter.

«Da muss ich nachschauen», sagte Frau Stelter, ging hinter ihren Schreibtisch und bediente den PC. «Silvia war ja zuvor als Minderjährige durch das Jugendamt aus ihrer Familie genommen und in eine Facheinrichtung für traumatisierte Jugendliche überführt worden.»

«Ist sie danach freiwillig hierhergekommen?»

«Ja. Sie hat sich unser Haus zuvor ein paarmal angeschaut, und ich hatte gleich den Eindruck, es gefällt ihr hier. Als sie achtzehn wurde, ist sie dann hierher umgezogen.»

«Was hat sie hier gemacht? Eine Ausbildung?»

«Tatsächlich hatte Silvia schon vorher einen Versuch unternommen, eine Ausbildung zur Mediengestalterin zu machen, scheiterte aber leider. Sie wollte es wieder versuchen, aber es ist bei dem Vorhaben geblieben, obwohl wir sie hier unterstützt haben. Silvia hatte gute und schlechte Zeiten, wissen Sie, und in den schlechten Phasen war sie nicht dazu in der Lage, sich auf irgendwas zu konzentrieren – außer auf ihre Handarbeiten.»

«Handarbeiten?»

Frau Stelter nickte.

«Ich habe Fotos davon gemacht, wollen Sie mal sehen?»

Franca ging zu ihr an den Bildschirm.

«Im Laufe der Zeit hat sie Dutzende, vielleicht Hunderte davon gemacht.»

Das Foto zeigte Stofftiere. Kleine bunte Stofftiere. Dicht an dicht aufgereiht in einem Regal. Franca kannte sie bereits, hatte sie in Silvias Höhle gesehen, nur waren es dort noch viel mehr.

«Wir haben hier eine Handarbeitswerkstatt», erklärte Frau Stelter. «Silvia war häufig dort, aber sie hat nichts anderes hergestellt als diese Teddys.»

«Warum?»

«Ich habe sie mal gefragt, und sie hat geantwortet, damit TomTom nicht so allein ist. TomTom ist der kleine lilafarbene Bär dort in der Mitte.»

Frau Stelter berührte den Bildschirm an der entsprechenden Stelle.

«Sie sagte, sie hat ihn von einer guten Freundin.»

Franca zog sich vom Bildschirm zurück. Es brach ihr das Herz zu sehen, wie sehr Silvia versucht hatte, gegen Einsamkeit und Erinnerung anzukämpfen.

«Ist Ihnen bekannt, was Silvia widerfahren ist, bevor sie in die Einrichtung kam?»

«Ihr Vater wurde getötet, nicht wahr?»

Franca nickte. «Ja, auch. Und diese Freundin, von der sie TomTom hat, verschwand spurlos. Lange Zeit dachten alle, Silvias Vater habe ihr etwas angetan.»

Frau Stelter schlug sich vor Schreck eine Hand vor dem Mund. «Ich wusste von dem Verdacht gegen ihren Vater, aber nicht, dass das verschwundene Mädchen Silvias Freundin war. Sind Sie sicher? Das hätte Ulf mir doch erzählt.»

«Wer ist Ulf?»

«Ulf Kröger, er arbeitet beim Sozialamt der Stadt und war damals als Silvias Schulbegleiter eingesetzt. Die beiden haben sich angefreundet, was bei Menschen mit Asperger schwierig genug ist, und Ulf ist so eine gute Seele, er hat sich auch später noch um Silvia gekümmert, hat sie besucht und den Kontakt nicht abbrechen lassen. Das mit ihrer Freundin hat er aber nicht angesprochen.»

«Isabell. So hieß sie.»

Franca nickte und setzte die Heimleiterin mit wenigen Worten über den Fall ins Bild – das war sie ihr schuldig.

«Das alles macht mich sprachlos», sagte Frau Stelter anschließend. «Und Isabell hat man nie gefunden?»

«Nein. Ich hoffe aber, ihr Schicksal aufklären zu können, indem ich Silvia finde.»

«Ich wünsche Ihnen, dass es gelingt ... auch für Silvia. Vielleicht reden Sie mal mit Ulf. Der kann Ihnen sicher mehr helfen als ich.»

4.

Leere.

Stille.

Kälte.

Das Schlagen einer Standuhr.

Der abschätzige Blick des Patriarchen.

Und eine Atmosphäre, wie sie gespannter nicht sein konnte.

Jonas hatte gesagt, was er sagen wollte. Alles, was Franca und er herausgefunden hatten, die Fakten, den ganzen Scheiß. Erst jetzt fiel ihm auf, welch düsteres Abbild der Familie Frieling das alles zeichnete. Eine Familie, mit der er nicht das Geringste zu tun hatte, und doch hatte eine kurze Überschneidung ihrer Lebenswege zu einem bestimmten Zeitpunkt alles verändert.

Die alte Frau war immer mehr in sich zusammengesackt, Jonas hatte ihr den Stock aus dem Arsch gezogen, den Franca so bildhaft beschrieben hatte. All ihr Geld, ihre Reputation, ihre vermeintliche Macht nützten ihr nichts mehr, sah sie sich doch mit einer Wahrheit konfrontiert, die demütigender nicht sein konnte: Der eigene Mann lässt sich mit Prostituierten ein, feiert im Kreise seiner Bankerfreunde ausschweifende Orgien und wird deshalb vom Freund der eigenen Tochter erpresst.

Frau Frieling starrte auf ihre Hände. Faltige, ineinander verkrampfte Hände, in denen sie ein graues Taschentuch hielt. Nicht ein einziges Mal hatte sie sich die Nase geschnäuzt, sie knetete das Tuch gelegentlich, schien es dann wieder zu vergessen, bevor sie es von Neuem entdeckte.

«Was hat Ihr Mann sonst noch getan?», fragte Jonas, weil er es nicht aushielt, dieses lange Schweigen, unter dem er sich selbst wie ein Verbrecher vorkam.

«Nichts.»

Einsilbig, flüsternd und tränenerstickt war ihre Antwort. Die alte Frieling senkte den Blick und schüttelte den Kopf.

«Ludwig hat gar nichts getan.»

«Lügen Sie mich nicht an! Die Zeit der Lügen ist jetzt vorbei.»

«Was ist mit Silvia?», fragte die Frieling, ohne aufzusehen.

«Wie gesagt, ich habe sie in meiner Gewalt. Und ich schwöre Ihnen, ich tue ihr weh, wenn Sie mir nicht die Wahrheit sagen.»

Diese Lüge war notwendig. Jonas' Druckmittel waren begrenzt, da er bei einer alten Frau keine körperliche Gewalt anwenden würde wie bei Lars Krone. Aber wenn er sie mit dem köderte, was ihr am wichtigsten war, nämlich ihre Enkelin, musste sie doch einknicken.

«Dann gehen Sie wieder ins Gefängnis», sagte die Frieling ausdruckslos.

«Ist mir scheißegal. Ich würde sogar sterben, wenn es die Wahrheit ans Licht bringt.»

Wieder schwieg die alte Frieling. Jonas hielt still, starrte sie nur mit fest entschlossenem Blick an und hoffte, sie damit und mit seiner dreisten Lüge einschüchtern zu können.

«Dieses Haus», begann sie schließlich. «Es ist bis unters Dach angefüllt mit Lügen ... und das war nie anders. Es wurde mit unehrlichem Geld erbaut, wie sollte es also anders sein? Ich habe gelernt, mit Lügen zu leben. Eigentlich ist das sogar ganz einfach, wissen Sie. Man lügt einfach so lange und überzeugend, bis man selber glaubt, es sei die Wahrheit.»

«Erzählen Sie mir keine Scheiße!»

«Sie müssten es doch am besten wissen. Sie mit Ihrer Moral, Ihrer Rache, Ihrer angeblichen Gerechtigkeit. Sie wollten doch von Anfang an nichts anderes, als den Makel des Versagens wettmachen. Darum ging es Ihnen. Ein Mann, der seine Frau und seine Tochter rächt, ja, so einer ist Jonas Waider, und hinter vorgehaltener Hand, manchmal auch öffentlich, zollt man Ihnen dafür Respekt, nicht wahr? Lebt es sich nicht gut damit? Hat es Ihnen nicht all die Jahre geholfen, auf den Beinen zu bleiben? Warum wollen Sie unbedingt an dem Mythos kratzen und sich selbst schädigen?»

Jonas schüttelte den Kopf.

«Sie wissen gar nichts über mich.»

«Oh, da täuschen Sie sich. Ich weiß, was für ein Mann Sie sind. Sie haben weder die Kraft noch den Mut, eine Entscheidung über Leben und Tod zu treffen. Dafür braucht es einen ganz anderen Charakter.»

«So einen, wie Ihr Mann ihn hatte?»

Die alte Frieling schüttelte den Kopf.

«Nein, so einen, wie ich ihn habe.»

Jonas begriff nicht sofort, was die alte Frau ihm sagen wollte.

«Warum haben Sie das Messer bei Vollstedt gelassen in jener Nacht, als sie heulend wie ein kleiner Junge fortgelaufen sind?»

«Das Messer?»

«Ja, Ihr Messer. Sie ließen es einfach liegen. Warum? Sollte Vollstedt sich damit befreien?»

«Ich ...»

«Wenn Sie es mitgenommen hätten, wäre ich wahrscheinlich unverrichteter Dinge abgezogen. So aber ... das Messer lag zwischen seinen Beinen, bereits blutverschmiert ... wie eine Einladung.»

«Sie ... Sie haben ... Vollstedt getötet?»

«Ich habe nur noch daran gedacht, was er meiner Familie angetan hat. Wie er einen Keil zwischen uns getrieben hat.

Wie konnte ein abartiges Individuum wie Vollstedt mein einziges Kind derart von mir entfremden? Ich habe es nie verstanden, verstehe es heute noch nicht, aber damals … da draußen im Wald, da war alles sehr klar für mich. Ich sah eine Chance, meine Familie wieder zusammenzuführen, und ich habe sie ergriffen. Ich würde Ihnen gern sagen, wie leid es mir tut, dass Sie dafür ins Gefängnis mussten, aber Sie wollen hier und heute ja nur die Wahrheit hören. Nein, es tut mir nicht leid. Eine Entscheidung war zu treffen, und ich habe sie getroffen … habe getan, wozu Sie zu schwach waren.»

Jonas' Mund stand offen, dennoch bekam er keine Luft. Das Geständnis machte ihn fassungslos.

Die alte Frau knetete das Taschentuch.

«Ob es schwer war?», sagte sie in den Raum hinein, ohne ihn anzusehen. «Nein, es war nicht schwer. Und ich habe deswegen keine einzige Nacht schlecht geschlafen. Vollstedt war es nicht wert zu leben, schon gar nicht an der Seite meiner Tochter. Er hat ihr wehgetan, das weiß ich, und wenn er sie nicht manipuliert hätte, hätte meine Kleine sich nie all diesen Männern hingegeben. Gerlinde ist ein schwacher Mensch. Leider hat ihr Vater ihre Schwäche unterstützt, hat alles für sie getan, nie hat sie für Geld arbeiten müssen. Und trotzdem …»

An dieser Stelle brach die Frieling ab und tupfte sich mit dem Taschentuch die Augen trocken. Nun flossen doch noch die Tränen.

«Als sie es übertrieb und es sogar Ludwig reichte, sperrte er ihr Konto, und erst da zeigte Gerlinde uns, wer sie wirklich ist. Wozu sie in der Lage ist, wenn man sie reizt. Erst da lernte ich meine Tochter kennen und erkannte mich selbst in ihr wieder. Sie tat alles, wirklich alles, um ihre Eltern zu demütigen.

Unglaublich, welche Energie sie plötzlich entwickelte ... das alles hat Ludwig ins Grab gebracht ... Der Krebs im Magen ... der wurde durch seine Trauer und seine Verbitterung ausgelöst ...»

Einen Moment saß die alte Frau gramgebeugt und in Gedanken versunken da, dann ging ein Ruck durch ihren hageren Körper. Sie richtete sich auf, straffte Rücken und Schultern und sah Jonas direkt an.

«Ich denke, für heute reicht es Ihnen mit der Wahrheit. Habe ich nicht recht?»

Merkwürdigerweise spürte Jonas keine Wut, obwohl diese Frau ihn um sieben Jahre seines Lebens gebracht hatte und es nicht einmal bedauerte.

«Wer hat damals den Privatdetektiv beauftragt?»

«Das war Ludwig, nachdem wir beide uns dazu entschieden hatten, gegen Vollstedt vorzugehen. Uns war klar, es würde nicht bei einer einzigen Erpressung bleiben, er würde immer wieder Geld von uns fordern. Wir erhofften uns, Vollstedt bei einem Verbrechen beobachten zu können, doch das geschah leider nicht.»

«Haben Sie meiner Tochter etwas angetan?», stellte Jonas die wichtigste aller Fragen.

Die alte Frieling hielt seinem Blick stand. Blinzelte nicht, atmete nicht, knetete nur das Taschentuch.

5.

Franca ließ ihr Handy sinken und starrte es an. Fünfmal hatte sie versucht, Jonas zu erreichen, doch er ging nicht ran. Was trieb er? Sollte sie zurückfahren zum Campingplatz und nachschauen?

Aber dafür war jetzt keine Zeit.

Sie musste mit diesem Ulf Kröger reden, Silvias ehemaligem Schulbegleiter. Das Sozialamt, in dem er arbeitete, lag quasi auf dem Weg. Vor ein paar Tagen, am Anfang der Ermittlungen, war Franca schon einmal in der Behörde gewesen, um mit Frau Seitzev vom Jugendamt zu sprechen.

Der Tipp von Frau Stelter war nicht schlecht, eigentlich hätte Franca längst von selbst darauf kommen müssen. Immerhin hatte dieser Kröger Silvia damals in einer emotionalen Ausnahmesituation betreut und dadurch Einsichten gewonnen, die ihr weiterhelfen konnten – wenn er denn mit ihr sprechen würde.

Franca schob die Sorge um Jonas beiseite, betrat das in Hufeisenform angelegte, vierstöckige Gebäude und suchte sich ihren Weg zum Sozialamt anhand der Beschilderung. Es dauerte fast zehn Minuten, bis sie die richtige Abteilung fand.

Auf dem Gang und in dem kleinen Wartebereich war einiges los. Eine sechsköpfige Familie, der Sprache nach aus Syrien, wartete wohl schon länger, die Kinder tobten umher und lärmten, die Eltern schauten verzweifelt in Unterlagen auf einem Klemmbrett. Hin und wieder schrieben sie mit einem Kugelschreiber etwas hinein. Der Mann wischte sich immer wieder den Schweiß von der Stirn. Zwei gelangweilte Jugendliche mit Kopfhörern in den Ohren hingen in den Stühlen, die Beine weit in den Gang hineingestreckt, die Kapuzen trotz der hohen

Temperatur über dem Kopf. Ganz hinten saß noch eine Familie. Vater, Mutter, ein zehnjähriger Junge zwischen ihnen.

Franca inspizierte die Schilder neben den Türen und fand eines mit dem Namen Ulf Kröger darauf. Dann zog sie sich in den Wartebereich zurück und behielt die Tür im Auge. Vor einem Gespräch wollte sie sich ein Bild von dem Mann machen.

Je länger sie wartete, umso nervöser wurde Franca. Sie spürte den Zeitdruck, fragte sich, was Silvia in diesen Minuten erleiden musste. Zudem dachte sie an Jonas. Was er wohl gerade tat? Hoffentlich baute er keine Scheiße!

Die Tür zum Büro ging auf. Ein kleiner runder Mann in abgenutzter Kleidung kam heraus. Er wirkte niedergeschlagen und schüttelte immer wieder den Kopf. Ihm folgte ein Mann Mitte dreißig. Sportlich-lässig gekleidet, mittelgroß, blondes, akkurat frisiertes Haar, blaue Augen. Er hatte ein sympathisches Lächeln.

«Und bitte, Herr Beyer, nutzen Sie die Chance, gehen Sie in dieses Wohnheim», sagte er.

Herr Beyer nickte nur und schlich den Gang hinunter.

Franca blieb sitzen, während Ulf Kröger mit den beiden Erwachsenen und dem Zehnjährigen in seinem Büro verschwand. Sie hatte den Mann schon einmal gesehen.

Aber wo?

War er ihr hier in der Behörde über den Weg gelaufen, als sie die Seitzev besucht hatte?

Es dauerte eine Weile, bis es Franca einfiel.

Frau Doktor Frieling hatte ihr, zusammen mit dem Memorandum, zwei Fotos überlassen. Eines davon zeigte Silvia vor der Schule, im Hintergrund war ein Mann zu sehen, den Franca für einen Lehrer gehalten hatte. Dabei war es der Schulbegleiter gewesen. Wenn sie sich richtig erinnerte, hatte die Frieling gesagt, dass das Foto Silvia im Alter von fünfzehn zeigte, also musste es entstanden sein, kurz bevor Isabell verschwand.

In der nächsten Viertelstunde leerten sich nach und nach die Sitzplätze im Wartebereich. Bald war Franca allein. Sie wurde immer zappeliger, sprang auf und lief hin und her. Während sie hier wartete, litt Silvia und wurde möglicherweise erneut traumatisiert. Wenn sie doch nur wüsste, wo sie ...

Plötzlich erstarrte Franca mitten im Schritt.

Hitze schoss ihr in den Kopf.

Hatte die alte Frieling Silvia gegen ihren Willen zu sich in die Villa geholt? Vielleicht mit der Hilfe von Lars Krone, der durch Francas Schuld beobachtet haben könnte, dass Silvia noch bei ihrer Mutter lebte?

Kacke, warum bin ich nicht gleich darauf gekommen, schoss es Franca durch den Kopf.

Sie schnappte sich ihre Lederjacke. Das Gespräch mit Ulf Kröger musste warten.

In diesem Moment ging die Tür auf. Die Familie kam heraus, Kröger verabschiedete sich von ihr und wandte sich Franca zu.

«Wollen Sie zu mir?»

Am liebsten hätte sie verneint, denn alles in ihr drängte sie zum Aufbruch, aber da Kröger nun vor ihr stand und sie freundlich anlächelte, stellte sie sich vor und nannte ihr Anliegen.

«Dann sind Sie die Privatdetektivin?»

«Sie kennen mich?»

«Nein, aber Frau Seitzev hat mir von Ihrem Besuch berichtet. Wie geht es Silvia denn?»

«Können wir in Ihrem Büro sprechen?»

«Ja, sicher, kommen Sie.»

Franca nahm vor dem Schreibtisch Platz, Kröger dahinter. Aus der Nähe betrachtet, wirkte er übermüdet. Er hatte tiefe Ringe um die Augen, die Pupillen waren klein, außerdem waren seine Fingernägel schmutzig.

«Haben Sie Silvia gefunden?», fragte der Sozialarbeiter und sortierte Unterlagen in einen Aktenordner.

«Leider nicht.»

«Ihr wird doch nichts zugestoßen sein?»

«Das hoffe ich. Um sie zu finden, bin ich auf Hilfe angewiesen, deshalb bin ich hier.»

Kröger schüttelte den Kopf. «Das ist aber alles vertraulich, darüber darf ich auf keinen Fall mit Ihnen sprechen. Dafür haben Sie sicher Verständnis.»

«Ich bin nicht neugierig. Es geht mir um Silvias Sicherheit.»

«Trotzdem ...» Er zuckte mit den Schultern und machte ein trauriges Gesicht. «Mir sind die Hände gebunden. Tut mir leid.»

«Ich werde auf jeden Fall Stillschweigen darüber bewahren.»

«Das glaube ich Ihnen, aber ich muss mich an die Vorschriften halten. Sie müssen jemand anderen finden, der mit Ihnen spricht. Am besten aus der Familie.»

«Das ist schwierig.»

«Ja, war es damals schon.»

«Wie stand Herr Vollstedt eigentlich dazu, dass Sie auf seine Tochter aufpassten?»

«Da das Jugendamt darüber entschieden hatte, war er natürlich dagegen, konnte aber nichts machen. Außerdem ist Silvia nicht sein leibliches Kind, er hatte also keinerlei Rechte.»

«Ja, das dachte ich mir schon», sagte Franca.

«Versucht hat er es trotzdem. Er hat mich nie das Grundstück betreten oder Silvias Mutter kennenlernen lassen. Ich habe Silvia immer erst in der Schule getroffen.»

«Wie ist denn Ihre persönliche Einschätzung? Hat Vollstedt Isabell Waider etwas angetan?»

Ulf Kröger ließ sich gegen die Lehne des Stuhls sinken und seufzte schwer.

«Damals, als die Polizei mich befragt hat, sagte ich, ich könne es mir vorstellen. Aber heute, mit all meiner Erfahrung ... Vollstedt war jähzornig und egozentrisch. Aber das sind viele. Vielleicht muss man so sein, um es am Rande der Gesellschaft auszuhalten, vielleicht sind das die einzigen Waffen gegen Herablassung, Schikane und Machtlosigkeit. Diese Menschen leiden darunter, nicht anerkannt und respektiert zu werden. Beides wollen sie wie jeder andere auch, aber wenn es einem dauerhaft versagt bleibt, verändert es den Charakter.» Kröger schüttelte den Kopf. «Ich weiß es wirklich nicht ...»

«Kannten Sie Isabell Waider oder ihren Vater?»

«Den Vater? Nein. Isabell habe ich durch meine Funktion als Silvias Schulbegleiter in der Schule kennengelernt. Es gelang mir, die beiden zusammenzubringen, und sie waren auf dem besten Wege, Freundinnen zu werden. Das war wichtig für mich, weil Silvia sich viel zu stark auf mich fokussierte. Aber dann ... diese Tragödie veränderte alles.»

Krögers Blick ging zum Fenster und in die Ferne, so als zögen seine Erinnerungen dort in Bildern vorbei.

Franca fragte sich, warum Kröger der Heimleiterin nichts von Silvias Freundin erzählt hatte, wenn er sich doch selbst als Initiator dieser Freundschaft sah?

«Wie lange haben Sie Silvia in der Schule betreut?»

Es dauerte einen Moment, ehe Kröger sich wieder auf sie konzentrierte.

«Wie bitte?»

Sie wiederholte ihre Frage, und Kröger erhob sich.

«Tut mir leid, wie gesagt, ich darf darüber nicht sprechen, und gleich kommt mein nächster Termin. Wenn ich Sie also bitten dürfte ...»

Er hielt ihr die Tür auf.

Franca war ein bisschen überrumpelt von diesem plötzlichen Rausschmiss. Sie war der Meinung gewesen, den Mann ins Plaudern gebracht zu haben, aber da hatte sie sich wohl getäuscht.

Auf dem Weg zum Motorrad dachte sie über das Gespräch nach, und ihr fiel eine Ungereimtheit auf.

Eine Kleinigkeit nur, oftmals waren gerade die aber sehr wichtig.

Was das anging, könnte Jonas helfen.

Aber erst einmal musste sie Frau Doktor Frieling einen Besuch abstatten.

6.

Der Schock hätte größer nicht sein können.

Nicht die alte Frieling kam an die Außenpforte der Villa, als Franca dort klingelte, sondern Jonas.

«Was machst du hier?», fragte sie.

«Ich suche nach Isabell.»

Er wirkte verstört. Franca bekam Angst. Was hatte Jonas getan? Ihr Blick ging durch die Pforte zum Haus hinüber. Dort sah sie die alte Frieling in der Tür stehen – ein Stein fiel ihr vom Herzen, und die angehaltene Luft entwich aus ihrem Brustkorb.

«Scheiße, Jonas ... warum machst du das ohne mich?»

«Sie hat ihn umgebracht», sagte er tonlos.

«Was? Wen?»

«Vollstedt.»

Franca brauchte einen Moment, um zu verstehen.

«Die alte Frieling? Hat sie das gesagt?»

Jonas nickte.

Der zweite Schock innerhalb weniger Minuten ließ Franca schwindelig werden. Sie lehnte sich gegen die Mauer, schüttelte den Kopf und sah zum Himmel hinauf.

«Was ist hier nur los? Das kann doch alles nicht wahr sein.» Und dann, nach einer kurzen Pause: «Und Isa?»

Jonas schüttelte den Kopf. «Von Isabell weiß sie nichts.»

«Können wir ihr glauben?»

«Ich habe sie unter Druck gesetzt.»

«Wie?»

«Indem ich behauptete, ich hätte Silvia in meiner Gewalt und würde ihr etwas antun, wenn sie mir nicht die Wahrheit sagt.»

«Das hast du nicht getan!», fuhr Franca ihn an.

Er zuckte mit den Schultern. «Sonst hätte sie nicht geredet.»

Damit war die Frage geklärt, ob sich Silvia in der Villa befand.

Einen Moment standen sie schweigend beieinander, und Franca sah abermals den Bussard über dem parkähnlichen Grundstück kreisen, den sie schon am ersten Tag hier gesehen hatte.

«Lass uns zurückfahren, wir müssen reden», sagte sie und stieß sich von der Mauer ab. «Wie bist du überhaupt hierhergekommen?»

«Ich habe mir deinen Camper ausgeliehen», gab Jonas zu. «Er steht um die Ecke.»

«Du blödes Arschloch!», fuhr Franca ihn an. «Gib mir sofort den Schlüssel.»

Sie war richtig sauer. Niemand außer ihr fuhr Rolling Steel, niemand! Und wenn doch, dann wollte sie vorher gefragt werden. Aber es war ihre Schuld. Sie hätte Jonas niemals allein auf dem Campingplatz lassen dürfen. Er war unberechenbar, sie wusste das. Was hätte alles passieren können, wenn die Situation in der Villa eskaliert wäre!

Rolling Steel stand ordentlich am Straßenrand geparkt im Schatten großer Buchen. Franca schloss hinten auf, stieg ein, warf Helm und Jacke aufs Bett, schnappte sich ein kühles Wasser aus dem Kühlschrank und versuchte, ihre Wut runterzuspülen.

Das gelang nicht besonders gut.

Jonas tauchte vor der geöffneten Tür auf. Er wirkte zerknirscht.

«Tut mir leid ...», sagte er, ohne sie anzusehen.

«Na super! In dieser Geschichte tut allen irgendwas leid, aber trotzdem gibt es nur Hass, Missgunst und Argwohn. Jeder gegen jeden, keiner vertraut niemandem, so kann man doch nicht leben. Wir beide hatten uns versprochen, ehrlich zueinander zu sein. Erinnerst du dich noch? Du hast mir dabei in die Augen geschaut. Weißt du, was Ehrlichkeit bedeutet?»

«Ja. Ich weiß aber auch, wie weit man damit kommt. Ich war gerade in einem Haus, das auf Unehrlichkeit gebaut ist und in dem eine Frau lebt, die für einen Mord nicht büßen musste, weil sie gelogen hat.»

«Sie wird dafür büßen, wir sorgen dafür!», rief Franca und

deutete hektisch mit der Wasserflasche zur Villa, spritzte dabei aber Jonas nass. Er zuckte nicht einmal, schüttelte nur den Kopf.

«Nein, tun wir nicht. Wir belassen es dabei.»

«Wie bitte?»

Jetzt sah er sie an. Seine Augen waren feucht, aber nicht vom Mineralwasser.

«Ich glaube, alle, die mit dieser Sache zu tun haben, sind bestraft genug.»

«Du willst sie davonkommen lassen?»

«Was macht es jetzt noch für einen Sinn, sie ins Gefängnis zu schicken? Außerdem hat sie gesagt, sie wird ihr Geständnis niemals wiederholen.»

«Du überraschst mich.»

«Es geht mir um Isabell, nur um sie. Ich muss wissen, was damals passiert ist, aber das konnte die Frieling mir nicht sagen. Und ich bin sicher, was das betrifft, hat sie nicht gelogen.»

Das brachte Franca auf die Ungereimtheit aus dem Gespräch mit Ulf Kröger zurück.

«Eigentlich nicht schlecht, dass du Rolling Steel hierhergebracht hast», sagte sie. «Los, komm rein, wir müssen etwas klären.»

Sie öffnete den verschließbaren Schrank unter dem Bett. Darin bewahrte sie Wertsachen, Laptop und aktuelle Unterlagen auf. Sie setzte Jonas über das Gespräch mit der Wohnheimleiterin und dem Sozialarbeiter ins Bild, während sie das Memorandum herausholte, das sie von Frau Frieling erhalten hatte.

Ihre Vorahnung bestätigte sich.

Eines der beiden Fotos zeigte Silvia im Alter von fünfzehn

vor ihrer Schule, ausgegrenzt, allein, ein vermeintlicher Lehrer in der Nähe. Aber es war kein Lehrer, sondern Ulf Kröger. Das war nicht verwunderlich, war er damals doch stets an ihrer Seite gewesen.

Aber hatte sie ihn wirklich wegen dieses Fotos erkannt? Es war sieben Jahre alt und zeigte einen viel jüngeren Kröger, zudem war er etwas unscharf, da sich Silvia im Fokus der Aufnahme befand.

«Sag mal, hast du damals von Isabell verlangt, sie soll sich mit Silvia anfreunden?», fragte Franca. Das war die Ungereimtheit, die ihr in dem Gespräch mit Kröger aufgefallen war. Er hatte behauptet, die Freundschaft zwischen den beiden Mädchen in die Wege geleitet zu haben.

«Wie kommst du darauf?»

«Das hat Carina Hussmann mir erzählt. Angeblich hat Isabell ihr gesagt, sie solle sich auf deinen Wunsch hin mit Silvia anfreunden. Sozusagen als Wiedergutmachung, weil du die Familie beim Jugendamt angezeigt hast.»

«So ein Quatsch. Ich musste gar nichts gutmachen. Ganz im Gegenteil habe ich Isabell den Kontakt zu dieser Familie untersagt.»

«Du hast deine Tochter also nicht aufgefordert, Silvia von zu Hause abzuholen und mit auf die Party zu Torsten Engelmann zu nehmen?»

«Nein! Ich war überrascht, als ich später davon gehört habe, aber ich kannte ja Isabells großes Herz, deswegen hat es mich nicht gewundert.»

«Dann hat also entweder Carina gelogen, oder Isa hat dich als Begründung vorgeschoben – für eine Freundschaft, die Ulf Kröger auf den Weg gebracht hat. Warum? Und warum hat Kröger gegenüber der Heimleiterin geschwiegen, was die Freundschaft zwischen Isabell und Silvia angeht?»

«Ich verstehe gar nichts ... worauf willst du hinaus?»

«Das weiß ich auch noch nicht ... warte, lass uns mal schauen ...»

Franca schnappte sich ihre Kamera, öffnete das Verzeichnis auf der Speicherkarte und ging zurück bis zu dem Tag, der sie interessierte. Jener erste Tag der Ermittlungen, als sie von dem kleinen Hügel am Ende der Rotdornallee Fotos von den Männern gemacht hatte, die bei Gerlinde Frieling einkehrten.

Es folgte Schock Nummer drei.

Da war er, der Mann mit der Baseballkappe, der für einen Moment voll in die Kamera geschaut hatte.

«Oh Gott!», stieß Franca mit angehaltener Atemluft aus und ließ Jonas einen Blick auf das Display der Kamera werfen.

«Wer ist das?», fragte er.

«Ulf Kröger, Silvias ehemaliger Schulbegleiter. Das Foto habe ich am ersten Tag meiner Ermittlungen vor dem Haus der Frielings geschossen. Ich hielt den Mann für einen von Gerlindes Freiern.»

«Kröger war da?»

Franca nickte. «Und zwar am gleichen Tag, an dem ich mit der Seitzev gesprochen habe. Sie hat ihm davon erzählt, und er eilt abends sofort zu den Frielings. Ist dir klar, was das bedeutet?»

«Er wusste, dass Silvia dort wohnt.»

«Wahrscheinlich. Aber nicht nur das.»

«Du meinst ... er ist der Sandgräber?»

«Überleg mal. Dieser Besuch bei Gerlinde als Freier war ein Vorwand. Nach ihrem Einzug bei ihrer Mutter hat er sie eingeschüchtert und manipuliert, und als ich aktiv wurde, musste er natürlich befürchten, dass Silvia sein Geheimnis verrät. Aber von ihren nächtlichen Ausflügen wusste er nichts.»

«Gerlinde hätte ihn doch erkennen müssen.»

Franca schüttelte den Kopf. «Kröger sagte, Vollstedt habe nicht zugelassen, dass er Silvia von zu Hause abholte. Er hat Gerlinde damals nicht getroffen ... und es waren ja auch nur acht Wochen, in denen er Silvia betreut hat.»

«Und er kannte Isabell», sagte Jonas und ahnte, worauf sie hinauswollte.

«Vielleicht ist er der Mann, in den deine Tochter sich verliebt hatte.»

Jonas starrte Franca an.

«Deswegen die Geheimnistuerei», sagte er. «Isabell konnte weder mit uns noch mit Carina darüber reden, weil es ein älterer Mann war und dazu noch ein Schulbegleiter vom Jugendamt, der für Silvia zuständig war. Er hätte seinen Job verloren ...»

«Ich spinne die Situation mal weiter», sagte Franca. «An dem Abend vor sieben Jahren, als Isa verschwand ... du sagtest, sie sei aufgedreht gewesen, habe verliebt gewirkt.»

«Ja», bestätigte Jonas mit rauer Stimme.

«Gut möglich, dass Isa sich mit Kröger im Umfeld der Party treffen wollte, vielleicht in der Sandgrube, und dass er, der Erwachsene, mehr wollte als sie – und dann eskalierte die Situation. Und Silvia muss es gesehen haben. Vielleicht hat sie sich schon damals nachts rausgeschlichen, wenn ihr Stiefvater schlief.»

«Aber warum dann der Plan, Silvia zu der Party mitzunehmen? Sie hätte doch nur gestört.»

Franca schüttelte den Kopf.

«Sie sollte Isas Alibi sein, um die Party vorzeitig und ohne Carina verlassen zu können.»

«Verstehe ich nicht.»

«Um Silvia nach Hause zu bringen. Wenn das erledigt gewesen wäre, hätte sie sich mit Kröger getroffen, und niemand hätte etwas mitbekommen.»

«Carina und Isabell wollten doch auf jeden Fall zusammen zurückgehen. Das war sogar die Bedingung dafür, dass ich sie nicht hingebracht und abgeholt habe.»

«Mag sein, aber wirklich geplant war es von Isabell nicht.»

«Deswegen also nur ihre Schuhe im Rucksack.»

Franca nickte. «Sie muss Carina die Schuhe ausgehändigt haben, auch wenn Carina etwas anderes behauptet.»

«Carina ... sie war an dem Abend stark angetrunken, als ich sie fand», sagte Jonas. «Vielleicht hat Isabell ihr die Schuhe einfach irgendwo hingestellt.»

«Das klingt plausibel.»

«Aber die beiden waren doch beste Freundinnen!», wandte Jonas ein, der nicht wahrhaben wollte, was sein Verstand längst akzeptierte.

«Carina war eifersüchtig auf deine Tochter, weil sie glaubte, Isa sei in den Jungen verliebt, den sie selbst mochte. Torsten Engelmann. Damit lag sie aber falsch. Es war Ulf Kröger. Und Carina konnte Silvia nicht leiden. Glaub mir, Carina hatte an dem Abend kein Interesse daran, für Isas Sicherheit zu sorgen.»

7.

Sie hatte keinen Platz im Schatten gefunden, die Sonne schien ungehindert auf den Camper, und die Temperatur stieg immer weiter an. Sie tranken eine Flasche Wasser nach der anderen, hin und wieder stieg einer von ihnen aus, um sich die Beine zu vertreten und der Gluthölle des Campers zu entkommen. Jonas fühlte sich an den Container auf der Baustelle erinnert. War es wirklich erst ein paar Tage her, dass er da rausgeflogen war? Seitdem war sein Leben eine einzige Achterbahnfahrt.

Ruhelos lief er auf dem Bürgersteig auf und ab. Dabei musste er im Sichtschutz des Campers bleiben, um nicht aus dem Gebäude auf der anderen Straßenseite entdeckt zu werden.

Franca erschien in der geöffneten Tür. Unter ihrem knappen Tanktop lugten die Träger des weißen BH hervor. Ihr Haar war verschwitzt, ihr Gesicht gerötet.

«Geht's?», fragte sie.

«Das halte ich nicht mehr lange aus. Wenn er nicht in der nächsten halben Stunde rauskommt, geh ich rein und kaufe ihn mir.»

«Das machst du nicht!»

«Würde ich aber gern.»

«Kann ich verstehen. Aber falls er Silvia in seiner Gewalt hat, erfahren wir ihren Aufenthaltsort nur, wenn wir ihm folgen.»

Mit zitternden Händen zündete sich Jonas eine weitere Zigarette an. Er wünschte sich Wodka und Bier, um seine Nerven zu betäuben.

Franca legte ihm ihre warme Hand auf die Schulter.

«Du schaffst das», sagte sie leise. «Wir beide schaffen das zusammen.»

Er nickte. Die Aussicht, bald dem Mörder seiner Tochter gegenüberzutreten, löste gänzlich andere Gefühle aus, als Jonas erwartet hatte. Keine Wut, kein heiß brennender Zorn, stattdessen pure Verzweiflung. Er hatte sich gewünscht zu erfahren, was wirklich geschehen war, doch jetzt hatte er Angst davor – vor der Endgültigkeit. Stets hatte er sich verboten, daran zu glauben, aber tief in ihm drin war doch noch dieses Fünkchen Hoffnung, Isa wiederzusehen. Eine schwache Energiequelle, die ihn am Leben gehalten hatte. Sie würde erlöschen, wenn Ulf Kröger gestand, Isa getötet zu haben.

Vielleicht wäre Jonas ohne Franca vor der bitteren Realität geflüchtet. Ohne sie wäre er aber auch niemals so weit gekommen. Er verdankte ihr viel, konnte es ihr in diesem Moment aber nicht einmal sagen, weil er dafür keine Worte fand.

Franca ging zur Fahrerkabine des Campers vor und spähte um die Ecke. Von dort sah sie den Personaleingang und den Parkplatz der Behörde.

«Oh, Kacke!», rief sie. «Da ist er!»

Sie stürzte zurück ins Wohnmobil. Jonas folgte ihr.

«Wo?»

«Der blaue Opel Insignia!»

Jonas sah den Wagen vom Parkplatz rollen. Die Person am Steuer konnte er wegen der Reflexion auf der Windschutzscheibe nicht erkennen.

Franca schnappte sich Jacke und Helm.

«Okay, wie besprochen», sagte sie und warf ihm den Zündschlüssel für Rolling Steel zu. «Diesmal mit ausdrücklicher Erlaubnis.»

Sie rannte zu der Honda, die hinter dem Camper stand. Jonas klemmte sich hinters Steuer und startete den Motor.

Sie hatten abgesprochen, Kröger mit beiden Fahrzeugen zu folgen. Der Camper war zu langsam, es bestand die Gefahr, Kröger aus den Augen zu verlieren. Außerdem konnten sie sich auf diese Weise mit der Verfolgung abwechseln, was bei dem auffälligen Gefährt wichtig war.

Franca war schon an dem Insignia dran, da hatte Jonas sich gerade in den Verkehr eingefädelt. In der engen Lederjacke wirkte sie auf dem Motorrad noch schmaler. Ihr Zopf schaute unter dem Helm hervor und flatterte im Wind. Mit geschmeidigen, geübten Bewegungen überholte sie zwei Fahrzeuge und befand sich damit direkt hinter dem blauen Insignia.

Jonas hielt Abstand. Gezwungenermaßen. Mit dem Ungetüm konnte er niemanden überholen.

Endlich etwas tun zu können, verschaffte ihm neue Energie. Nicht so vorwärtszukommen, wie er wollte, frustrierte ihn gleichzeitig. Er schlug aufs Lenkrad, als er die nächste Ampel nicht rechtzeitig erreichte und bei Rot halten musste, während Franca und der Insignia weiterfuhren.

Für den Fall, dass er sie aus den Augen verlor, würde Franca ihn anrufen, aber das konnte sie erst, wenn sie hielt. Bis dahin würde er quasi blind und taub mit dem Riesengefährt durch die Stadt eiern.

Jonas wünschte sich, er hätte das Motorrad genommen.

Die Ampel schaltete um. Jonas ließ den alten Motor aufbrüllen, knüppelte die Gänge hoch und schaukelte dabei in seinem Sitz vor und zurück, als könne er dem Camper damit Schwung geben.

«Jetzt komm schon!», brüllte er.

Rolling Steel gab sein Bestes, aber das war nicht genug.

Jonas fand die beiden nicht wieder.

8.

Ulf Kröger fuhr zügig, und Franca war froh darüber, die Honda genommen zu haben. Rolling Steel mit Jonas am Steuer war längst aus ihrem Rückspiegel verschwunden.

Die Fahrt führte sie auf direktem Weg aus der Stadt hinaus. Franca hatte keine Ahnung, wohin Kröger fuhr, nach Hause aber sicher nicht, denn seine Wohnadresse, die sie auf *supercheck* ermittelt hatte, befand sich im Stadtgebiet.

Der Verkehr ließ in den Randgebieten nach und wurde noch weiter draußen immer dünner, sodass die Gefahr, entdeckt zu werden, größer wurde. Sie ließ sich weiter zurückfallen und verlor den blauen Insignia ab und an aus den Augen, fand ihn aber jedes Mal wieder.

Von der Bundesstraße bog Kröger auf eine Landstraße ab. Sie führte durch das Überschwemmungsgebiet des Flusses, rechts und links der Straße lagen weite Grünflächen mit Kühen, die sich wegen der großen Hitze allesamt bewegungslos im Schatten aufhielten. Auch Franca war dankbar für jeden Meter Schatten, in dem die Sonne nicht auf ihren Helm brannte.

Sie war sich sicher, Kröger durch ihren Besuch aufgeschreckt zu haben. Wenn er Silvia in seiner Gewalt hatte, müsste er jetzt sofort zu ihr fahren, um die Sache zu Ende zu bringen. Wahrscheinlich war er kein eiskalter Mörder, denn sonst hätte er Silvia als Zeugin schon vor sieben Jahren aus dem Weg geräumt. Vielleicht war damals alles aus dem Ruder gelaufen, und er bereute, was er getan hatte. Aber nicht so sehr, als dass er bereit war, dafür ins Gefängnis zu gehen.

Aber er war in Panik, da war jede Reaktion möglich. Franca

durfte ihn auf keinen Fall aus den Augen verlieren. Alles, was jetzt geschah, ging auf ihre Kappe, denn sie hätte mit ihrem Wissen sofort zur Polizei gehen und den Behörden die weitere Ermittlung überlassen müssen.

Doch bis die reagiert hätten ...

Von der Landesstraße bog Kröger noch einmal auf einen mit Schotter befestigten Wirtschaftsweg ab, der schnurgerade an einem Bahndamm entlanglief. Der Damm war zwei Meter hoch, die Böschung mit Gräsern und Büschen bewachsen, die Gleise konnte Franca nicht sehen, wohl aber die Masten der Stromleitungen.

Staub stieg hinter Krögers Wagen auf. Franca stoppte an der Abzweigung, riss sich den Helm vom Kopf, nestelte ihr Handy aus der engen Lederjacke und rief Jonas an.

Er nahm sofort ab.

«Wo bist du?»

Er klang aufgeregt, geradezu panisch.

Franca schilderte ihm den bisherigen Weg.

«Da bin ich mal gewesen», stieß Jonas aus. «An dem Bahndamm gibt es Schrebergärten, hin und wieder brechen da Obdachlose ein und überwintern, das war dann oft ein Fall für die Polizei. Ich komme, so schnell ich kann.»

Franca steckte das Handy ein und setzte die Verfolgung fort. Den blauen Wagen konnte sie nicht mehr sehen, wohl aber die Staubwolke, die sich in der drückenden, schwülwarmen Luft nur langsam legte. Sie raste quasi im Blindflug hinein.

Der Bahndamm, und damit auch der Weg, vollführte eine lang gezogene Rechtskurve. Mit jedem Meter wurde die Vegetation dichter, niemand kümmerte sich hier draußen darum, sie zurückzuschneiden, offensichtlich nicht einmal die Bahn, die für diesen Weg zuständig war. Weit hineinreichende Äste schlugen gegen ihren Helm.

Plötzlich fuhr sie aus der Staubwolke heraus und sah den weiteren Weg klar vor sich.

Der Insignia war verschwunden.

Franca bremste hart, das Hinterrad blockierte und schleuderte über den losen Schotter. Sie brachte die Maschine unter Kontrolle, wendete, fuhr zurück und fand eine Abzweigung. Eine metallene Röhre, die unter den Gleisen hindurch auf die andere Seite des Bahndamms führte. Zwei Meter hoch, zwei Meter breit, vier Meter tief.

Auf der anderen Seite lag Staub in der Luft.

Franca zögerte. Wenn sie hindurchfuhr, würde Kröger sie entdecken, falls er dort drüben angehalten hatte.

Also schob sie die Honda an die Seite, legte Helm und Jacke ab, nahm ihr Handy mit und durchquerte die Unterführung zu Fuß.

Über sich hörte sie ein metallisches Singen. Es schwoll an, bis schließlich dröhnend ein Zug über die Unterführung hinwegdonnerte. Auf der anderen Seite angekommen, sah Franca zum Bahndamm hinauf. Ein Güterzug mit Tankwagen zog vorbei, sein Lufthauch ließ ihr schweißnasses Haar wehen.

Als der Zug weg war, kehrte die Stille zurück. Nur Sekunden später setzte der Gesang der Grillen ein. Ihr Zirpen klang wie Schreien. Franca spürte Staub im Mund, die drückende Hitze hüllte ihren Körper ein. Die Sicht wurde besser, da der Staub sich legte, aber den blauen Wagen sah sie nicht.

Hatte sie sich getäuscht? War Kröger gar nicht abgebogen?

Zwischen einem Waldstück und dem Bahndamm entdeckte Franca eine Hütte, ein grasbewachsener Weg führte darauf zu.

Das Grundstück war zugewuchert, von einem provisorischen Gewächshaus hingen Fetzen einer durchsichtigen Plastikplane herunter. Dies musste einer der Schrebergärten sein, von denen Jonas gesprochen hatte. Vielleicht wusste Kröger durch seine Arbeit beim Sozialamt und seinem Kontakt zu Obdachlosen davon.

Der Ort wirkte verloren, wie aus der Zeit gefallen, und über allem lag eine bedrohliche Atmosphäre, die Franca trotz der Hitze eine Gänsehaut über den Körper jagte. Sie wollte hier nicht sein, vor allem nicht allein, aber da es noch dauerte, bis Jonas eintraf, blieb ihr nichts anderes übrig, als weiterzugehen.

Schon nach wenigen Schritten sah sie den blauen Wagen im Schatten der heruntergekommenen Hütte parken.

Kröger war hier.

Franca schlug sich in die dichten Büsche und arbeitete sich in deren Schutz bis zur Hütte vor. Jetzt bereute sie es, die Lederjacke ausgezogen zu haben, denn die Dornen wilder Brombeeren zerkratzten ihr die Arme und verhakten sich immer wieder in ihrem Tanktop. Ein wenig Blut lief an ihrem rechten Arm hinunter, als sie die Hütte endlich erreichte.

Aus der Nähe wirkte sie nicht so baufällig. Sie hatte ordentliche Fenster und eine stabile Eingangstür, die mit einem abschließbaren Riegel versehen war. Der Riegel war geöffnet, das Vorhängeschloss hing in der Metallöse.

Franca überlegte noch, wie sie vorgehen sollte, da erklang in der Hütte ein Schrei.

9.

Rücksichtslos prügelte Jonas den Camper über die Schlaglochpiste entlang des Bahndamms und klammerte sich an das große Lenkrad, um nicht die Kontrolle über das Gefährt zu verlieren. Hinten klapperten Geschirr und Gläser, irgendwelche Dinge fielen herunter und kullerten über den Boden, doch darauf konnte er keine Rücksicht nehmen.

Franca rief nicht mehr an und ging auch nicht an ihr Handy. Etwas musste passiert sein, und Jonas hoffte, dass er nicht zu spät kam.

Als er schon darüber nachdachte, wie er auf diesem engen Weg den Camper wenden sollte für den Fall, dass er zu weit gefahren war, sah er Francas Honda am Wegrand stehen – gleich neben einer Bahndammunterführung.

Jonas bremste, ließ den Camper auf dem Weg stehen und lief zum Motorrad hinüber. Francas Lederjacke und ihr Helm lagen daneben, scheinbar achtlos ins Gras geworfen, alles war von einer Staubschicht überzogen.

Sie musste es eilig gehabt haben.

Jonas' Blick ging zu der Unterführung. Sie war zu schmal und zu niedrig für den Camper. Dahinter flimmerte die Luft vor Hitze.

«Franca?», rief er.

Keine Antwort.

Vorsichtig trat Jonas in den Schatten der Röhre. Für wenige Schritte entkam er der sengenden Hitze, bevor sie erneut über ihn herfiel. Das gleißende Sonnenlicht blendete ihn, seine Augen tränten. Links entdeckte er eine Schrebergartenhütte und hielt darauf zu.

Der blaue Insignia stand neben der Hütte.

Jonas' Hand ging zum Pistolenholster – oder dorthin, wo es früher gewesen war. Er hatte geglaubt, diesen Reflex längst abgelegt zu haben. Doch in einer Situation wie dieser kam er sich ohne Waffe wehrlos und verletzlich vor.

Egal. Er musste es riskieren. Als er die Hütte erreichte, sah er die Tür sperrangelweit offen stehen.

«Franca?», rief Jonas abermals.

Einen Moment später trat eine schmale Gestalt in dunkler Kleidung aus der Hütte.

Silvia.

Sie taumelte, wischte sich mit den Händen das lange schwarze Haar aus dem Gesicht und hinterließ eine deutliche Blutspur auf Wangen und Stirn. Erschrocken starrte sie ihre Hände an, die ebenfalls voller Blut waren.

Jonas lief zu ihr.

«Silvia ... was ist passiert? Geht es dir gut? Wo ist Franca?»

«Dort ...», stammelte Silvia, deutete auf die Hütte und starrte dann wieder ihre blutigen Hände an. Es schien nicht ihr Blut zu sein.

Aus Sorge um Franca ließ Jonas die verstörte junge Frau stehen und betrat die Hütte. Im ersten Moment konnte er in der Dunkelheit nicht viel sehen.

«Franca?»

«Ich bin hier, komm her, schnell.»

Durch einen kurzen, engen Flur gelangte Jonas in einen vollgestopften Wohnraum. Franca hockte auf dem Boden, ihr weißes Tanktop war blutverschmiert, ebenso Hände und Gesicht.

Verzweifelt sah sie zu ihm auf.

«Er stirbt ...»

Vor ihr lag Ulf Kröger mit dem Oberkörper an die Wand gelehnt. Aus einer Wunde, die Jonas nicht sehen konnte, war bereits eine ungeheure Menge Blut aus seinem Körper geflossen und bildete eine große Lache auf dem Vinylboden. Franca saß mittendrin.

Jonas hockte sich neben sie.

«Was ist passiert?»

«Die Beinschlagader ist aufgeschnitten, rechts ... ich glaube, das war Silvia ... ich kann nichts machen ... der Rettungswagen ist unterwegs, aber das dauert zu lange.»

Franca hatte einen Druckverband aus einer Tischdecke angelegt. Viel nutzte er nicht. Ein Mann von dieser Größe und Statur verlor mit dieser Verletzung innerhalb von drei bis fünf Minuten mehr als vierzig Prozent seines Blutes – und dann gab es keine Rettung mehr.

Ulf Kröger war noch bei Bewusstsein. Sein Blick war trübe, die Lider sackten immer wieder schwer hinab, und er bekam sie nur mit Mühe wieder hoch.

«Er stirbt ...», wiederholte Franca und ließ sich gegen Jonas sacken. «Ich kann nichts machen ...»

«Hey, Kröger, hören Sie mich?»

Jonas rüttelte an seiner Schulter. Er öffnete die Augen und schien ihn zu erkennen.

«Was haben Sie mit Isabell gemacht?»

Kröger lächelte matt.

«Geliebt ... ich habe sie geliebt.»

Seine Stimme war schwach und leise, in der stillen Hütte aber dennoch hörbar.

«Was haben Sie ihr angetan?»

Kaum merklich schüttelte Kröger den Kopf.

«Ein Unfall ... der Sand ... er kam ins Rutschen ... ich habe gegraben ... überall ... aber es war zu spät ... es ... es tut mir leid ...»

Seine Lider flatterten, und sein Kopf sackte auf die Seite.

«Hey! Nein! Du stirbst jetzt nicht, du verdammtes Arschloch!», schrie Jonas ihn an und schlug ihm mit der flachen Hand ins Gesicht. «Sag mir, wo Isabell ist.»

«Jonas, nicht!», ging Franca dazwischen, doch er ließ sich nicht aufhalten. Der Mann durfte sein Geheimnis nicht mit ins Grab nehmen.

Jonas schlug ihn abermals, fester diesmal, und Kröger öffnete noch einmal die Augen.

«Wo ist Isabell? Wo ist meine Tochter?»

Krögers Lippen bewegten sich. In diesem Moment fuhr draußen auf dem Bahndamm jedoch ein Zug vorbei. Die Hütte erzitterte, Geschirr klapperte in einer Vitrine, und der Lärm verschlang Krögers Worte.

«Nein!», schrie Jonas, packte den Mann bei den Schultern und schüttelte ihn erneut.

«Sag es mir, verdammt noch mal! Sag es mir ...»

10.

Franca tauchte das Tuch abermals in die Regenwassertonne vor der Hütte, wusch es aus und widmete sich wieder Silvias Gesicht. Die junge Frau war wegen des Blutes auf ihrer Haut hysterisch geworden, aber Franca schaffte es, sie zu beruhigen, indem sie ihr half, das Blut von Ulf Kröger abzuwaschen.

Der Sandgräber war tot.

Er war gestorben, während die Geräusche des Zuges in der Ferne abebbten – und er hatte sein letztes Geheimnis mit in den Tod genommen.

Franca hatte Jonas von dem Leichnam wegziehen müssen. Er war wie von Sinnen gewesen, hatte nicht akzeptieren können, dass er seine Tochter nun niemals finden würde. In seiner Verzweiflung hatte er Silvia angeschrien, ihm zu helfen. Franca war dazwischengegangen und hatte ihn fortgeschickt. Jetzt wartete er vorn an der Unterführung auf die Polizei.

«So, gleich haben wir es geschafft», sagte Franca und wischte vorsichtig neben Silvias Augen das Blut weg.

«Das wollte ich nicht», flüsterte Silvia. «Er wollte mich im Sand vergraben ... ich musste es tun.»

«Niemand macht dir Vorwürfe. Du bist sehr tapfer, weißt du das?»

Silvia schloss die Augen.

«Aber ich hatte Angst.»

«Ich hatte auch Angst, die haben wir alle, Jonas auch. Deine Mama, deine Oma, alle haben Angst.»

«Hatte Isabell auch Angst?»

«Ja, ich denke schon. Isabell war deine Freundin, nicht wahr?»

Silvia nickte.

«Sie hat gesagt, ich habe schönes Haar.»

«Damit hatte sie vollkommen recht.»

«Isabell war stark. Wenn sie bei mir war, war alles anders. Dann habe ich alles gefühlt, was Isabell fühlte, und hab plötzlich die Menschen verstanden. Vorher waren sie alle gleich, keiner hat gestrahlt. Aber Isabell schon. Da war so viel Licht in ihr. Isabell hat die Dunkelheit vertrieben.»

In Francas Hals bildete sich ein Kloß, und sie hatte Mühe zu sprechen. Einige Momente tupfte sie weiter das Blut aus Silvias Gesicht und schluckte den Kloß herunter.

«Hast du damals gesehen, was Isabell passiert ist?»

Silvia schüttelte den Kopf.

«Als mein Vater schlief, bin ich doch noch zur Party gegangen, heimlich, durch den Wald. Und da war Isabell ... sie hat geschrien.»

Silvia sprach merkwürdig monoton, ohne jede Gefühlsregung, aber Franca ahnte, wie es in ihrem Inneren aussehen musste.

«Die Sandgrube ... ich sah ihn, den Sandgräber, wie er grub und grub und immer wieder Isabells Namen rief ... und dann ... war da plötzlich noch jemand ... ein Schatten ... ein böses Wesen ... und da bin ich weggerannt, weil ich so Angst hatte.»

Eine kurze Pause. Silvia blinzelte heftig.

«Ich habe mich verlaufen ... Isabells Rucksack lag auf dem Boden, ich habe ihn mitgenommen, aber er ist im Gestrüpp hängen geblieben ... und dann konnte ich nur TomTom retten ... nur TomTom, aber nicht Isabell.»

Franca schluckte trocken.

«Hast du ... hast du Ulf Kröger erkannt?»

«In der Nacht war er schwarz, nur schwarz ... kein Licht. Ich wusste nicht, wer das war.»

Franca versuchte sich vorzustellen, was sich in jener Nacht abgespielt hatte. Ulf Kröger war verliebt gewesen in Isabell und sie in ihn. Eine verbotene Liebe zwischen einem Erwachsenen und einer Minderjährigen. Sie hatten sich am Rande der Party verabredet und waren dann zu der Sandgrube gegangen, um dort allein zu sein. Vielleicht stimmte es, was Kröger gesagt hatte, und es war ein Unfall gewesen. Vielleicht hatte sich aus Unachtsamkeit eine Sandlawine gelöst, Isabell unter sich begraben, und Kröger hatte es nicht geschafft, sie zu befreien. Nicht umsonst wurde vor dem Betreten solcher Sandgruben gewarnt, und Unfälle dieser Art hatte es oft genug gegeben.

Vielleicht hatte er sie aber auch bedrängt, und als Isabell vor ihm geflohen war, hatte sich die Sandlawine gelöst und sie begraben.

Sie würden es nie erfahren.

«Wäre ich mutiger gewesen, hätte ich Papa gesagt, ich gehe mit meiner Freundin zur Party, dann wäre Isabell nicht im Sand gestorben.»

Das war zu viel. Franca konnte nicht mehr. Jetzt flossen Tränen.

Sie zog Silvia zu sich, schlang fest ihre Arme um sie und spürte, wie die junge Frau nach anfänglichem Zögern das Gleiche tat.

«Du bist das mutigste Mädchen der Welt», flüsterte Franca ihr ins Ohr.

11.

«Vollstedt ... ich bin mir sicher. Er hat Vollstedt gesagt!»

Jonas schlug sich mit der Faust in die geöffnete linke Hand, immer wieder, wenn er den Namen des Mannes nannte, für dessen Tod er ins Gefängnis gewandert war – unschuldig, wie sie jetzt wussten. Die alte Frieling hatte ihn getötet.

«Ich verstehe es nur nicht. Was hat er damit gemeint?»

Franca verstand es auch nicht. In ihrem Kopf war alles durcheinander; Trauer, Leid, Frust, Wut und eine tiefe mentale Erschöpfung verhinderten jeden klaren Gedanken. Noch immer war sie gefangen in der Geschichte, die Silvia Frieling erzählt hatte.

Die Polizei war eingetroffen, Jonas und sie hatten den Tatort verlassen müssen. Auch um Silvia durften sie sich nicht länger kümmern, das hatte eine Psychologin übernommen. Von Sven-Ole Reiter hatten sie sich eine wütende Standpauke anhören müssen. Er warf ihnen vor, die Ermittlungen behindert zu haben.

Nun saßen sie am Rande des Schrebergartens auf einer alten, halb verfallenen Bank, die zum Bahndamm hin ausgerichtet war, und warteten auf ihre Vernehmung.

«Wir finden es heraus», sagte Franca matt, glaubte aber selbst nicht daran. Kröger war tot. Niemand wusste, wo er Isabells Leiche versteckt hatte, auch Silvia nicht. Das Mädchen hatte all die Jahre geglaubt, ihre Freundin wäre noch in der Sandgrube, deshalb hatte sie dort nach ihr gesucht, nachdem sie nach Hause zurückgekehrt war.

Aber sie hatte Isabell nicht finden können, so wie schon damals die Polizei nicht.

Franca stellte sich vor, wie Kröger in jener Nacht panisch aus der Sandgrube geflohen war und später, vielleicht sogar erst einige Tage danach, zurückkehrte, um die Leiche woanders hinzubringen.

Aber warum?

Eine Weile saßen Jonas und Franca schweigend nebeneinander. Über ihnen wölbten sich am Himmel gewaltige Gewitterwolken auf. In der Ferne grummelte es bereits.

«Genau genommen bin ich schuld an allem», sagte Jonas irgendwann und riss Franca aus einem entsetzlichen Tagtraum.

Immer wieder sah sie Bilder der grabenden Silvia auf der Suche nach ihrer Freundin, die für sie die Dunkelheit vertrieben hatte.

«Woran?», fragte sie und versuchte sich auf Jonas zu konzentrieren.

«An allem. Ich habe das alles doch erst in Gang gebracht. Weil ich Vollstedt angezeigt habe, hat das Jugendamt einen Betreuer für Silvia eingesetzt. Ohne mich wäre Kröger niemals auf Isabell aufmerksam geworden.»

«Das ist doch Quatsch. Hör auf damit. Lass uns lieber darüber nachdenken, wo Kröger deine Tochter hingebracht haben könnte.»

«Vielleicht ist sie hier vergraben? Auf dem Gelände des Schrebergartens?», sagte Jonas matt und machte eine Handbewegung dorthin.

«Dann finden deine ehemaligen Kollegen sie. Aber was, wenn nicht? Es gibt da eine Sache, die mich stört.»

«Welche?»

«Silvia ... vorhin, als ich ihr half, das Blut abzuwaschen, da sagte sie, sie habe nicht erkennen können, wer das in der Sandgrube war, dazu war es zu dunkel. Und dann musste sie flüchten, weil da plötzlich noch jemand war.»

«Wer?»

«Ein böser Schatten, das waren ihre Worte.»

Jonas schüttelte verzweifelt den Kopf. «Ein böser Schatten. Das ist doch reine Einbildung.»

«Denk mal nach», forderte Franca ihn auf. Sie wusste, wie schwierig das für ihn in dieser Situation war, aber sie brauchte einen funktionierenden Jonas an ihrer Seite, nicht einen, der jetzt, so kurz vor dem Ziel, aufgab.

«Alles, was Silvia bisher gesagt hat, stimmt, auch wenn es sich zunächst total unglaubwürdig anhörte. Dieser ominöse Sandgräber, das war Ulf Kröger. Die Drohungen an sie. Wahrscheinlich auch von Kröger. Kröger musste davon ausgehen, dass Silvia ihn damals erkannt hat, und er als psychologisch geschulter Sozialarbeiter wusste, wie man sie manipulieren kann.»

«Ja, okay, dann hatte sie also recht. Aber wie hilft uns das bei diesem bösen Schatten, den sie angeblich gesehen hat? Kröger ist für Isabells Tod verantwortlich, also hat er sie danach irgendwo hingeschafft, um die Tat zu vertuschen.»

«Ulf Kröger war damals jung. Er hat sich in deine Tochter verliebt, dafür konnte er nichts, und vielleicht hat Isabell diese Liebe ja erwidert. Weil Kröger ein liebenswerter Kerl war. Auf jeden Fall kein Mörder. Und dann kommt es zu diesem furchtbaren Unfall in der Sandgrube. Kröger gerät in Panik und flüchtet. Dieses Verhalten passt nicht dazu, dass er später zurückkehrt, diesmal die Leiche findet, nach der er vorher vergeblich gesucht hat, und sie irgendwo anders versteckt. Er war doch kein eiskalter Mörder.»

«Immerhin hat er später auch Silvia bedroht.»

«Ja, aber das ist schon etwas anderes, und das weißt du auch. Da hatte er Angst, entdeckt zu werden und im Gefängnis zu landen.»

«Du glaubst also, ein Unbekannter hat Isabell aus der Sandgrube weggebracht?»

«Silvia ist vor jemandem geflohen in jener Nacht. Wer kann das gewesen sein? Los, denk nach.»

«Vollstedt.»

«Möglich. Ich habe nur Schwierigkeiten damit, mir vorzustellen, dass ein Mann wie Vollstedt nachts durch den Wald tigert.»

«Die alte Frieling. Sie hat ja bewiesen, wozu sie fähig ist.»

«Schon wahrscheinlicher. Aber hätte diese Frau die Kraft, einen verschütteten Körper auszugraben und wegzutragen?»

«Nein, eher nicht.»

«Genau. Aber es gibt einen weiteren Player in diesem Spiel, der sie hätte.»

Jonas sah Franca an. Sie konnte sehen, dass er ihren Gedankengängen folgen konnte.

«Shit», stieß er aus.

«Hast du dein Handy dabei?», fragte sie.

«In deinem Camper.»

«Dann lass uns unauffällig hier verschwinden.»

«Und dann?»

«Dann rufst du Juri an.»

12.

Am Nachmittag des nächsten Tages trafen sie Juri.

Er war nicht allein. Seine beiden Kumpane vom Bahnhof waren mit dabei. Der schwarze VW Bus stoppte auf dem kleinen Parkplatz am Rande des Naturschutzgebietes Mallener Land, dem verabredeten Treffpunkt.

Dort warteten Franca und Jonas schon seit einigen Stunden. Sie hatten sich verstecken müssen. Sven-Ole Reiter war auf der Suche nach ihnen, das bewiesen die unzähligen Anrufe auf ihren Handys, die sie nicht entgegengenommen hatten. Der Zeitpunkt, die Polizei ins Boot zu holen, war noch nicht gekommen, denn das, was sie vorhatten, war hochgradig illegal. Einen anderen Weg, herauszufinden, wo Isabell war, sahen sie leider nicht.

In der Mitte des Parkplatzes traten Jonas und Franca Juri gegenüber, die beiden Kumpanen blieben beim VW Bus.

«So schnell sieht man sich wieder», sagte Juri grinsend zu Franca.

«Ja, und ich hoffe, zum letzten Mal.»

«Du wirst doch nicht nachtragend sein. Schließlich hast du die Bullen …»

«Der alte Scheiß interessiert mich nicht», unterbrach Franca ihn. «Haben wir einen Deal?»

«Wenn ihr die fünftausend habt, haben wir einen Deal.»

Jonas zog den Umschlag hervor, der hinten in seinem Gürtel steckte. Das Geld darin stammte von der alten Frieling. Sie hatten es von ihr in bar bekommen, nachdem sie ihr reinen Wein eingeschenkt und das Geld von ihr als Wiedergutmachung verlangt hatten. Die alte Frieling hatte es aus dem Safe geholt und sie dann der Villa verwiesen, mit den Worten, dass sie sie niemals wiedersehen wolle.

Das war ganz in Francas und Jonas' Sinne.

«Fünftausend», sagte Jonas. «Und ihr habt, was wir wollen?»

Juri nickte. «Hinten im Wagen. War nicht ganz leicht. Wir mussten unsere ganze Überredungskunst aufwenden.»

«Ja, das kann ich mir denken», sagte Franca. «Eine Sache müsst ihr aber noch für uns tun, dann gehören die fünftausend euch.»

«Lass hören.»

Franca erklärte es Juri.

Der grinste. «Du bist echt fieser, als du aussiehst.»

«Und du genauso fies, wie du aussiehst. Also, machen wir es so?»

Juri nickte und streckte die Hand nach dem Umschlag aus.

Jonas reichte ihm das Geld.

Juri brachte den Umschlag zu seinem Fahrzeug, besprach sich dort kurz mit seinen Kumpanen, dann kehrte er zu Franca und Jonas zurück. Derweil öffneten die beiden Männer die Kofferraumklappe und holten raus, was in diesem Moment fünftausend Euro wert war.

Der Privatdetektiv Lars Krone. Hände und Füße mit jeweils drei Kabelbindern gefesselt, im Mund ein Knebel.

Die kräftigen Männer trugen ihn und warfen ihn Franca und Jonas vor die Füße. Staub wallte auf. Mit Panik in den Augen sah er sie an. Schweiß perlte von seiner Glatze.

Franca spürte Jonas' Anspannung und hoffte, dass er sich im Griff behalten konnte.

«Okay», begann Franca und sah Juri an. «Wir stellen ihm eine Frage. Sollte er sie nicht beantworten, zeigen wir euch die Stelle in der Sandgrube, an der er verbuddelt werden soll. Alles klar?»

«Alles klar», spielte Juri das Spiel mit und gab einem seiner Männer ein Zeichen. Der entfernte den Knebel aus dem Mund des Privatdetektivs.

Lars Krone hustete.

Jonas ging in die Hocke und starrte ihn an. Franca bereitete sich darauf vor, eingreifen zu müssen. Sie fühlte sich bei dieser ganzen Aktion unwohl, aber es war ihre Idee, ihr Plan, denn ihr war klar, wenn sie diesen Fall zu einem versöhnlichen Ende bringen wollten, wenn Jonas ein Leben haben sollte, gab es nur diesen einen Weg. Freiwillig würde Lars Krone ihnen niemals die Wahrheit verraten. Und dass er sie kannte, stand fest. Er war der einzige Player in dieser Geschichte, der dazu in der Lage und fähig gewesen war, Isabells Leiche verschwinden zu lassen.

Die Frage war, wohin.

«Wo ist meine Tochter? Wo ist Isabell?», sprach Jonas sie aus.

«Das werdet ihr bereuen, ihr alle!», stieß Krone aus. «Ihr wisst ja gar nicht, mit wem ihr euch anlegt.»

«Sag mir, wo sie ist, und die Sache ist erledigt. Wir sehen uns niemals wieder, und wir werden niemandem etwas davon erzählen. Oder behalte dein Wissen für dich und nimm es mit ins Grab.»

«Fick dich!», sagte Krone.

Jonas nickte, blickte kurz in die Ferne und erhob sich dann.

«Vergrabt ihn», sagte er und wandte sich ab.

Franca bewunderte ihn für seine Vorstellung, wusste sie doch, welches Feuer gerade in seinem Inneren loderte. Er wollte, er musste wissen, wo seine Tochter war.

Juri nickte seinen Männern zu.

Der eine knebelte Lars Krone erneut, dann packten sie ihn gemeinsam unter den Achseln und schleppten ihn auf den Trampelpfad zu, der in Richtung Sandgrube führte.

Krone versuchte, sich zu wehren, strampelte mit den Beinen und schrie in den Knebel.

Franca schloss die Hände zu Fäusten und drückte sich die Nägel ins Fleisch. *Sag es, sag es, sag es*, flehte sie innerlich. Sie konnte nicht glauben, dass Krone tatsächlich bereit war, sein Wissen mit ins Grab zu nehmen.

«Wartet!», rief sie und lief den Männern hinterher. Die ließen Krone einfach fallen.

Diesmal nahm Franca ihm den Knebel aus dem Mund.

«Bitte», sagte sie.

Krone starrte sie einen Moment an.

Dann verriet er endlich, wo sie Isabell finden würden.

13.

Jonas Waider hatte sieben Jahre gewartet.

Er würde nicht einen Moment länger warten.

Sven-Ole, den sie über die neue Erkenntnis informiert hatten, ohne ihm zu verraten, woher sie das Wissen hatten, hatte es ihm untersagt, ahnte aber wohl, wie wenig seine Anweisung wert war, und so warteten die uniformierten Beamten bereits vor dem Haus, als Franca und Jonas mit dem Camper eintrafen.

Ein Gewitter zog auf. Erste Regentropfen pladderten gegen die Windschutzscheibe. Am schwarzen Himmel zuckten in einiger Entfernung Blitze.

«Wir können doch wenigstens das Gewitter aussitzen», sagte Franca mit Blick auf das beängstigende Wetter und die Wand aus mindestens zwanzig Polizeibeamten.

Jonas sagte nichts. Es brauchte keine Worte. Franca wusste auch so, dass sie auf verlorenem Posten kämpfte.

Jonas stieß die Tür auf, stieg aus und ging auf seine ehemaligen Kollegen zu, die auf dem Bürgersteig Stellung bezogen hatten, um ihn aufzuhalten.

Franca folgte ihm und beobachtete, wie Jonas mit dem bulligen Mann vorn in der Reihe ein paar Worte wechselte. Die Kiefer des Beamten mahlten, seine Augen zuckten unstet hin und her. Er drehte sich zu seinen Kollegen um, eine Frau kam dazu, und nach einer kurzen Diskussion geschah das Unglaubliche – sie ließen Jonas passieren, mitten durch die versammelten Polizisten hindurch. Sie wichen zurück, niemand hielt ihn auf. Manche schauten ihn an, andere sahen einfach nur zu Boden, und der Frau, die sich für Jonas eingesetzt hatte, liefen Tränen über die Wangen.

Jonas verschwand in den großen Rhododendronbüschen und kämpfte sich zur Rückseite des Grundstücks durch.

Der Regen nahm zu. Schwere, warme Tropfen klatschten zu Boden.

Franca war sich sicher, die Polizisten würden zumindest sie aufhalten, aber sie ließen auch sie passieren. Als sie den Pool hinter dem Haus der Frielings erreichte, warf Jonas bereits Äste beiseite.

Das Bild war herzzerreißend.

Dieser in seiner Geschichte gefangene Mann stand im mit Gartenabfällen gefüllten Pool, warf hinter sich, was er zu fassen bekam, während der Regen auf ihn niederging und die Blitze am Horizont zuckten.

Franca sprang ebenfalls in den Pool. Ein kurzer Blick, ein Nicken von Jonas, dann begann auch sie zu arbeiten. Aus dem Kompostpool stieg erdiger, würziger und fauliger Geruch auf. Sie warfen Äste, Zweige, Tannen, Grasschnitt und Laub beiseite, zwischendrin lagen gefüllte Müllsäcke, Autoreifen und anderer Hausmüll.

Bereits nach fünf Minuten taten Franca die Arme weh, und sie hatte Kratz- und Schnittwunden an den Händen. Jonas ebenfalls, wie sie sehen konnte, aber er arbeitete unermüdlich weiter.

Von hinten näherte sich jemand.

Gerlinde Frieling. In den Armen trug sie Schaufeln, Spaten und Rechen und ließ alles zu Boden fallen. Dann strich sie sich das regennasse Haar aus dem Gesicht, schnappte sich eine Schaufel, stieg in den Pool und begann zu buddeln.

Ihr unerwarteter Einsatz löste etwas aus.

Die Polizistin, die sich für Jonas eingesetzt hatte, schnappte sich einen Rechen und stieg ebenfalls in den Pool. In den folgenden Minuten kamen immer mehr Polizisten dazu und stürzten sich wortlos in die Arbeit. Bald zählte Franca sechs Beamte, und als sie das nächste Mal aufsah, entdeckte sie Reiter. Auch er grub.

Der Müll flog nur so aus dem Pool zu den Seiten und türmte sich dort auf.

Strömender Regen, heftige Blitze und Donner konnten die Männer und Frauen nicht davon abhalten, Jonas Waider bei der Suche nach seiner Tochter zu helfen. Sie alle waren wild entschlossen, eine Geschichte, die sie seit Jahren berührte und nicht losließ, in dieser Nacht zu einem Abschluss zu bringen.

Nach dem Geständnis von Lars Krone hatte Jonas gesagt, dass er es hätte wissen müssen. Warum liegt ein erwachsener Mann, der hinter dem Haus einen großen Pool hat, in einem Kinderplanschbecken vor dem Haus? Weil der große Pool schon damals nicht mehr nutzbar war und als Komposthaufen diente. Es war müßig, darüber zu spekulieren, warum Gerlinde damals den Pool verkommen ließ. Vielleicht waren Pflege und Unterhalt zu aufwendig und teuer gewesen, oder es gab einen technischen Defekt, den sie nicht beheben konnte oder wollte.

Als Jonas Vollstedt verdächtigte, Isabell etwas angetan zu haben, hatte die Polizei am Tag nach ihrem Verschwinden Haus und Garten abgesucht. Vollstedt hatte es ihnen gestattet. Zu dem Zeitpunkt war Isabells Leiche nicht dort gewesen. Lars Krone hatte sie erst zwei Tage später im Pool versteckt, von der polizeilichen Durchsuchung bei Vollstedt hatte er nichts mitbekommen, und der Stofffetzen von Isabells Kleid war erst sieben Tage nach ihrem Verschwinden in der Sandgrube gefunden worden. Die Leiche im Pool hätte Vollstedt belasten und als Mörder überführen sollen. Damit wäre der alte Frieling ihn los gewesen, für den Fall, dass Jonas es nicht erledigt hätte. Hatte er aber – oder besser, die alte Frieling.

Franca hatte den Privatdetektiv nach dem Warum gefragt.

Nachdem Vollstedt getötet worden war und alle in ihm den Mörder von Isabell Waider sahen, warum hatte Krone keinen anonymen Tipp an die Polizei gegeben, wo die Leiche zu finden sei? Warum ließ er Jonas und seine Frau im Ungewissen?

Angeblich war es die Entscheidung des alten Frieling gewesen.

Weil ein anonymer Anruf Fragen aufgeworfen hätte. Wer ist der Anrufer? Woher weiß er davon? Der alte Frieling wollte das Risiko nicht eingehen, nein, Vollstedt musste weiterhin als Täter gesehen werden, wenn auch ohne den Fund einer Leiche.

Lars Krone und Ludwig Frieling waren keine Mörder, nicht so wie Frau Frieling, aber sie waren keinen Deut besser. Der alte Frieling war tot. Und Lars Krone würde davonkommen. Weil sie es ihm versprochen hatten und sowieso kein weiteres Geständnis von ihm bekommen würden – und das erste, erzwungene, war rechtlich nutzlos.

Nach fast zwei Stunden Suche war es so weit.

Der Pool war beinahe geleert, es blieb eine morastige Schicht von vierzig Zentimetern, die die Männer und Frauen mit Händen und Eimern abtrugen.

Franca war gerade dabei, über die Leiter, die jemand vom Giebel genommen und in den Pool gestellt hatte, herauszusteigen, um einen Moment zu verschnaufen, als plötzlich alle etwas zu bemerken schienen.

Alle Bewegungen erstarrten.

Franca drehte sich auf der Leiter um.

Jonas fiel auf die Knie und schob vorsichtig die feuchte, klebrige Erde beiseite. Niemand half ihm bei diesen letzten Handgriffen. Mehr als zwanzig verdreckte, nasse, erschöpfte Menschen schauten zu, wie er zuerst den Schädel und dann nach und nach den gesamten skelettierten Körper seiner Tochter freilegte.

14.

Eine Woche später war der schwülwarme Sommer dem beginnenden Herbst gewichen. Morgens lag Nebel über den abgeernteten Feldern, die Nächte waren angenehm kühl. Die Welt schien friedlicher, versöhnlicher geworden zu sein.

Franca fühlte sich anders.

Noch immer wühlte der Fall sie auf, und sie schlief schlecht. Sie hatte sich ein anderes Ende gewünscht, eines, in dem alles unter Dach und Fach war. Aber so spielte das Leben eben nicht.

Sie hatte Silvia von zu Hause abgeholt. Auf der kurzen Fahrt mit Rolling Steel schwieg die junge Frau, in sich gekehrt, und als Franca den Camper geparkt und den Motor abgestellt hatte, sah sie sie an.

«Bist du bereit?», fragte Franca.

Silvia nickte, versteckte sich aber hinter ihrem langen Haar.

«Du musst das nicht tun. Nicht jetzt. Du kannst irgendwann wiederkommen, allein.»

Silvia schüttelte den Kopf.

«Doch, es muss jetzt sein. Mit euch.»

Franca traute sich und griff nach der Hand der jungen Frau.

Sie war kühl und weich. Silvia entzog sich nicht, ließ es zu und schaffte es sogar, Franca anzuschauen.

«Du bist mutig, Silvia», sagte sie. «Und du schaffst alles, was du willst.»

Sie stiegen aus, überquerten den Friedhof und tauchten in den Friedwald ein. Silvia hatte beide Hände in den Taschen ihrer Jacke, hielt den Kopf gesenkt und machte kleine Schritte.

Jonas war schon da.

Er saß auf der runden Bank. Als er sie bemerkte, erhob er sich und kam ihnen entgegen.

Franca umarmte ihn. Heute fühlte er sich nicht mehr wie ein Stein an, schien entspannter zu sein, hatte nicht mehr die Körperhaltung eines Menschen auf der Flucht. Er sah auch besser aus. Rasiert, das Haar geschnitten, saubere, ordentliche Kleidung.

«Wie geht's dir?», fragte sie.

«Besser», bestätigte Jonas.

Dann wandte er sich Silvia zu.

«Danke, dass du hier bist», begann er. «Das bedeutet mir viel ... und Isabell bestimmt auch.»

Tatsächlich war es Jonas' Vorschlag gewesen, nach der Beerdigung, an der Silvia nicht hatte teilnehmen wollen, sich mit ihr am Friedbaum zu treffen, unter dessen Wurzeln Isabell endlich ihre letzte Ruhestätte gefunden hatte. Jonas wusste am allerbesten, was es bedeutete, nicht abschließen zu können, und er ahnte, dass Silvia diesen Besuch brauchte, um so wie er Ruhe und Frieden finden zu können.

Silvia nickte und lächelte schüchtern.

«Darf ich?», fragte sie und blickte in Richtung der Bäume.

«Ja, klar, nur zu, es ist der in der Mitte.»

Silvia ging auf den Baum zu, an dem ein kleines Schild darauf hinwies, wer hier begraben lag.

Sie blieb davor stehen und nahm die Hände aus den Taschen ihrer Jacke. In der rechten Hand hielt sie etwas, das Franca erst erkannte, als Silvia in die Hocke ging und es dort ablegte, wo der Baum in den Boden überging.

TomTom.

Ende

Weitere Titel

Barrieren

Das Letzte, was du hörst

Deathbook

Der Gesang des Blutes

Der Zwilling

Die Zucht

Hast du Zeit?

Housesitter

Killgame

Nicht ein Wort zu viel

Wassermanns Zorn

Wilder wird's nicht

Kerner und Oswald

Das Haus der Mädchen

Die Lieferung

Der Fahrer

Die Karte